교양독서

수고스러운

삶에

희망을 주는

책 이야기

교양독서

김수현 지음

머메이드

수고스러운 삶에, 조그만 희망의 힌트

나는 새로운 사람 만나기를 좋아한다. 낯선 사람을 만날 때 오는 부담감이나 어색함을 잘 감당하는 편이다. 첫 만남의 낯섦과 겸연쩍음을 설렘의 한 종류로 즐거이 받아들인다. 처음 만나 공통의 관심사가 없는 상황에서도 금세 대화에 녹아든다. 식물 키우는 사람, 물고기 기르는 사람, 여행 많이 다니는 사람, 곤충이나 공룡을 좋아하는 사람 등 취미가 있는 사람이면 더 오래 대화를 나눌 수 있다. 타고난 성향은 내향인에 가까운 것 같은데 어떻게 그럴 수 있을까 생각해보니, 책으로 접한 견식 덕분이었다.

《익명의 독서 중독자들》[1]에 따르면, "독서 중독자들은 남아도는 독서력으로 (자신이 잘 알지 못하는 것에 대해서도) 그럭저럭, 아니 심도 있는 수준까지 대화가 가능하다."고 한다.

책을 읽음으로써 모르는 사람과도 쉽게 대화할 수 있게 되

---

[1] 이창현 외, 《익명의 독서 중독자들》, 사계절, 2018

고, 스무 살 차이 나는 학생과도 소통이 가능하며, 자식과도 싸우지 않고 대화를 이을 수 있다는 것을 깨닫는다. 세월이 흐를수록 딴딴해지는 아집과 편견이 독서라는 행위를 통해 다시 말랑해지는 것을 느낀다. 겪어보지 못한 일들도 책을 통해 접해봄으로써 타인과 세상에 대한 수용성이 커지고 넓어진다. 독서 경험으로 인해 나와 아주 다른 사람도 받아들일 수 있게 되는 것을 나는 수차례 경험했다.

또한, 책은 여러모로 유용한 존재다. 약속 시간이 어중간하게 뜰 때, 병원 같은 데서 기한 없이 오래 대기해야 할 때 독서는 훌륭한 소일거리다. 거창한 이유 없이 하는 독서는 마음을 풍요롭게 한다. 소득 없이 보낸 것 같은 하루의 불안을 훅 불어 날려준다.

책은 휴대가 간편해서 좋다. 충전기도 필요 없고, 조심히 다룰 필요도 없다. 구기거나 낙서하거나 바닥에 떨어뜨려도 별문제 없이 재사용이 가능하다. 잃어버려도 다시 살 수 있으니 오래 괴로워하지 않아도 된다.

나는 외출할 때마다 문고본 하나를 대충 주머니에 찔러 넣는다. 책이 들어 주머니가 불룩해지면 한겨울에도 마음이 훈훈하다. 주머니에서 핸드폰 대신 책을 꺼낼 때 드는 허영심도 짜릿하다.

책은 전에 알지 못했던 새로운 세계로 나아갈 수 있는 '어디로든 문'[2] 역할을 톡톡히 해낸다. 책장만 펼칠 수 있다면, 아무리

---

2 《도라에몽》 만화에 나오는 방문 모양의 도구. 가고 싶은 곳을 생각하고 문을 열면 단숨에 이동이 가능하다.

좁은 공간에 있어도 전연 다른 세계로 점프할 수 있다.

나는 책을 통해 벼랑 끝에 몰렸던 영혼을 여러 차례 건져올렸다. 냉혹한 현실에서 마음을 이동시키는 단호한 수단으로써.

넷플릭스 드라마에도, 음악에도, 영화에도, 그림에도, 스포츠에도, 주식이나 코인에도 조예가 얕은 나로선 책을 통해 세상 사는 법을 배운다. 책을 읽음으로써 값없이 얻은 재료들이 무거운 삶을 살아가는 데 품을 덜어 준다는 것을 이제는 안다.

인간이 활자로 만들어진 무언가를 찾아 읽는 근원적인 이유는 일상을 살아갈 힘을 얻는 데에 가까이 닿아있을 것이다. 끝까지 읽지 못해도, 심지어 읽고도 그 뜻을 끝내 깨닫지 못해도 책 안에서 무엇이든 주워갈 수 있다. 건조한 하루를 견딜 반들반들한 것들을.

이 책을 쓰면서 사는 일, 특히 여자로서 사는 일에 대해 오래 생각했다. 사는 게 어둡고 축축할 때, 앞날이 막막해서 뭘 어디서부터 손대야 할지 아득할 때마다 박완서의 책을, 최은영의 책을, 김금희의 책을 꺼내 읽었다. 여자들의 이야기는 언제나 새 희망의 물을 길어 올려주었다. 이 땅에서 여자로 사는 게 두렵고 힘이 빠질 때, 손에 익어 책등이 반질반질해진 책을 무작정 뽑아 읽다 보면 세상의 고통이 한 걸음 물러나고 조그만 위안과 고요가 꾸깃꾸깃해진 마음을 편평하게 다려주었다.

임신하면서 직장을 잃고 강제로 백수가 되었을 때도, 전쟁 같은 육아로 정신이 나갈 것 같을 때도 이 방법을 썼다. '내 삶도 감당이 안 되는데 어떡하지, 이번엔 정말 망했어' 같은 생각이 들 때마다 언제 읽어도 마음에 던져주는 구석이 있는 책을 꺼내

코를 박고 읽었다. 나와 비슷한 경험을 한 여자들, 그럼에도 불구하고 삶을 포기하지 않았던 여자들의 이야기를 읽고 또 읽었다. 그러면 악머구리 끓듯 나를 몰아세우던 분노나 피로가 조금씩 가시를 낮추고 바닥으로 엎드렸다.

독서가 인생의 만병통치약은 아니지만, 적어도 수고스러운 삶에 조그만 희망의 힌트가 되어준다. 바닥을 치기 전에, 땅굴을 깊숙이 파고 들어가기 직전에 생의 의지를 끌어올려준다.

여기에 내 삶을 뽀송뽀송하게 말려준 특별한 책들을 담는다. 영혼을 뒤흔든 책들, 마음 깊은 곳을 두드린 책들. 그래서 각별히 아껴둔 책들을 어렵게 추렸다. 그중에서도 고르고 고른 부분을 당신께 건네보려 한다.

부디 당신의 마음에도 가닿는 구석이 있기를 바라며.

차 / 례

1

마음 둘 곳을 찾는 당신에게

4

여자들의 진짜 세계를 알고 싶은 당신에게

1장

마음 둘 곳을 찾는 당신에게

01

당신의 발코니엔 무엇이 있나요

제 목 . **식물적 낙관**

지은이 . **김금희**

출판사 . **문학동네, 2023**

자취를 시작하면서 식물을 기르기 시작했다. 게발선인장이 두 번 꽃 피우는 것을 봤고 트리안의 덩굴이 길게 늘어져 수없이 잘라내곤 했다. 비좁은 자취방인데도 나름 어엿한 발코니가 있어서 식물들을 키울 수 있었다. 바람도 잘 통하지 않고 해도 잘 들지 않았는데도 포인세티아와 아이비와 홍콩야자 같은 것들이 잘도 자랐다. 2년여의 월세 계약이 끝나고 다른 지방으로 옮겨가게 되었을 때 식물들을 친구들에게 분양했는데, 들여올 때와는 달리 잎이 무성해져 뿌듯했던 것이 기억난다.

결혼하고 나서는 식물 들이는 일이 뜸해졌는데, 살아있는 것이 우리 집에 와서 죽는 것을 견디기 힘들어졌기 때문이었다. 식물이 초록별로 떠날 때마다 내가 집어 드는 책은 김금희 작가의 《식물적 낙관》이다.

《식물적 낙관》은 작가가 '반려 식물'을 돌보는 순간들을 기록한 산문집이다. 나는 식물을 돌보면서 그 어떤 가드닝북보다 이 책의 덕을 가장 많이 보았다. 살아있는 것을 돌보는 일, 생명이 피어나고 시들고 죽는 것까지 감당하는 일에 대해 기록한 문장을 따라가다 보면 메마른 마음이 함빡 물을 머금는다.

식물이 시드는 걸 보는 건 "누군가가 손을 거칠게 뿌리친 것이 아니라 너무 붐비는 거리에서 잠시 손을 놓친 것에 가까운 기분"이라는 작가의 말은 내 마음을 그대로 옮겨 둔 듯하다. 결혼 축하 선물로 받은 커다란 고무나무와 석부작 분재, 해피트리 대품이 차례로 죽어나가면서 마음에 생채기가 났다. 죽은 식물이 든 화분을 보고 있자면 마음이 음울해졌고, 생명을 책임지지 못하는 내 능력 부족에 자꾸 생각이 닿았다.

지금 생각해보면 해가 들지 않고 건조했던 환경, 물을 안 주고 굶기다가 가끔 흙 위로만 찔끔 주곤 했던 것이 문제였지만 그때는 신경 쓴다고 쓰는데도 왜 식물이 죽는지 괴롭기만 했다. 그 후로는 아이 둘을 낳고 키우느라 정신이 빠져 식물에 관심이 멀어졌다.

　가드닝에 새로운 관심이 지펴진 때는 아이가 초등학교에 진학하면서부터다. 아이는 과학 시간에 받았다며 봉선화 씨앗이나 산호수 화분 같은 것들을 들고 오곤 했다. 지금 우리 집 발코니에는 방과 후 수업에서 받아 온 식물들이 늦여름의 따가운 해를 받고 있다. 여러 종류의 다육 식물이 심긴 항아리, 금전수, 봉선화 새싹, 물꽂이로 뿌리를 키워 어제 화분에 옮겨 심은 아이비, 잎을 다 뜯어먹어 줄기만 겨우 남은 바질 토분들이 줄지어 초록빛을 피우는 중이다. 식물이 살아 있는 풍경은 소득 없이 보낸 하루에도 심심한 위로를 주곤 해서 매일 저녁 시간을 들여 들여다본다. 내가 볼 때 식물은 멈춰있는 것처럼 보이지만 저녁엔 없었던 연둣빛 새잎이 아침에 틔워있는 것을 보면 마냥 멈춰있는 존재가 아니구나 생각하게 된다.

　식물을 기르는 일에 있어 사실 내가 할 수 있는 일은 많지 않다. 햇빛이 드는 창가에 방향을 돌려가며 세워주고, 바람이 통하도록 창문을 열어주고, 빛이 부족한 것 같으면 식물 등을 켜준다. 그래도 식물은 때로 죽거나 마른 잎을 우수수 떨어뜨린다. 화분에 옮겨진 것이 이미 척박한 환경에 억지로 뿌리내린 것이라 겨우겨우 생명을 유지하고 있는 탓일 게다. 식물이 시들 때마다 내 무신경함에 자책하곤 했는데 "상하지 않고 자라는 것은 없다. (…) 더 덧붙이자면 상하지 않고 산다는 것은 아예 말이 되지 않는다."는 문장을 읽으며 그마저도 내 오만이었음을 깨닫는다. 식물의 생에 있어 내가 중심이 아니라는 것, 식물은 자신의 삶을 자신의 스텝대로 밟아가고 있다는 것, 내가 아닌 것의 생을 좌지우지하려 들지 않아야 한다는 것을 생각한다. 나는 조력자로서 내 집에 들어온 식물의 생을 조금 도울 수 있을 뿐 생도 죽음도 온전히 식물의 것인 게다.

나는 살아있는 것에 늘 마음이 쓰인다. 집을 깨끗하고 안온하게 잘 돌보는 사람들이 부럽긴 하지만 나는 부엌이나 거실의 말끔함에 마음 쓰는 사람은 못 된다. 다만 시간이 날 때마다 발코니로 나가 금전수의 줄기를 만져보고 물을 언제 줘야 할지 곰곰이 생각한다. 아이비의 시든 잎을 따 주고, 다육이를 눌러보며 너무 물컹하진 않은지 고민한다. 상처받을 일만 많은 세상에서 유일하게 있는 마음 다 내놓아도 슬퍼지지 않는 건 식물을 향한 마음뿐인 것 같다.

바람이 잘 흐르도록 베란다 창문을 열어두고 식물 앞에 앉아 오래 시간을 보낸다. 한낮이면 35도까지 올라가는 우리 집 발코니에서 식물들과 이런저런 생각을 하다 보면 오후 시간이 훌쩍 지나가버린다. 식물들에게는 "마치 거울처럼 그 앞에 선 사람의 마음을 비춰내는 힘"이 정말 있는 것 같다.

너무 잎을 많이 따버렸는지 몇 달 비실거리던 바질은 가을을 맞아 드디어 새 잎을 냈다. 계절 변화에 제일 민감한 건 어린이와 식물이다. 환절기가 되자 아이들 코에 맺히는 땀이 줄기 시작했고 식물은 연둣빛 여린 잎을 자꾸 내민다. 특히 바질은 아침에 봤던 키와 저녁에 보는 키가 다를 정도다.

몇 달이나 미뤘던 분갈이도 드디어 했다. 외출했다가 늦여름 햇빛이 따가워 땀이 잔뜩 났었는데, 땀난 김에 분갈이까지 해치우자 싶어 거실 한복판에 신문지를 넓게 깔았다. 분갈이가 제일 시급한 건 금전수였는데 이미 뿌리가 미어지게 들어차서 물구멍으로 튀어나올 정도였다. 그런데도 마음에 드는 화분이 없다는 이유로 분갈이를 미루다 며칠 전 잎이 풀이 죽는 걸 발견하고서야 부랴부랴 토분을 주문했다. 손으로 직접 빚은 멋진 테라코타 화분이었다.

배송받은 토분은 컴퓨터 화면에서 봤던 것보다 더 예뻤다. 흰색 줄이 회오리 무늬처럼 여러 겹 새겨져 있고 바탕색은 밝은 주황으로 가득 차 거실이 다 환해졌다.

금전수는 예상대로 뿌리가 화분에 꽉 들어차 있었다. 아무리 삽으로 벽을 긁어내고 흙을 덜어내도 빠져나올 기미가 안 보였다. 결국 망치로 화분을 깼다. 마음에 드는 미색 화분이었는데, 게으름이 죄다. 뿌리가 제멋대로 엉켜 화분 윗부분까지 튀어나오고 있었는데 마사토를 두껍게 덮어놓아 몰랐다. 마구 얽힌 뿌리를 빗어 가지런히 하고 너무 긴 건 잘라내버렸다. 말라버린 잎도 쳐냈다. 키만 껑충 커버린 줄기는 생장점을 남기고 잘라내 물꽂이 해 뒀다. 뿌리가 자라나면 예쁜 화분에 옮겨 심어 친구에게 선물하려고.

새 화분에 깔망을 깔아 물구멍을 가리고, 깨끗이 씻은 마사토를 넉넉히 깔았다. 구근 같은 금전수 뿌리가 우람했다. 큰 줄기들을 중앙에 두고 보슬보슬한 흙을 살살 채웠다. 갓 채운 흙은 가볍고 보드라워서 말랑말랑한 떡을 만지는 것 같았다. 화분 아귀까지 조심스럽게 흙을 채우고 주먹으로 화분 벽을 가볍게 탕탕 쳐 흙이 자리 잡게 했다. 이제 힘든 일은 다 끝난 셈이다. 마지막으로 물을 흠뻑 줘서 자연스럽게 흙이 다져지길 기다리면 된다.

금전수 화분을 욕조로 안고 가 푹 젖도록 넉넉히 물을 주었다. 물을 먹어 진주홍빛으로 변한 화분과, 송골송골 물이 맺혀 반짝거리는 금전수 잎을 보니 마음이 시원해졌다. 그간 몸도 아프고 마음먹은 대로 글도 안 써져서 자꾸 속상한 마음이 들었는데, 1시간 정도 땀 뻘뻘 흘리며 분갈이하는데 온 마음을 쏟고 나니 우울감이 싹 가셨다. 오랜만에 하늘을 올려다보니 진짜 가을이었다. 높고 파랗고 맑았다.

바람이 제일 잘 지나는 곳에 분갈이를 마친 금전수를 놨다. 먼저 물꽂이해 놨던 산호수 몇 줄기도 작은 토분에 옮겨 심었다. 며칠은 분갈이 몸살을 앓겠지만 둘 다 뿌리가 튼튼하고 아무 데서나 잘 자라는 식물이니 새로운 환경에 잘 적응할 거다.

가드닝에 조금씩 익숙해지면서부터는 새로운 식물을 들이고 싶어 식물원 사이트를 들락거린다. 마음을 홀랑 뺏길 만큼 반들반들하고 쫙 뻗은 칼라데아 오르비폴리아를 파는 화원을 즐겨찾기에 추가해두고 하루에 몇 번씩 들락날락한다. 오르비폴리아는 그리 비싼 식물은 아니어서 마음만 먹으면 들일 수 있는데 선뜻 살 마음이 먹어지지 않는다. 이렇게 예쁜 애가 우리 집에 와서 이 위용을 잃을까 봐, 집사 노릇을 제대로 못해서 죽일까 봐 무섭다. 너무 좋아해서 오히려 가까이하기 힘든 거랄까.

하지만 매일 밤 이미지 검색으로 칼라데아 사진들을 훑어보고 식물 판매 사이트에 들어가 칼라데아 소품 가격을 알아보고 당근에 올라온 물건은 없는지 찾아보는 동안 칼라데아 오르비폴리아의 동글동글한 잎, 반질반질한 질감, 시원스레 뻗은 잎맥에 마음이 더욱 홀려버렸다. 발코니 어느 곳에 칼라데아를 둘지 이리저리 자리를 만들어보게 된다.

그리고, 최근엔 소소하게 베란다 텃밭까지 운영하기 시작했다. 물가가 올라도 너무 올라서 친구들이 조금씩 상추며 고추를 키우기 시작했다는 말을 듣고 나도 용기를 내 본 거다. 강낭콩이며 상추며 케일 모종을 구해 커다란 스티로폼 상자에 흙을 폭신하게 깔고 심었다.

그런데 한 2주일, 눈에 보일 정도로 키가 쑥쑥 잘 자라던 아이들에게 수상한 일이 벌어지기 시작했다.

시초는 잘 자라던 강낭콩 잎이 우수수 떨어지더니 줄기가 말라비틀어지며 죽는 것에서부터였다. 이상하다. 과습도 아닌데. 바람도 햇빛도 잘 쐬어 줬는데. 너무 더워서 그런가? 한참을 고민했다. 강낭콩 수확하는 재미를 한창 느끼고 있었는데 일주일 새 덜 익은 콩알 두 개만 남기고 강낭콩은 무지개다리를 건너버렸다.

그다음 변화는 상추랑 케일에게 일어났다. 파릇파릇하던 이파리 색이 허옇게 변했다. 햇빛 드는 방향으로 쑥쑥 흙을 밀고 자라나던 애들이었는데 갑자기 성장이 딱 멈췄다. 물을 준 지 한참이 지났는데 흙이 마르질 않았다. 뿌리가 물을 전혀 빨아들이지 못하는 것 같았다. 이상하다. 뭔가 심상찮은 일이 일어나고 있다. 이렇게 육감이 계속 신호를 보냈음에도 불구하고 가드닝 초보는 그냥 날이 더워서 그런가 보네, 하고 넘겼다. 이 무심함이 재앙의 시작이었다.

우리 집엔 음식물쓰레기가 전혀 없다. 음식물 찌꺼기가 조금만 생겨도 미생물 처리기에 바로 넣는다. 날 더워지고 나서는 아예 상온에 음식을 두질 않는다. 그런데도 초파리 같은 날벌레가 끊임없이 집안을 날아다녔다. 플라스틱 쓰레기를 제대로 안 씻고 쓰레기통에 버려서 그런가 싶어서 싹싹 씻어 다 갖다 버리고 쓰레기통도 헹궜다. 그런데도 이놈의 새카만 날벌레가 없어지기는커녕 점점 늘어나는 거였다. 애들이 간식을 먹고 아무 데나 버렸나? 배수구가 문젠가? 구석구석 걸레질도 해보고 배수구 세척도 해봤지만 아무 소용이 없었다.

가드닝을 제대로 해본 사람은 한두 마리 날벌레가 생겨났을 때부터 화분을 의심했을 것이다. 여름에 식물이 아픈 건 해충 때문인 경우가 많으니까. 그런데 난 화분이나 모종은 전혀 의심하지 않았다. 그래서 집안을 휘휘 돌아다니는 날벌레를 때려잡는 데만 신경을 썼다. 애들도 날벌레 잡기 고수가 돼서 "엄마, 또 잡았어!" 하고 자랑하는 경지에 이르렀다.

깨달음은 뒤늦게 찾아왔다.

어제 빨래하러 나온 김에 식물들을 유심히 살펴보는데, 화분 흙에서, 예의 그 날벌레가 몇 마리나 날아오르는 거다. 얘가 왜 여기서 나오지? 하다가 갑자기 책의 한 장면이 스쳤다.

뿌리파리인가? 《식물적 낙관》에서도, 마일로 작가의 본격

가드닝 만화 《크레이지 가드너》에서도, 뿌리 파리 창궐을 끝내 막지 못해 애면글면했던 이야기가 나왔던 게 그제야 생각났다.

제일 피해가 심해 보이는 쌈배추 모종 쪽 흙을 들춰보니 허연 알과 벌레가 우수수 딸려 나왔다. 수백 개의 알들이 배추 뿌리에 조롱조롱 달린 모습에 비명이 절로 나왔다.

뿌리가 남아 있는 것도 있었는데 도저히 그걸 골라내고 할 자신이 없었다. 모종 전체를 쓰레기통에 던져버리고 미친 듯이 종묘사로 뛰어갔다. 뿌리파리 퇴치엔 농약밖에 답이 없다고 생각했기 때문이었다. 과산화수소수 희석액이 효과가 있다는 내용을 책에서 읽었는데도 그땐 그게 기억이 안 났다. 독한 약을 써서 이 벌레를 박멸하고 싶다는 생각만이 머리를 지배했다.

"사장님, 뿌리파리 때문에 미치겠어요. 농약 좀 살 수 있을까요?"

"아, 저희는 한 말 단위로만 파는데. 농사짓는 면적이 얼마나 되세요?"

"음… 저… 그냥 플라스틱 상자에 키우는데 뿌리파리가 기승이라…. 최대한 작은 걸로 주세요."

사장님은 한동안 고민하시더니 뿌리파리 특효로 나왔다는 신상 농약 10㎖를 주셨다. 엄지 하나 정도 길이의 작은 병이었는데 20리터 물에 희석시켜 써야 하고, 일주일에 두 번 이상 쓰지 말란다. 어지간히 독한가 보다.

집에 오자마자 2리터 페트병에 한 방울 섞어서 모종마다 콸콸 뿌렸다. 소독약 냄새가 온 베란다에 진동했다. 애들이 못 들어가게 베란다를 봉쇄해놓고 하룻밤을 지냈다.

다음날 아침. 베란다 문을 열어보니 뿌리파리 몇 마리가 빌빌대며 날아다니고 있다. 성충은 손으로 때려잡는 수밖에.

'상추 키우기 체험' 수준으로 모종 몇 개 키울 뿐인데. 10년 넘게 집 근처에 있었지만 문 손잡이 한 번 만져본 적 없었던 종묘사의 사장님과 대화를 하게 될 줄은 정말 몰랐다. 손바닥만 한 텃밭에도 농약을 쳐야 채소가 자란다는 어른들 말씀이 무슨 뜻인지 몸소 깨달았다.

그래도 농약을 물에 타서 뿌리고 나니 진짜 가드너가 된 기분이다. 지금까진 소위 '입덕 부정기'[1]였다. 바질이며 케일 씨앗을 심은 플라스틱 상자가 하나 둘 늘어나고 싹 틔운 봉선화를 큰 화분에 줄지어 심으면서도, '난 진짜 가드너는 아니야, 상추 정도는 어느 집이나 대충 키우는 거니까.' 하고 생각했다. 누가 '집에 채소 같은 거 키우나요?' 하고 물어도 그냥 입 다물고 은은한 미소만 지었다. 플라스틱 박스 가드닝 정도로 채소를 키운답시고 나대는 게 당치 않은 것 같아서.

아, 그런데 이제는 좀 나대도 될 것 같다. 종묘사에서 농약까지 사서 뿌려본 사람이니까.

그래서 오늘 친구들이랑 만나서 하는 영어 스터디 시간에 'agricultural chemicals(농약)'란 단어를 외워 가서 뿌리파리를 죽여버리려고 애쓴 공로를 자랑 또 자랑했다.

'지구에서 인간 아닌 생명체가 함께 살아가고 있다'는 의미

---

1 자신이 어떤 분야나 사람을 좋아하게 된 것을 부정하는 시기. 부끄럽거나, 체면을 차리려고 마음을 숨기는 시기를 일컫는 말.

를 삶 깊이 새겨보려고 가드닝을 시작했건만. 뿌리파리랑은 절대 같이 못 살겠다는 마음이 드는 걸 보니, 지구를 생각하는 내 마음이 얼마나 얄팍했는지 새삼 깨달았다. 식물이 있고 흙이 있는 곳에 벌레도 사는 건 사실 당연한 일이건만. 야생의 식물들은 기꺼이 온갖 벌레들과 공간을 공유하는데 인간인 나는 스티로폼 상자 하나보다도 마음이 좁다.

그로부터 몇 달이 지난 지금, 뿌리파리는 여전히 빌빌대며 돌아다니고 있고 나는 겨울이 와서 이것들이 자연 소멸하기만을 기다리는 중이다.

그러고 보니 헤르만 헤세 또한 정원사였다. 김금희 작가는 헤르만 헤세가 세계대전 이후 십년 동안 일상적인 교제 없이 사물과 정원의 식물들하고만 교류하며 살았던 것에 대해 생각한다. 헤세는 진정한 친구이자 이웃으로서 종려나무나 동백나무를 대했다. 그는 "나무들에게는 해마다 수백만 송이가 넘는 화려하고 찬란히 빛나는 꽃들을 풍성하게 피우는 삶의 근원적인 방향이 있고, 그것은 인간이 저지르는 크고 작은 일탈과 갈등과 번민을 무화시키는 자연의 강력한 힘"이 있다고 말했다.

버지니아 울프도 정원 돌보는 일의 황홀함에 대해 서술하면서 황폐한 정신의 유일한 의지처로 정원의 식물들을 꼽았다. 그러고 보니 나도 그렇다. 식물들에서 사람에게 받지 못한 위로를 얻는다. 햇빛과 바람과 나의 부족한 돌봄에 힘입어 제멋대로 군락을 이루는 식물들을 보며 외부로부터 오는 것에 의지하지만 의존하지 않는 그들의 독립심에 감동받는다. 스스로 삶을 돌보기 위해 끊임없이 뿌리를 뻗고 한정된 환경에서도 최선의 삶을 다해나가는 식물들로부터 말 없는 위로를 받는다. 대단한 성취를 이루지 않아도 하루하루를 버티고 사는 것만으로 자족하는 듯한 식물의 모습을 확인할 때 오는 위무가 있다. 매일 똑같은 모습인 것 같지만 어느새 돌아보면 넓고 크게 퍼져 있는 생의 모습을 확인할 때 내 고독한 정신은 조그만 위안을 얻는다. 어떻게 살아야 할지 나름의 지표를 세우게 된다. 식물을 통해서.

식물을 키우면서 비건(vegan)을 지향하는 삶에도 더 가까워졌다. 식물은 흙과 물과 바람만 있으면 아무에게도 폐 끼치지 않고 자라나 열매까지 맺는다. 아무것도 해치지 않고 쉴 그늘을 내어주며, 가을엔 홍시까지 나눠주는 집 앞 감나무를 보면서 어찌나 존경스럽던지. 감나무를 닮고 싶어 육식을 식단에서 많이 덜어냈다. 살아있는 것들을 모두 감싸 안진 못하더라도 부러 해치는 일만큼은 줄이고 싶었다. 절대 못 끊을 것 같았던 우유도, 생선도 그런 마음으로 식단에서 덜어냈다. 여러 사람들과 함께 있을 때도 되도록이면 채식에 가깝게 식사한다. 혼자 있을 땐 완전 채식으로 식탁을 꾸린다. 불 쓰는 것도 싫어서 간소하게 식사하는 것이 습관이 됐다. 간장 넣고 비빈 밥에 김과 오이를 곁들이는 정도의 밥상. 건강하지 않은 식단일지는 몰라도 몸과 마음만큼은 가볍고 좋다.

식물이 좋다. 부러 남을 신경 쓰지 않고도 스스로 잘 사는 식물이 좋다. 먹고 싶은 것을 양껏 먹어도 더 선명하고 신선해지기만 하는 식물이 좋다.

내 노력이 닿지 않는, 자기만의 생을 살 생물을 반려로 들이는 건 쉽지 않은 일이지만 그로 인해 내 삶에 반짝하는 산 기쁨이 되기도 한다. 저자가 매일 조금씩 식물을 돌보며 기쁨을 누리는 것처럼, 나도 내 삶에 작은 기쁨들을 쌓고 싶다.

생은 얼마나 대단한가. 아무것도 아니면서, 대단하게 빛나지 않으면서도 다른 생을 돌볼 수 있다. 내가 할 수 있는 건 작은 기쁨을 곳곳에 밝혀두는 일. 내가 아닌 다른 생명에 마음을 쏟는 일.

살아 있어서 오늘도 식물을 돌볼 수 있었다.

아름다운 일이다.

《크레이지 가드너》 마일로 / 북폴리오 / 2022
《여탕 보고서》, 《극한 견주》 작가가 직접 식물을 키우며 쓴 그래픽 노블. 식물을 기르는 구체적인 팁부터 저자의 플랜테리어 실패와 성공담에 이르기까지 읽으면서 웃음을 멈출 수 없는 책. 식물 키우기에 대한 실용적 지식과 만화적 재미를 둘 다 놓치고 싶지 않다면 꼭 추천하고 싶은 책.

《아무튼, 식물》 임이랑 / 코난북스 / 2019
EBS 라디오 〈임이랑의 식물 수다〉를 진행하고 있는 저자가 식물 키우기의 여러 기쁨에 대하여 상세히 설명한다. '식물 집사'로서 식물의 삶이 사람의 삶과 어떻게 연결되는지 가볍지만 다정한 필치로 전한다.

《나는 풍요로웠고, 지구는 달라졌다》 호프 자런 / 김영사 / 2020
《랩 걸》을 쓴 호프 자런이 지구에 대해 연구하고 쓴 책. 지구와 환경의 연속성을 인간의 삶과 구체적으로 연결하여 설명한다. 달라진 지구 환경에 대해 인간으로서 다해야 할 몫이 무엇인지 고민하는 식물 집사들이 꼭 읽었으면 하는 책.

《정원에서 보내는 시간》 헤르만 헤세 / 웅진지식하우스 / 2013
헤르만 헤세가 직접 정원을 돌보며 쓴 글. 자연이 인간에게 주는 소소한 기쁨과 희망에 대해 이야기한다. 세계대전과 망명 생활을 겪은 작가가 영혼의 평화를 지키기 위해 하는 가드닝 이야기.

너에게 주고 싶은 사랑

제 목. **빨간 머리 앤**

지은이. **루시 모드 몽고메리**

출판사. **인디고, 2008**

우리 집 책장 가운데엔 장미꽃색 표지를 한 《빨간 머리 앤》이 꽂혀 있다. 하도 많이 꺼내 봐서 책등이 나달나달한 책이다.

사는 게 너저분할 때, 어딘가로 당장 떠나버리고 싶을 때는 입양될 거라고 철석같이 믿고 기차역에서 기다리는 앤 셜리가 이야기에 등장하는 장면을 펼친다. 그러면 어느새 나는 매슈가 되었다가, 마릴라가 되었다가, 앤이 되었다가 하면서 현실을 잊는다.

어릴 때 나는 앤 같은 학생이었다. 공상에 빠져 선생님 말씀을 놓치거나 해서 뭔가 터무니없는 실수를 자주 저지르곤 했기 때문이다. 초등학교 3학년 통지표에는 '떠들거나 소란스럽지는 않으나 혼자 딴생각을 할 때가 많아 주의를 요함' 같은 문장이 써 있어 엄마 마음을 아프게 했다.

어른이 된 지금은 그 몽상 능력을 아주 잘 써먹고 있다. 마음 아픈 일이 있을 때나 슬프고 우울할 때 나는 금세 현실을 떠날 수 있다. 창밖을 멍하니 바라보면서 5초만 있으면 생각이 절로 마음을 끌고 어디론가를 실컷 돌아다니다 한참 뒤에야 돌아오곤 한다.

그런데 딴생각 많은 것도 유전인가 싶다. 아이를 낳고 나서, 어릴 때 내 모습이 어땠는지 실제로 보게 되었다. 나를 꼭 닮은 아이는 학교에서 자주 혼이 난다. 쉬는 시간에 도서관에 갔다가 책에 빠져 수업 종 치는 줄도 모르고 있거나, 수업 시간에 창밖을 바라보며 멍하니 딴생각을 하거나 해서 선생님한테 야단을 맞는다. 2학년이 되고 나서는 수업 시간에 잠시라도 집중 안 하는 걸 못 참는 엄한 선생님을 만나 매일 혼나는 학생이 되었다.

아이는 자주 풀이 죽어서 하교했다.

하지만 어른들이 다그쳐도 아이의 태도는 잘 달라지지 않는다. 누구보다 내가 제일 잘 안다. 이게 누가 뭐라 한다고 고쳐지는 부분이 아니라는 것을. 마흔이 다 된 엄마도 그 버릇을 못 고치고 있다는 것을.

나로 말할 것 같으면, 어른이 되고서 사회적 가면을 쓰기는 쓴다. 누군가 흥미 없는 이야기를 길게 늘어놓아도 일단 고개를 끄덕끄덕하며 잘 듣는 척을 할 줄 안다. 하지만 생각은 영 다른 데 가 있어서, 맥락을 놓치고 엉뚱한 대답을 왕왕 한다. 그런 내가 아이한테 무슨 말을 할 수 있으랴.

하지만 매일 매일 혼나고 오는 아이를 보며 애가 달았다. 알림장에 괴발개발 숙제를 써 오는 것도, 책 읽는 데 빠져 왜 혼났는지조차 몽땅 잊어버리는 것도 종래엔 화가 났다. 결국 나는 몽상가인 앤을 혼냈던 어른들처럼 아이를 혼내고 있었다. '왜 이렇게 딴생각을 하냐, 이래서 뭘 똑바로 하겠냐, 정신 좀 차려라.' 같은 내가 어릴 때 제일 듣기 싫었던 말들을 쏟아내고 있었다. 스스로가 싫어지게 만들었던 말들, 못된 아이가 되어버린 것 같아 낙심하게 만들었던 말들을.

아이 때문에 괴로운 마음을 달래려 또 이 책을 펴들었다. 이번엔 앤이 아니라 마릴라와 매슈에게 몰입했다. 무지하게 수다스럽고, 몽상에 빠져 빵을 다 태우고 케이크에 바닐라 시럽 대신 진통제를 발라 손님상에 내가고, 친구에게 딸기 주스 대신 포도주를 준 정신없는 앤에게 마릴라와 매슈는 나와는 전혀 다른 반응을 보였다.

앤의 말은 기본적으로 열 문장이 넘는다. 앤 혼자서 떠드는 내용이 책 두 페이지를 가득 메울 때도 많다. 마릴라는 속사포처럼 쏟아내는 앤의 말을 한 번도 끊지 않고 끝까지 듣는다. 대부분 한 마디로 끝나는 마릴라의 질문에 비해 앤의 말은 장장 세 페이지에 달한다. 자신을 'Ann'이 아닌 'Anne'라고 불러달라고 앤이 장광설을 늘어놓자 "알았다, 그래, 'e'자가 붙은 앤아. 왜 이런 착오가 생겼는지 말해 보겠니?" 하고 말하는 마릴라에게 경탄을 금할 수 없었다.

처음에 농사일을 도와줄 남자애를 원했던 매슈는 또 어떤가. '저 애가 우리한테 무슨 도움이 되겠냐'는 마릴라의 말에 "우리가 저 애한테 도움이 될 수는 있지."라고 대답한다. 앤을 존재 자체로 받아들인다. 집안일을 돕고 아기를 돌볼 때만 가치를 인정받았던 앤이 한 번도 받아보지 못한 어떤 마음을 생면부지의 그가 준다.

원해서 아이를 낳고 나서도 '아이를 낳지 않았다면 어땠을까', '나는 애를 키울 자격이 없는 사람인데 정말 후회된다' 같은 생각을 곱씹는 나로선 매슈와 마릴라의 태도에 부끄러워질 따름이다. 앤을 데려오기로 결정한 후로 마릴라는 그 결정에 단한 번도 후회하지 않는다. 끝까지 앤을 착하고 바르게 키우겠다고 매번 새 마음을 먹을 뿐이다. 기도를 가르치고, 요리를 가르치고, 학교에도 보낸다. 1900년대 시대적 정서로선 파격적인 처사다. 고아인 아이를 입양하는 이유는 보통 일꾼으로 부려먹기 위해서였던 때였다. 하지만 매슈와 마릴라는 앤이 배우고 싶어하는 것을 지지하고, 정서적으로 물질적으로 지원하고, 소풍이 있으면 기꺼이 맛있는 도시락을 싸주었다.

기도를 할 줄 모르는 앤에게 무턱대고 따라 외우라기보다 더이상 어린애가 아니니 스스로 해보라고 말하는 마릴라. 앤 때문에 어려움을 겪을 때 실망하기보다 "어쨌거나 세상에 태어난 이상 제 몫의 어려움을 감당하지 않고 살 수는 없는 일이니까요. 지금까지는 그래도 꽤 편하게 살아왔는데 저한테도 마침내 올 게 왔나 봐요. 한번 열심히 부딪혀 봐야지요." 하고 말하는 마릴라. 엄격하고 딱딱하긴 했지만 마릴라는 앤을 전심으로 사랑해주었다.

물론 마릴라도 실수를 한다. 아끼던 브로치를 잃어버렸을 때 앤을 의심하고 다락방에서 나오지 못하게 벌을 준다. 하지만 결국 앤의 잘못이 아니란 걸 알아차리자 "지금껏 한 번도 속인 적이 없으니 네 말을 믿었어야 했는데. 물론 하지도 않은 일을 고백한 너도 잘못은 있어. 하지만 내가 널 그렇게 만들었다. 앤, 네가 날 용서해주면 나도 널 용서하마." 하고 사과한다. 그 후에 앤이 다이애나에게 포도주를 먹였을 때도(앤은 딸기주스라고 착각했다) 다이애나 엄마에게 자신이 대신 사과하러 갔으며, 코감기에 걸린 앤이 목사님 부부에게 바닐라 시럽 대신 진통제를 바른(병이 똑같아 착각했다) 케이크를 대접했을 때도 '내가 미리 말해주지 않아 잘못했다'고 사과한다. 누가 봐도 잘못했는데도 어린이에게 제대로 사과하지 않는 어른이 많은데 마릴라는 항상 정확한 언어로, 에두르지 않고 사과한다. 매슈에게도 "제가 잘못했다는 건 기꺼이 인정하겠어요. 저도 한 가지를 배운 셈이죠. 그리고 (앤이) 그렇게 잘못했다는 생각도 들지 않아요. 아무튼 제

책임이니까요. 저 애한텐 이해하기 힘든 구석이 있어요. 하지만 잘 자랄 것 같아요." 하며 자신의 부족함을 먼저 인정하고, 언제든 앤을 믿는다.

매슈는 매슈대로 표현이 부족한 마릴라 대신 앤에게 사랑을 말로 표현한다. 숫기 없고 말 없는 매슈에게 그것이 얼마나 큰 사랑의 표현이었을지 생각하면 늘 감동받게 된다. 매슈는 말없는 사람임에도 불구하고 앤에게만은 늘 사랑을 표현했다.

학예회에서 앤이 시 낭송을 멋지게 해낸 날 밤, 마릴라가 매슈에게 이렇게 말한다. "참 똑똑한 아이예요. 정말 예뻤어요. 오늘 밤 전 앤이 무척 자랑스러워요. 앤한테 그렇게 말하진 않겠지만 말이에요." 그 말에 매슈는 이렇게 답한다. "글쎄, 난 앤이 이층으로 올라가기 전에 그 애가 자랑스러웠다고 벌써 말해 줬는걸."

앤이 해야 할 일을 하지 않고 방 밖으로 나오지 않아 마릴라가 화가 났을 때도(사실 그때 앤은 염색을 잘못해 머리가 초록색이 된 상태였다) 매슈는 "글쎄다, 난 잘 모르겠구나. 너무 성급하게 판단하는 게 아닐까. 앤이 무슨 일인지 설명을 하겠지. 앤은 설명을 잘 하잖아." 하고 말한다. 이 문장을 읽을 때마다 나는 어쩔 도리 없이 울게 된다. 앤에 대한 매슈의 무한한 긍정과 지지를 그 문장을 통해 오롯이 느끼기 때문이다.

공상이 지나쳐서 자주 혼나는 앤에게 매슈는 마릴라가 없는 틈을 타 수줍게 속삭인다. "낭만을 완전히 버리지는 말아라, 앤. 조금쯤은 낭만적인 게 좋아. 물론 너무 지나치면 안 되겠지. 하지만 조금은 남겨 둬, 앤."

이 말은 사실상 네가 어떤 모습이든지 괜찮다는, 무한한 지지의 말이다. 양육자가 되니 마릴라와 매슈의 사랑법에 감명받고 배울 점을 발견하게 된다.

앤이 며칠 여행을 다녀왔을 때 마릴라는 손이 많이 가는 특별 요리인 통닭구이를 만들어 놓는다. 앤이 자신을 위해 만든 거냐고 묻자 마릴라는 이렇게 대답한다. "아니, 널 위해서 만들었단다. 오랜 시간 마차를 타고 오면 배가 고플 것 같아서 입맛나는 걸 준비해야겠다고 생각했지. 돌아와서 정말 기쁘구나. 네가 없으니 얼마나 적적하던지, 나흘이 이렇게 길었던 적이 있었나 싶어."

마릴라와 매슈는 앤이 갈망했던 부분을 아낌없이 채워주었다. 엄마도, 아빠도 아닌 사람들이었다. 심지어 부부도 아니었다. 독신으로 나이 든 남매가 앤을 진심으로 사랑하고 보살피면서 진짜 가족을 만들었다.

상급학교 시험을 앞둔 앤이 선생님이 되고 싶지만 돈이 많이 들지 않겠냐고 말하자 마릴라는 즉각 "그런 거라면 걱정할 필요 없다. 매슈 오라버니와 난 널 맡기로 했을 때 힘닿는 데까지 뒷바라지하고 좋은 교육을 받게 할 결심이었단다. 난 필요가 있든 없든 여자도 스스로 생계를 유지할 능력을 갖추는 게 좋다고 생각해. 매슈 오라버니와 내가 여기 있는 한 초록 지붕 집은 항상 네 집이야."

이 말을 듣고도 앤이 여전히 걱정된다고 말하자 마릴라는 태연하게 그럼 내년에 공부해서 다시 도전하면 된다고 말한다.

언제고, 언제까지고 앤을 지지하고 새로운 기회를 준다.

작가 루시 모드가 이 책을 썼던 시기는, 여자는 공부시킬 필요 없고 시집 잘 가는 게 제일이라고 생각되던 때였다. 실제로 앤의 절친한 친구 다이애나는 집에서 상급학교 공부를 시키지 않는다. 패션 감각과 화장 기술이 뛰어났던 다이애나가 현대의 여성이었다면 훌륭한 디자이너나 메이크업 아티스트가 되었을 것이다. 하지만 다이애나는 지금으로 치면 중학교 교육과정 정도만 마치고 더는 공부하지 못했다. 자식에게도 딸이라는 이유로 교육을 안 시켰던 시대다. 그러나 앤은 원하는 만큼 공부할 수 있는 기회를 약속받고, 마릴라는 그 약속을 끝까지 지킨다.

앤은 말한다. "린드 아주머니께서는 미국에서는 여자도 목사가 될 수 있고, 여자 목사가 있는 것도 같지만 캐나다에서는 아직 그 정도는 아니라며 앞으로도 절대 그런 일이 일어나지 않길 바란대요. 하지만 전 이유를 모르겠어요. 제 생각엔 여자도 훌륭한 목사가 될 것 같은데요. 교회 친목회나 다과회, 기금 마련을 위해 무언가를 하는 일은 모두 여자들 몫이잖아요."

아낌없는 지지를 전하는 양육자 밑에서 자란 앤의 생각은, 이미 성별과 시대를 뛰어넘어 미래를 보고 있었다.

《빨간머리 앤》의 결말을 '앤이 길버트를 사랑하게 돼서 대학을 포기했다'고 잘못 기억하는 사람들이 많다. 하지만 실제 결말은 이렇다. 전 재산을 맡겨 둔 은행이 부도나 가진 돈을 모두 잃게 된 것을 알게 된 매슈가 심장 마비로 갑자기 죽는다. 그 충격으로 마릴라마저 실명의 위기에 처한다. 결국 마릴라는 농장을 운영할 힘이 없어 초록 지붕 집을 팔기로 결심한다. 그 소식을 들은 앤은 고민 끝에 대학 장학금을 포기하고 마릴라 곁에 남는다. 눈이 잘 안 보이게 된 마릴라 대신 농장을 돌보고 초록 지붕 집을 지킨다. 서로에게 의지하며 함께 있기 위해.

어른이 된 이제야 앤을 조금쯤 이해하게 된다. 예전엔 높은 성취를 이루는 것이 무조건 중요하다고 생각했었다. 타인을 위해 학업이나 직장을 그만두는 사람은 자기 삶을 제대로 돌볼 줄 모르는 어리석은 사람이라 판단했다.

하지만 직업적 성취를 이루거나 돈을 많이 벌어야만 바람직한 삶, 좋은 삶은 아니라고. 인간의 삶은 그 자체로 너무나 귀해서 누구도 그 가치를 평가할 수 없는 것이라고. 자신이 옳다고 믿는 것을 성실하게 행하는 것, 다른 사람을 사랑하고 아끼고 돌보는 것이 사회적 성공보다 더 삶을 풍성하게 채운다고 생각하게 되었다.

앤이 대학에 갔으면 아마 사회적으로 성공했을 것이다. 글도 잘 쓰고, 낭송도 잘 하고, 공부도 악착같이 했기에 대학에서 문화생활을 누리며 새로운 문물을 배웠으면 앤의 삶은 더 윤택했을 것이다. 하지만 그러면 초록 지붕 집은 잃게 된다. 마릴라와 함께할 시간도 줄어든다. 에이번리 마을에서 먼 곳으로 떠나 살게 된다. 앤은 선택을 한 것이다. 전나무 너머로 태양이 떠오르고, 정원에 연분홍 꽃망울이 피어나며, 장밋빛 뺨을 한 다이애나가 옆에 있는 초록 지붕 집의 삶을 선택한 것이다. 엄마, 아빠가 아기 때 열병으로 돌아가셨던 앤으로서는 초록 지붕 집과 마릴라를 지키는 것이 무엇보다 중요한 일이었을 거다. 사랑하는 사람과 함께하는 시간이 다른 무엇보다 소중한 것이라는 걸 앤은 어린 나이에 깨달았던 것이다.

앤은 항상 가장 중요한 것이 무엇인지 알았다. 그리고 일단 선택한 것에 대해 돌아보며 후회하거나 괴로워하지 않았다. 언제나 낙심하지 않고 새로운 삶을 기쁘게 기대했다.

"전 그 어느 때보다 꿈에 부풀어 있어요. 단지 꿈의 방향이 바뀐 것뿐이에요. 게다가 집에서 독학으로 대학 과정도 조금씩 공부할 거고요. (…) 이제 전 길모퉁이에 이르렀어요. 그 모퉁이에 뭐가 있는지 모르지만 가장 좋은 것이 있다고 믿을 거예요. 어떤 새로운 풍경이 있을지, 어떤 낯선 아름다움과 맞닥뜨릴지 궁금하거든요."

"전 어른이 되면 여자 아이들에게도 어른에게 하듯 말할 거예요. 거창하게 말해도 절대 웃지 않을 거예요."

어린이가 뭘 모른다고, 어른보다 부족한 존재라고 생각하는 모든 어른들에게 이 책을 권하고 싶다. 하지 않았던 사과들, 자신보다 작고 약한 존재에게 베풀지 않았던 배려들, 뭘 모를 거라 생각해 저지른 난폭한 행동들의 의미를 어린이들은 다 알고 있다. 앤을 보며 그 사실을 깨닫는다.

아이에게 마릴라가 앤에게 준 것 같은 사랑을 주고 싶다. 생각만 하면 가슴이 따뜻해지는 초록 지붕 집처럼, 마음의 고향을 마련해주고 싶다. 실패해도 괜찮다는 것을, 언제나 모퉁이를 돌면 새로운 희망이 있다는 것을 느끼게 해주고 싶다.

아이에게 내가 줄 수 있는 가장 큰 재산은 희망일 것이다. 어떤 선택을 하든 새로운 즐거움이 있을 거라는, 어떤 경험도 실수나 실패가 아니라는 희망을 주고 싶다. 절망의 순간에도, 언제나 모퉁이를 돌면 가장 좋은 것이 마련되어 있을 거라는 지치지 않는 기대를 가질 힘을 주고 싶다. 상처투성이로 온 앤에게 매슈와 마릴라가 그랬듯이.

빨간 머리를 놀렸다는 이유로 동급생 머리를 석판으로 내리치고, 딴생각을 하다 빵을 무수히 태워먹고, 무지무지 수다스러워 말을 멈출 줄 몰랐던 앤을 속단하지 않고 믿어주고 이해하려 노력했던 매슈와 마릴라. 아이가 학교에서 받아쓰기만 좀 많이 틀려 와도 큰일이라도 난 것처럼 야단을 부리는 나. 그럴 만한 일이 있었겠지. 일단 기다려주자고 말하는 매슈와 마릴라를 보면 내 양육 태도는 늘 부끄러워진다.

시간이 지나며 자연스럽게 앤은 누구에게나 칭찬받는 아이로 잘 자라났다. 앤이 사고를 칠 때마다 마릴라가 꾸짖고 안달복달했다면 앤이 이렇게 마음이 강하고 사랑 많은 사람으로 자라나긴 어려웠을 것이다.

오늘 밤 잠든 아이 곁에 누워 조용히 이런 말을 떠올려본다. 내가 주고 싶은 사랑은 이런 것이다. 너의 삶을 변함없이 지지하며 존중한다. 너의 생각과 선택을 온전히 신뢰한다. 그러니 네가 원하는 일은 무엇이든지 할 수 있다. 언제나, 언제나 걷잡을 수 없는 슬픔의 힘을 옮겨서 새 희망의 정수박이에 들이붓길[2] 바란다.

---

2 한용운, 〈님의 침묵〉

《에이번리의 앤》 루시 모드 몽고메리 / 인디고 / 2017

에이번리에 교사로 정착하여 어른이 된 앤의 이야기를 그린 소설. 아이들을 진심으로 사랑해주는 앤의 모습이 따뜻하게 그려진다. 《빨간머리 앤》을 읽고 나서 여운이 가시지 않을 때 읽으면 더 좋은 책.

《키다리 아저씨》 진 웹스터 / 인디고 / 2014

빨간머리 앤과 마찬가지로 고아원에서 자란 제루샤 애벗이, 키다리 아저씨라 불리는 비밀에 싸인 후견인의 후원으로 대학교에 가게 되면서 작가로 성장하는 이야기. 편지 형식의 글로 쓰여져 금세 몰입하게 된다.

《이상한 나라의 앨리스》 루이스 캐럴 / 인디고 / 2017

앨리스라는 소녀가 환상 세계에서 겪는 모험 이야기. 어릴 때 그림책으로만 접했을 이야기를 긴 원문을 통해 읽으면 새로운 감상을 갖게 될 것이다. 이상한 세계에서도 낙담하거나 지치지 않고 주도적으로 모험을 이끌어가는 앨리스를 본다면 어린이든 성인이든 이 이야기에 빠져 들 수밖에 없을 것. 일상에 지칠 때, 낯선 세계로 떠나고 싶을 때 읽는 것을 추천한다.

《빨강 머리 앤의 정원》 박미나 글그림, 김잔디 역 / 지금이책 / 2021

앤이 사랑했던 작품 속 식물을 하나하나 수채화로 그려 엮은 일러스트북. 꽃, 나무, 풀, 열매가 그려진 우아한 그림 옆에 앤이 그 식물에 대해 어떤 말을 했는지 실려 있다. 머릿속으로 상상하기만 했던 책 속의 풍경이 눈 앞으로 성큼 다가와 흠뻑 빠져들게 한다. 너무나 사랑스럽고 아름다운 책.

우울할 때는 당신의 굴을 찾아간다

제 목	호빗
지은이	존 로널드 루엘 톨킨
출판사	아르테, 2021

나는 어릴 때부터 룬 문자가 새겨진 지도나 트롤이나 요정이 나오는 이야기에 환장했다. 용 이야기는 더 말할 것도 없다. 동양의 상서로운 용 이야기에도, 서양의 보물에 집착하고 사악하며 살생을 즐기는 용의 이야기에도 깊이 매혹되었다.

《호빗》은 잔뜩 먹고 빈둥거리기 좋아하는 주인공 '골목쟁이네 빌보'가 요정이 사는 어둠의 숲을 지나, 트롤과 고블린과 무시무시한 용을 물리치고 유서 깊은 보물을 되찾는 모험 서사다. 《호빗》은 내가 정신없이 빠져들만 한 모든 것을 갖춘 이야기의 강 같은 거였다. 나는 빌보가 처음부터 대단한 인물이 아닌 것에 외려 마음을 뺏겼다. 누가 봐도 영웅이 될 수밖에 없는 인물, 어떤 어려움에도 마음이 흔들리지 않는 인물이 주인공인 것도 멋지지만 아무래도 더 마음이 가는 건 세상 유혹에 약해서 끊임없이 흔들리는 인물, 선악의 기로에서 갈팡질팡하다 아주 오랜 고민 끝에 힘겹게 선한 길을 선택하는 인물이다. 나는 위대한 마법사 간달프가 주인공인 것보다 배가 불룩 나오고 털이 부숭부숭한 호빗이 주인공인 편이 훨씬 마음이 간다. 삶이 꿉꿉할 때마다 펴들 만한 책을 하나 꼽으라면 예외 없이 톨킨의 《호빗》을 꼽겠다. 나 자신만 속속들이 아는 나의 얄팍함과 좀스러움과 속물근성에 질릴 때, 내가 나인 게 지긋지긋할 때, 어김없이 《호빗》을 꺼내 든다. 현실의 남루함을 잊고 싶을 때 언제든지 풍덩 뛰어들기만 하면 절로 이야기의 강줄기를 따라 빌보의 모험에 동참할 수 있었다. 나는 위대한 모험을 하고 돌아온 빌보 배긴스의 사촌쯤 되는 호빗이 되어, 따뜻한 동굴 소파에 앉아 그의 모험담을 청해 듣는다. '땅속 어느 굴에 한 호빗이 살고 있었는데'로 시작되는 그의 이야기를.

《호빗》은 빌보의 풍요로운 굴에 대한 묘사로 시작된다. 빌보는 반짝이는 노란색 손잡이가 달린 초록색 문을 가진 안락한 굴에 사는 호빗[3]이다. 호빗은 체구가 아주 작은 종족으로, 다 자라도 인간의 체구 절반쯤 정도의 크기다. 재빠르고 조용하며, 가능하면 하루에 저녁을 두 번 먹는 것을 좋아한다. 모험이나 예상 밖의 행동을 싫어하며, 어지간한 일이 아니고서야 평생 자신의 굴을 떠나지 않는다. 그런 의미에서 빌보가 집을 떠나 긴긴 모험길에 나선 건 '호빗답지' 못한 태도였다(실제로 그는 모험에서 돌아온 이후 마을의 존경을 잃고 별종 취급을 받는다). 안온한 삶만을 추구하던 그는 간달프(그렇다, 긴 수염을 가진 유명한 마법사, 《반지의 제왕》에 나오는 간달프가 처음 등장하는 곳이 바로 호빗의 굴이다)의 추천으로 난쟁이들의 보물을 찾아 나서게 되는 장면을 읽으면 누구든 가슴에 모험의 불길이 일 것이라 확신한다.

난쟁이 일행과 호빗 빌보는, 용에게 빼앗긴 난쟁이 왕족의 보물을 되찾는 여정에 나서게 된다. 난쟁이들은 놀랍고 마술적인 보물들을 만들며 '너른골'이라는 지역에 모여 살았는데, 용 중에서도 가장 탐욕스럽고 강하고 사악한 스마우그라는 용에게 그 모든 것을 빼앗기고 뿔뿔이 흩어진지 오래였다. 난쟁이 왕의 후손인 소린은 용을 처치하고 너른골과 난쟁이 종족의 보물을 되찾으려 했는데, 몸집이 작고 재빠른 빌보를 정찰병 격으

---

3 톨킨이 만들어낸 종족. 아마도 인간을 의미하는 homo와 토끼 rabbit을 조합한 말.

로 발탁했다.

너른골에 난쟁이 종족이 정착해서 성을 짓고 살 때, 난쟁이 왕은 비밀 옆문을 만들었는데 그 비밀 문의 사용법은 룬 문자로 기록되어 있었다. 룬 문자는 아무 때나 읽을 수 있는 것이 아니며 특정한 시간대에 달빛으로 비춰봐야만 해독이 가능했다. 소린은 비밀 문의 위치와 사용법이 적힌 룬 문자 지도와 대대로 물려져 내려온 비밀 열쇠를 갖고 있었다(결국 이 모든 것을 기억하고 제대로 사용하게끔 돕는 사람은 그가 하찮게 여긴 호빗 빌보이다).

난쟁이들은 호빗을 총알받이 정도로 여기고 보물을 찾는 여정에 오른다. 같은 목적을 가지고, 서로 힘을 합치려 어깨를 겯고 떠났음에도 많은 순간 호빗도, 난쟁이들도 서로의 존재를 미워하고 싫어한다. 빌보는 "왜, 아, 왜 내가 호빗굴을 떠났을까!" 하고 후회하고, 난쟁이들은 "왜, 아, 왜 이 한심한 호빗을 보물 사냥에 데려왔을까!" 하고 괴로워한다.

하지만 호빗은 대단한 운을 타고난 존재였다. 햇빛 하나 통하지 않는 캄캄한 고블린의 굴에 난쟁이 일행과 꼼짝없이 붙들렸을 때조차 이 호빗에겐 운이 따르고 있었다. 저자 톨킨은 호빗이라는 존재에 대해 이렇게 설명한다.

"호빗은 일반적인 사람과 전혀 다르다. 그들은 굴 속을 다니는데 우리(여기서 '우리'는 인간 종족을 가리키는 듯하다. 톨킨은 언제나, 자신은 작가가 아니고 호빗 이야기를 전해 듣고 기록한 전승자일 뿐임을 강조했다)보다 익숙하고 땅속에서 방향감각을 쉽사리 잃지 않는다. 호빗들이 머리를 부딪쳤더라도 그건 마찬가지다. 게다가 그들은 아주 조용히 움직이고 쉽게 숨을 수 있으며, 떨어지거나 다치더라도 놀라울 정도로 회복이 빠르다. 더욱이 그들은 대부분의 인간들이 들어 보지 못했거나 아니면 오래전에 잊어버린 지혜로운 격언들을 머릿속에 간직하고 있다."

나는 호빗이란 존재에 대해 조금씩 이해하게 되면서, 어떤 위험에 처하든 결국 그가 해내고야 말 것이라는 것을 믿어 의심치 않게 되었다. 모두가 무시하고, 귀찮고 거치적거리기만 한다며 지청구를 받는 그런 존재가 사실은 누구보다도 운 좋고, 절망적인 순간에 결정적으로 일행의 목숨을 구하는 역할을 다하는 것을 《호빗》을 통해 몇 번이나 목도했다.

그는 그 자신이 깨닫지 못했던 순간에도 운이 좋았으며(바깥으로 나가는 유일한 길을 우연히 찾게 되거나, 거대한 거미들의 손아귀에서 가장 먼저 빠져나가거나) '대충 이렇게 하면 되지 않을까' 하고 행한 일이 놀랍도록 좋은 결과를 얻어냈다.

《호빗》을 읽으면서 나는, 스스로에 대해서도 신뢰를 갖게 되었다. 남들이 보기에는 지나가는 행인3 정도로 보이겠지만 사실은 나에게도 놀라운 행운이 있어서, 내가 알지 못하고 지나갔던 수많은 불행을 헤치고 지금까지 살아남은 것이 아닐까 하는. 눈에 보이는 게 다가 아니지 않을까 하는. 많은 순간 나는 빌보처럼 하찮게 여겨졌지만 사실은, 절체절명의 순간에 기지를 발휘할 수 있는 사람이지 않을까 하는. 세상의 모든 것이 죽도록 노력해야만 얻는 것은 아니고, 얼렁뚱땅 허술하게 시도한 나의 노력도 결국 어딘가에는 가닿지 않을까 하는. 그런 믿음이 빌보의 삶을 통해 조금씩 자라났다.

《호빗》에서 또 흥미로운 이야기는 골룸과 빌보와의 목숨을 건 수수께끼 내기다. 골룸은 고블린이 사는 땅굴 깊숙이 있는 호수 한가운데의 끈적거리는 바위섬에 사는 늙은 동물이었다. 고블린의 굴에서 길을 잃은 빌보는, 이기면 밖으로 나가는 길을 안내해주겠다는 골룸의 꾐에 목숨을 담보로 수수께끼 내기에 임한다.

> "수수께끼는 아주 오래된 신성한 게임이라서 사악한 동물이라도 이 게임을 하는 동안에는 속임수를 겁낸다."

갖은 어려움 끝에 수수께끼에서 이긴 빌보는 '우연히' 골룸의 반지(《반지의 제왕》에서 절대반지라 불리는 바로 그 반지이다)를 얻어 목숨을 구한다. 골룸의 반지는, 끼기만 하면 모습이 눈에 보이지 않게 되는 놀라운 마법의 반지였다. 그 반지 덕택에 빌보는 여러 차례 위기에서 벗어나 그의 모험을 완수하게 된다.

《호빗》의 색다른 재미는 상세한 묘사에서 나온다. 특히 먹을 것에 대한 세밀한 묘사는, 한 번도 맛본 적 없는 음식에 대해서까지 군침을 흘리게 한다. "견과류와 밀가루, 밀봉한 병에 담은 말린 과일, 붉은 질그릇에 담은 꿀, 오래되어도 상하지 않고 조금만 먹어도 멀리 행군할 수 있게 기운을 돋워 주는 두 번 구운 케이크"에 대한 이야기라든가, "버터와 꿀, 응고된 크림을 잔뜩 발라서 빵을 두 덩어리나 먹었고 꿀술을 최소한 1리터나 마시"고 있는 마법사의 이야기, 나무딸기 잼과 사과 파이, 고기 파이에 치즈, 돼지고기 파이와 샐러드, 찬 닭고기와 오이 피클이 가득한 호빗의 창고에 대한 이야기도 빼놓을 수 없다.

난쟁이들의 갖은 보물에 대한 묘사도 엄청나다. 특히 산의 심장이라 일컬어지는 난쟁이들의 거대한 보석, 아르겐스톤에 대한 설명은 그야말로 흥미진진하다.

"실로 그런 보석은 이처럼 엄청난 보물 더미에서도 두 개 있을 리가 없고, 전 세계에서도 단 하나밖에 없을 것이다. 그가 보물 더미에 오르고 있을 때 그 보물은 앞에서 흰 빛을 발하며 그의 발을 끌어당겼다. 그것은 서서히 희끄무레한 빛을 내는 조그만 공 모양으로 바뀌었고, 가까이 다가가자 흔들리는 횃불 빛을 반사하여 표면에서 명멸하는 무수한 색깔들의 광채를 발했다. (…) 오래전 난쟁이들이 산의 심장부에서 파내어 면을 깎고 모양을 다듬었던 그 커다란 보석은 그의 발치에서 그 자체의 빛으로 빛나면서도, 위에 닿는 모든 빛을 흡수하여 무지갯빛으로 물든 수만 가지 반짝이는 흰 빛을 발산했다."

이 번쩍이는 아르겐스톤에 요정 왕조차 매혹당해 마음을 빼앗겼다고 책에서는 말한다. 이런 세밀한 묘사를 읽고 있자면 나 또한 용의 굴 앞에 앉아 있는 듯하다. 황금과 보석으로 번쩍인다는 난쟁이족의 보물에 매혹되어 단 한 번이라도 그것들을 만져볼 수 있으면 좋겠다 생각하게 된다.

하지만 빌보는 남다른 주인공이었다. 처음엔 맛있는 음식과 아르겐스톤의 아름다움에 마음이 빼앗기지만, 그는 모험이 끝나지 않았음을 잊지 않았다. 겁이 나서 온몸을 덜덜 떨던 때에도 그는 그가 해야 할 일(용과 맞서거나 종족 간 전쟁을 끝내는)을 저버리지 않았다. 모험을 겪으며 그는 "오래전 골목쟁이네 집에서 손수건도 없이 허둥거리며 달려 나온 그 호빗과는 전혀 다른 인물"이 되었다. 모험을 하면서 위험은 피할 수 없는 것이라는 것을 진심으로 받아들였다. 용이 "살아서 돌아가기만 해도 운이 좋은 거야"라며 빌보가 모든 것을 포기하고 돌아서라며 저주를 걸 때에도 빌보는 끝까지 자신이 가야할 길로 나아갔다. 진정한 영웅의 면모였다. 전혀 흔들리지 않는 것이 아니라, 끊임없이 흔들리면서도 결국엔 자신이 옳다고 믿는 방향으로 나아가는. 유혹에 잠시 지쳐 나가떨어졌더라도 다시 나아갈 길로 무너졌던 무릎을 세우는 영웅의 면모를 모험을 통해 빌보는 갖추게 된 것이다.

그 후로도 빌보는 사악한 용 스마우그를 처치하도록 돕고, 요정과 인간족과 늑대와 고블린과의 전쟁에서 화해를 주도하고, 자신이 받을 황금과 은을 인간족에게 양보한다. 아름다운 보물들에 욕심을 낼 때도 있지만, 더 중요한 것은 친구들과의 우정이라는 것, 무사히 집에 돌아가는 것이라는 것을 모험을 통해 깨닫는다.

책을 덮기까지, 책에 등장하는 인물들 모두에게 이런 일이 일어나리라고 상상조차 하지 못했던 많은 일들이 일어난다. 나는 인생의 여정을 이 호빗이 겪은 모험에 비할 수 있지 않을까 생각했다. 삶이라는 책을 덮기까지, 살아있는 존재가 겪는 수많은 일들이 빌보의 모험에 비견할 수 있지 않을까.

난쟁이들에게는 복수와 보물이 생의 목표였던 것처럼, 내 생의 목표는 무엇이 될지. 또 생의 목표를 이루고 난 이후의 삶은 어떤 것일지 생각하게 된다. 모험이 끝나고 난 뒤의 내 얼굴이 빌보의 얼굴처럼 평안하고 기쁨으로 가득했으면 좋겠다. 또한 삶의 모험에 동참했던 친구들 대접하기를 기꺼워하는 사람이었으면 좋겠다. 나를 찾아오는 사람들에게 언제든, 맛있는 음식을 나눌 수 있는 사람이 되었으면 좋겠다. 내 생의 책 마지막 부분에 적힐 말이, 호빗에 나온 이런 문장이었으면 좋겠다. "그는 그의 생애가 끝날 때까지 아주 행복하게 살았다."

톨킨은 이렇게 말한다.

"참 이상한 일이지만, 갖고 싶던 좋은 것들이나 즐겁게 지낸 좋은 날들에 대해서는 말할 것도 들을 것도 별로 없어서 이야기를 해 봐야 금방 끝나 버린다. 반면 불안하고 가슴 두근거리고 심지어 무시무시한 것들은 좋은 이야깃거리가 되어 어떻게든 길게 이야기하게 된다."

내 반절밖에 안 되는 호빗이 겪은 그 무시무시한 경험들, 용을 마주해서 마음을 빼앗기고, 골룸에게 목이 졸릴 뻔한 그 일들은 실제로 내 마음을 틀어쥐고 놓아주지 않았다. 나는 호빗의 고통스러운 여정에 기꺼이 동참했으며 그의 짐을 나눠 지고 그의 굶주림을 함께 견뎠다. 며칠씩 아무것도 못 먹고 배를 곯으며 집으로 간절히 돌아가고 싶다고 호빗이 말할 때마다, 나 또한 한 번도 가본 적 없는 그의 굴을 갈망했다. 그의 여정에 함께

할 때만큼은 내 삶의 불안과 두려움을 잊었다. 그리고, 내가 겪은 무시무시한 일들이 결국엔 좋은 이야깃거리가 될 거라는 걸 믿게 되었다.

그래서 나는 사는 게 겁날 때마다 호빗 빌보의 굴을 눈을 감고 찾아간다. 나는 빌보의 굴을 찾아가 초록 문을 두드린다. 빌보의 집에는 항상 보글보글 끓는 찻주전자가 있으며 맛있는 씨앗 케이크가 있으며 잘 익은 적포도주가 있다. 그는 이미 저녁을 먹었지만 흔쾌히 나와 두 번째 저녁을 먹는다. 그리고 마치 처음 먹는 것처럼, 과일 케이크를 커다랗게 잘라 한 입 가득 떠먹는다. 새로 따라 온 맥주와 와인도 곁들여서.

빌보는 늘 그렇듯 친절하고, 그의 굴은 말끔하고 포근하다. 나는 그가 손님을 위해 벽에 박아 둔 못에 옷을 걸어두고 하룻밤 묵을 요량을 한다. 나는 그가 간달프를 처음 만났을 때의 이야기를 들으며 조금씩 마음이 풀어진다. 절대 올 것 같지 않던 졸음이 몰려온다. 나는 그의 긴 모험 이야기를 들으며 천천히 평안한 잠에 빠져든다.

그는 아마도 기꺼이 나에게 소파를 내어줄 것이고, 웃으며 이불을 덮어줄 것이다.

다음날 날이 밝으면 그는 아침 일찍 과일 케이크로 첫 번째 식사를 하고, 열시 반쯤 새로 커피를 끓여 두 번째 식사를 할 것이다. 배가 터지도록 부른 내가 그의 집을 떠나기 직전에, 아마도 그는 독수리 종족의 정중한 인사말로 안녕이란 말을 대신할 것이다.

"어디를 가든, 여행이 끝나서 당신의 둥지가 당신을 맞을 때까지 안녕히. 날개 밑 바람이 당신을 해와 달이 유영하는 곳으로 데려다주기를."

나는 벌써 그와의 만남을 다시 기대하기 시작한다. 내가 언제 찾아오든, 이 친절하고 별난 호빗은 손님을 기꺼이 환대할 것이다.

내가 만난 호빗은 그런 존재니까.

《반지의 제왕》존 로널드 루엘 톨킨 / 아르테 / 2023

《호빗》의 골목쟁이네 빌보가 가져온 골룸의 반지를 돌려놓는 여행에 대한 이야기. 반지를 둘러싼 선악의 대결과 여러 종족 간의 갈등, 전쟁 이야기가 장대하게 펼쳐진다. 평범하고 일상적인 인물이 어떻게 위대한 모험을 살아내는지에 대한 영웅 서사. 《호빗》의 다음 이야기가 궁금하다면 꼭 읽어보길 추천.

《끝없는 이야기》미하엘 엔데 / 비룡소 / 2003

평범한 소년이 환상 세계로 모험을 떠나는 이야기. 《호빗》에서처럼 일상적인 주인공이 모험을 떠나면서 때로 자아를 잃어버리기도 하고, 현실을 잊기도 하나 결국엔 성장한 자신을 찾아 현실로 돌아오는 회귀담의 구성을 하고 있다. 미하엘 엔데의 《모모》를 감동적으로 읽었다면, 같이 읽어보길 권한다.

아아, 미치도록 걷고 싶다

제 목　아이슬란드가 아니었다면

지은이　강은경

출판사　어떤책, 2017

이십 대 중반의 어느 날, 나는 제주도에 있었다. 오래 좋아했던 사람이 내민 청첩장 때문에 충동적으로 떠난 곳이었다. '너는 나에게 아무것도 아니었다'는 듯 보낸 청첩장(더구나 모바일로! 웃는 이모티콘 하나가 얄밉게 덧붙여져 있었다)을 잊으려고 비행기표만 예약해서 떠났다. 돈은 없었고 시간은 많을 때였다. 해외 여행을 갈 경제력은 없었지만 물리적으로 멀리 떠난 느낌을 갖고 싶었다. 비행기를 타면 그런 느낌을 받을 수 있을 것 같았고, 그래서 선택한 목적지가 제주도였다.

그땐 제주도가 지금처럼 힙한 관광지로 부상하기 전이었다. 더구나 5월이었다. 비행기표는 2~3만원 선이었고 운 좋으면 오천 원에도 끊을 수 있었다. 푯값이 제일 싼 요일을 골라 그냥 막 떠났다. 아무런 일정도 동행도 없이.

고등학교 수학여행 이후 처음 간 제주도였다. 섬이라 그런지 공항에서부터 공기가 달랐다. 향긋하고 푸근했다. 도로에는 커다란 야자수들이 줄지어 서 있었다. 야자수 덕분에 내가 살던 곳에서 아주 먼 곳으로 온 느낌을 효과적으로 획득할 수 있었다.[4] 그때부터 집 앞 산책에나 걸맞을 조악한 슬리퍼를 신고 매일 8시간씩 올레길을 걸었다. 누구와도 대화하지 않고 오직 나 자신에게만 침잠하는 시간이었다. mp3 플레이어의 배터리가 다 닳을 때까지 노래를 들으며 제주도의 흙길을 걷고 또 걸었다.

---

4 제주도에는 원래 야자수가 없었다고 한다. 남국의 경관을 연출하기 위해 정책적으로 야자수를 수입해 심고 가꾸었다고. "제주도는 80년대 초에 종려나무와 워싱턴 야자수를 가로수로 심고 가꾸기 시작하면서 이국적인 풍경을 제공했으며" - "야자수도 나무인가요?", 나무신문, 2016년 2월 3일 기사 참고.

누구와도 상의할 필요 없이 발 닿는 대로 떠날 수 있다는 건 편한 일이긴 했지만 때로는 여자 혼자 길을 걷고 있다는 사실에 두려움에 떨기도 했고 외로움이 사무쳐 혼자 눈물짓기도 했다. 오래 짝사랑했던 사람과 사랑도 집착도 아닌 지지부진한 관계를 맺다 홀로 떠나온 여행엔 이별의 아픔이 발걸음마다 질척질척 들러붙었다. 걷는 동안 마음은 과거에서 미래로 마구 시간의 웜홀을 통과해다녔다. 몸은 그런 마음을 묵묵히 견디며 어디론가 이동했다.

혼자 하는 여행에서 여행자는 고독한 관찰자에 지나지 않는다. 풍경이나 감상을 나눌 누군가가 없는 여행자는, 여행지에 완전히 녹아들지 못하고 관찰자로만 머물게 된다. 나 역시 현지에 녹아들지 못하고 관찰자가 가질 법한 감상을 주로 느꼈다. 바다가 눈이 시리도록 파래도, 해가 가슴이 미어지도록 처연하게 져도, 눈이 휘둥그레질 정도로 맛있는 음식을 먹어도 그 모든 것은 공유 불가능한 혼자만의 것이었다. 멋있는 그림을 보아도, 풍경을 보아도 혼자 느끼고 만다. 누구에게도 말할 수 없는 감상과 감동이라는 것은 얼마나 추상적인 것인지. 혼자 떠났던 여행은 윤기 없이 퍽퍽하고 뜬금없이 서러워지기 일쑤였다. 지금도 홀로 모든 시간을 보냈던 그 여행을 떠올리면, 1인분을 식당에서 해 주지 않아 2인분을 혼자 시켜 꾸역꾸역 먹었던 것, 어쩌다 잘못 들어선 길에서 출구를 못 찾아 낯선 길을 헤매며 길치인 자신을 탓했던 것들이 먼저 기억난다.

그런데 어째서 때로 혼자 하는 여행을 다시금 떠나고 싶어지는 걸까. 왜 '지금 당장 혼자 어디론가 갈래?' 하고 누군가 묻는다면 '기꺼이!'라고 대답하고 싶어지는 것일까. 혼자 낯선 곳에 머물렀던 시간 동안 때로 치가 떨리게 외로웠지만, 그 시간을 견디고 나니 다시 삶을 견딜 수 있을 것 같은 마음이 생겼기 때문일 거다. 오롯이 혼자서만 느끼는 모든 감정들이 다시 나를 일으켜 세웠기 때문일 거다. 나는, 지겹도록 스스로에 대해 생각할 수 있었던 시간들을 다시금 감싸안고 싶어졌나보다.

강은경의 《아이슬란드가 아니었다면》은 그야말로 여자 혼자 '견디는' 여행기다. 추위와 배고픔, 아픔과 외로움을 견디고 견디고 견디는 이야기.

50년 만의 혹한이라는 아이슬란드를 찾아가서 텐트 한 장으로 버티고, 혼자 트래킹하다 벼랑에서 떨어져 머리가 깨지고, 돈이 모자랄까 봐 마른 식빵 몇 장으로 허기를 달래고, 소설가라는 천명으로부터 밀려났다는 열패감으로 인한 외로움을 곱씹는 대책 없는 이 여행기를 읽으면서 든 생각은 '미치도록 걷고 싶다'는 거였다.

저자는 30년 동안 소설 쓰기에만 골몰했던 사람이다. 막노동으로 생계를 유지하면서 남는 시간엔 오로지 글만 썼다. 하지만 신춘문예의 좁은 틈을 뚫지 못하고 노안이 와버렸다. 자기가 쓴 글조차 잘 보이지 않자 그는 절필을 선언하고 가진 돈을 모두 털어 아이슬란드로 떠난다.

"북대서양에 위치한 작은 섬나라 아이슬란드. 남한 비슷한 크기의 영토에 32만여 명의 바이킹 후손이 산다는 땅. 행복지수 1위, 세계에서 범죄율이 가장 낮은 나라. 국민 열 명 중 한 명은 작가, 여섯 명 이상은 음악가. 최장수 나라. 땅이 요동치고 화산 폭발이 잇따르는 나라. 1600만 년 전에 출현해 지금도 태초의 모습을 품고 있는 곳. 백야와 오로라. 빙하가 뒤덮인 얼음 대지와 피오르 해안. 용암 지대의 이끼와 루핀이 핀 벌판과 폭포. 수증기와 간헐천이 뿜어져 올라오는 불의 땅"이라고 아이슬란드를 정의하면서 "객사를 하든 아사를 하든 이 여행을 꼭 밀어붙이고 말겠다"라고 다짐하는 작가를 보며 나 또한 그의 지독한 여행에 동행하고 싶어졌다.

이 책을 읽으며 나는 줄곧 아이슬란드를 궁금해한다. 실패가 낙인이 되지 않을 수 있는 삶을 살 수 있는 곳이란 어떤 데일까 하고.

나는 '안되면 말고' 같은 말은 농담으로도 못 하는 사람이다. 조그만 일에도 실패를 두려워한다. 학창시절, 반에서 작은 공연 같은 걸 할 때도 재밌자고 하는 공연인데 혹시나 한 동작이라도 틀릴까 봐 전날 밤 잠을 못 이루곤 했다. 글을 쓰면서도 단 한 문장도 실패하고 싶지 않다. 그래서 노트북 앞에 앉기까지, 한 문장을 쓸 때까지 갖은 용기를 끌어모아야 한다.

하지만 이런 간절함과 '성공'은 아무런 관계가 없다는 것이 나를 괴롭게 한다. 신춘문예는 벌써 몇 해째 최종심에도 들지 못하고 시원하게 낙방했다. 작은 공모전에도 이름을 올리지 못한 지 오래다.

이대로 영원히, 막연한 소설가의 환영을 붙잡으려 애쓰다 '실패한 인생'으로 남는 것은 아닐까 괴로웠다. 내가 작가가 되기에는 글렀다는 것을, 앞으로도 영 가능성이 희박할 거라는 것을 인정할 수 없었다. 누가 내 등을 탁 밀치며 '넌 이 방면엔 영

소질이 없어! 그냥 다른 거 해' 같은 말을 해주지 않는 이상 글 쓰는 일은 놓기가 어려웠다. 저자처럼 절필을 선언할 용기도 없는 거였다. 내가 가장 하고 싶은 일을 결국 실패했다는 것을, 그래서 그만둘 수밖에 없었다는 것을 받아들일 수가 없었다. 그러면 인생 전체가 실패로 낙인 찍힐 것 같았다.

나는 도무지 내 실패를 기뻐할 수 없는데, 아이슬란드는 실패를 도리어 찬양하는 나라라 한다. 책에서는 에릭 와이너의 《행복의 지도》의 문장을 인용하여 아이슬란드의 실패 예찬에 대해 이야기한다.

"우리는 훌륭한 실패담을 사랑한다. 그 이야기의 결말이 성공으로 끝나기만 한다면. 몇 번이나 실패를 겪은 뒤 눈부신 아이디어로 대박을 터뜨린 기업가의 이야기, 출판사에서 몇 번이나 퇴짜를 맞은 적이 있는 베스트셀러 작가의 이야기. 이런 이야기에서 실패는 성공의 맛을 더 달콤하게 해주는 역할을 할 뿐이다. 애피타이저처럼. 하지만 아이슬란드 사람들에게 실패는 메인 코스다."

저자가 우연히 만난 아이슬란드 할머니에게 이혼한 이야기와 절필한 이야기를 하며 '내 인생은 실패했다'고 말하자 할머니는 이렇게 답한다. 당신, 실패한 사람 맞냐고. 쓰고 싶은 글 쓰며 살았으면 됐지, 왜 실패자라는지 모르겠다고. 지금, 아이슬란드에 앉아 있는 당신이 인생을 실패했다는 말을 나는 이해할 수 없다고. 당신에게 산다는 건 대체 뭐냐고.

실패란 뭘까. 공모전 낙선이 인생의 실패라면, 인생도 실패도 참 시시한 것이다.

생각해 보니 나는 익히 겪었다고 생각한 실패에 대해 단 한 번도 적극적으로 파고들어 생각하지 않았다. 세상 사람들의 정의대로, 노력의 대가로 돈이나 명예를 얻지 못하면 실패라고 단정지었다. 정말 그렇다면 실패란 너무 납작한 것 아닐까. '실패'하기까지 쓰고 맵고 시큼털털한 모든 과정이 깡그리 생략되어 있다. 실패라는 결론을 거머쥐기까지 벌어지는 풍성하고 다면적인 일들은 지워질 수 없는 거였다. 밋밋했던 내 삶을 장식한 건 크고 작은 실패들이었다. 크리스마스 장식품처럼 조롱조롱 달린 실패들을 들여다보면 내 삶은 갖은 실패들로 오히려 반짝였다.

단편 하나를 완성하기 위해 지새운 밤들. 아침에 눈 뜨면서부터 잠들기 전까지 글을 이끌어가는 주인공에 대해 생각했던 시간들. 7교, 8교까지 보며 문장을 고쳤던 날들. 마침내 탈고해서 떨리는 마음으로 우체국에 빠른 우편을 부탁했던 순간들이 모두 내 실패였다. 내 실패는 단조롭지도, 허술하지도 않았다. 적어도 나 스스로 이 모든 일들을 실패라고 여기지 않으면 그 누구도 실패했다고 말할 수 없는 거였다. '낙방'이란 한 마디로는 감히 매듭지을 수 없는.

내가 그랬듯 저자도 '실패'를 옆구리에 끼고 걷고 또 걷는다. 발바닥이 불어터지고 발톱이 깨지고 심지어 머리가 깨져도 걷는다. 저자의 걸음을 보면 나도 모르게 그의 걸음을 응원하게 되고, 그의 실패를 예찬하게 된다. 그러다 보면 나의 무수한 실패도 그까짓 것, 하며 웃음으로 넘길 수 있게 되어버린다.

추운 날씨를 무척 싫어한다. 그런데도 이 책을 읽으며 원시 자연을, 용암을, 퍼핀을, 여우들을 '그리워'하게 되었다. 마치 보고 온 풍경처럼, 오래된 추억처럼.

걷고 싶다. 걸으러 가고 싶다. 오롯이 나 자신을 느끼며 걷고 싶다. 마음이 혼자서 어디까지 갈 수 있는지 이 몸으로 목도하고 싶다. 누구든 웃는 얼굴로 히치하이커를 태워주는 나라, 인구 대비 출판율이 가장 높은 나라, 텔레비전 황금 시간대에 독서 토론 프로그램이 편성되어 있는 나라, 가장 인기 있는 선물이 책인 나라, 노벨문학상 수상 작가가 있는 나라, 마을 도서관이 곳곳에 있는 나라, 강하고 독립적인 여자들이 산다는 나라, 한 번도 못 가본 사람은 있어도 한 번만 가 본 사람은 없다는 나라 아이슬란드로 홀로 떠나고 싶다. 용암이 흐르는 땅에 혼자 서 있고 싶다. 고통스럽겠지만 다시금 나 자신에게 오롯이, 깊이깊이 빠져들고 싶다. 여행지의 변화무쌍한 날씨와 예측할 수 없는 만남과 혼자 걸으며 겪는 작은 생각들에 강하게 매이고 싶다.

작가의 굶주린 여행길을 따라가다 보면 나 자신도 춥고 굶주린 그의 곁에 쪼그리고 앉아 있었다. 책 속 문장을 따라 한 번도 가보지 못한 먼 곳으로 마음이 먼저 휙 떠났다 돌아오곤 했다. 조금이라도 더 몸이 마모되기 전에, 제약들이 더 많아지기 전에 이 몸을 이끌고 머나먼 곳에 실제로 존재하고 있는 아이슬란드의 원시성을 보러 가고 싶다고 생각하고 또 생각했다.

저자는 열악한 환경 가운데서도 포기하지 않고 끝까지 자신만의 여행을 완성 시킨 사람이었다. 활화산처럼 타오르는 의지

가 그의 문장 곳곳에서 묻어났다. 나는 그의 문장을 읽는 것만
으로도 그 뜨거운 의지를 공짜로 주워갈 수 있었다. 자꾸만 나
약해지려는 마음 옆에 그의 문장들을 가져다 놓고 식지 않는 열
기를 옮겨 받았다.

"인생 전체를 실패했다 자각하고 절망에 빠져 시작한 여행이
다. 몸과 정신이 더 망가지기 전에 도전하고 싶었던 여행이다.
그렇다고 이 여행을 통해 지난 삶을 정리하거나, 무슨 인생의
해답을 구하겠다는 목적도 없다. 그저 순간순간 다가오는 모든
것들과 뜨겁게 부딪치고 있을 뿐."

끝까지 포기하지 않아 실패하지 않은 인생이라는 저자의 말
처럼, 나 또한 그런 삶을 살고 싶다. 언젠가 나도 단단하고 유연
한 마음으로 홀로 여행길에 오르고 싶다. 때로 춥고 외롭고 굶
주릴지라도, '미친 걸음'을 나서고 싶다. 이왕 삶에 나섰으니까.
더 많은 실패로 채워질지라도 이렇게 된 거 한 걸음이라도 더.
페타 레다스트. [5]

---

5   '잘 될 거야!'라는 뜻의 아이슬란드어(Þetta Reddast).

《행복의 지도》 에릭 와이너 / 어크로스 / 2021

〈뉴욕 타임스〉 기자로 일하던 저자가 '행복한 나라'로 불리는 곳으로만 떠난 여행 에세이. 아이슬란드 사람들이 어떻게 실패를 찬양할 수 있는지, 어떻게 예술가로서 살아가는지를 유쾌하게 다룬다.

⋯⋯⋯⋯⋯⋯⋯⋯⋯⋯⋯⋯⋯⋯⋯⋯⋯⋯⋯⋯⋯⋯⋯⋯⋯⋯⋯⋯⋯⋯⋯

《나는 걷는다》 베르나르 올리비에 / 효형출판 / 2022

강은영 작가가 아이슬란드 여행 갈 때 유일하게 챙긴 책. 만 이천 킬로미터에 달하는 실크로드를 직접 걸으며 여행한 이야기. 걷기를 사랑하는 사람이라면 그의 여정을 즐거움과 열정으로 함께할 수 있을 것이다.

⋯⋯⋯⋯⋯⋯⋯⋯⋯⋯⋯⋯⋯⋯⋯⋯⋯⋯⋯⋯⋯⋯⋯⋯⋯⋯⋯⋯⋯⋯⋯

《나의 드로잉 아이슬란드》 엄유정 / 아트북스 / 2016

아이슬란드의 장엄한 풍경을 그림에 담았다. 아이슬란드의 압도적이면서도 어딘가 비어있는 듯한 여백의 미를 느낄 수 있는 다채로운 그림들이 실려있다. 그림 옆에 실린 짧은 문장들도 마음을 울린다. 그림을 바라보는 것만으로도 아이슬란드에서 흘러나오는 잔잔한 감동을 느끼게 하는 아름다운 책.

05

내 마음대로 하와이

제 목 **시선으로부터,**

지은이 **정세랑**

출판사 **문학동네, 2020**

오랜만에 잭 존슨의 '〈Banana Pancakes〉'[6]를 들으며 어쩔 도리 없이 하와이를 떠올리고 말았다. 한 번도 가본 적 없는 하와이를 나는 꽤나 구체적으로 상상할 수 있는데, 그 이유는 정세랑의 《시선으로부터,》 덕분일 거다.

　어깨를 따갑게 태우는 햇빛이 비치고, 바람결에 과일 향기가 실려 오는 곳. 알로하 셔츠에 슬리퍼를 걸친 사람들이 있는 곳. 기다란 서핑 보드를 든 맨발의 서퍼들이 도로가를 걸어 다니고, 방금 바다 수영을 하고 나온 사람들이 젖은 머리로 테라스에 앉아 맥주를 마시는 곳. 도로에선 누구도 함부로 경적을 울리지 않고, 아무렇지 않게 길을 양보하는 곳. 자동차 뒷유리에는 'Welcome to Paradise'라 적힌 스티커가 붙어 있는 곳을 상상한다.

　그리고 그 풍경에 하와이에서만 맛볼 수 있다는 도넛, 말라사다를 얹어본다. 겉은 바삭하고 속은 폭신하고, 만들자마자 먹으면 입안에서 구름처럼 사르르 녹는다는 말라사다. 실제로 먹어보면 실망할지도 모르니까 그전에 미리, 상상 속의 맛을 당겨와 가공의 혀로 조금씩 녹여 먹어본다. 가루 설탕을 뭉쳐놓은 맛일까? 겉이 바삭하다면 크루아상 맛? 속이 폭신폭신하다면 솜사탕 맛? 와이키키 해변에서 말라사다를 먹는다면 그건 보통 맛이 아닐 거다. 남국의 정취가 플러스 백 개 된 맛, 그곳에 있는 사람만 오롯이 느낄 수 있는 그런 종류의 맛일 게다.

6　미국의 싱어송라이터이자 디렉터이자 서퍼인 잭 존슨이 만든 노래. '비도 오는데 늦게 일어나서 주말인 것처럼 시간을 보내자, 바나나 팬 케이크를 만들어줄게'라는 내용의 가사가 나온다. 다정하고 발랄한 잭 존슨의 목소리가 잘 드러나는 팝송.

하와이안 팬케이크도 책을 통해 미리 맛본다. 직접 가루를 배합해서 주문받은 즉시 만들어주는 따끈하고 촉촉한 팬케이크. 바닐라 아이스크림 맛이 난다는 팬케이크. 와이키키에는 주문받자마자 주인이 직접 바로 반죽해서 구워준다는 '헤븐리(Heavenly)'라는 이름의 팬케이크가 있단다. 얼마나 맛있으면 이름이 감히 천상의, 뭐 그런 거겠나 싶다. 마카다미아 소스를 듬뿍 뿌려주는 보드랍고 탄력 있는, 갓 구워 뜨거운 팬케이크를 칼로 슥슥 잘라 먹으면. 그러면서 창밖으로 보이는 하와이의 뭉게구름을 곁들이면. 말이 필요 없어지는 장면이 될 거다. 그 가게엔 아마도 잭 존슨의 노래가 흐르고 있을지도 모른다.

《시선으로부터,》는 주인공 심시선 씨가 죽고 나서 자식과 손주들이 그를 기리기 위해 하와이에서 제사를 지내야겠다는 이야기로 시작된다. 심시선 씨는 사실 인터뷰 인용문이나 가족들의 기억 속에서만 등장하는 이미 고인이 된 인물이다.

그는 하와이에 '사진 신부'로 이민 간 사람이다. 어린 나이에 외국인 노동자로 온갖 험한 일을 하며 생계를 이었던 한국 사람 중 한 명이었다.

하와이 이주 노동자가 된 사진 신부에 대해 더 알고 싶어 포털에 검색해보니 이런 내용이 나온다.

"초기 하와이 이민자들 중에는 미혼의 젊은 남성 노동자들이 많았기 때문에 결혼 문제가 심각하였다. 또한 하와이의 한인 노동자들은 이동률이 높아 농장주들도 한인 노동자들을 안착시키기 위해 미혼 남성들의 결혼을 추진하였지만, 독신의 한인 남성

들이 하와이 현지에서 타국인과 결혼을 하는 것이 거의 불가능
하였기 때문에 고국에서 이른바 '사진 신부'를 데리고 올 수밖
에 없었다.

미주지역에 사진 신부가 언제부터 왔는지 정확하지 않지만,
1910년부터 시작되어 1911년경부터 본격화된 것으로 확인된
다. (…) 그러나 사진 신부로 온 여성들은 하와이가 지상의 낙원
이라는 중매쟁이의 달콤한 말에 속아서 들어오는 경우가 대부
분이었다. 신랑이 신부를 불러들이기 위해 나이를 속이거나, 사
진을 젊게 조작하였다. 하와이에 온 사진 신부가 어느 정도였는
지는 정확히 알 수 없지만, 1910년에서 1924년 사이에 약 6백
명에서 1천 명 정도였을 것으로 추정된다."

이금이 작가의 《알로하, 나의 엄마들》이란 소설에도 1918년
에 사진 신부로 하와이에 팔리듯 시집간 세 여자의 이야기가 나
온다. 1918년엔 제2차 세계대전이 다가오고 있었고, 조선의 정
세는 어지러웠으며 친일파와 무장투쟁파, 문화투쟁파로 조선
인들끼리도 패가 갈려 싸우던 시기였다. 《시선으로부터,》가 시
대를 통과한 한 개인의 삶에 주목했다면, 《알로하, 나의 엄마
들》은 여성들의 삶을 통해 시대를 좀 더 면밀히 드러낸다.[7]

심시선 씨는 일제 강점기에 하와이로 이주한 거의 마지막 사

---

7 《알로하, 나의 엄마들》에서 하와이로 이민 가 고된 농장 일을 하다가 아기를 낳은 지 얼마
   안 된 아내에게 무장투쟁파인 남편이 이런 말을 하는 내용이 나온다.
   "고저 밥 굶기지 않는 아바지가 아니라 독립된 조국을 물려주는 아바지가 되고 싶누만."
   남편의 말에 아내는 이렇게 답한다.

진 신부였다. 하지만 신랑은 그가 하와이에 도착하기도 전에 죽어버린다. 신랑 없이 하와이에 정착해 세탁 공장에서 일하던 심시선 씨는 우연히 길에서 차가 고장난 독일 회화 거장 마티어스 마우어를 만나게 된다.

그는 길에서 만난 동양 여자를 '수집'하기로 마음먹고, 교육의 기회를 주겠다고 제안한다. 하지만 심시선 씨를 기다리고 있던 것은 교육이 아니었고 나이 든 거장의 음습함과 치졸함 아래에서 생존을 위협당하는 일이었다.

"마티아스가 지구 곳곳에서 수집하여 뒤셀도르프로 데려왔던 여자들이 어떻게 되었는지, 추적할 수 있는 빵 부스러기는 사방팔방에 존재했다. 누군가는 울면서 왔던 곳으로 돌아갔고, 누군가는 술과 약물에 중독되어 비참한 꼴이 되었다. 나는 살아 남고 싶었기 때문에 숨죽인 채 생존 전략을 짜야 했다. (…) 탁월한 재능이 엿보인다고, 좋은 기회를 주겠다고, 나에게 관심 있어 할 사람들을 소개해주겠다고 후하게 제시하는 사람을 그냥 믿어서는 안 되었다. 나는 경험 부족에서 비롯된 잘못된 판단으로, 유명하고 힘있는 남자의 손에 떨어진 여러 여성 중 한 명이었다."

"그렇지만서도 우선 내가 살아야 독립이고 뭐고 있는 기 아닙니꺼?"

남편은 결국 아내의 만류에도 불구하고 중국으로 항일투쟁을 하러 떠난다. 갓난쟁이가 어른이 될 때까지 긴 시간을 조국의 독립을 위해 싸우다 불구가 되어서야 겨우 집으로 돌아온다. 십 대에 시집왔던 아내는 사십 대가 되었다. 아이들 먹여 살리느라 고생을 너무 많이 해 외모만 보면 노인과 다를 바 없어졌다. 하와이 이주 노동자의 삶이란 그런 것이었다.

심시선 씨는 마티아스 마우어의 눈에 띄지 않게 숨어서 그림을 그린다. 그리고 그림을 모아 마침내 혼자 전시회를 연다. 전시회를 준비하면서 맺은 인연들의 도움으로 결국 스스로 그의 손에서 탈출했고, 한국 예술사의 획을 긋는 사람이 되어 세 번 결혼하고 자식을 많이 낳고 돌보았다.

나는 이 책에서 끝까지 생을 놓지 않고 자신을, 그리고 타인을 살린 여성을 본다. 잠시라도 심시선 씨와 함께 살았던 인물들은 모두 그를 기억했으며 그의 경계 없음을, 에두르지 않는 다정함을 좋아했다.

내가 사랑하는 여성들은 하나같이 심시선 씨의 모습을 무척 닮아 있어 책을 읽으면서 몇 번이나 놀라곤 했다. 자신의 삶을 정갈하게 돌보면서도 타인의 어려움을 기꺼이 돌아보는 여성들이 책 속에서 계속 떠올랐다. 네 것 내 것 선 긋지 않고 언제나 풍성히 나누고 쾌히 도와주었던, 소소한 이야기에도 일부러 시간을 내어 귀기울여 들어주고 함께 안타까워해주었던, 함부로 해결책을 제시하지 않는 섬세하면서도 마음이 강한 아름다운 여성들이 심시선 씨의 이야기에서 함께 피어올랐다.

나는 모임 자리에서 즐겨 말하는 사람이다. 책 모임이며 글쓰기 모임이며 영어 스터디며 모임도 잦다. 말이 많아서인지 말실수도 종종 한다. 그런 실수를 오래 곱씹으며 괴로워하는 사람인데도 그렇다.

얼마 전에도 독서 모임에 나가서 '이 책은 너무 읽기 힘들었어요. 나랑 정말 안 맞는 책이에요.' 이런 말을 해버렸다. 그런데 집에 돌아와 생각해보니 그 책을 좋다고 말했던 사람들이 그 말을 듣고 마음이 어땠을까, 그 사람들과 안 맞는다고 면전에서 말한 거나 마찬가지 아닌가 싶어 마음이 괴로웠다. 며칠 끙끙 앓다 평소 의지하는 한 언니에게 이 이야기를 했다. 그러자 언니는 이렇게 말했다.

"수현 씨, 좀 실수해도 괜찮아. 그런 걸로 수현 씨를 싫어하거나 오해하게 되지 않아. 우리끼리는 좀 실수해도 되잖아. 우리는 그런 사이야."

심지가 곧고 강한 언니의 말에는 내가 정말 듣고 싶었던 말, 되고 싶었던 관계가 다 들어 있었다. 언니는 사람이 매사 완벽할 수 없다는 것, 하지만 그래도 괜찮다는 것을 말해주었고 나를 존재 자체로 수용해주었다. 그건 나 스스로에게도 못 해주던 일이었다.

나는 이런 마음이 단단한 여성들에게 끌렸고 그들을 사랑했다. 심시선 씨도 그런 사람이었다. 아무렇지 않게 다른 사람을 살리는 말을 툭 던져주곤 했다. 그가 미술학부 졸업 축사에서 이런 말을 한 것이 기억난다.

"관절은 타고나는 부분이 커서 막 써도 평생 쓰는 경우가 있고 아껴 써도 남아나지 않는 경우가 있어 불공평합니다. 하지만 어쩌겠습니까? 모든 면에서 닳아 없어지지 마십시오."

나는 이 말을 이렇게 받아들였다. 나는 대단한 능력을 타고난 사람이 아니며 죽어라 노력해야 겨우 될까 말까 하는 사람이다. 하지만 그건 어쩔 수 없다. 어쩔 수 없는 부분은 그냥 그대로 둔다. 불공평하다고, 억울하다고 우는 일에 더 이상 시간을 쓰지 않기로 한다. 고통으로 내 삶을 닳게 만드는 일을 그만하기로 한다.

나의 목표는 닳아 없어지지 않는 것. 어떤 형태로든 끝까지 가는 것. 모든 면에서. 생활에서도, 글 쓰는 일에서도. 너무 지나치게 애써서 존재를 소진하지 않는 것.

> "여자도 남의 눈치 보지 말고 큰 거 해야 해요. 좁으면 남들 보고 비키라지. 공간을 크게 크게 쓰고 누가 뭐라든 해결하는 건 남들한테 맡겨버려요. 문제 해결이 직업인 사람이 따로 있잖습니까? 뻔뻔스럽게, 배려해주지 말고 일을 키우세요. 아주 좋다, 좋아. 좋을 줄 알았어요."

심시선 씨의 문장들 덕분에, 내 불민함에도 불구하고 또 하루를 견딜 수 있었다.

또, 작품에 등장한 에디와 '에디 우드 고(Eddie Would Go)'에 대한 이야기를 빼놓을 수 없다. 하와이 출신의 에디 아이카우는 물에 빠진 사람을 500명도 넘게 구한 노련한 서퍼였다. 그러다 그가 소속된 탐사대가 바다에서 조난을 당하자, 바로 나서서 구조대를 불러오겠다며 혼자 험한 물살을 가로질러가다 실종되어 지금까지도 찾지 못했다. 에디가 실종된 후 미국 전역에 '에디 우드 고'라는 문장이 캐치프레이즈처럼 사용될 정도였다. '에디 우드 고'라는 말은 '에디라면 갔을 거야.'라는 뜻으로 "결정적인 순간에 타인을 위해서 어떤 일을 할 것인가, 스스로 다치게 되어도"라는 말로 쓰이게 되었다.

　나라면 폭풍우를 뚫고 갔을까. 아마도 갔을 것이다. 하지만 에디같이 온전히 타인을 돕기 위해서는 아니었을 거다. 나는 아무도 원하지 않는데도 혼자 책임감 떠맡는 일을 늘 선택해왔으니까. 가야만 하는 상황에 가지 않는 것을 견디지 못하니까. 도움이 될 수 있는 상황에서 혼자 빠지는 일을 못 견디니까. 나는 그렇게 존재 이유를 확인하는 사람이니까.

　착해서가 아니다. 내 삶이 때로 너무 얄팍하고 무가치하게 느껴져서, 존재 이유를 목숨을 던져서라도 확인하고 싶어서다. 누군가와 연결됨으로써, 누군가의 삶에 영향을 미치는 삶을 선택함으로써.

　나는 결코 온전히 선해질 수 없는 사람이었다. 그런 스스로가 싫고 미울 때가 많았다. 하지만 에디의 이야기를 거듭 복기해보다가 문득, 에디도 망설이지 않았을까, 하는 생각이 들었다.

　에디도 고민하지 않았을까? 점점 커지는 파도와 거세지는 물살이 몸을 덮칠 때 두렵고 후회되지 않았을까? 하지만 또 사람을 구해야만 하는 때가 온다면 에디는 언제든지 자처해서 떠났을 것이다. 두려움과 망설임과 불확실성을 안고서.

　단단하고 확고한 마음은 아니지만, 나도 에디처럼 떠나는 사람이 되었을 것이다. 결국에는 떠났을 것이다. 더없이 올바르고 도덕적인 마음으로 남을 돕는 사람은 못되었겠지만, 내 존재 이유를 확인하기 위해서라도 선한 길을 선택했을 것이다. 나란 사람은 그렇게 유약하니까. 그래서 어떤 부분에선 나를 버리고 남을 살리는 선택을 했을 것이다. 사실 에디가 어떤 마음이었는지 정확히 알 수는 없다. 하지만 내 안에 살아 숨쉬게 된 에디의 이야기가 나의 연약한 부분을 위로하고 덮어주었다.

지금의 하와이를 마냥 파라다이스라고 말할 수는 없을 것이다. 쿡 선장으로부터 들어온 전염병으로 원주민 90% 이상이 사망했고, 열강의 침략에 전통 문화가 지워지고 억압됐다. 원주민의 혼을 담은 춤인 훌라도, 우쿨렐레 연주도 관광용으로만 소비되고 있다. 얼마 전엔 마우이 섬의 산불로 수천 명의 이재민이 발생했고 수백 명의 사람이 죽었다. 불길을 피해 바다에 뛰어든 사람들의 시신이 발견됐다는 기사를 읽을 때마다 가슴이 무너져내렸다. 삶의 터전이었던 바다에서, 자기 집 앞에서 늘 보던 그 바다에서 목숨을 잃게 되다니.

더 처참했던 것은 제일 피해를 많이 입은 라하이나 바다에서 관광객들이 스노클링을 하고 있다는 거였다. 유해 수습도, 피해 복구도 안 된 곳에서 아무렇지 않게 웃으며 놀 수 있는 마음은 대체 어디서 오는 걸까. 어떤 마음이 타인의 비극에 아랑곳하지 않고 자기 재미만 찾을 수 있게 하는 걸까. 그 마음엔 도대체 뭐가 들어 있을까. '내 일 아니니까'라고 생각할 수 있는 마음은 어디서 오는 걸까. 심지어 언론에 보도된 산불 피해 생존자들에게 연락해 '당신네 땅이나 집을 사겠다'고 연락한 사람들도 있었다 한다. 삶이 망가진 사람들을 찾아내 그들이 가진 유일한 땅을 빼앗으려는 잔인하고 흉측한 마음을 가진 사람들을 생각하면 사는 게 무서워졌다.

잠들지 못하는 밤이면 나는 한 번도 침략당하지도, 한 번도 태풍으로 인해 피해 입지 않은 하와이를 구체적으로 상상해본다. 누구도 바깥 것으로 인해 고통받지 않은, 마땅히 그러했어야 할 '진짜 하와이'를.

다른 사람들이 비웃을까 봐 한 번도 말한 적 없는데, 나에겐 구체적으로 백일몽을 꿀 수 있는 능력이 있다. '현실의 나' 껍데기를 의자에 남겨두고 멀고 먼, 세상에 존재조차 하지 않는, 나만 아는 그런 곳으로 별안간 날아갈 수 있는 그런 능력이.

오늘의 능력은 나를 하와이에 데려다주었다. 한 번도 정복당한 적 없었던 여름 바람과 질푸른 하늘과 바다 내음을 곁들여 팬케이크를 먹고, 훌라를 배웠으며, 햇빛에 그을린 검고 탄탄한 피부를 가진 에디와 만나 큰 파도를 타고 오래오래 서핑을 했다. 마땅히 가져야 할 웃음을 잃지 않은 사람들을 만나고 왔다.

내 마음대로, 하와이에서.

《꿈꾸는 하와이》 요시모토 바나나 / 민음사 / 2014

《키친》을 쓴 요시모토 바나나가 하와이에 머물며 쓴 에세이. 책을 덮고 나면 훌라를 당장 배우러 가서 쿠무 훌라(훌라 선생님)에게 나만의 하와이 이름을 받고 싶은 마음이 든다. 하와이에 대한 애정이 흘러넘치는 따뜻한 에세이.

《하와이하다》 선현경 / 비채 / 2019

만화가 선현경 작가가 배우자 이우일 만화가와 함께 하와이에 수년간 머물며 쓴 에세이집. 비치 보드를 타며 느낀 파도의 물결에 대한 작가의 생각이 생생하게 묘사되어 있다. 하와이에 오래 머문 사람의 삶과 감상이 궁금하다면 꼭 읽어보길 추천. 하와이로 떠나 큰 파도를 잡아 타고, 찻잎으로 레이를 만들고, 훌라를 배우고 싶어지게 만드는 책.

《알로하, 나의 엄마들》 이금이 / 창비 / 2020

하와이 이민 1세대인 사진 신부의 삶에 대한 소설. 실제 역사를 기반으로 한 이 소설은 결혼할 남자의 사진 한 장만 받아들고 고국을 떠날 수밖에 없었던 일제 강점기의 여성의 삶을 그려낸다. 이념 갈등과 혹독한 노동 사이에서도 끝까지 서로에 대한 신의와 연대를 놓지 않았던 여자들의 삶을 그려낸 책.

《하와이 사진 신부 천연희의 이야기》 문옥표 외 / 일조각 / 2017

사진 신부 천연희의 삶을 통해 하와이로 이주한 한국 여성의 삶을 상세히 들여다볼 수 있는 책. 한인 이주 여성 천연희 씨가 남긴 24개의 구술 녹음 테이프에 대한 내용과 그가 직접 쓴 7권의 노트 원문이 실려 있다. 개인의 이민사, 여성사를 문화, 정치, 사회적으로 해석해서 접할 수 있게 해주는 생활문화사적 기록물.

06

그림이 필요한 순간

제 목. 그림은 위로다

지은이. 이소영

출판사. 홍익출판미디어그룹, 2021

마음에 난 구멍이 영영 채워지지 않을 것 같은 날이 있다. 인생에 남은 게 없는 것 같은 날. 허술하게 메우고 산 시간 사이로 찬바람이 휭휭 부는 것 같은 날. 유난히 한기가 느껴지는 날. 나만 문 바깥에 서 있는 것 같은 날.

그런 날은 책도, 영화도 눈에 들어오지 않는다. 책의 글자들은 너무 반듯하고 단정해서, 영화에 나오는 사람들은 내 마음 하나도 모를 것 같아서 괜히 더 서러워진다.

그런 날에 마음을 돌보는 방법이 한 가지 있다.

그림을 보는 일.

그림을 보는 일은 풍경을 보거나 사진을 보는 것과는 다른 행위이다. 그림을 보는 일은 고요하고 묵직하다. 그림을 완성하기까지 매달려 온 작가의 삶과, 그림과 맞닿아 있는 시대와, 그림을 바라보는 나의 삶까지 모두 담기는 일이다. 나는 그림을 봄으로써 마음에 떠 있던 온갖 불순물들을 가라앉힌다. 그림의 무게로 부유하는 괴로움들을 눌러두고, 시끄럽고 번다한 일들을 멀리 밀친다.

나는 이소영 작가의 《그림은 위로다》를 통해 마음이 어려울 때마다 그림을 보는 일을 배웠다. 이 책은 미술 교육인으로 오래 일한 작가가 사람들에게 그림을 통한 위로를 건네고자 '아트 메신저'로서 쓴 것이다.

책의 첫머리에는 이런 문장이 실려 있다.

"세상이 내 뜻대로 되지 않을 때, 나를 자꾸 패배자로 만들 때 우리는 어디에 기대서 이 세상을 살아가야 할까? 나는 그 답이 여전히 '예술'에 있다고 믿는다. 음악을 듣고, 미술 작품을 보고, 한 사람의 인생이 담긴 영화를 보고, 문학을 읽는 과정은 우리를 비로소 인간답게 만든다."

예술을 통해 나는 인생을 가다듬는다. 이기고 지는 것이 인생의 전부가 아님을 생각한다. 산다는 것이 허허벌판에 홀로 서 있는 것이 아님을 깨닫는다.

글도, 그림도 이 세상에 원래 없던 것을 창조하는 과정이기에 필연적으로 괴로움을 동반한다. 누구도 열심히 하라고 등 떠밀어 주지 않기에, 오롯이 스스로가 스스로를 등 다독여 끌고 가야 하기에 외로움은 필수 선택이다.

많은 예술가들의 삶이 괴로웠던 이유는 작품을 만들어내는 것이 혼자 시작하고 혼자 마쳐야 하는, 오롯이 홀로 감당해야 할 작업이었기 때문이 아닐까 한다. 심지어 괴로움에 떨며 작품을 완성해도 세상에서 받는 평가가 무관심이나 비난뿐인 경우도 많다. 글을 쓰면서 노상 외롭고 괴로운 나는 그림을 볼 때마다 '부족한 인간으로 살아갈 수밖에 없는', 더없이 인간적인 위로를 받는다. 외로운 사람들이 부대끼면서 어찌어찌 세상을 살아내는, 전우애에 가까운 위로이다.

"살아가다 보면 이유 없이 슬픈 날이 있다. 서른이 훌쩍 넘고 나니 슬픔에 꼭 이유가 있어야 하는 것은 아니란 사실을 알게 되었다. 마음이 헛헛해서다. 큰 사건이 생긴 것도 아닌데 괜히 슬퍼지는 것은 외로워서다. 그런 날에는 흘러내리는 그림을 본다. 강물이 흘러내리든가, 물감이 흘러내리든가, 눈물이 흘러내리든가, 상처가 흘러내리든가, 무엇이든 흘려보내야 하는 날, 흘려보내고 또 흘려보내서 남은 것이 없어야 개운해진다."

이 문장과 함께 실린 그림은 알렉산드르 브누아의 〈바젤 강변의 비〉다. 흙탕물 색으로 기분 나쁘게 흐린 하늘을 나뭇잎 하나 달려 있지 않은 메마른 나뭇가지가 가로지른다. 멀리 보이는 건물은 딱딱하고 어두우며 사람 하나 없다. 건물 그림자가 비치는 강물조차 탁하고 거뭇거뭇하다. 강 옆의 길을 지나는 한 사람은 칙칙한 붉은색 우산을 간신히 붙잡고 맞바람을 견디고 있다. 그 그림에서 유일하게 의기양양해 보이는 존재가 있는데, 바로 검둥 강아지다. 꼬리 끝을 들어올린 채 발걸음마다 작은 웅덩이를 만들며 걷고 있다. 왠지 착, 착, 착, 착 하는 소리가 들릴 것만 같다. 작가는 이 그림을 두고 이렇게 말한다.

"나에게 그림을 보는 것은 스스로를 위로하는 행위이다. 열린 마음으로 그름을 본다면 우리는 그 안에 화가가 남긴, 혹은 화가 자신도 미처 의식하지 못했으나 후세 사람들이 발견하는 또 다른 의미를 느낄 수 있다. 아무리 위대한 그림이라고 해도 보는 사람이 받아들이지 않으면 낙서보다 의미가 없다. 또 평범한 그림도 열린 마음으로 대하면 배울 점을 찾아내게 된다."

나는 마음의 날씨가 흐릴 때마다 〈바젤 강변의 비〉 그림을 오래도록 들여다본다. 좋은 일이라곤 일어나지 않을 것같이 잔

뚝 흐린 하늘과, 불친절해 보이는 앙상한 나뭇가지와, 추레해 보이는 옷을 입은 사람들과, 신발을 축축하게 만들 것 같은 더러운 웅덩이를 본다. 그리고 마지막으로 점을 찍듯 강아지를 본다. 어떤 날엔 강아지 꼬리가 더 올라가 보이고, 어떤 날엔 마지못해 꼬리를 흔들고 있는 것 같기도 하다. 볼 때마다 다른 부분이 보인다. 한참 비오는 바젤 강변을 바라보다 보면 내가 그림 속 인물들과 함께 강변을 걷고 온 것만 같다. 거추장스럽게 내리는 비를 겨우 피해 온 것 같다. 그런 생각이 들면, 내가 앉아 있는 곳이 어디든 이 그림보다는 좀 덜 초라하게 느껴진다. 눈앞에 보이는 풍경도 조금 덜 삭막하다.

워싱턴 국립 미술관 큐레이터였던 앤드루 로비슨은, 명화란 보는 것만으로 마음에 변화가 일어나게 해야 한다고 말했다. 그런 의미에서 〈바젤 강변의 비〉는 나에게 명화로 다가온다. 볼 때마다 마음이 덜 후줄근한 방향으로 이동하게 되니까.

내게 다가온 다른 명화는 고흐의 〈꽃피는 아몬드 나무〉다. 민트색 바탕의 이 그림을 싫어하는 사람이 있을까? 나는 마음이 축축하고 그늘질 때마다 〈꽃피는 아몬드 나무〉를 본다. 환한 그림이라 많이들 생각하는데, 자세히 보면 그렇지만은 않다. 원제는 〈Almond Blossom〉인데, '꽃피는 아몬드 나무'라고 번역한 부분이 이해가 된다. 이 작품엔 꽃이 피는 과정이 그려져 있다. 흰 꽃망울이 너무 많이 벌어져 시들시들해 보이는 부분도, 덜 벌어져 과연 온전히 필 수 있을까? 싶은 부분도 있다. 그림 전체로 힘차게 뻗어진 가지 중에서도 말라 비틀어진 것 같은 가지도, 그림자 져서 어둑어둑한 가지도 있다.

그늘진 가지의 부분을 그리면서 고흐는 무슨 생각을 하고 있었을까. 어쩐지 나는 그늘진 부분의, 겨우 꽃망울 하나를 달고 있는 가지가 내 삶 같아서 자꾸 어두운 부분을 더 눈여겨 보게 된다. 고흐가 살아있을 때 세상으로부터 어떤 관심도 얻지 못했다는 것을 알고 나서는 설거지를 하다가도, 그냥 길을 걷다가도 그에 대해 자꾸 생각한다.

언젠가 고흐와 테오가 주고받은 편지를 모아 엮은 책을 읽은 적이 있다. 둘 사이의 신뢰와 깊은 사랑이 편지에 절절하게 묻어났던 것으로 기억한다. 끊임없이 불안하고 소용돌이쳤던 내면 가운데서 테오는 고흐에게 멀리서 반짝이는 오롯한 빛 같은 존재였을 거다. 그런 테오를 위해, 자신의 새로 태어난 조카를 위해 그림을 그릴 때 고흐의 마음은 참으로 오랜만에 잔잔한 바다 같지 않았을까 생각했다.

"물감이 완전히 마르기 전에는 그림을 망칠 각오를 하지 않고는 붓질 한 번 마음대로 할 수 없기 때문이다. 그러니 수정할 때는 작은 붓으로 냉정하고 침착하게 해야 해."라는 고흐의 말은 불가사의하게 여겨지기까지 한다. 파멸에 가까운 상황에서 어떻게 '냉정'과 '침착'이란 단어를 사용할 수 있었을까.

또, 보기만 해도 마음이 가지런해지고 환해지는 그림은 빌헬름 함메르쇠이의 〈스트란가데 거리의 햇빛이 바닥에 비치는 방〉일 것이다. 가구가 철저히 절제되어 있는 단정한 방. 붉은 빛의 원목 책상에서 뭔가에 집중한 것 같은 여자의 뒷모습이 그림 왼쪽에 걸려 있다. 그림 중앙에는 흰 격자무늬 창이 길게 나 있다. 창으로 맑은 흰빛의 햇빛이 비친다. 강렬한 빛이 아니다. 커튼을 희부윰하게 빛나게 하는 정도의 연한 빛이다. 창으로 들어온 그 연약한 빛이 보라색이 도는 바닥에 창살 모양으로 맺혀 있다.

세상살이가 번잡해 마음이 사나울 때마다 나는 이 방을 상상한다. 원목 책상의 단단함도, 미약한 빛의 온기도 구체적으로 상상한다. 나는 그 방에 앉아 있는 여자가 된다. 창문 사이로 새의 그림자가 휙 지나가기도 하고, 바람이 유리를 때리며 불기도 한다. 나는 텅 비어 소리마저 울릴 것 같은 그 방에 오래오래 앉아 있다. 시간이 흐르는 것을 그 방에서 물끄러미 바라다본다. 그러다보면 어느새 삐죽삐죽했던 마음의 갈기가 가라앉는다. 어질러진 부분이 제자리를 찾는다. 뒤섞인 부분이 나란하게 키를 맞춘다.

"물질 속에서 허우적대는 나의 모습을 발견했을 때도 잠시 명화에 마음을 내려놓아본다. 내려놓는다는 것은 세상이 어떻든 신경쓰지 않고 내버려둔다는 뜻이 아니라, 잠시 흐름에 맡겨본다는 의미다."

나는 사물을 그린 그림도 자주 본다.

"사람들과의 관계에 치여 집에 돌아왔을 때는 정물화를 본"다고 말한 작가처럼 나도 정물화를 일부러 찾아서 본다. 유명한 그림만이 아니라, 습작으로 인터넷에 올린 그림들도 자주 본다. "진정한 명화는 내게 유독 착 달라붙는 그림, 그리고 사람들이 설명해주거나 책에서 명화라고 하지 않아도 이유 없이 좋은 그림"이라는 작가의 문장을 읽은 후부터 유명한 그림이라고 일부러 더 찾아보거나 하지 않게 되었다. 이름 없는 사람들이 그린, 유명하지 않은 사과와 배와 꽃병 같은 것을 들여다본다. 정물이 주는 조용함이 내게 배어들 때까지, 천천히.

> "실제 미술관에서 몇 년째 작품 해설을 하는 동안 나는 의외로 미술관에 혼자 온 여자들이 많다는 것을 알게 되었다. (…) 미술관에 여자가 혼자 오는 것은 스스로 혼자가 되기를 선택하는 것이다. 스스로 선택해서 혼자가 되는 것과, 어쩔 수 없이 혼자가 된 경우는 다르다. 얼핏 비슷해 보여도 마음의 태도가 다르다."

나는 혼자 미술관에 가는 것을 좋아한다. 혼자 보는 전시는 무엇에도 쫓기지 않고 느긋할 수 있어 더없이 흡족하다. 마음에 안 드는 그림은 아무리 유명한 것이라도 휙 지나친다. 누구의 눈치도 볼 필요가 없다. 마음에 드는 그림은 언제까지고 서서 본다. 작은 그림일수록 더 오래 본다.

19세기 후반 루브르 박물관에 매일 드나들던 '루이 베루'란 작가는 여자 혼자 루브르 박물관에 와서 그림을 연습하거나 작품을 감상하는 장면을 그렸는데, 나는 그 그림들을 참 좋아한다. 관람객이 지나가든 말든 자신이 좋아하는 그림을 따라 그리는 모습이 마음에 든다. 〈루벤스 방의 습작생〉 그림에 대해 작가는 이렇게 썼다.

> "작품 속 여인은 루벤스의 방에서 열심히 모작을 하고 있다. 차

분히 앉아 자신의 작품에 집중한 그녀의 모습에서 의지와 열정이 성실한 에너지로 다가온다. 그녀의 뒤로 관람객이 지나가면서 그녀의 작품을 보며 대화하고 있다. 불특정 다수가 오가는 공공장소에서 그림을 그린다는 것은 실로 용기 있는 일이다. 나의 부족한 재능까지 보여주는 일이며, 부끄러움보다 중요한 것은 내 능력의 향상이라고 생각하는 용기가 있기에 가능한 일이다."

나는 〈루벤스 방의 습작생〉을 보며 혼자 전시 보기를 즐기는 친구를 떠올렸다. 그 역시 혼자되기를 선택하고, 그 선택을 즐기는 사람일 거다. 남의 눈치 보지 않고 자신이 좋아하는 일을 기꺼이 하기로 선택한 사람일 거다. 나는 그런 여자들을 사랑하고 존경한다.

마리안네 폰 베레프킨의 그림도 이 책을 통해 알게 되었다. 한 남자를 너무나 사랑한 나머지, 그 사람이 자신보다 더 잘 되길 바라서 그림 그리기를 중단했던 여성 화가. 쉰이 가까워서야 겨우 다시 붓을 들고 그렸다는 〈비극적 분위기〉라는 제목의 그림은 쓸쓸함만을 남겼던 나의 옛 사랑을 떠오르게 한다. 나 또한 스스로를 갉아먹을 수밖에 없었던 사랑, 그 사람을 나 자신보다 더 우위에 두어 비극적일 수밖에 없었던 사랑이 몇 번이나 있었다.

작품은 어두운 붉은색으로 가득차 있어 암울한 분위기를 띠지만, 그림 안의 여인은 단호하게 팔짱을 끼고 그림 밖으로 걸어나갈 듯하다. 어찌되었든 뒤에 사랑했던 사람을 남겨두고 혼자 떠날 결심, '헤어질 결심'을 실현한 사람이라고 생각하며 그림을 보았다. 비극적인 분위기 속에서도 결연한 결심을 하고 걸어나갔던 순간들이 나에게도 있었음을 떠올리며.

이 작품과 함께 떠오르는 그림은 그웬 존의 〈자화상〉이다. 역시 어두운 붉은색의 옷을 입은 여인의 자화상이다. 웃지 않는 여인의 모습이 묘사된 그림을 볼 때 느끼는 감동이 있다. 여성은 많은 부분에서 '환하게 웃는 얼굴'을 강요당할 때가 많으니까.

20대 후반에 60대였던 조각가 로댕에게 사랑에 빠져버려 자신의 삶을 잃고 말았다는 그웬 존의 삶을 떠올리며 그림을 본다. 내가 결함을 가진 여성이다보니 여성의 삶과 여성의 얼굴에 대해 자꾸 눈길이 간다. 그가 로댕에게 보낸, 2천 통이 넘는다는 편지의 단편을 읽었을 때, 일생일대의 사랑에서 응답받지 못한 절망감을 헤아리게 된다. '선생님은 저의 사랑, 저의 재산, 저의 가족, 아니 저의 모든 것'이라고 씀과 동시에 '선생님한테 부담을 드리지 않겠습니다'라고 덧붙일 수밖에 없었던 그웬 존의 마음을 더듬어본다. 질투심에 불타고 절망감에 몸부림치는 한이 있더라도 당신을 짜증스럽게 하고 싶지 않다고 편지를 쓴 그의 글을 읽으며 나의 응답받지 못했던 사랑들을 떠올린다. 초상화 속 피곤해 보이는 그의 눈. 응답받지 못하는 사랑 때문에 나는 얼마나 많은 밤을 자책하고 스스로를 미워하는 데 썼던지.

강익중 작가의 작은 캔버스에 대해서도 생각한다. "시험 없어도 공부하는 학생, 전시 없어도 그림 그리는 작가. 그들이 진짜 학생이고 진짜 작가"라 했던 그의 말을 생각한다. 뉴욕에서 돈이 없어 3인치의 작은 캔버스를 만들었다는 그. 그렇게 쌓인,

6천 개가 넘는다는 그의 작은 그림들을 떠올린다. 나도 그럴 수 있을까. 마감이 없는, 시험에 응시하지 않는, 그런 작은 글들을 쌓아가다 보면 나도 진짜 작가가 될 수 있을까. 출판하지 못하더라도, 어떤 공모전에도 당선되지 못하더라도 글을 계속 쓴다면. 최소한 나 혼자라도 아는 떳떳함이 생기게 될까.

생각해보면, 인생에서 가장 잠을 자지 않고 가장 열심히 글을 쓰고 가장 열심히 책을 읽었던 시기는 아기를 갓 낳고 '아줌마'와 '경력단절녀'라는 꼬리표를 동시에 붙였을 때였다. 그때 그렇게 맹렬하게 책을 읽고 글을 썼던 이유는 '나'라는 사람이 사라지는 것 같아 너무나 두려웠기 때문이었다. 직장이 없는 나, 더 이상 날씬하지도 않고, 깨끗한 옷을 입지도 않고 가슴에서 젖이 뚝뚝 떨어지는 나를 있는 그대로 사랑하기가 너무나 어려워서 미치도록 절박한 마음이 들었기 때문이었다. 그때 썼던 글들은 아기 낳고 난 이후 달라진 삶의 낯섦과 내면의 불안으로 가득 차 있다. 백일도 안된 아기를 바운서에 눕혀 얼러 가며 사납고 거센 글을 썼다. 에이미 멀린스[8]말("결함으로 여겨지는 것들과 우리의 위대한 창조적 능력은 동반 관계에 있다")을 이 책을 통해 읽었을 때, 내가 생각했을 때 결함이라 여겨지는 것들이 내 안의 창조 능력에 불을 지펴주었다는 생각을 했다.

얼마 전에 '나는 때때로 일부러 자신을 우울증과 불안증 안에 던져둘 때가 있다'는 한 화가의 글을 읽었다. 불안하고 우울

---

8 미국의 장애인 육상 선수. 의족을 달고 비장애인보다 더 빠르게 달렸으며, 알렉산더 맥퀸을 포함한 여러 패션쇼에 모델로 섰다.

하고 고독할 때 오히려 작품에 더 매달리게 되고, 그 결과 더 좋은 작품이 나온다는 것이었다. 그런 의미에서 에이미 멀린스의 말은 얼마나 옳은지. 또 그런 말을 남기기까지 에이미 멀린스가 얼마나 고통을 겪었을지. 창작자들이 겪는 고통이, 결함과 창작 능력 사이의 균형점을 찾는 데서 오는 게 아닌가 싶기까지 하다.

추사 김정희는 "가슴 속에 만 권의 책이 들어 있어야 그것이 흘러넘쳐서 그림과 글씨가 된다."라고 말했다. 나로 말할 것 같으면 흘러넘치기 전에 미리 따라 버리는 사람이다. 빨리 남에게 인정받는 글을 쓰고 싶다는 마음에 준비가 안 된 글을 공모전에 몇 번이고 내곤 했다. 결과는 당연하게도, 번번이 탈락이었다. 준비되지도 않았던 몇 번의 실패에 좌절하고 자존심이 상해 '글을 꼭 써야 하나. 나는 작가가 될 자격이 없나 보다.'라고 생각해 앞으로 글을 쓰지 않겠다고 결심한 적도 있다. 하지만 결국엔, 또다시 인생의 돌파구로 공무원 시험 준비가 아닌 글쓰기를 선택하고야 말았고, 추사의 말처럼 '흘러 넘치기'위해 책과 그림을 가까이하기 시작했다.

그림을 보는, 혹은 책을 읽는 이유는 디팩 초프라의 말처럼 '멈춰 서서 돌아볼 기회'를 가질 수 있기 때문일 거다. 이 책을 읽으며, 그림을 보며 많은 순간을 돌아보았다. 그러면서 다시 한번 일어나 앞을 향해 나아갈 힘 또한 얻었다. 인스타그램을 좀 덜 보고, 글 쓰는 일에 집중할 수 있었다. 그림으로부터, 책으로부터 나 혼자 낼 수 없는 에너지를 넘치게 얻었기 때문이다.

"책은 내가 모르는 세상과 만나게 해주고, 나를 다른 사람이 되게 하기도 하며, 내가 처해보지 않은 상황에서 문제를 해결하는 능력을 길러준다. 그런 의미에서 책은 내 인생과 의식을 확장시키는 가장 큰 그림이다."

나는 오늘도 책을 읽고, 그림을 본다. 그러면 좁디좁은 내 세계가 조금씩 넓어질거라 믿는다. 그림으로 인해, 책으로 인해 어느새 한 눈에 들어오지도 않을 만큼 생의 지평이 넓어지기를. 비가 잔뜩 쏟아져도 머금을 수 있는 너른 공간을 마음에 가질 수 있기를 바란다.

《하루 한 장, 인생 그림》 이소영 / 알에이치코리아 / 2023

200점이 넘는 그림들을 소개하며 그림이 주는 힘과 위로를 전한다. 마티스부터 모네까지, 여러 화가들의 그림을 전한다. 책에 실린 그림만 바라봐도 마음이 따듯해진다.

《서랍에서 꺼낸 미술관》 이소영 / 창비 / 2022

'아웃사이더 아트', 정식으로 미술 교육을 받지 않은 이들의 예술을 소개한다. 미술사에 크게 이름을 남기지 않았어도, 자신의 삶을 위해 작품을 그린 화가들의 삶과 그림을 들여다볼 수 있게 한다. 특히, 세상으로부터 차별 받아온 이들을 새롭게 조명하여 전통에서 벗어난 새로운 미술사를 접할 수 있게 한다.

《화가의 친구들》 이소영 / 어크로스 / 2021

거장들과 그 주변 인물과의 관계에 대해 자세하고 재밌게 풀었다. 미술사의 인물에 대해 앎으로써 작품을 더욱 깊이 있게 볼 수 있도록 돕는다. 고흐와 고갱, 프리다 칼로와 머레이의 이야기는 역시 흥미롭다. 《그림은 위로다》의 메신저 이소영 작가와 동명이인.

07

나도 나만의 리듬으로

오늘의 리듬

노지양 에세이

17년차 번역가의
주식부터의 존재로서의 자기 탐구

현암사

제 목. **오늘의 리듬**

지은이. **노지양**

출판사. **현암사, 2021**

신춘문예 발표 시즌이 끝났다. 결과는 모두 낙방. 3년 준비해서 될 거라 생각지 않았지만 그렇다고 기대를 아예 놓진 않았어서 괴롭고 슬픈 주말을 보냈다. 그 와중에 배우자가 출장까지 가서 아이 둘을 씻기고 먹이고 재우는 일을 쉼 없이 했어야 했는데, 그때 마음이 이상하게 기능하는 걸 느꼈다. 자아가 두 개로 쪼개어진 느낌? 내 한쪽은 피 흘리듯 애통해하고 있는데 다른 한쪽은 아무렇지 않게 밥 먹고 책 읽어주고 때로 웃기도 하고 일상을 살아내고 있는 것이다. 아마 이런 경험은 누구에게나 있을 것이다. 내면으로는 서러워하고 있지만 겉으로는 어떻게든 일상을 살아내는 그런 경험. 비통한 가운데에서도 내 조각 중 하나가 어떻게든 정신을 차려 삶을 동이고 여며 일상을 이어가는 경험. '살아가게' 만드는 그런 경험.

며칠간 실패하고 망가진 인생에 대한 조언을 샅샅이 뒤지고 다니기도 했다. 의외로 옛 성인들의 글에서 위로를 많이 얻었는데 제일 가슴에 사무치는 조언은 논어에서 찾았다.

냇가에서 공자께서 말씀하시길 "흘러가는 모든 것이 이 물과 같아서 밤낮없이 멈추지 않는구나."(子 在川上日 "逝者 如斯夫인저 不舍晝夜로다).

논어에 나온 문장들 중 길이가 짧은 것을 골라 더듬더듬 읽다 보면, 하나같이 뼈를 때리는 내용이었다. 인생의 무상함을 견디는 법과 인간관계의 어려움에 대한 깊이 있는 조언이 특히 많았다. 그러고 보면 고대부터 인간은 제 스스로 괴롭고 주변 인간 때문에 괴로워 왔던 거였다.

오래 해 온 강사 일에도 균열이 생겼다. 내가 하는 논술 수업은 수학이나 영어 수업에 밀리기 일쑤다. 누가 뭐래도 그만두지 않을 것 같았던 아이들이 영어, 수학 학원 스케줄이 안 맞는다는 이유로 돌연 수업을 그만두었다. 한 반이 아예 없어져 수입이 확 줄었다.

세상이 나에게 글 쓸 이유가 없다고 소리치는 것 같았다. 아니, 살 이유가 없다고 귀에 대고 쩌렁쩌렁하게 외치는 것 같았다. 누가 뭐래도 강사로서 갖고 있던 자긍심마저 뚝뚝 떨어졌다. 이렇게 도태되는 건가. 프리랜서는 대체 어떻게 스스로를 업그레이드시켜야 하는 건지.

유치원에 애를 데려다주고 무심히 핸들을 꺾는데 갑자기 눈물이 폭포수같이 솟았다. 앞이 안 보여서 그냥 눈길에 차를 세우고 핸들에 얼굴을 처박고 울었다. 'X발, 사는 거 더럽고 치사하다.' 같은 문장으로 내 눈물의 의미를 정리했는데 문제는 그 이후로도 눈물이 그치지 않았다는 거였다. 길을 걷다가도, 밥상을 치우다가도, 자다가 일어나 화장실을 다녀오다가도 느닷없이 눈물이 터졌다. 또르르 흐르는 정도가 아니라 오열이었다. 입맛이 없어 자주 밥을 굶었는데 그 덕에 처녀 때 몸무게를 체중계에서 볼 수 있었다. 하. 하. 하.

공모전 낙방에 이어 수입까지 준 것이 불안증을 증폭시키는 데 혁혁한 공을 세웠다. 만약 더 수업이 준다면 아이들과 어떻게 살아가야할지 막막했다. 불안을 달래보려 시간별, 일별, 월별 계획을 세우고 또 세웠는데 참 쓸데없는 짓이었다. 확실치 않은 미래에 대한 구체적인 상상은 오히려 눈물샘을 폭발하게 했다.

그래서 글 쓰는 일을 쉬었다. 나의 유일한 장점은 무슨 일이 있어도 저녁 6시 전까지 꼬박꼬박 한 편의 글을 마무리하는 꾸준함이었는데 그 유일한 것을 버렸다. 의자에 앉아 노트북을 켰던 시간에 일부러 넷플릭스를 켰다. 그러면 몇 시간이 순식간에 사라졌다. 동동거리며 뭐라도 쓰려고 애썼던 시간을 그렇게 흘려버려도 의외로 아무렇지도 않았다. 뭘 쓸 것인가에 대한 생각에 매여있지 않을 수 있어 오히려 편했다. 과자도 먹고 웹툰도 보고 알차게 놀았다. 글 쓰는 시간이 자연스럽게 나에게서 사라져 갔다.

글 쓰는 데 쓰였던 에너지는 일상으로 분배되었다. 빨래를 색깔과 소재별로 나누어 세탁하게 되었고(그전엔 그냥 급한 것부터 마구 섞어 돌렸다) 일주일 새 바닥을 몇 번이나 닦아 오랜만에 놀러 온 친구가 장판이 어쩌면 이렇게 하얗냐고 칭찬을 할 정도가 됐다. 화장실도 이틀에 한 번씩 타일 사이와 욕조 구석까지 솔로 밀어 닦았다. 신경을 쓰니 살림살이가 전반적으로 훤해졌다. 흰옷은 확실히 하얬고, 색깔 옷은 거무스름하지 않고 선명한 제 색을 띠었다. 구깃구깃하지 않고 먼지도 붙어 있지 않은 옷을 입고 다니는 애들을 보니, 음, 분명 기쁜 부분도 있었다.

바닥에 굴러다니던 머리카락이나 화장실에 껴 있던 물때들이 사라지면서 집에 머무는 시간이 길어졌다. 완벽하게 관리되어 있지 않은 집 상태를 견디기가 어려워(그렇게 괴로워하면서도 잘 안 치운다. 왜냐하면 한번 시작하면 완벽하게 마무리까지 해야 하기 때문에. 게으른 완벽주의자랄까.) 집 밖으로 뛰쳐나갔던 시간이 줄었다. 그만큼 집안일에 에너지를 많이 썼다. 글 쓰는 일을 외면하고 싶어서. 너무 하고 싶은 일이 있는데 현실에서 이루어지지 않을 때의 괴리를 견디기가 힘들어서 그랬다.

물론 공모전 당선이나 등단이 글쓰기의 처음과 끝이 아니라는 걸 안다. 그래도 거절을 견디는 것이 힘들다. 내가 아는 한 작가님은 출간하기까지 100군데 넘게 본인 글을 투고했다고 하셨다. 공모전은 수백 번 떨어졌다고도 하셨다. 그럼 결국 '글을 쓴다'는 것은 끊임없이 되풀이되는 거절을 삶의 한 부분으로 아예 받아들여야 한다는 뜻이 된다. 나는 거절 파트를 받아들이지 못하는 나약한 사람이기에 투고 기획안을 써 놓고도 미적미적, 숙제 미루는 아이처럼 노트북을 열었다 닫았다 하고 있었다.

그러다 오늘, 책장을 닦다 책 한 권이 떨어졌다. 병아리색 표지를 입은 노지양 작가의 책이었다. 우연히 펼쳐진 페이지에서 이 문장이 꽂히듯 들어왔다.

"생각대로 되지 않았던 일을 곱씹고, 과거를 후회하고, 나 자신을 한심해하면서 하루를 흘려보내기가 더 쉽고, 나는 지금보다 분명히 나아질 수 있다고 믿고 뭐라도 시도해보는 것이 더 어렵다."

나는 그 쉬운 일을 하고 있다. 글 쓰는 일이 무슨 가치가 있냐고 묻고 또 물으며 난 영영 작가가 되긴 글렀다는 낙망과 절망으로 하루를 흘려보내고 있다.

그러면서도 애 밥을 차린다. 더러운 것이 묻은 내복과 양말을 빤다. 바닥을 걸레로 닦는다. 그릇을 씻고 정리한다. 대체 왜,

더는 살고 싶지 않은 마음 가운데서도 내 어떤 부분은 '사는' 방향으로 끊임없이 일상을 굴려내고야 마는 걸까. 더는 안될 것 같은데, 잘 될 것 같은 가능성 따윈 이젠 없을 것 같은데 왜 내 한 조각은 끝내 미약한 희망을 붙드는 건지.

어쩌면 나는 정말로는 절망하고 싶지 않은지도 모른다. 정말로는 포기하고 싶지 않을지도 모른다. 다만 나아질거란 희망을 붙드는 길이 훨씬 더 어렵기 때문에, 울퉁불퉁하고 휘어지고 가팔라 굴러 떨어지기만 하면 되는 구렁텅이를 자꾸 넘겨다보는지도 모른다.

글이 글 같지 않고 문장이 파편화되는 중에도 뭔가를 쓰려고 애쓴다. 노트북 앞에 앉아 몇 줄이라도 쓰려고 머리를 처박는다. '네가 뭐라도 되냐?' 같은 쓴 물이 올라올 때마다, 손이 움직여지지 않고 멈칫거릴 때마다 내 '작은 조각'이 하는 말을 들으려 귀를 기울이고 또 기울인다. 내가 살아야만 하는 작은 확신의 말이라도 듣고 싶어서.

배우자는 출근하고 아이도 별 탈 없이 학교에 가준 오늘 아침. 결국 절망의 구렁텅이에서 뒹굴길 그만두기로 했다. 대신 미약한 희망이 떠미는 대로 《오늘의 리듬》을 펼쳐들었다. 마음에 들어오는 문장은 무엇이든 따라 쓸 기세로 펜을 꽉 쥐고서.

《오늘의 리듬》은 노지양 작가의 두 번째 에세이다. 그동안 노 작가가 번역한 책은 무조건 믿고 읽었고, 또 번역가로서 살아온 삶에 대해 쓴 《먹고사는 게 전부가 아닌 날도 있어서》를 감명 깊게 읽었던 러라 《오늘의 리듬》도 출간되자마자 사뒀었다. 책 읽기를 다시 시작할 수 있다면, 그게 오늘이라면, 《오늘의 리듬》으로 하고 싶었다.

"실생활에서 번역가와 주부라는 이 두 개의 직업이 결합했을 때 발생하는 특수한 생활 조건의 실체가 무엇인지, 이 조건이 얼마나 인정이나 명성, 경험과 자유와는 거리가 멀고 반복과 자제와 겸손과 인내만을 요구하는지, 그러면서 어떤 성격을 형성하는지를 알아주었으면 하는 마음도 있다. 번역가이자 가사·육아 노동자인 사람은 항상 날짜와 시간 계산을 하면서 카페, 도서관, 작업실, 마트, 시장, 집만 오가면서 바퀴를 쉼 없이 굴려야 넘어지지 않는다. 노동 강도에 비해 보수나 보람은 적고 현기증이 올 때까지 일해야 그나마 욕을 먹지 않는 수준이 유지되며 하루만 게을리하면 그 즉시 표시가 나는 것도 두 가지 일이 닮았다. 둘 다 '일이 마무리되었다는 느낌'이 여간해서는 없고 신경써야 할 디테일은 백만 가지이며, 일단 노동량이 많다."

이 얼마나 솔직하고 구체적인가. 주부와 프리랜서로서 하고 싶은 말이 다 담겨 있어서 속이 다 시원했다. 일에 대해서도, 일의 지리멸렬한 파트를 오래 견뎌낸 사람만이 할 수 있는 문장들이 쓰여있었다.

"누군가에게 상처를 받았을 때, 아무리 노력한다 한들 변하지 못하는 나 자신이 싫어서 견딜 수 없을 때, 몇 번의 선택이 내 인생의 어떤 부분은 회복 불가능한 실패로 이끌었다고 느꼈을 때도, 내 안에서 작지만 강력한 목소리가 들리곤 했다. "너한텐 번역이 있잖아. 그럴 땐 일을 하면 돼." (…) 책이나 영화나 운동으로 도피한 후 회복할 수도 있었지만, 그것들은 일만큼 나를 집중시키거나 세상과 분리시키지 못한다."

그리고 나의 야물지 못한 면, 주부로서 능력치가 높지 않은 데에 대한 고민에 대해서도 위로와 공감을 얻을 수 있었다.

"가끔 웃긴 소리를 하고 감성이 풍부한 나 같은 사람이 아니라 이성적이고 바지런하고 요리와 살림을 척척 해내는 주부가 가족의 삶을 훨씬 더 윤택하게 해줄 수 있다는 사실을 인정할 수밖에 없었다. 정리와 요리 블로그를 보면서 경외감과 함께 질투를 느꼈고 어설프게 따라 하다가 이내 포기하고 내가 잘하는 일, 번역으로 들어갔다."

그러니까, 나는 어떤 순간에도 글 쓰는 일을 놓으면 안 되는 거였다. 삶의 균형을 위해서, 자기효능감을 잃지 않기 위해서 더욱 그랬다.

"어떻게든 둘 다 해내는 수밖에 없었다. (…) 그냥 한다. 잘해도 하고 망해도 하고 해야 하니까 한다."

일이란 그냥, 해야 하는 거였다. 견디고 살아내기 위해. 나는 살기 위해 어떤 순간에도 일을 놓으면 안 됐다. 일 하는 것. 글을 쓰는 것. 모두 고통스럽지만 나를 세워가는 일이며 아무리 오래

해도 질리지 않는 일이다. 나에게 온전히 집중하는 시간은 사실 언제나 부족하며 많이 가질수록 좋은 것이다.

일상의 균열을 견디며 내 삶도 조금씩 변화했다. 배우자, 직장 동료, 자식 등 남에게 집중되어있던 화제도 점점 나 자신에게로 이동했다.

주변에도 그런 사람들만 남았다. 자식의 교우 관계나 교육 이야기에 치중된 사람들과는 점차 멀어지고, 자신이 좋아하는 영화, 좋아하는 책, 좋아하는 운동 이야기를 주로 하는 사람들과 가까워졌다. 내가 그런 사람이 되었기 때문이었다.

그래서, 오늘도 친구들에게 '이 문장 너무 좋다'면서 메시지를 보내고, 영화를 혼자 보러 갔으며, 애정하는 박완서 선생님의 작품을 분석하는 수업을 진행했고, 글을 쓰는 내내 톰 미쉬의 음악을 틀어놓았다. 내가 좋아하는 것들을 모아 하루를 가득 채웠다.

졸린 눈을 비비며 늦은 새벽까지 노트북을 켠다. 아무리 피곤해도, 쓸 말이 하나도 없는 것 같은 날에도 다만 몇 글자라도 친다. 그리고 책을 읽는다. 잠시라도 짬이 나면 책의 문장을 따라 적는다. 나중에 보면 내가 이런 글을 읽었나, 싶더라도 꾸역꾸역 읽고, 또 쓴다.

그런 날들을 쌓고 있다. 이 날들이 어디로 가닿을지는 알 수 없다. 어디에도 가닿지 않을 수도 있을 거다. 하지만. 다만 나는 나의 리듬을 이어가고 있는 것뿐이다.

《우리는 아름답게 어긋나지》노지양, 홍한별 / 동녘 / 2022

믿고 읽는 번역가이자 작가인 노지양, 홍한별의 편지 에세이. 여성으로서, 직업인으로서 겪는 어려움과 기쁨을 허심탄회하게 나눈다. 언어를 사랑하고 책을 사랑하는 사람이라면 깊이 공감하며 읽을 수 있는 책.

《난 여자가 아닙니까?》벨 훅스 / 동녘 / 2023

노지양 작가가 번역한 작품. 흑인 여성에 대한 뿌리 깊은 차별이 드러나는, 날것의 미국사를 세세하게 다뤘다. 여성에 대한 대상화와 인종 차별, 가부장제에 대한 날카로운 비판 의식을 드러낸 여성학 인문 도서.

《나쁜 페미니스트》록산 게이 / 문학동네 / 2022

역시 노지양 작가가 번역한 작품. 믿고 읽는 록산 게이에 노지양 작가를 얹었다. 여성학 입문서로 강력 추천한다. 위트 있고 쉽게 읽히는 문장으로, 인간이 어떻게 평등한 존재로 나아가야 하는지 깊이 있게 다뤘다.

08

당신이 생을 선택할 수 있다면

제 목. 빅터 프랭클의 죽음의 수용소에서

지은이. 빅터 프랭클

출판사. 청아출판사, 2020

나는 자주 죽고 싶었다. 아니, 반드시 살아야 할 이유를 찾지 못했다는 말이 더 정확하겠다. 왜 계속해서 후회할 일들을 만들면서 허무에 가까운 시간을 견디며 살아야 하는지 이유를 알지 못했다. 세상에 꼭 존재해야만 하는 이유가 없는 사람이 왜 살아야 하는가에 대한 순수한 물음이었다.

나는 모든 사람이 나와 비슷한 마음으로 하루하루를 견딘다고 생각했다. 하지만 지금까지 살아오면서 죽고 싶다는 생각을 단 한 번도 하지 않은 사람도 있다는 것을, 고통의 역치가 높은 사람이 있다는 것을 알게 되었다. 하지만 부끄럽게도 나는 고통의 역치가 낮았고 쉽게 우울감을 느꼈으며 타인의 인정에 목말라 있었고 남들의 평가를(좋은 것이든 나쁜 것이든) 잘 견디지 못했다. 천성과 자라온 환경의 영향일 거라 생각한다.

내가 가진 '죽고 싶다'는 마음은 자살하고 싶다거나, 당장 높은 데서 뛰어내려 생을 마감하고 싶다는 것과는 다르다. 그냥 왜 살아야 하는지 이유를 찾지 못한 데서 오는 것이었다. 매일의 삶이 힘겹고 무거운데 이 반복되는 시간의 고통을 견뎌야 할 이유를 알지 못하기에 만약 죽음으로써 그 짐을 덜 수 있다면 삶보다는 죽음 쪽에 가까이 서 있고 싶다는 마음이었다. 당장 죽을병에 걸리지 않은 사람의 오만한 생각인지도 모른다. 병상에 누워있는 사람에게는 더없이 교만하게 느껴질 마음인지도 모른다. 하지만 나는 한낱 개인에 불과해 내가 겪은 범위 안에서만 생각할 수 있기에 얼굴을 자꾸만 죽음 쪽으로 돌렸다.

왜 살아야만 하는가.

심리학에서는 어떤 고난도 살아갈 이유를 해칠 수 없다고 가르친다. 당장 버겁고 어렵다고 해서 왜 살아야 하는지에 대해 끊임없이 생각하는 것은 건강하지 못한 사고이며, 그런 생각을 멈출 줄 알아야 한다고 한다.

나는 글을 쓰며 죽음에 대한 열망과 낙관, 이상과 싸운다. 죽음을 희망하는 생각을 멈추려 애쓴다. 나에게 글을 쓰는 행위는 생에 대한 의지 그 위에 있다. 살아갈 이유를 알지 못해서, 세상에서 유용한 부분을 한 조각도 만들어내지 못하는 나라는 인간이 왜 살아야 하는지 알지 못해서 글을 쓴다.

> "나는 밤에 쓰고 아침에 출근했다. 지난밤에 쓴 글을 다음날 밤에 지우고 다시 쓰는 일을 반복했다. 어떤 부분은 열 번도 더 고쳐 썼다. 중간에서 지우고 처음부터 다시 시작하기도 했다. 문장은 낮은 포복으로 아주 조금씩 나아갔다. 문장을 쓰는 동안 내 안에서 드러내려는 욕구와 은폐하려는 욕구가 치열하게 싸운다는 걸 나는 알았다. 문장들은 서로 부딪치고 충돌하고 갈등했다. 그 때문에 모순에 가득 찬 피투성이의 문장들이 만들어졌다."[9]

글이라는 장황하고 지루한 자기변명 속에서 마침내는 증명할 필요 없는 존재 자체의 의미를 발견할 수 있을 거라 믿으며 모순 가득한 문장을 쓴다. 그 가운데 나의 무용함을 드러내고 싶은 욕망과 감추고 싶은 수치 속에서 끊임없이 싸운다. 나의 문장도 부딪히고 싸우며 때로 피를 흘렸다. 살고 싶지 않다고

---

9 이승우, 《오래된 일기》, 창비, 2008

하면서, 그럼에도 불구하고 살아가고 싶다고 쓰기도 했다. 글은 나에게 양가감정이 존재한다는 것을 드러나게 했고 또 인간이라면 그런 모순을 안고 살아갈 수밖에 없다는 것을 깨닫게 했다. 그 가운데 내 문장 또한 낮은 포복으로 아주 더디게, 어딘가로 나아갔다.

《빅터 프랭클의 죽음의 수용소에서》는 생과 사 모두에 발을 걸치고 있었던 정신과 의사의 이야기다. 유대인이었던 그는 나치 수용소에서 참혹한 고통, 그야말로 왜 살아서 겪어야 하는지 모를 고통을 매 순간 마주해야 했던 사람이다. 제2차 세계대전이 터지고 그는 아우슈비츠와 다카우의 강제수용소로 보내졌다. 죽음은 곳곳에 널려 있었다. 부모, 형제, 아내 모두 강제수용소에서 잃었다. 하지만 그는 그 모든 일들을 겪고도 살아남아 책을 썼고, 심리 치료법을 개발했다.

그는 강제수용소에 있었던 보통 사람들의 이야기라고 소개하며 글을 시작한다. 이 책의 내용은 생존자 중 한 사람이 들려주는 강제수용소 안의 '작은' 고통들에 대한 개인적인 경험에 대한 기록이라 말한다.

수용소에서 갖은 폭력에 노출되고 생존을 위해 경쟁하다 보면 타인에 대한 연민이나 양심이 없는 사람들이 살아남게 마련이다. 작가는 말한다.

"운이 아주 좋아서였든 아니면 기적이었든 살아 돌아온 우리들은 알고 있다. 우리 중에서 정말로 괜찮은 사람들은 살아 돌아오지 못했다는 것을."

수용소에서는 끊임없이 선별당한다. 삶과 죽음을 가르는 선별이다. 수용소로 같이 들어온 사람들 중 90%가 죽음 행을 선고받는 것을 매일같이 본다. 인격적인 대접이라고는 존재하지 않는다.

빅터 프랭클은 극단적인 환경에서도 사람들은 나름대로 적응하게 되고, 이상한 유머 감각과 궁금증을 가지게 된다고 썼다. 수용소의 사람들이 가장 궁금해했던 것은 '어떻게 죽을 것인가'에 대한 거였다. 이 위기에서 살아남을 수 있을까? 다음에는 무슨 일이 벌어질까? 부상을 당한다면 어떤 부상일까 무척이나 궁금해했다.

그리고 누구나 자살에 대해 생각한다.

"희망을 가질 수 없는 상황과 시시각각 다가오는 죽음의 공포, 그리고 다른 사람의 죽음을 보고 나에게도 죽음이 임박했다고 생각하면서 겪는 고통이 자살을 생각하게 했다."

이 책을 읽으며 내가 수용소에 있었다면 과연 살아남을 수 있었을까, 끝까지 인간이길 포기하지 않고, 생에 대한 의지를 굳건히 가졌을까 생각했다.

수용소에 들어온 사람들은 정신적으로 엄청난 고통을 겪으며, 집과 가족에 대한 끝없는 그리움으로 몸부림친다. 그리고 주변의 모든 것에 혐오감을 느끼게 된다. 사람들은 점차 어떤 일이 일어나도 정상적인 반응을 보이지 않는다. 옆에서 누가 맞아도, 그러다 죽어도 눈 하나 깜짝하지 않는다. 마음이 마비되는 것이다. 작가 역시 몇 시간 전까지 돌보던 환자가 시체가 되어 창밖에 던져져도 아무런 감정을 느끼지 못했다. 그런 상황에 대해 작가는 이렇게 말한다.

> "만약 그때 내가 정신과 의사로서 직업의식을 가지고 나의 감정 결핍에 대해 관심을 기울이지 않았다면 나는 지금 이 일을 기억해내지도 못했을 것이다. 왜냐하면 당시 그 일이 나에게 아무런 감정도 불러일으키지 않았기 때문이다."

수용소에 있는 사람들은 결정 내리는 것을 두려워했다. 때로 확실한 결정을 내려야 할 때가 있는데도 운명이 자기 대신 결정을 내려주기를 원했다. 심각한 무감각 현상이 팽배해 있있다.

선별 작업 가운데 많은 운명이 작가를 스쳐 지나갔고 대부분의 인간이 그렇듯 그도 운명을 스스로 통제하지 못했다. 운명을 바꾸고자 하는 인간의 선택에 대해 작가는 '테헤란에서의 죽음'이라는 이야기를 소개한다. 그 이야기를 요약해보자면 이렇다. 한 페르시아 권력자가 하인과 함께 산책하고 있있다. 그런데 하인이 방금 죽음의 신을 보았다며 비명을 지른다. 그러면서 주인에게 가장 빠른 말을 빌려달라고, 그 말을 타고 테헤란으로 도망치게 해달라고 간청한다. 주인이 허락하자 하인은 헐레벌떡 떠났다. 그리고 주인이 집 안으로 들어갔을 때, 죽음의 신과 마주쳤다. 주인이 죽음의 신에게 왜 하인을 위협했냐고 묻자 죽음의 신이 대답했다.

"위협하지 않았다. 나는 다만 오늘 밤 그를 테헤란에서 만나기
로 계획을 세웠는데, 그가 아직 여기 있는 것을 보고 놀랐을 뿐
이다."

하지만 인격이 마비되는 순간들에도 다시 삶을 일으키고 언
마음을 녹이는 일들, 그런 일들을 만드는 사람들이 있었다. 작
가는 수용소에서의 체험을 통해 사람이 운명은 통제할 수는 없
을지라도 자기 행동의 선택권은 가질 수 있다는 것을 깨닫게 되
었다. 무감각 증세를 극복하고, 불안감을 제압한 경우를 본 것
이다.

"가혹한 정신적, 육체적 스트레스를 받는 그런 환경에서도 인
간은 정신적 독립과 영적인 자유의 자취를 간직할 수 있다."

굶어 죽을 위기에 처했을 때도 마지막 남은 빵을 타인에게
나눠주는 사람이 있었고, 자신도 절망적인 상황에 있으면서 다
른 사람을 위로하고 유머를 나누는 사람이 있었다.

작가는 상상 속에서 사랑하는 아내와 매일같이 대화를 나눴
다. 아내를 얼마나 사랑하는지, 얼마나 보고 싶은지, 아내와 함
께했던 시간이 얼마나 값진 것이었는지 세세하게 떠올리며 침
묵의 대화를 나누었다.

"곧 닥쳐올 절망적인 죽음에 대해 마지막으로 격렬하게 항의하
고 있는 동안, 나는 내 영혼이 사방을 뒤덮고 있는 음울한 빛을

뚫고 나오는 것을 느꼈다. 나는 그것이 절망적이고 의미 없는 세계를 뛰어넘는 것을 느꼈으며, 삶에 궁극적인 목적이 있는가라는 나의 질문에 어디선가 "그렇다"라고 하는 활기찬 대답 소리를 들었다. (…) 만약 내가 죽어야 한다면 나는 내 죽음에 어떤 의미를 부여하고 싶었다."

어떤 인간은 타인의 압도적인 힘에 눌려 삶을 전혀 통제할 수 없는 상황에서도 생과 사의 궁극적인 의미를 찾아낸다.

작가는 삶의 궁극적인 의미를 잃지 않았으며 자신의 내적 가치를 저버리지 않았다. 그는 발진티푸스 환자로 가득찬 병동에 의료 자원봉사자가 되길 요청해서 간다. 그 병동에 가면 짧은 시간 안에 죽게 될 것이라는 걸 앎에도, 친구가 간곡히 말림에도 불구하고 그렇게 했다.

작가는 아우슈비츠에서도 생의 의미를 찾아냈다. 고통이 그저 무(無)로 돌아가게 두지 않았고, 존엄한 삶을 사는 것을 포기하지 않았다. 속수무책으로 당하는 시련을 그저 고된 노동으로만 여기지 않았다.

"시련은 운명과 죽음처럼 우리 삶의 빼놓을 수 없는 한 부분이다. 시련과 죽음 없이 인간의 삶은 완성될 수 없다. (…) 힘든 상황이 선물로 주는 도덕적 가치를 획득할 기회를 잡을 것인가 말 것인가를 결정하는 선택권이 인간에게 주어져 있다. 그리고 이 결정은 그가 자신의 시련을 가치 있는 것으로 만드느냐 아니냐를 판가름하는 결정이기도 하다."

이 책에 기록된 내용은 빅터 프랭클이라는 개인이 겪은 일일 뿐이며 그는 대부분의 경우 운이 좋았던 축에 속했다. 나는 운이 좋지 않았던 수만, 수십만 사람들의 생은 어떠했을지 생각해본다. 기록조차 되지 않았던 사람들, 번호로밖에 불리지 않았던 사람들, 언 땅에서 목숨을 부지하려고 애썼던 사람들, 어린아이들, 여자들, 수용소에서 태어나 죽은 아기들을 생각한다. 그들을 떠올리면 목이 뻣뻣해지면서 가슴이 저려온다.

아우슈비츠에서의 경험을 감히 내 삶과 비교할 수는 없을 것이다. 하지만 나 또한 기록되지 않은 여자 중 한 명이었다. 현생에서도 나는 자주 이름이 지워졌고 내 고통은 이름 붙여지지 않으며 나만 아는 시간 속에 갇혀 있었다. 아우슈비츠와 내 생의 고통의 차이가 격심하더라도, 고통이 지속되는 생에서 삶의 의지를 잃지 않기 위해 무언가를 붙들어야 했다. 작가는 아주 적은 수이긴 했지만 수감자 중에서 충만한 내면의 자유를 지키고, 시련을 견딤으로서 얻을 수 있는 가치를 얻은 사람이 있었다고 거듭 말했다. 아우슈비츠에서도 그럴 수 있었다면 나도 그럴 수 있을 거였다. 예외적으로 어려운 외부의 상황이 있어도, '이런 어려운 상황이 인간에게 정신적으로 자기 자신을 초월할 수 있는 기회를 준다는 사실'을 믿고 싶었다. 시련을 나만의 과제로 받아들이고, 그 과제를 해결할 유일한 사람이라는 사실에 감사하고 싶었다. 내 것인 고통을 기꺼이 감당하고 싶었다. 그건 신이 나에게만 준 단일한 기회, 생의 의미를 찾을 수 있는 단일한 기회이니까.

빅터 프랭클은 인간에게 있어 삶의 의미는 삶과 죽음, 고통받는 것과 죽어가는 것까지를 폭넓게 감싸안는 포괄적인 것이라고 말한다. 삶의 무한한 의미에는 고통과 임종, 궁핍과 죽음이 모두 포함되어 있다고. 신은 우리가 의연하고 비굴하지 않게 시련을 이겨내고, 어떤 태도로 죽어야 하는지를 알기를 바란다고 말이다. 강제수용소에 있던 수감자들도 자기가 해야 할 일이 있다는 걸 아는 사람, 왜 살아야 하는지 아는 사람이 어려움을 더 잘 참고 견뎠다. 홀로코스트[10]의 의미를 내가 감히 다 알 수는 없겠지만, 죽음의 현장에서 끝끝내 삶을 살아낸 사람들을 통해 나도 왜 살아야 하는지 알아냄으로써 내게 주어진 생을 끝까지 감당해내고 싶었다.

아직도 인간이 존재 자체로 가치가 있다는 말을 잘 믿지 못한다. 하지만 믿고 싶다는 마음이 불빛처럼 멀리서 희미하게 반짝인다. 그 빛을 붙잡으려 무슨 문장이든 쓴다. 그 문장들은 확실히 내 안에서 끄집어낸 것이며 실존하는 어떤 것이다. 없었던 곳에 생겨난 문장은 그 의미가 모순적이더라도 지금의 내가 깨닫지 못하는 어떤 의미를 갖고 있다. 표면적 의미 아래 현재의 내가 캐치하지 못한 이면적 의미가 번뜩이고 있다. 지금의 내가 그 의미를 찾지 못하더라도 내일의 내가, 혹은 먼 훗날의 내가, 나라는 사람이 정말 썼다고 믿을 수조차 없는 과거의 문장에서 숨겨진 생의 의미를 발견하게 될지도 모른다.

그래서 다만 나는 지금 내가 할 수 있는 일을 한다. 살아야 할

---

10 제2차 세계 대전이 일어나던 1941년부터 1945년까지 아돌프 히틀러가 이끈 나치당이 나치 독일과 독일군 점령지 전반에 걸쳐 계획적으로 유대인과 슬라브족, 집시, 동성애자, 장애인, 정치범 등 약 1100만 명의 민간인과 전쟁포로를 학살한 사건

이유를 알지 못하는 내가 할 수 있는 일. 오늘의 내가 쓸 수 있는 문장을, 때로는 연결되지 못하고 이해될 수 없는 문장을 쓰고 또 쓰는 것이다.

누가 나에게 왜 사는지 묻는다면 지금의 나는 이렇게 겨우 답할 수 있을 것이다. 생이라는 망망대해에서 모순되고 부조리한 문장을 널과 돛으로 삼아 흘러가는 것이 내 삶의 이유라고.

그리고 묻고 싶다.

당신의 삶의 이유는 무엇이냐고.

《이반 데니소비치, 수용소의 하루》 알렉산드르 솔제니친 / 민음사 / 1998

소련의 작가이자 역사가인 솔제니친이 쓴, 강제수용소에 대한 기록 문학. 각종 수용소에서 중노동에 시달리며 겪는 고통 가운데에서도 인간 존엄성에 대한 고민을 놓지 않은 이야기.

《쥐》 아트 슈피겔만 / 아름드리미디어 / 2014

제2차 세계대전 때 유태인으로서 수용소에 끌려갔던 아버지에 대한 이야기를 그린 그래픽 노블. 강제 수용소 안에서 유태인 착취와 대학살이 어떻게 일어났는지에 대한 현실을 적나라하게 드러낸다. 전쟁 이후 살아남은 자의 고통이 어떠한지까지 깊이 조명한 책. 코믹북으로선 최초로 퓰리처상을 수상했다.

《예루살렘의 아이히만》 한나 아렌트 / 한길사 / 2006

유대인 대량 학살의 책임자인 아돌프 아이히만의 재판에 대한 보고서적인 글. 작가인 한나 아렌트는 예루살렘에 가 직접 아이히만의 재판을 참관하고, 특파원으로서 보고서를 써 신문에 연재했다. '평범하게 존재하는 악', 아무렇지 않게 '업무'로서 살인을 자행하고 죄책감마저 없는 '평범한' 인간, '악의 평범성'에 대한 이야기.

2장

몸이 아프고
무거운 당신에게

너는 왜 운동해도 살 안 빠져?

제 목. 살 빼려고 운동하는 거 아닌데요

지은이. 신한슬

출판사. 휴머니스트, 2019

"너는 왜 운동해도 살 안 빠져?"

요가 간다고 주섬주섬 바지를 갈아입는데 친구가 휙 던진 말이다.

애초에 나는 살을 빼려고 운동하는 게 운동하는 게 아닌데도 그런다. 솔직히 운동은 별로다. 내가 진정 좋아하는 것은 누워서 책을 보며 뒹굴뒹굴하거나, 누워서 뭔갈 먹으며 뒹굴뒹굴하거나, 누워서 스마트폰을 보며 뒹굴뒹굴하거나 암튼 누워서 하는 일들이다. 내가 운동을 하는 이유는 그야말로 생존을 위해서다.

둘째를 낳고 무릎이 서리가 낀 것처럼 싸늘했다. 할머니들이 말씀하시는 '무릎이 시리다'는 표현이 비유가 아니라 신체적 경험에 기초한 말이라는 것을 깨닫게 되었다. 삼십 분 이상 같은 자세로 앉아 있을 수가 없었다. 앉았다가 바로 일어서지도 못했다.

아픔의 원인이야 다양했다. 둘째 출산 후 늘어난 몸무게, 무릎에 늘 힘을 주고 서는 자세, 의자 위에서 양반다리를 하고 앉는 버릇 등. 하지만 30대에 허리를 꼬부리고 걷는 건 너무했다. 지인 추천으로 허리 통증 완화에 좋다는 플라잉 요가를 해보려고 요가원에 등록했고, 일주일에 세 번씩 운동을 해 왔다.

6년 차 요가인으로서 결론부터 말하자면 나는 살이 빠지지도, 무릎 통증이 완전히 낫지도 않았다. 내가 하는 운동은 그야말로 생존 운동이기 때문이다. 그래도 약간의 코어 근육이 생겼으며, 혼자서도 몸을 풀 수 있게 되었다. 몸이 아플 거 같으면 미리 그 부분을 폼롤러[11]로 다져놓아 훗날 닥칠 더 큰 고통을 예방

---

11 원기둥 모양 물건으로 마사지하려는 부위에 굴려주어 근막, 근육의 피로 물질을 풀어준다.

할 줄 알게 됐다.

다만 요가원의 고인 물이 되면서 '왜 너는 운동 열심히 하는데 살이 안 빠져?' 같은 말을 노상 듣는 건 좀 괴로웠다. 게다가 플라잉 요가를 할 땐 해먹에 잘 매달리기 위해 몸에 딱 붙는 레깅스를 입어야 한다. 요가원 전면에 붙은 거울에 흘러내리는 나의 뱃살과 두터운 허벅지가 아주 잘 보인다. 요가원에는 마른 사람만 오는 것인지 아니면 요가원을 다녀 마르게 된 것인지 아무튼 마른 사람들이 많이 왔다. 타인의 마른 몸과 나의 지극히 인간적인 몸을 번갈아 볼 때마다 마음 한구석에서 '뚱뚱한 자야, 다이어트를 해라'는 소리가 울려퍼지기 시작했다. 몸과 관련된 수많은 책들을 읽으면서 내 몸을 있는 그대로 받아들여야 한다는 이성적 지식은 있었지만, 세상이 칭찬하는 몸매를 가지지 못한 오랜 자기 혐오가 부딪혀 정신이 매우 피로했다. 그러다 《살 빼려고 운동하는 거 아닌데요》를 발견하게 된 거다.

저자는 기자였다. 취재 특성상 불규칙한 생활 패턴으로 일할 수밖에 없었다. 잠도 못자고 제대로 쉬지도 못하니 젊은 나이에 건강을 잃어갔다. '월급을 대가로 건강을 잃'은 저자는 생존을 위해 운동을 시작했다. 하지만 운동 센터 트레이너들은 '날씬해지려고 운동하는 게 아니다'라는 저자의 말을 무슨 뜻인지 이해하지 못한다. 아무리 '살 빼려고 운동하는 거 아니라고요!'라고 외쳐도 '그래도 날씬해지면 좋잖아요'라고 한다.

이런 트레이너의 태도는 사실 특별한 건 아니다. 세상에 널리 퍼져 있는 편견을 반영할 뿐. 저자는 이런 편견에 대해 "사회가 여성과 남성에게 세뇌한 '가장 예쁜 모습'은 마치 대리석을 조각하듯 '불필요한 지방 덩어리'를 쳐내고 잘라낸 후의 모습이 다"라고 말한다.

한국에선 마른 몸과 건강한 몸과 바람직한 몸이 비슷한 의미로 쓰이곤 했다. 밤새 아이를 돌보고 집안일을 하고 글을 쓰고 출근하는 숨가쁜 내 삶의 역사와는 상관없이, 몸매만이 '올바른 삶'의 판단 근거가 되었다. 평생 통통과 뚱뚱 사이를 오간 나는 밤잠을 줄이며 일해도, 식탐이 많거나 게으른 사람으로 여겨지기 일쑤였다. 야채를 좋아하고, 야식을 전혀 먹지 않으며, 헬스장은 싫어해도 혼자 걷는 건 좋아하는 사람임에도 그랬다.

'남 보기에 자기 관리 잘 하는 사람'처럼 보이려고 얼마나 숱한 다이어트를 해왔던가. 주린 배를 움켜쥐고 누운 밤, 맵고 짜고 기름진 음식이 얼마나 먹고 싶은지 다이어트 해본 사람은 다 알 거다. 음식을 산더미처럼 쌓아두고 아귀아귀 먹는 꿈을 몇 번이나 꿨는지 모른다. 모진 식이조절로 내가 도달하고자 했던 모습은 몸무게가 40kg을 밑도는 여자 아이돌의 몸매였다. 니트를 입어도 부해 보이지 않는 앙상한 어깨와 랩스커트를 입어도 튀어나오지 않는 납작한 배가 내 몸이 될 수만 있다면 내 살을, 나를 도려내고 싶었다. 마른 몸에 대한 열망이 어찌나 대단했던지 램프의 요정이 나에게 3가지 소원을 들어준다면 이렇게 빌 거라고 수첩에 적어두기까지 했다.

'체지방률 20%, 키 168cm, 몸무게는 50kg이 되게 해주세요.'

내가 갖고 있는 몸에 대한 이미지는 실제 내 신체와는 완전히 동떨어져 있었다. 내 몸은 '진짜 몸'이 아니라 바뀌어야 할 몸,

변형되어야 마땅한 몸으로 여겼다. '아기 낳은 지 얼마나 지났는데 아직도 살 안 뺐어?', '이러면 남편이 싫어한다' 같은 말을 몇 번이나 들었던가. 이 몸으로 아이를 낳고 키우고 집안일을 하고 삶을 견디고 있음에도 불구하고 내 몸은 언제나 '옳지 않은' 외형을 가진 몸이었다. 그런 생각이 세뇌된 것이라는 걸 깨닫기까지 정말 오랜 시간이 걸렸다.

생각해보면 내가 탓해야 할 것은 내 몸이 아니라, '보기에 좋은 몸'을 안 가졌다고 여자를 탓하는 세상이었다.

뚱뚱한 몸으로 운동하면 남들에게 비웃음을 살까 봐 운동 센터에 나가지 않았던 수많은 날들이 이제 와 후회가 된다. 운동을 좋아하는 사람이 될 수도 있었는데 그런 기회를 놓쳐 왔다. 한 시간 넘게 자전거를 타고 '건강하게' 살았음에도 불구하고, 의자에 앉으면 퍼지는 허벅지 살(몸이 돌로 만들어지지 않은 이상 당연한 건데!)을 보며 한숨 쉬었던 나날들. 운동이라기보다 노동에 가까운 강도로 트레드밀 위를 달렸던 날들을 무엇으로 보상할 수 있을까. 운동은 남 보기 좋으라고 하는 게 아니었는데. 운동을 살 빼는 수단으로만 여겨서는 안 됐는데. 그냥 좋아서 해도 되는 거였는데.

살 빼기 위해서가 아니라 그냥 좋아서 운동을 하게 된 계기는 아이를 낳고서야 찾아왔다. 허리가 찢어지도록 아팠던 어느 날, 첫째 아이 강습 때문에 수영장에 따라갔다. 바깥에 앉아서 1시간을 기다려야 했는데 요통 때문에 앉지도 서지도 못했다. 그 때 통유리 창문으로 할머니들이 수영장 레인을 따라 천천히 걷는 것이 보였다. 저거다. 물 속에서 걸으면 안 아플 것 같다!

제모를 안 하고 왔다는 생각이 잠깐 스쳤으나 그냥 수영복에 몸을 구겨 넣었다. 그러곤 빈 레인을 찾아 바로 러브-다이브.

놀랍게도, 물 속에 들어가자마자 요통이 사라졌다. 부력! 이게 부력이구나! 지긋지긋한 요통은 웃기게도 나에게 수영을 배울 기회와 용기를 주었다.

생각해보면 30대가 되어서야 수영을 만난 건 참 딱한 일이었다. 그전에 배울 수 있는 기회가 무수했음에도 불구하고 '수영복 입을 수 있는 몸'이 아니라 생각해서 수영장에 갈 엄두를 못 냈었다.

수영장엔 정말 온갖 사람이 모여 있었다. 나처럼 허리가 아파 물에서 걸으러 온 사람이 많았다. 아예 걷기 레인이 따로 정해져 있을 정도였다. 물 밖에선 절뚝거리며 걷는 나 같은 사람도 물 안에 들어가면 자유롭게 팔다리를 휘저으며 촤악 촤악 앞으로 힘차게 나아갈 수 있었다.

그리고, 수영의 가장 멋진 점은 잘 먹어야 할 수 있는 운동이라는 거였다. 배고프면 팔이 돌아가지 않으니까. 밥심으로 발차기를 해야 하니까. 잘 먹으면 더 잘할 수 있는 운동이라니!

몸매와 상관없이 오직 수영 실력만이 화제가 되는 곳이 수영장이었다. 재밌어서 하기 시작한 운동 덕에 근육까지 생겨서 허리 통증도 훨씬 덜해졌다.

수영의 멋진 부분은 또 있었다. 운동을 시작하기 전에 인바디 측정을 안 한다는 거다. 내가 운동을 싫어하게 된 이유엔 인바디 측정도 있었다. 운동 센터에 처음 가면 보통 인바디부터 측정한다. 일정 수치 이상이면 비만 판정을 받는다. 억지로라도 짬을 내 운동해왔던 노력과는 상관없이 특정 키에 특정 몸무게 이상이면 비만인 거다. 하지만 수영장에선 이런 과정이 없었다. 수영복만 입을 줄 알면 누구든지 운동을 시작할 수 있었다.

인바디의 불합리함에 대해 좀 더 성토해보자면, 결혼식을 앞두고 혹독한 다이어트로 몸무게 앞자리가 변하고 복근이 살아날 때조차 내 인바디 결과는 과체중이었다. 인바디가 추천하는 몸무게는 내가 일상생활을 유지할 만한, 적당히 지방이 있는 몸무게와는 거리가 멀었다. 헬스 트레이너는 내 결과지를 사납게 흔들며 "웨딩 촬영 제대로 하시려면 여기서 10kg은 더 빼야 해요!"라고 말했다.

인바디나 BMI(체질량지수)나 결국은 절대 척도 측정이다. 하지만 이것만으로 내 건강 상태를 전부 알 수는 없다. 심지어 한국의 비만 판단 지표는 WHO(세계보건기구) 기준보다 정상 체중의 범위가 더 좁다. 똑같은 키와 똑같은 체중인데 한국에선 과체중이고, 미국에선 정상일 수 있다는 거다.

게다가 한국에는 BMI를 넘어서는 '미용 체중'이라는 것도 있는데, 인터넷에 미용 체중을 치면 키에서 110을 뺀 수치라고 나와 있다. 그 수치는 대체 누가 정한 걸까 궁금해진다.

트레이너가 내게 요구한 것도 미용 체중이었다. 내 키가 164인데 그럼 54킬로그램이 내 미용 체중인거다. 난 초등학생 때 이미 50킬로그램을 넘었다. 나이 30줄에 초등학생 시절 몸무게로 돌아갈 재주는 없었다. 하지만 웨딩 촬영 전에 지방을 싹 걷어내야 한다는 트레이너의 말에 단백질 파우더로 식사를 대체하며 체중을 감량했으나 결국 급격한 백혈구 수치 감소로 길에서 픽 쓰러졌다. 이유는 단백질 과다 섭취와 피로 누적.

저자는 운동하면서 체중계에 올라가지 않는다고 한다. 숫자는 운동으로 얻고자 하는 것과 무관하니까. "그 숫자는 나를 정의할 수도 없고, 나의 아름다움에도 영향을 주지 않는다"고 일갈한다.

결혼 전의 내가 이 책을 만났었더라면 맛없는 단백질 파우더를 꾸역꾸역 먹지 않았을지도 모른다. 쓰러져서 응급실에 실려 가지 않아도 됐을지도 모른다.

저자의 말처럼, 운동은 집안일 같은 거였다. 매끈한 종아리를 만들 필요도, 뽈록한 엉덩이를 만들 필요도 없었다. 대단한 목표 없이, 그저 먹은 그릇을 깨끗이 씻어두듯이 운동하면 되는 거였다. 운동으로 어떤 성과를 냄으로써 나를 증명할 필요는 없는 거였다. 나는 왜 재밌게 할 수 있는 일조차도 성과 위주로 생각했을까. 허리가 잘록해지거나 배가 쏙 들어가야만 운동에 의미가 있다고 생각했을까. 아침에 일어나면서 '오늘은 노벨상 타는 게 목표다!' 하는 사람이 없듯이, 운동도 거대한 목표 없이 그냥 숨 쉬듯이 평범하고 자연스럽게 하면 되는 거였다.

물론 그렇다고 모든 사람이 운동을 반드시 해야 한다고 말하려는 건 아니다. 운동하면서 자기 혐오의 맥락으로 빠져드는 것보다는 운동 안 하고 자기애를 가지는 게 백 배 낫다. 다만 한국 사회에서 여자에게 운동이 주로 살 빼는 수단으로 여겨지는 건 안타깝다. 우리는 운동을 좋아할 수 있었다. 운동을 잘 할 수 있었다. 나에게 맞는 운동을 찾아내기만 한다면. 그러려면 일단 다양한 운동을 해 봐야 한다. 주짓수 수업에서 남의 멱살도

잡아보고, 줌바 댄스 추면서 빗물처럼 땀도 흘려보고, 폴(pole) 위에 올라 허벅지에 멍 좀 들어봐야 한다. 그러면 내가 어떤 운동을 좋아하는지 알게 된다. 좋아하는 운동을 열정적으로 하는 거, 그것도 인생의 한 페이지를 멋지게 장식하는 방법 아닐까?

물론, 나도 이 책을 읽고 난 뒤 단숨에 내 몸을, 운동을 사랑하게 되진 않았다. 뚱뚱한 몸에 대한 혐오는 나의 오랜 습관과 같은 것이었기에 단번에 수정되기는 어려웠다. 하지만 이 책을 통해 '운동을 싫어한다'는 문장은 인생에서 수정되었다고 할 수 있겠다. 서서히 생활의 기울기가 달라졌다. '운동 싫어 싫어 너무 싫어' 축에서, '하니까 좋긴 좋아' 축으로 삶의 그래프가 느릿느릿 이동했다.

여전히 수영과 요가를 하고 있다. 일주일에 다섯 번. 1시간씩 꼬박 꼬박. 요즘은 요가를 특히 좋아한다. 플라잉 요가에서 그치지 않고 다양한 다른 종류의 요가인 아쉬탕가, 하타, 명상까지 배우는 중이다. 다이어트가 아닌 이유로 운동을 하게 된 것은 태어나 처음이었다. 평생 몸 쓰는 일을 제대로 해 본 적이 없으니 잘 하진 못한다. 가부좌조차 잘 못 틀어서 기우뚱거리기 일쑤다. 남들은 3달 만에 완성한다는 머리로 서는 자세도 5년이나 걸려서 해냈다. 허벅지 근육이 짧아 후굴 자세(상체를 뒤로 넘기는 자세)를 할 때는 숨이 넘어갈 듯 헐떡거린다.

그런데 재밌다. 운동은 잘 못해도 재미가 있다. 운동은 언제나 나만 아는 작은 성취를 보상으로 주기 때문이다. 시간만 견디면 죽어도 안 될 것 같던 동작이 어느 순간 된다. 안 펴지던 팔이 펴졌을 때, 안 잡히던 발이 잡혔을 때 나만 아는 기쁨이 반짝

떠오른다. 어른의 삶에서 이렇게 즉각적인 성취를 자주 경험하기란 쉽지 않다.

요즘의 나는 월경통이 해일처럼 덮칠 때, 꺼칠거리고 성난 몸과 화해하려고 꼭 요가원에 간다. 내가 다니는 요가원은 근력 운동 강도가 높다. 우르드바 다누라 아사나(후굴로 몸 들어올리기)를 팔이 쫙 펴질 때까지 벽에 대고 밀게 하거나, 머리서기, 어깨서기를 쉴 새 없이 이어 하기도 한다. 요가원 가기 전엔 항상 좀 떨린다. 그래도 꼬박꼬박 가는 이유는 그런 강도 높은 수련을 하고 나면 허리 통증이 확실히 덜해진다는 걸 알았기 때문이다.

그리고 거의 매일 밤 잠들기 전에 요가원에서 배운대로 명상을 한다. 명상을 함으로써 내가 가진 잘못된 생각이나 집착을 버리는 연습을 한다. 명상을 할 때는 다리를 가부좌하고 정수리는 천장으로, 어깨는 귀 뒤 멀리, 척추는 바르게 세우고서 호흡을 센다. 들이마시는 숨 하나, 내쉬는 숨 하나. 들이마시는 숨 둘, 내쉬는 숨 둘. 이렇게 일곱까지 가면, 다시 처음으로 되돌아와 호흡을 센다. 다른 생각을 하지 않는 것이 목표다. 오직 호흡에만 집중한다. 미간에서 빛이 나온다고 상상하며 들숨 날숨에 집중한다. 아무것도 하지 않고 숨만 쉬는 것이다. 신기하게도 명상을 거듭할수록 잘 풀리지 않던 문제에 대한 해답을 찾기도 하고, 어지럽게 꼬리를 물던 생각을 잠시 멈출 수 있는 순간이 생겨나기도 했다. 내 안에 깊게 새겨진 잘못된 바디 이미지도, 명상을 통해 조금씩 조금씩 수정되었다.

요가 선생님께서는 운동을 하는 것이 '머물러 있는 것'이라 하신다. 세상은 나에게 끊임없이 움직이라고, 무엇이든 바쁘게 하라고 한다. 하지만 운동을 하는 행위는 책 읽는 행위와 비슷하다. 나를 머물러 있게 한다.

열심히 일하지 않고 가만히 시간을 흘려보내는 것은 어색하고 익숙지 않은 상태다. 세상이 옳지 않다고 여기는 상태다. 하지만 가부좌를 틀고 책을 펴 눈이 활자를 따라가다 보면 명상할 때처럼 깊은 집중에 들어가게 되고, 머물러 있는 것이 편해지는 때가 어느 순간 찾아온다.

이제는 어깨에 힘을 빼고, 조용히 숨을 쉬며 운동이 주는 기쁨에 집중해보자. 뭘 하려고 하지 말고, 세상이 나에게 주는 모든 무거운 것들로부터 운동하는 시간만큼은 좀, 비켜 서있어보자.

들이마시고,

내쉬고.

들이마시고,

내쉬고.

깊은 호흡에 머리가 조금쯤은 비워지고, 오늘을 견딜 수 있는 작은 힘이 조용히 밀려온다.

《아무튼, 달리기》 김상민 / 위고 / 2020

당장 운동화만 꿰어 신고 어디로든 달려나가고 싶어지게 만드는 책. 달리는 것만으로도 어제보다 더 나은 내가 될 수 있음을 몸소 서사한다. 저자 꿀팁: <00(지역 이름) 러닝 크루>를 포털에서 검색해 참여하면, 지역 러너들과 함께 즐겁게 달리기를 시작할 수 있다.

《우아하고 호쾌한 여자 축구》 김혼비 / 민음사 / 2018

읽기만 했는데도 축구가 좋아지는 책. 저자 특유의 경쾌한 필치로 운동을 대하는 마음가짐을 달라지게 한다. 그라운드로 당장 달려가고 싶은, 여자 축구팀에 당장 입단하고 싶은 마음이 들게 만드는 책.

《운동하는 여자》 양민영 / 호밀밭 / 2019

여자라면 대부분 느꼈을, 운동하면서 겪는 부조리함에 대해 속 시원히 규탄한다. 운동이 여성의 취미이자 일상으로 자리잡을 수 있도록 용기를 북돋는 책.

《여자가 운동을 한다는데》 이은경 / 클 / 2020

여성 스포츠기자의 취재를 통해 한국 여자 운동의 현실을 담았다. 책을 읽다 보면 나도 언제든지, 어떤 운동이든지 할 수 있다는 믿음이 생긴다. 내가 좋아하는 운동을 찾아내어 열정적으로 해보고 싶은 바람을 불러일으키는 책.

《아무튼, 피트니스》 류은숙 / 코난북스 / 2017

중년의 인권활동가가 질병을 이겨내기 위해 피트니스를 하기 시작하면서, 중량을 치는 기쁨에 대해 서술한 책. 운동신경이 없어도, 자기가 할 수 있는 만큼 묵묵히 견디기만 하면 몸이 조금씩 변화하는 피트니스 운동에 대해 이야기한다.

오늘의 운동을 완료했습니다

아침 9시. 요가 수업이 시작하는 시간이다. 차로 10분 거리에 있는 나의 요가원은 천장이 높고 널찍하다. 빈자리 찾아 헤맬 필요 없이 어디든 매트를 깔면 된다.

나는 늘 매트를 제일 앞에 깐다. 다른 사람이 시야에 전혀 안 들어오는 자리. 오직 선생님의 동작만 보이고, 선생님의 지시만 들리는 자리다. 앞에서 틀리면 부끄럽고 민망하지만 그래도 꿋꿋이 맨 앞줄을 고수한다. 요가를 잘해서가 절대 아니다. 오히려 그 반대다.

아침 9시 수련은 '고인 물(오래된 회원들을 일컫는 말)'이 주로 오는 시간대다. 아마 그 시간대 회원 중 내가 제일 뻣뻣할 거다. 고질적인 허리 통증 때문에 몸통 회전이 잘 안 되고, 허벅지 근육이 짧아 골반을 앞으로 미는 동작을 할 땐 숨도 잘 못 쉬어서 후욱, 끄응, 혼자 시끄럽다.

남들이 잘 안 되는 동작을 운 좋게도 내가 잘할 때 드는 좀스러운 우월감, 남들 다 되는 동작이 혼자 안 될 때 드는 옹졸한 열등감들이 다 너무너무 싫다. 수련만도 힘든데 그런 마음까지 묵직하게 매달고 있으면 몸이 두 배로 지친다. 마음을 고쳐먹으려 했는데 쉽지가 않았다. 그래서 나는 내 마음 바꾸는 걸 포기했다. 대신, 요가 매트를 앞 줄에 깔았다. 못된 마음 고쳐 먹는 것보다 시야를 차단하는 게 더 쉬우니까. 아무도 안 보면 된다. 그러면 왜 나는 안 될까, 왜 남들처럼 못할까, 자책 시스템을 안 돌려도 된다.

처음 요가원에 갔을 때는 눈치 본다고 맨 뒤에 매트를 깔았다. 그러니 자꾸 다른 회원들 동작이 눈에 들어왔다. 나에겐 남과 나를 비교하면서 점수 매기는 못된 버릇이 있는데, 다른 사람이 나보다 아사나[12]를 잘 할 때마다 그 버릇이 불쑥불쑥 튀어나와 수련에 집중을 못 했다.

요가에서 선생님이 가장 강조하시는 부분은 다른 사람과 내 몸이 다르다는 걸 인지하라는 거다. 개인마다 별 노력 없이 잘 되는 동작이 있고, 죽었다 깨나도 잘 안 되는 동작이 있으니 본인 몸에 맞춰 수련해야 한다는 거다. 그런데도 나는 자꾸 다른 사람과 나를 비교했다.

"수현 씨 허리가 아픈 이유는 허벅지 앞쪽이 너무 타이트하기 때문이에요."

요가원에서 이 동작도 안 되고 저 동작도 안 돼서 속상한 마음에 '근력이 부족해서 그런가요, 유연성이 부족해서 그런가요?' 하고 여쭤봤더니 원장님이 하신 말이다.

내 옆모습을 거울에 비춰보면 허벅지 앞쪽이 유난히 불룩하고 정강이는 뒤로 빠져 있다. 그래서 전반적으로 몸이 앞으로 쏠려 있는 것처럼 보인다. 무릎에 힘을 주어 서 있는 습관이 있어서이기도 하고, 허벅지 뒤쪽 근육이 약해서이기도 하다. 둘째 임신 때 체중이 100kg을 넘어가면서 체형이 전체적으로 변하기도 했다.

이후 수련 시간마다 원장님은 허벅지 운동을 시키신다. 방법은 이렇다.

---

12 요가 자세(포즈)를 이르는 말

1. 무릎을 꿇는다.
2. 종아리만 45도 각도로 벌리고 엉덩이를 종아리 사이 바닥에 대고 앉는다.
3. 종아리 근육을 밖으로 돌려 빼고 한 팔 한 팔 뒤를 짚으며 눕는다.
4. 팔을 머리 위로 올리고 온몸에 힘을 뺀 뒤 5분 동안 자세를 유지한다.

글로 쓰니 복잡한데, 결국 꿇어앉은 자세에서 그대로 뒤로 눕는 것이다. 물론, 나는 못 눕는다. 무릎 꿇은 채로 몸을 눕히려 하면 허벅지 앞쪽 근육이 찢어질 것같이 아프다. 억지로 누울라 치면 골반 근처 근육이 눌리면서 허리 한쪽이 칼에 베이는 것처럼 쩌릿쩌릿하다. 남들은 아무렇지 않게 뒤로 슥 눕는데 나 혼자 식은땀을 흘리며 끙, 윽, 크흑, 큭 온갖 소리를 낸다.

"육체의 고통이 얼굴에 드러나지 않도록 해 보세요. 자, 호흡."

원장님 말씀에 찌푸려진 미간을 펴고 다시 한번 안간힘을 쓰는데, 갑자기 허리 뒤 통증이 사라졌다. 원장님이 허리 뒤에 방석을 받쳐주신 거다. 작은 방석 하나를 허리에 댔을 뿐인데 숨 쉬기도 한결 편하고 뒤로 몸을 젖힐 수도 있게 됐다.

원장님께선 방석을 좀 더 높여 대 주시며 말씀하셨다.

"힘들면 언제든 방석을 대면 돼요. 도구의 도움을 받으세요. 찢어질 것 같은 고통을 혼자 참지 마세요. 요가는 고통을 찍어 누르며 억지로 견디는 운동이 아닙니다."

그렇구나. 남들이 하는데 왜 나는 못하는 걸까 또는 원장님이 버티라는 시간만큼 못 버티면 나약한 거라는 생각으로 고통을 찍어 눌렀다. 내 몸인데. 남들과는 다른 방향으로 살아오고, 다른 무게를 견디고, 다른 시간을 통과한 내 몸인데.

비교하는 요가를 그만두고 싶어 주문한 책이 《요가 매트만큼의 세계》였다. 저자는 예고없이 권고 사직을 당하고 급여 소송까지 하게 된다. 소송을 준비하던 중, 갑자기 숨이 쉬어지지 않으면서 공황 증세가 찾아온다. 이 책은 극심한 고통을 요가를 통해 다스리는 치열한 수련 기록이다.

저자 소개에 브런치스토리에서 연재한 글을 다듬어 엮었다는 내용을 읽고 연재 글부터 찾아 읽었다. 에피소드 하나하나 다 마음에 와닿았는데, 특별히 마음에 남는 이야기가 있었다.

오래 수련을 했음에도 불구하고 완벽한 동작을 해내지 못해 저자가 속상하자, 선생님은 이렇게 말씀하신다.

"(지금 하고 있는) 그것으로 충분해요. 문제없어요."

저자는 선생님의 단호한 말씀에 깜짝 놀란다.

"문득 난 요가를 진심으로 즐기지 못하는 게 아닌가, 하는 생각이 들었다. 누가 시켜서 한 일도 아닌데 잘해야 한다는 강박을 끌어안고 있었다. 시험 보는 수험생처럼 기초를 탄탄히 하고, 연습을 게을리하지 않으며, 매사에 진지하고 치열해지는 것이다. 물론 그것은 그것대로 좋다. 하지만 과도한 목표로 인해 현재 누릴 수 있는 즐거움마저 놓치고 있었던 건 아닌지 의문이다. 요가가 주는 정신적 고양, 고요하고 단순한 세계, 자유로움, 가벼움, 넉넉함을 난 제대로 누리지 못했다."

꼭 내 마음을 써놓은 것 같았다. 요가원 갈 때마다 잘 해내고 싶은 마음으로 가득 차 발걸음이 무거울 때가 많았다. 요가의 세계와 가장 동떨어진 생각이었다. 진정 자유롭고 싶어서 요가를 수련하는 건데, 수험생처럼 요가원을 다녔다.

저자는 '요가와 글쓰기의 공통점'에 대해서도 썼는데, 깨알같이 공감돼서 고개를 백 번 끄덕이며 읽었다. 목록은 다음과 같다.

〈요가와 글쓰기. 둘의 공통점은?〉

더디다.

고독하다.

평등하다(누구나 가능하다).

(그러나) 뜻대로 되지 않는다.

용기가 필요하다.

자기 수련이다(자신을 알아가는 과정이다).

아프다.

자학과 자족 어디쯤에 있다.

구원이다.

힘을 빼야 한다(힘을 뺄수록 좋다).

요가도, 글쓰기도 참 더디게 는다. 누구와도 나누지 못하는 '나만 아는 고통' 때문에 고독해지기도 한다. 열심히 해도 뜻대로 안 될 때가 많고, 무엇보다 아프다. 몸도, 마음도. 그리고 초심자일수록 힘을 못 뺀다. 뺄 줄 모른다. 매사에 너무 진지하고 힘을 가득 주고 있어 곁에 있는 사람까지 숨이 막힐 지경이다. 좀 힘을 빼야 나도 편하고 남도 편한 것을 모른다.

"요가의 기원은 6,000~7,000년 전 인더스 문명까지 거슬러 올라간다고 하는데, 사람이 나고 죽는 것처럼 무한히 반복돼왔다. 그런 되풀이 속에서 몸과 마음이 조금씩 변하고 요가를 마칠 때면 마주하는 사소한 성취감이 좋은 습관처럼 느껴"지는 거라고 저자는 말한다.

그러니까, 애를 좀, 그만 쓰고 싶다. 사소한 성취감을 오롯이 누리고 싶다. 남들과 다른 게 당연한, 내가 할 수 있는 만큼의 범위 안에서 몸과 마음을 쓰고 싶다. 아직도 그 경계를 잘 못 짚어 혼자 숨을 헐떡이곤 한다.

못 견디게 아프면 블록에 의지해 자세를 잡아도 된다는 걸 알아야 한다. 숨이 안 쉬어지면 남들보다 먼저 내려와 호흡을 먼저 찾아야 한다. 그리고, 너무 힘들면 방석을 대면 된다. 언제든지 힘들 땐 방석을 대면 된다. 힘을 빼야 요가도, 삶도 조금씩 편해진다는 것을 매번 수련을 통해 배운다.

오늘도 일찍이 맨 앞자리에 매트를 깔았다. 그리고 오로지 선생님만 보면서 열심히 우스트라아사나[13]를 시도했다. 선생님이 가르쳐주시다 품 웃으신 걸 보면 아마 무진장 애는 쓰는 거 같은데 동작이 잘 안 나와서였을 것이다. 그래도 상관없다. 내 눈엔 내가 안 보이니까.

---

13 무릎과 정강이를 바닥에 대고 상체를 뒤로 젖혀 완성하는 동작. 둔근과 허벅지 근육 강화에 좋은 자세

저자도 요가 수업에서 다른 사람들의 아사나를 보며 스스로와 비교하며 괴로워하곤 한다. 몸이 딱딱하게 굳어 있지 않은 소녀 회원을 보며 저자는 이렇게 말한다.

"소녀는 역시나 잘했다. 어른들은 낑낑대며 하는 동작을 힘든 기색 없이 척척 해냈다. 둥글게 말리고 망설임 없이 찢어졌다. 부럽다. 부럽지 않을 수 없다."

하지만 저자는 타인을 마냥 부러워하는 데서 끝나지 않고 이런 깨달음을 덧붙인다.

"하지만 부질없으니 되도록 생각하지 않기로 했다. 열심히 내 것에 기름칠이나 하자."

그렇다. 요가는 나만 그냥 열심히 하면 된다. 내 것에만 열심히 기름칠하면 된다. 그게 잘 안 될 때는 매트를 제일 앞에 깔면 된다. 그럼 아무도 안 보이니까. 선생님과 나, 단둘만의 요가다. 저자는 '여자가 하는 요가'에 대해서도 썼다.

"'온몸이 아프고 슬프고 괴롭고 까닭없이 우울이 해일처럼 덮치는 상태'를 두 마디로 요약하면? 정답은 '월경 이틀째'."

여자 요가인으로서 '생리할 때의 요가'를 빼먹고 넘어갈 순 없을 것이다. 생리할 때의 요가는 "여자로서의 내 운명을 온몸으로 힘껏 살아내"는 느낌이다.

나는 배란기에도, PMS에도, 월경 중에도 호르몬 영향을 많이 받는 편이다. 기분이 들쭉날쭉해지는 건 둘째치고 골반통이 심하다. 비뚤어진 골반이 한 달에 한 번 어김없이 자기가 포궁을 받치고 있는 존재란 걸 티를 낸다. 오른쪽으로 특히 기울어진 골반과 골반 기저근, 장요근이 뻐근해지면서 절뚝절뚝 걷게 된다. 요가를 정말 좋아하지만, 월경통이 몸을 덮치는 날은 눈도 코도 없는 아메바처럼 뜨뜻한 바닥에 가만히 누워만 있고 싶다. 그런데 골반이 '야, 너 지금 누워있으면 더 아프게 한다.'라고 신호를 계속 보낸다. 결국 한의원에 침 맞으러 가는 심정으로 요가원에 기어 들어갔다.

사람마다 별 노력 없이 잘 되는 자세가 있고 애를 써도 안되는 자세가 있다고 했다. 어떤 자세를 하고 싶어서 안간힘을 써도, 팔이 짧거나 근육이 너무 두꺼우면 끝끝내 완성에 이르지 못할 수도 있고, 반면 어떤 자세는 체형에 따라 공들이지 않아도 수월하게 할 수 있다고도 한다. 나에겐 상체를 앞으로 숙이며 몸을 접는 전굴 자세가 그렇다. 큰 아픔 없이 배가 허벅지에 붙고, 이마가 발목에 붙는다. 하지만 후굴은 죽었다 깨어나도 안 된다. 골반을 미는 시작 동작에서부터 숨이 턱턱 막힌다.

월경할 때는 온몸이 더 뻣뻣하다. 허리도, 어깨도 평소보다 더 안 돌아간다. 잘 되던 전굴도 안 된다. 월경 날엔 종아리가 안 펴진다. 허리가 자꾸 굽는다. 목이 안 숙여진다. 진짜 다 안된다!

하지만 믿는 구석도 있다. 월경을 할 땐 평소보다 골반만큼은 훨씬 잘 열린다는 믿음[14]. 아픔을 꾹 참고 하누만아사나[15]를 시도했다. 로우 런지에서 햄스트링을 풀면서 왔다 갔다 한 다음에, 앞쪽으로 굽힌 다리를 펴서 앞으로 쭉 민다. 반대쪽 다리는 뒤로 쭉 뻗어 엉덩이를 낮춘다. 더, 더, 더, 더 내려가서 배꼽에만 힘을 주고 나머지 부분엔 힘을 푼다. 사타구니야, 바닥에 닿아라.

마침내 엉덩이가 바닥에 완전히 닿고 장요근이 쭉 길어지면서 양쪽 골반이 평행해졌다. 평소 같으면 뒷 허벅지 근육이 찢어지는 것처럼 아플 텐데 견딜만하다. 온몸에서 땀이 쭉 나면서 골반 쪽이 찌릿찌릿 아프던 게 시원해진다. 아이고, 여기가 병원이다.

오늘 수련하면서 "요가를 하면 몸이 가뿐해진다. 온몸으로 자유를 실감한다. 그럴수록 여성으로서가 아닌 인간으로서 더 행복해지고 싶어진다"는 저자의 말이 떠올랐다. 그렇게 오늘은 피가 철철 나지만 잔인하거나 슬프지는 않은, 웃기는 내 몸과 요가를 했다. 인간으로서 조금 더 행복해지고, 자유로워지는 요가를.

요가에서 다양한 아사나가 생긴 이유는 마음의 폭주를 막기 위해서다. 손에 잡히지 않는 마음 대신 몸을 통해 자신과 마주하는 것이 요가다. '에둘러 가지 않고 헤매지 않고 자신을 곧장

---

14   이어지는 '너는 왜 운동해도 살 안 빠져?' 편에서도 해당 내용을 언급한 적이 있다. 미신인지도 모르지만, 월경할 때 골반 여는 동작이 더 잘 된다는 이야기를 선생님으로부터 들었다.

15   양다리를 앞뒤로 벌리고, 두 팔을 천장으로 뻗는 자세. 삐뚤어진 골반 교정에 좋다.

만나기 위해 호흡하고 움직인다'는 저자처럼, 나도 요가를 통해 '나다움'으로 직진했다. 요가를 하면서 조금씩 편해지고 스스로를 믿게 된다. 그것이 오늘의 운동을 완료한 사람의 사소한 성취다.

오늘의 운동을 완료한 사람의 얼굴은 땀에 젖어있고 빛이 난다. 그 얼굴은 내 얼굴이기도 하다.

갖은 고난과 고통, 맘속에서 들리는 불평 불만, 그리고 더없이 미흡함에도 불구하고, 오늘의 운동을 완료했습니다. 이제 하루를 잘 살 준비 완료입니다.

요가 만세, 만세, 만세.

《아무튼, 요가》 박상아 / 위고 / 2019

뉴욕에서 요가를 하고 가르치는 요기(yogi)[16]의 이야기. 모든 동작을 따라 하지 못해도 언제든지, 어디서든지 요가를 할 수 있다는 메시지를 저자의 삶을 통해 보여주는 에세이이다.

《각자의 요가》 이우제 / 원더박스 / 2022

저자가 심각한 허리 부상을 겪고 나서 깨달은 요가에 대한 희망과 성찰을 읽을 수 있는 책. 안전하고 현명한 수련이 어떤 것인지 저자의 구체적인 경험을 통해 실제적인 팁을 얻을 수 있다. 오래오래 즐겁게 할 수 있는 요가 수련에 대한 지혜와, 모든 요가인들을 향한 응원이 담긴 책.

《내가 좋아하는 것들, 요가》 이은채 / 스토리닷 / 2020

회사를 그만두고 요가를 선택하면서, 자신을 진심으로 아끼고 사랑하는 것이 무엇인지 깨달아 가는 저자의 이야기가 가슴을 울린다. 요가 자세에 대한 구체적인 설명과 삽화가 있어 읽는 재미를 더한다.

《나는 요가하면서 산다》 김세아 / 가지 / 2021

'나는 왜 사는가?' 하는 질문 끝에, 직업으로서의 요가를 선택한 사람의 담담한 삶을 그린 에세이이다. 결국 직업을 넘어서서 '요가적인 삶'을 통해 본연의 자신을 회복하는 저자의 모습을 보면서, 함께 성장하고픈 의지를 가지게 되는 책.

---

16 요가 수행자를 이르는 말.

우리, 달리기할까?

제 목. **이토록 다정한 공부**

지은이. **김향심**

출판사. **어떤책, 2023**

"우리, 오늘 달리기할까?"

이 말은 우리 부부 사이에서 아주아주 야한 말이다. 신혼 시절, 섹스 후 배우자가 '우와, 달리기하고 난 것처럼 숨차다'라는 발언을 하고부터 우리 사이에서 '섹스하자'는 말은 '달리기하자'라는 말로 대체되었다. 당시엔 재치 있는 표현이라고 생각했는데 요즘은 좀 별로다. 길을 걷다 누군가가 '나 어제 달리기했다'라고 하는 말을 하면 나 혼자 깜짝 놀라기 때문이다. 아니 저렇게 야한 말을 대로변에서 하다니, 하면서.

어쨌든 아이가 둘 태어나고 난 후 달리기라는 단어는 우리 집의 비공식 금기어가 되어버렸다. 만약 기자 회견을 열어 입장 표명을 한다면 이렇게 발표했겠지.

'더 이상 임신을 원치 않습니다. 부부간 성생활은 당분간 파업임을 밝힙니다.'.

혹자는 이렇게 말할 것이다. 콘돔이라는 훌륭한 피임 도구가 있는데 왜 성생활 파업에 들어가! 하지만 이건 모르는 소리다. 통계적으로도 콘돔은 올바른 방법으로 적절한 시기에 사용해야만 피임 확률이 90퍼센트를 넘어서고, 방법과 시기가 다 적절치 못했을 시엔 피임 확률이 50퍼센트 이하로 떨어지기도 한다. 그런데 애 둘 태어난 이후의 섹스는 올바른 방법과 적절한 시기를 모두 맞추지 못할 확률이 높으니 부부간의 콘돔 피임률은 바닥으로 하강할 수밖에 없다. 더구나 아기 매트 위에서 단시간에 헉헉, 하다가 방 안에서 '응애' 소리라도 나면 화들짝 놀라 서로에게서 떨어지는 그런 성생활이라니. 아름답지도, 재미있지도 않다. 임신이 두렵다는 이유로 섹스를 멀리한 세월이 쌓이자 이제는 작은 스킨십조차 어색하다. 아직 같이 살 세월이 한창인데. 우리는 그저 육아 메이트로서만 남는 걸까. 마음이 복잡하던 차에 김항심 선생님의 책을 접하게 되었다.

《이토록 다정한 공부》는 어른을 위한 성교육 지침서다. 성교육이라고 하면 거창한 것 같지만 결국은 건강한 삶의 태도란 어떤 것인가에 대한, 노련한 언니의 조언에 가깝다. 무슨 일이 있어도 무조건 내 편인 언니, 내 잘못이 아니라고 말해주는 언니의 이야기를 듣는 기분으로 책을 읽었다.

> "제가 생각하는 성교육은 한 사람 한 사람이 자신의 힘을 온전하게 발휘하도록 돕는 것입니다. 그리고 섹스는 한 사람과 한 사람이 힘을 들여 깊고 깊은 관계를 맺는 일이죠. 성은 삶의 핵심 주제이기 때문에 이 주제에 대한 답을 내놓지 않아도 되는 사람은 없습니다. (…) 성교육은 결국 내가 어떤 존재가 될 것인지와 관련된 공부니까요."

나에겐 성교육이 필요했다. 특히 배우자와의 관계를 위한 성교육이 필요했다. 내가 지금까지 받은 성교육은 삽입 섹스를 시도할 때는 반드시 미리 콘돔을 쓰라는 것 정도였다. 어떻게 하면 서로 기분이 좋아지는지, 어떻게 하면 지난 번보다 더 깊은 기쁨을 느낄 수 있는지 한 번도 고민하거나 대화해보지 않았다. 배우자와의 성관계에서도 '까진 여자'처럼 보일까 봐 내 욕구를 말한 적이 단 한 번도 없었다. 10년 차 부부로서 부끄러운 일이다.

나와 배우자와의 성관계에서 메인은 배우자의 사정이다. 내 오르가슴은 메인 메뉴가 아니다. 배우자가 몸을 어루만져주려고 하면 내가 지레 겁을 먹고 '그냥 빨리 해'라고 해버리기 때문이다. 뾰루지가 난 부분, 군살이 있는 부분, 제모가 말끔히 되어 있지 않은 부분이 신경 쓰여서 도무지 집중을 할 수가 없다. 어두운 방에서조차 그렇다. SNS에 나오는 탄탄한 몸매의 여자들 같지 않은 내 몸이 자꾸 떠오른다. 이런 자기 몸에 대한 혐오는 섹스에 대한 두려움으로 이어졌다.

섹스를 편하게 여긴 적이 한 번도 없는 나로선 사랑하는 사이에서 누릴 수 있는, 섹스라는 기쁨을 온전히 누려보고 싶었다. 몸이 이완되고 마음이 편안해진다는, 그런 성생활을 죽기 전에 한 번만이라도 경험해보고 싶었다. 오르가슴은 심장병, 뇌졸중, 유방암 발병률을 확 낮추고, 편두통과 우울증 완화까지 돕는다는데. 클리토리스는 평생 늙지 않는다는데. 섹스의 기쁨은 대체 어떤 걸까.

"섹슈얼리티는 우리가 언어 바깥에서 다른 존재에게 가닿을 수 있는 방법이자 자신의 신체적 자아를 사랑할 수 있는 유일한 방식이며 우리는 섹슈얼리티를 통해서 자아를 가장 깊이 느낄 수 있"다는 수전 그리핀의 문장을 나는 가슴 깊이 받아들였다. 불완전한 언어로 마음을 다 전할 수 없을 때, 나에겐 언어 바깥의 어떤 것이 필요했다. 상대에게 다르게 다가갈 수 있는, 마음과 몸을 한데 묶어 사랑할 수 있는 그런 방법이 필요했다. 그런 방법 중 하나가 섹슈얼리티, 성적 관계였다.

"성교육 현장에서 저는 그냥 섹스가 아니라 좋은 섹스를 하자고, 섹스에 있어서도 성장이 가능하다고 학습자들에게 전합니다. 좋은 섹스의 기본은 존중이고, 서로 존중한다는 건 애써야 가능하므로 (…) 좋은 섹스가 일상의 관계 또한 성장시킨다고, 저는 믿습니다."

좋은 섹스가 뭘까 생각해보다 이런 질문을 스스로에게 던지는 게 처음이라는 것을 깨달았다. 음란물에서 이용되는, 성적 대상화된 여성의 모습만을 섹스에 대한 이미지로 가지고 있었다. 비난이나 검열 없이 섹스에 대해 진지하게 생각할 필요가 있었다.

생각해보면, 결혼 전에 여자 친구들과 만나면 장소를 막론하고 서로의 성경험과 관련된 농밀한 이야기를 나누곤 했었다. '얘, 남자랑 소개팅할 때 말이야. 사춘기 때 몸매가 말랐었는지 꼭 물어봐. 중학생 때 날씬했다면 그, 크기가 클 가능성이 90프로다. 코 크기, 손 크기로 가늠해 보는 것보다 훨씬 정확해.' 같은 이야기들. 하지만 기혼자들의 이야기는 좀 더 실용적인 부분이 많다. '브라질리언 왁싱을 하면 말이야, 확실히 섹스할 때 느낌이 좋지만 새로 털이 살을 밀고 올라올 땐 너무 따갑단다, 하고 한 명이 이야기를 시작하면 다른 한 명이 바로 말을 받아서 아니야 언니, 주기적으로 하면 괜찮아, 그리고 짝꿍이랑 둘 다 왁싱하면 얼마나 좋은데, 바닥 기어 다니며 털 주울 일 없어.' 하곤 깔깔깔깔. 친구들과 마냥 즐겁게 나눴던 섹스 토크를 이제는 배우자와 나누고 싶었다. 이에 대해 저자는 이렇게 말한다.

"우리가 나누는 성관계가 따뜻하려면 침실 밖에서의 일상에서 부터 다정해야 합니다. 서로에 대한 감정이 일상에서 눈빛이라든가, 손잡기라든가 하는 구체적인 행위로 전해져야지요. '아, 내가 사랑받고 있구나' 하는 마음이 있어야 성관계가 따뜻하게 연결됩니다. (…) 섹스는 침실에서만 벌어지는 이벤트가 아니어야 합니다."

일상을 공유하는 사람과 매 순간 다정하기란 쉽지 않다. 자고 일어나 눌린 머리, 푸석푸석한 맨얼굴, 하도 빨아 넝마가 된 티셔츠를 걸친 서로를 볼 때 편하고 푸근하긴 하지만 다정한 제스처가 나오긴 어려웠다. 공과금 납부 여부나 냉장고 청소 주기를 얘기하다가 '그런데 말이야… 당신 참 귀엽다' 같은 말을 하기엔 내 비위가 너무 약했다.

하지만 일상 속에서 배우자가 정말 사랑스러울 때가 있었다. 내 입맛에 딱 맞는 김치볶음밥을 만들어줄 때. 아침에 '당신 더 자'하면서 애들을 데리고 나가줄 때. 그럴 때 배우자는 정말로 섹시했다.

"겪어보니 남편의 섹시함은 돌봄 노동을 수행하는 일상에서 계속 갱신되는 것이더군요. 허리의 강함이 아니라 앞치마를 두를 때 남편이 더 섹시합니다. 집안일은 자기 몸 돌보기의 일환이기도 하고, 함께 살고 있는 이들을 더불어 챙기는 다정한 마음의 행위이기도 합니다. 가사 노동과 돌봄 행위는 다른 존재를 사랑하는 구체적인 일이거든요. (…) 성적 욕망은 단순히 호르몬이나 상대의 성적 매력에 영향받지 않아요. 그보다 더 복잡한 삶의 맥락과 촘촘하게 연결되어 있고, 함께한 시간과 일상의 밀도에 영향을 받지요."

나는 저자의 이 문장에 고개를 백 번 끄덕였다. 다정함은 대화에만 머무는 것이 아니었다. '오늘 내가 설거지할게'라고 팔을 걷어부치는 뒷모습에서, 변기를 솔질하는 흔들리는 엉덩이에서 다정함과 섹시함이 발사되는 것이었다.

다시 처음으로 이야기를 돌리자면 우리 부부는 현재 달리기 파업 중이다. 커플 간 섹스 횟수가 한 달에 한 번 이하면 섹스리스에 해당한다는 내용을 책에서 읽은 적이 있는데, 그렇다면 우리 부부는 섹스리리리리리리리리리리리리스에 해당되겠다. 인터넷 검색 창을 켜 '섹스리스'를 검색해보니 '부부에서 다시 연인으로, 독일 최고의 성 전문가가 권하는 부부관계 회복 솔루션'이라는 설명이 달린 책이 바로 첫 화면에 뜬다. 부부에서 다시 연인으로라니 부부는 당연히 부부관계가 나쁠 거라는 거야 뭐야. 애초에 부부와 연인을 별개의 범주로 지정하는 게 옳은지부터 따져봐야 하는 거 아닌가 싶은 불만이 치밀어 오른다.

부부, 관계라.

세상에선 부부 관계에서 중요도 제1번이 성관계고, 그 다음에 임신, 출산, 육아, 시가와 처가와의 관계, 방 닦기, 빨래 돌리기, 철철이 계절옷 정리하기, 화장실 바닥 락스로 솔질하기 등이 있다고 생각하는 듯하다. 10년 간의 혼인 기간 중 우리는 관계의 중요도 순서를 수시로 재설정해왔다. 아기가 생기지 않아

애면글면했던 1년, 임신을 포기하고 그냥 취업했는데 취업하자마자 아기가 생겨서 상사에게 굽신거렸던 1년, 출산 예정일까지 출근하고 난 다음날 하혈과 함께 아기를 낳고 밤새 잠 못 자며 돌봤던 1년, 직장 화장실에서 몰래 유축기에 젖을 짰던 1년, 결국엔 '수현 씨는 이제 아기도 있으니 그만 가정에 충실하는 게 어때'라는 상사의 한 마디에 재계약이 무산돼 바닥에 쪼그려 앉아 울며 배우자에게 전화 걸었던 1년, 이런 시간들이 우리 사이에 쌓여 있다. 이 모든 일이 휘몰아친 뒤 우리 안에 남은 '달리기'는 숙제와도 같았다. 하루 세 번 밥상 차리고, 운동장 흙먼지를 뒤집어 쓴 옷 분류해서 빨고 널고 개고, 그림책 목 쉬도록 읽어 주고, 쉴 새 없이 떠드는 아이를 극한의 인내심을 발휘해 재우는 등 매일의 업무가 끝나야 순서가 돌아오는 숙제. 물론 매일 그 많은 일들을 제대로 마무리하지 못하므로 '우리, 이제 달리기하자!'라는 말을 내뱉는 데에 이르기까지는 억만 겁의 세월이 필요하다.

그렇다면 내가 나의 배우자를 사랑하지 않는가. 우리 사이에 남은 것은 이제 에로스적 사랑이 아닌 동지애뿐인가. 플라톤은 에로스(eros)라는 개념을 '자신이 불완전자임을 자각하고 완전을 향하여 끊임없이 노력하여 나아가려는 인간의 정신'이라고 규정했다. 그런 거라면 우리 부부에겐 에로스적인 개념을 확실히 적용할 수 있다. 우리는 매일 매일 어제보다 나은 사람이 되기 위해 진심으로 노력하고 있으니까.

현재 우리의 삶을 되돌아본다. 누가 봐도 아름답거나, 닮고 싶다거나, 돈을 많이 벌었다거나 해서 자기 계발서에 쓰임직한 삶의 모습은 아니다. 아마도 시골에서 두 아이를 키우고 끼니를 먹이고 집을 치우다 생을 마감할 것이다. 누군가는 감히 우리의 인생을 무의미했다고 평가할 수도 있을 것이다. 그러나 우리의 인생에 대해 평가를 내릴 수 있는 사람은 우리 자신밖에 없다는 것을 안다. 아토피로 온몸을 긁는 아이의 손을 잡고 밤을 샜던 날들과, 꾸벅꾸벅 졸면서도 그림책을 읽어줬던 날들, 열이 펄펄 끓는 아이를 들쳐업고 울면서 응급실로 달려갔던 날들을 우리는 기억한다. 누구도 알아주지 않는 곳에서 조용히 이 작은 삶을 매일 견디어내려 애썼다는 것을.

우리에게 '달리기'라는 행위는 없어도, 서로의 삶에 대한 깊은 이해, 함께 힘든 시간을 견딘 상대방에 대한 애정만큼은 차고 넘쳤다.

섹스는 다만 행위에 그치는 것이 아닌, 정말 다정한 공부. 서로에 대해 더 알아가길 원하는, 더 깊은 친밀함과 애정을 나누길 원하는 공부였다. 지금이라도 이런 다정한 공부를 만날 수 있어 다행이다. 섹스를 그저 성기의 삽입으로만 여기지 않게 되어서 다행이다. 나를 돌보고 사랑하는 일, 나와 가장 가까운 이를 돌보고 사랑하는 일을 이제라도 알아가고 나눌 수 있어 정말 다행이다. 이 책은, 어린 시절 제대로 된 성교육을 받지 못하고 어른이 된 나에게 나와 타인을 사랑하는 새로운 방법을 알게 해 주었다.

비단 배우자뿐만 아니라 섹스를 나누는 상대가 있는 모든 사람에게 이 책을 적극 추천해주고 싶다. 책에 나오는 '좋은 섹스의 기본 조건'은 프린트해서 냉장고에 붙여놔야 할 만큼 명문이니까. 섹스에서 가장 중요한 것은 즐거움이 아니라 '합의'라는 것, 그리고 그 합의를 언제든 철회할 수 있다는 것도 나는 이 책을 통해 배웠다.

그리고, 성생활뿐만 아니라 삶에 대한 실질적인 조언이 담겨 있어 책을 읽을수록 힘이 났다. 다음은 저자가 추천하는 '지지자 모임 만들기'에 대한 내용이다.

"무슨 말을 해도 안전한 자리를 만듭니다. 나와 생각의 결이 같은 사람들로 이루어진 모임을 찾아가거나 만드세요. 어떤 말을 해도 주눅 들지 않고, 집으로 돌아와 했던 말을 복기하며 후회하는 일도 없는, 그런 모임이 여러분에게도 꼭 하나 있으면 좋겠습니다."

그래서 나는 실제로 그런 모임을 만들었다. 각자 쓴 글을 읽고 이야기하는 모임인데, 서로의 글에 대해 절대로 비난하거나 평가하지 않는 것을 원칙으로 세웠다. 상대방의 글을 경청하고, 어떤 문장이 마음에 들었는지 말하는 것으로 모임 시간을 채웠다. 그 모임을 할 때만큼은 마음이 편했다. 평가받는 자리가 아니기에, 그 시간만큼은 자기 검열을 덜 할 수 있었다. 삶에 회의가 올 때마다 글쓰기 모임에서 괴로운 감정에 대해 솔직하게 글을 씀으로써 감정과 거리를 둘 수 있었고, 판단하지 않는 위로와 응원도 얻을 수 있었다. 이 책 덕분에 조금쯤 덜 애쓰는 사람, 조금 더 자연스러운 사람이 될 수 있었던 것 같다.

책을 읽다 보니 섹스는 내가 잘 몰라도 다정한 관계는 조금쯤 알 것 같다. 다정함을 회복함으로써 배우자와 나 사이에 좋은 섹스도 들어올 수 있을 거라는 생각이 들었다. 딱 내 타입으로 귀엽게 생긴 나의 배우자와 다정한 공부를 함께 나누고 싶었다. 우리 관계가 그 정도는 되니까.

섹스와 다정함의 관계에 대해 거듭 생각하다 보니 삶의 본질에까지 그 꼬리가 가닿는다. 평가하지 않는 위로, 조건 없는 응원이 담긴 다정함을 계속해서 공부해나가고 싶다.

섹스, 아니 '달리기'를 여러 번 되뇌어보다 보니 아랫배가 근질거리며 묵직해져온다. 산더미 같은 빨래는 그냥 방바닥에 널브러지게 놓아두고, 튀어나온 똥배와 나잇살이 늘어진 턱에 입맞추며 오늘 밤 우리, 뜨겁게 달리기하자고 말해볼까. 우리 그동안 사느라 정말 고생했으니까 어른의 즐거움을 같이 누려 보자고 하며 허리를 꽉 끌어안아볼까. 설거지하는 배우자의 등을 바라보며 혼자 씨익 웃어본다.

《질의 응답》 니나 브로크만 / 열린책들 / 2019
의사가 직접 쓴 여성 인체 설명서. 여성 성기에 대한 미신이나 오해를 의학적으로 속 시원하게 풀어준다. 여성의 성생활과 성기 사용법에 대해 친근한 자세로 자세하게 다룬다. 의료인만 아는 정보와 지식을 대중적인 언어로 설명한, 실용적이면서도 즐거운 여성 의학 도서.

《아무도 대답해주지 않은 질문들》 페기 오렌스타인 / 문학동네 / 2017
십 대의 성에 대해 고민하는 어른들을 위한 지침서. 십 대의 성문화와 그들이 고민하는 진짜 성 문제에 대해 다룬다. 시대에 맞는 성교육이 어떠한 것인지 현실적인 대안을 제시하는 책. 어떤 어른도 답해주지 않았던 성에 대한 대답을 솔직하게 다루고 있어, 십 대뿐 아니라 전 연령대를 위한 성교육 도서다.

《당신의 섹스는 평등한가요?》 부너미 외 / 와온 / 2020
결혼한 여성의 성생활에 대한 현실적인 이야기를 담은 책. 평등한 성생활을 위해, 동등한 반려 관계를 위해 고군분투하는 여자들의 투쟁담이 담겨 있다. 부부간에 동등한 성적 즐거움을 누리고 싶어 하는 모든 사람들에게 추천하고 싶은 책이다.

《여자들의 섹스북》 한채윤 / 이매진 / 2019
여자들의 즐겁고, 안전하고, 건강한 섹스를 위한 실용 섹스 가이드북. 성교육 전문가인 저자가 여자의 몸과 성생활에 대해 구체적인 예시와 함께 실제적인 조언을 한다. 잘못 알고 있는 편견이나 성생활의 막연한 두려움까지 과학적으로 해소해준다. 여성으로서, 자신의 몸과 성생활에 대해 현실적인 조언이 필요하다면 꼭 읽어보기를.

있는 힘껏 못생겨지고 싶다

제 목. **못생긴 여자의 역사**

지은이. **클로딘느 사게르**

출판사. **호밀밭, 2018**

"엄마, 나 머리 허리까지 길러서 공주가 되고 싶어. 친구들은 립스틱도 바르고 유치원 오는데 나도 그런 거 사 줘. 이제부턴 유치원복 말고 드레스 입고 갈래."

'공주 시기'가 내 아이에게도 왔다. 집에서 한 번도 공주에 관련된 책이나 영상물을 보여준 적이 없는데도 그랬다.

유치원에서 친구들이 하는 행동을 보고 배운 바도 있겠지만 일단 내가 자주 시폰 원피스를 입고 화장도 하는 사람인 걸 보고 자란 게 영향을 미친 것 같았다. 지금껏 '사람의 모습은 다양하다, 여자라고 무조건 머리가 길지 않다, 여자도 남자도 자기가 원하는 옷을 입을 수 있다'고 말로는 가르쳐왔으나 실천하는 모습은 보여주지 않았던 거다. 외출할 땐 화장을 했고, 머리를 길렀으며, 코디하기 편하다는 이유로 원피스를 주로 입었다. 신발장엔 구두가 가득했고 화장을 하지 않고 나가는 일은 있을 수 없었다. 립스틱만 10종류가 넘었으며 휴대용 화장품 가방인 파우치는 늘 빵빵했다.

하지만 딸에게 '공주 시기'가 찾아오니 그 시기가 향유하는 문화가 너무 기괴하게 느껴졌다. 키즈 메이크업 세트, 키즈 네일 케어 세트 같은 장난감을 하도 갖고 싶어해서 할머니를 매일같이 졸라 결국 얻었는데, 그걸로 거울 앞에 앉아 입술을 빨갛게 칠하고 눈에는 섀도를 바르고 손톱 소제까지 하는 거였다. 그러면서 하는 말.

"나는 이 여자애(메이크업 장난감 세트 모델)처럼 안 예뻐지네. 살을 빼야 하나 봐."

이런 말이 5살짜리 아이 입에서 나오는 걸 듣는 게 괴로웠다.

애한테 뭐라 할 말이 없어 더 괴로웠다. 살이 쪄서 이 옷은 안 어울린다는 둥, 다이어트해야 해서 저녁은 굶겠다는 둥의 이야기를 일상적으로 했던 건 나였기 때문이었다.

당장 미용실로 달려가 오래 기르던 머리를 아주 짧게 잘랐다. 립스틱으로 터져나가던 파우치를 비웠다. 몸매가 드러나지 않는 펑퍼짐한 티셔츠와 바지를 입었다. 힐 대신 운동화를 신었다. 그렇게 완성된 내 몸의 기본 값을 한참 쳐다보았다. 사회에서 요구하는 여성스러움이나 예쁨의 기준을 하나도 지키지 않은 모습이었다.

항상 머리가 길고 쉬폰 원피스를 즐겨 입었던 나로선 사실 그 모습이 어색했다. 사회적 규범을 벗어난 것 같아 마음이 편치만은 않았다. 세상이 나를 인정해주던 어떤 것을 잃은 것만 같았다.

'아가씨인줄 알았어요', '넌 애기 낳고도 그대로네' 같은 찬사를 잃었다.'여자다운' 모습으로 외양을 열심히 꾸밀 때는 받지 않던 '아줌마' 대우를 받게 되었다. 그리고 일상에서 소소하게, 그러나 지속적으로 머리 길러라, 여자처럼 하고 다녀라, 왜 남자같이 하고 다니냐는 지적을 받게 되었다.

더 큰 문제는 그런 지적에 끊임없이 흔들리는 내 마음이었다. 친구들을 만나고 올 때면 더 그랬다. 근황 토크를 나눌 때 '너 예뻤는데 왜 이렇게 됐어?' 같은 말을 반복해서 듣곤 했다. 그럴 때면 남들 눈에 예뻤던 시절로 돌아가고 싶은 마음이 불길이 일어나듯 솟았다.

마음이 더 힘들어질 땐 자식이 나에게 이런 말을 할 때다. '엄

마, 왜 결혼할 땐 머리도 길고 예뻤어? 그때로 돌아가.'

내 자식이 살아가야만 하는 세상이 조금이라도 변했으면 해서 이렇게 살아보기로 결정했건만 막상 5살짜리 자식은 내가 머리를 기르고 원피스를 입어 세상이 요구하는 예쁨에 동참하기를 원하곤 한다. 하지만 여러 갈등에도 불구하고 내가 긴 머리와 쉬폰 원피스로 결국 돌아가지 않은 데는 이유가 있었다.

나는 체모가 많은 편이다. 게다가 모든 털이 곱슬 기가 강하다. 특히 머리카락은 아주 어렸을 때부터 파마한 것처럼 굽슬굽슬하다. 초등학교 5학년 때 스트레이트 펌이 처음 도입되었는데 그때부터 마흔 가까이 될 때까지 3달마다 스트레이트 펌을 해 왔다. 곱슬머리는 못생긴 것, 고집 세고 드센 것을 의미한다는 걸 어릴 때 깨달았기 때문이다. 어린 시절 곱슬머리를 풀어 헤치고 다니면 동네 어르신들이 "왜 저리 털팔이[17] 같노." 하며 혀를 쯧쯧 차곤 했으니까. 찰랑이는 긴 생머리를 풀고 다니는 내 친구한텐 예쁘다고 칭찬 일색이었으면서!

나는 초등학생 때부터 하루 종일 미용실에 앉아 뜨거움을 참으며 머리를 폈다. 스트레이트 펌이 처음 도입되었을 때라 평평한 판 같은 데에 머리를 일일이 대고 펴서 약을 바르고 있었어야 했는데, 해 뜰 때 미용실에 들어가서 해 질 때 미용실에서 나와야 할 만큼 과정이 지난했다. 그래도 견뎠다. 털팔이란 말이 너무 듣기 싫어서였다. 잦은 시술로 머리가 건조하고 뚝뚝 끊어져서 주기적으로 영양제 주입 시술도 받았다. 그 비용과 시간을

---

17 경상도 사투리. 덜렁거리고 단정하지 않은 사람을 이르는 말.

합하면 엄청난 숫자에 달할 것이다.

곱슬머리로 다닐 땐 남자애들의 놀림 대상이 되곤 했다. 지나가다가 머리를 마구 헝클이기도 하고, 머리카락을 뽑아보는 애도 있었다. 그런데 매직 시술을 받고 나서는 반응이 확연히 달라졌다. 예쁘다는 이야기를 듣기 시작한 거다. 그때 가슴에 새겨진 도식은 곱슬머리는 못난 것, 생머리는 예쁜 것이었다.

하지만 진한 곱슬머리를 타고난 사람이 생머리를, 그것도 긴 생머리를 유지한다는 건 에너지를 보통 요하는 일이 아니었다. 임신했을 때도, 출산하고서도 어떻게든 시간을 내서 미용실에 가야 했다. 긴 생머리는 그야말로 시간과 노력의 상징이었다.

그런데 이번에 머리를 자르면서 생머리에 대한 집착도 싹둑 잘려나갔다. 집착과 함께 머리 감는 시간도, 말리는 시간도 잘려 나갔다. 짧은 머리가 되니 곱슬모의 장점이 살아나기 시작했다. 펌한 머리처럼 볼륨이 살았고 끝이 동글동글 말려서 산뜻했다. 허리 아픈 걸 참고 몇 시간이고 미용실에 앉아 있지 않아도 되었다. 늘 다음 시술 날짜를 계산하고 시간을 빼느라 쩔쩔맸는데 새로운 여유가 생겼다. 돈, 상당한 돈이 절약됐다. 스트레이트 시술 한 번당 2~30만원은 드는 데다 영양까지 넣으면 1년에 백만 원 정돈 우습게 썼었다. 3달이면 사라질 머리에.

머리가 짧아지니까 더 이상 하늘하늘한 쉬폰 원피스가 어울리지 않게 되었다. 이제는 넉넉한 청바지에 티셔츠가 기본 착장이 됐다. 원피스를 안 입으니 다리털 제모에 덜 신경 써도 돼서 좋았다. 머리 감는 데 10분, 말리는 데 10분, 세팅하는 데 10분,

화장하는 데 10분, 제모하고 옷 갈아입는 데 20분…. 기본 1시간 걸리던 외출 준비 시간이 획기적으로 줄었다. 5~10분씩 약속에 늦곤 했던 버릇도 싹 고쳐졌다. 이제는 일어나서 나가기까지 10분도 안 걸리니까. 세상으로부터 예쁘다는 말을 획득하려 생각보다 더 많은 것을 참아왔었다는 걸 뒤늦게 깨달았다. 숏컷에다 복서 쇼츠를 걸치고 다니는 지금은, 더는 불편함을 참지 않아도 된다. 시간 관리를 잘하게 된 건 덤이다.

하지만 예뻐지려고 하는 마음을 죄악시하려는 건 아니다. 예뻐지려는 마음은 단순한 허영심 따위가 아니기 때문이다. '못생기면' 이 세상을 살아가기가 너무나 힘들다. 못생긴 여자에 대한 세상의 혐오는 얼마나 거대한가. 인터넷엔 뚱뚱한 여자를 오크녀라고 당당하게 부르는 사람들이 많다. 오크는 판타지 세계의 추악하고 못난 괴물인데, 그런 괴물에 여자를 비유한 거다. 포털 검색창에 '오크녀'라고 치면 남자들이 조롱하며 올린 여자들의 사진이 줄줄이 뜬다.

하지만 여자는 예쁘기가 쉽지 않다. 여자의 못생김은 세세하게 나누어 평가되기 때문이다. 피부결, 모공의 크기, 머릿결, 팔과 다리의 두께, 털의 유무, 얼굴 크기, 가슴 크기, 엉덩이 크기까지 촘촘하게 평가된다. 키가 너무 커도 오크녀고 표준 체중을 넘어서도 오크녀이며 아토피가 있거나 여드름이 나서 피부가 안 좋아도 오크녀. 어릴 때부터 아토피가 심해 팔다리 접히는 부분이 검게 착색됐던 대학 동기가 있었다. 아토피는 전염병이 아니므로 다른 사람한테 닿는다고 해도 아무 상관이 없다. 그런데, 하루는 그 동기가 엉엉 울면서 전화가 왔다. 오래 사귄 남자친구가 스킨십을 꺼리길래 왜 그러냐고 물었더니, 한참 망설이다가 '너 병 있는 거 같아서… 여자 피부가 이런 건 처음 봐. 뭐라도 좀 발라' 이렇게 말한 거다. 동기의 남자 친구도 그 애가 아토피로 오래 고생했다는 걸 다 알고 있었는데도 그랬다. 결국 동기는 남자 친구와 헤어졌고 스킨십에 대한 트라우마가 생겨 친구들과도 팔짱을 끼지 않게 되었다.

《못생긴 여자의 역사》는 여자의 외모와 권력 관계가 어떤 연관이 있는지 역사학적으로 밝힌 책이다. 여성 자체를 추하다고 여긴 고대 그리스부터 못생긴 여자를 죄인으로 만들어버리는 현대까지 시대를 추적하며 여자의 외모에 대한 사회적 편견을 다룬다. 아주 오랜 세월 동안 가톨릭 사제, 철학자, 의사 등 주류 남성들은 여자를 출산의 도구로만 보아왔고 현재도 크게 다르지는 않다는 것을 이 책을 통해 알 수 있었다.

> "예뻐지는 일이 의무가 되면서 여성은 자신의 외모에 책임을 져야 한다. 그러므로 못생긴 여자는 자기관리에 실패한 자이며, 외모를 개선하지 못하는 자는 무능력자로 간주된다."

현대의 여성은 아토피라는 질병을 갖고 있음에도 불구하고 '피부가 매끄럽지 않고 예쁘지 않은 것'은 여자의 잘못이며 자기 관리에 실패한 사람 취급을 받는 것이다. "추녀는 자신을 향한 그 모든 비난을 달게 받아들이고, 심지어 자신의 외모에 대해 사과까지 한다는 것이다. 그렇게 태어났고 살아갈 수밖에 없는데도 그것을 자신의 잘못이라 느낀다는 것이다." 여기서 '추녀'는 가부장적 남성 기준에 조금이라도 어긋난 모든 여자 사람을 뜻하게 된다.

나는 여중 여고를 나왔으므로 또래 남자를 일상적으로 만나는 건 대학교 때가 처음이었는데, 대학교 내에서 남자 문화는 여자 외모 줄 세우는 것을 일상으로 했다.

> "스무 명의 젊은이들에게 한 여자에 대해 말해라. '예뻐요?'라고 물어보지 않는 남자애가 단 한 명이라도 있는지 봐라. 여자는 예쁠 때에만 존재할 수 있다. 남자들 마음에 들어야 하는 것이 여자의 사명이다."

위와 같은 책의 문장을 일상적으로 체감하게 된 것이다. 대학교 같은 과 남자 단톡방에서 여자 동기들을 순위 매겼다는 걸 들은 적도 있다. 얘는 얼굴은 좀 예쁘지만 옷을 야하게 입어서 탈락, 얘는 예쁘긴 한데 쌍수해서 '자연'이 아니니까 탈락, 이런 내용을 실제로 주고받고 있었다.

더 슬픈 건 단톡방에서 하위권에 든 여자애들이 그 사실을 수치스러워했던 거였다. 그 단톡방 내용에 따라 성형 수술을 감행한 여자애도 있었다. 요즘 같은 사회 분위기였다면 공론화라도 했을 것 같은데 내가 대학 다닐 땐 '여자가 못생기면 유죄' 같은 이야기가 공공연히 거론되었고, 성희롱에 가까운 외모 평가를 농담처럼 주고받는 분위기였다. 대학생이 향유하는 문화 자체가 여자에게 더없이 폭력적이었던 것이다.

사실, 모든 문화권에서 여자의 못생김에 대한 평가는 너무도 촘촘해서 누구도 빠져 나갈 수가 없다.

저자는 중세 이후 발견된 수많은 기록물에서 여자를 얼굴색, 모발, 손, 배의 모양, 가슴 크기와 모양, 입냄새, 성기의 분비물의 냄새 등으로 세세히 나눠 평가한 내용을 소개한다. 그리스의 현명한 철학자의 전형인 소크라테스도, 의학의 성인이라 불리는 히포크라테스도, 비판 철학을 탄생시킨 칸트도, 스콜라 철학을 대표하는 토마스 아퀴나스도, 여성을 남자가 되지 못한 불완전하고 추한 존재로 규정한다. 중세, 아니 고대부터 여자는 가부장제 아래서 외모 평가를 당하고 있었던 거다. 여성의 추함에 대한 혐오는 그 뿌리가 길고 두껍다.

여성의 추함은 시간과도 관련이 있다. 등이 굽고 배가 나온 늙은 여성에 대한 혐오, 여성 노인의 추함에 대한 혐오. 아줌마 혐오. 저자는 다음과 같이 말한다.

"광고는 존재하지도 않는 추함의 위협을 계속 경고하고, 여성을 하나의 기준 안에 가둔다. 추함은 터부의 영역에 속한다. 모두가 거부하는 주제다."

우울한 표정의 여성이 주름진 피부에 대해 고민하다가 특정 제품을 바르자마자 팽팽해진 피부를 자랑하며 행복한 웃음을 짓는 광고가 넘쳐난다. 늙음을 제거하면 삶에 행복이 따라올 것이라는 암시를 주는 광고들을 보면서 여자들은 늙음으로써 얻는 이점에 대해서는 고찰하지 않게 된다. 나이 듦을 맹렬하게 거부하게 된다. 시간에 대한 두려움과 불안만 가지게 된다. 강남에 위치한 수백 군데의 피부과에서 여자들이 미백 주사니 화이트닝 토닝 레이저니 하는 것을 맞으려 줄을 선다. 인간이라면 필연적으로 겪게 될 노화에 대한 공포가 남성보다 여성에게 훨씬 팽배하다. 여성에게 노화란 관리의 영역이 아니라 생존의 영역에 가까운 것이다. 늙고 못생긴 여자는 사회에 수용되고 소속될 기회를 잃는다. 실제로 '나이 들어보이는' 여성은, 또래 다른 여성보다 훨씬 고용률이 낮다는 연구결과가 책에서 소개된다. 세월의 흐름을 자연스럽게 받아들일 기회를 여성이 더 많이 잃는 것이다.

또한, 여자의 역사에서 살 이야기를 빼 놓을 수 없다.

"19세기 들어, 비만한 몸은 비난의 대상이었다. 살빼는 약이 등장했다. 넘치는 살도, 모자란 살도 추함의 근거가 되었다"라는 저자의 말은 100년 가까이 지난 현대에서도 적용된다.

대구에는 '살 빼는 공장'이라 불리는 아주 유명한 병원이 있다. 먹기만 하면 살이 빠지는 양약을 처방해주는 병원인데, 하루에도 몇백 명이 넘는 사람이 약을 타 간다. 심지어 전화로만 접수를 받아 약만 보내주기도 한다. 그 약을 먹으면 식욕이 '삭제'된다. 하루 종일 아무것도 안 먹어도 배고픔을 아예 못 느낀다. 내 친구는 그 약 한 달 치를 처방받아 먹으면서 식단 기록 한 걸 보여줬다. 24시간 동안 먹은 게 블루베리 5알, 두유 한 팩이 다였다. 당연히 살이 빠졌다. 한 달 만에 20킬로그램이 넘게 빠졌다. 모두가 그 친구의 변화에 기염을 토했고 몇 명이나 살 빼는 공장으로 달려갔다.

결론은, 전원 3개월 만에 몸무게가 원상 복구됐다. 사람이 그렇게 적은 식사량으로 계속 살아갈 수 있을 리 만무했다. 약을 끊고 정상 식사를 회복하자마자 낮아진 기초대사량 탓에 오히려 체중이 늘었다. 몇몇 친구는 그 공장의 정기 손님이 됐다. 살이 찌면 다시 약을 처방받았고, 결국 그 약을 끊지 못하게 되었다. 약이 뇌에 어떤 작용을 해서 식욕을 차단하는지는 모르겠지만 장기 복용한 친구들은 하나같이 심한 두통과 심한 가슴 뜀, 우울감을 호소했다. 월경이 끊어진 친구도 있었다. 하지만 두통보다도, 무월경보다도 살 찌는 게 더 무섭다고 했다. 살찐 여자를 세상에서 어떻게 취급하는지 우리는 너무나도 잘 알기에 공감으로 고개를 끄덕일 수밖에 없었다. 오크녀가 되지 않으려는 발버둥이었다.

"추하다는 평가를 받는 순간, 존재는 외모에 예속된다."

2006년 발매된 배슬기의 〈말괄량이〉라는 노래에 이런 가사가 나온다. "내 어디가 좋아, 내 다리가 좋아, 나의 엉덩이가 좋아, 착해서 좋다는 건 싫어." 인성을 적극적으로 거부하고 외모에 대한 찬양만을 바라는 이 노래는 여자를 바라보는 사회의 시선을 정확하게 반영하고 있다. 여성의 인성을 칭찬하는 '착하다'는 말은 외모적으로 아무런 매력이 없음을 함유하고 있다. 드라마나 영화에서도 여성의 외모가 못생겼다고 판단되면 '그래도 성격은 착하다'고 말하는 장면이 심심치 않게 나온다. 지금의 사회는 인간 본연의 선하고 올바름보다 외모가 훨씬 중요시되는 것이다. 비단 지금 사회만의 현상은 아닐 것이다.

"적어도 20세기 서구 사회에서 여성은 남성보다 열등한 존재가 아니다. 그러나 외모의 영역에서만큼은 그렇지 못하다. 심지어 여성은 자신의 외모에 전적으로 책임을 져야 한다. 타인이 보내는 시선의 피해자이면서도 자신의 외모를 비하하는 타인의 비난이 옳다고 생각한다."

동화에서조차 못생긴 여자는 절대 악의 역할만을 도맡는다. 《못생긴 여자의 역사》에서는 얼마나 수많은 시대, 역사, 시간 동안 못생긴 여자가 배척당하고 사회적으로 마녀, 악마, 괴물 취급받아왔는지 알려 준다. 헨젤과 그레텔의 솥에 빠져 죽는 마녀처럼, 마녀는 못생겼으며 죽어 마땅한 행동을 저지른다. 그림책들을 유심히 살펴보면 악한 역할은 못생기고 게으른 인물이 맡으며, 선한 역할은 예쁘고 부지런한 인물이 맡는다는 걸 알 수 있다. 아주 어릴 때부터 선악의 구분과 생김새가 아주 유관한 상태로 무의식에 새겨진다.

장화홍련전의 계모나 심청전의 뺑덕어미는 고전소설의 등장인물임에도 불구하고 외모가 얼마나 추한지 세세하게 묘사된다. 입술은 썰면 다섯 사발이 나올 정도고 눈은 퉁방울 같고 피부는 사포 같았다는 문장이 한 바닥 넘게 이어진다. 박씨부인전에서도 박씨 부인은 도술을 자유자재로 부릴 수 있는 능력과 지혜를 가진 여성임에도 불구하고 못생겨서 별장에 유폐당한다. 껍질을 벗고 '아름다운 여인'이 되고 나서야 남편에게 정실로 인정도 받고 전쟁에 나가 싸울 권리도 얻는다. 못생기고 못된 여자는 악한 행동을 하고 그 행동에 대한 벌을 받는다.

유구한 추녀 혐오의 역사다. 이런 역사 위에 서 있는 나는 어떻게 살아야 할까. 아직도 오랜 기간 '예쁜 여자'가 되길 추구해왔던 세뇌의 역사가 가슴 깊이 새겨져 있다. 이것은 마음과 몸의 기억이다. 쉬이 사라지거나 극복해낼 수 없는.

여성에게, 사람에게 '못생길' 자유가 있기를 바란다. 세상이 '예쁘다'고 규정지어 놓은 기준을 지키지 않을 자유가 있기를 바란다. 있는 힘껏 못생겨도 괜찮고 싶다. 한 인간에 꾸밈이라는 것을 덧바르지 않고 있는 그대로 살 수 있는 자유를 가지고 싶다.

나는 내 아이가 어떻게 생겨도 괜찮은 세상에 살길 원한다. 아이가 그런 자유를 갖길 바란다. 그리고 그 자유를 갖는 과정이 고통스럽거나 지난하지 않기를 바란다. 그러기 위해서는 내가 먼저 그 길을 걸어가 바닥을 다져놔야 할 것이다.

그래서 오늘도 맨얼굴에 추리닝을 걸치고 도서관으로 터벅터벅 걸어나왔다. 그게 가장 나다운, 인간다운 모습인 것 같아서.

《거울 앞에서 너무 많은 시간을 보냈다》 러네이 엥겔른 / 웅진지식하우스 / 2017

TED 강연에서 '유행성 외모 강박증'이란 주제로 뜨거운 반응을 일으킨 러네이 엥겔른의 책. 외모를 걱정하느라 꿈에서 멀어지는 여성들의 외모 강박의 본질에 대해 다양한 사례를 예시로 들고, 구체적인 해소 방법을 제시한다.

《호르몬의 거짓말》 로빈 스타인 델루카 / 동양북스 / 2018

심리학 박사로 15년 이상 연구한 저자가 '여성이 짜증이 나고 우울하고 건강하지 못한 건, 호르몬 때문이 아니라 사회적 불평등 때문'이라는 걸 과학적으로 규명해낸다. 나이 듦의 순기능을 다양한 연구 결과로 증명한다. 생리, 임신, 완경으로 인해 자신이 호르몬의 노예같이 느껴지는 여성들에게 추천하고 싶은 책.

《탈코르셋: 도래한 상상》 이민경 / 한겨레출판 / 2019

외모 꾸미기를 그만두려고 할 때 실질적인 도움을 주는 책. '꾸밈 중지'라는 의미의 '탈코르셋'으로 삶의 전환을 겪은 여성들을 인터뷰가 실려 있다. 사회가 요구하는 여성의 외모를 넘어서 존재 자체로 살아가기 위해 애쓰는 여자들의 이야기가 사회 과학적 측면에서 기록되어있다.

《탈코일기》 작가1 / 북로그컴퍼니 / 2019

탈코르셋을 직관적으로 이해할 수 있도록 시원시원하게 풀어가는 만화책. 꾸밈 노동에 대해 쉽게 알고 싶은 사람들에게 추천한다. 여성의 실제 일상이 만화적으로 묘사되어 몰입을 더한다. '화장은 예의', '안 꾸미면 여자가 아니다' 같은 말이 왜 문제인지 깨닫도록 도우며, 이 시대를 사는 모든 여성에게 지지와 위로를 건네는 책이다.

먹는 건 문제가 아니에요

제 목. **나는 식이 장애 생존자입니다**

지은이. **사예**

출판사. **띠움, 2022**

돌이켜 보면 나의 20대는 거식과 폭식 사이 어딘가에 얹혀 있었다. '살을 빼야 한다'는 심한 강박에 시달렸는데, 왜 살을 빼야 하는지는 정작 잘 몰랐다.

사이즈 걱정 없이 옷을 사고 싶어서, 건강해지고 싶어서 등 표면적인 이유는 많았지만 가장 근본적인 이유는 남들 보기에 내가 게으르지 않고 자기 통제를 잘하고 있다는 눈에 보이는 증거를 갖고 싶어서였다. 가장 거식증을 심하게 앓았을 때가 대학교를 쫓겨나듯 휴학하고 빌빌거릴 때였던 걸로 보아, '뭔가를 하고 있다'는 느낌을 갖고 싶어 다이어트에 매달렸던 것 같다. 먹은 것 칼로리를 샅샅이 기록했고, 많이 먹었다 싶으면 잠을 줄이고 트레드밀 위를 뛰었다. 남들 보기에 나는 열심히 사는 사람, 자기 관리 잘 하는 사람이었을 것이다.

하지만 뭔가가 무너지고 있었다. 살이 찌는 게 죽기보다 무서웠다. '네가 먹을 자격이나 있어? 이 돼지야' 하고 스스로에게 아무렇지 않게 말하곤 했다.

먹을 자격. 나에겐 음식을 먹을 자격이 없었다.

《나는 식이 장애 생존자입니다》는 식이 장애를 겪은 작가의 실제 경험담을 담은 책이다. 내 경험과도 너무나도 겹쳐 있는 이 이야기는, '드디어 식이 장애로부터 살아남았다'는 말로 시작한다.

작가의 식이 장애는 고등학교 때부터 시작된다. 러시아 유학 후 한 달 만에 5kg이 찌면서 주위 사람들에게 외모에 대해 핀잔을 듣기 시작한 일이 작가를 식이 장애로 이끌었다. 하필 성적까지 떨어지면서 작가는 존재 가치를 잃는 듯한 혼란에 휩싸인다.

작가는 성적을, 몸을 통제하려고 노력하기 시작한다. 새벽 4시에 일어나 공부하고, 밥 양을 반으로 줄였다. 성적을 올리고 살을 뺌으로써 존재 가치를 증명하려 했다. 하지만 그 과정에서 음식을 두려워하게 된다. 음식을 먹고 나면 매번 죄책감을 느낀다.

라미 작가의 《나는 죽는 것보다 살찌는 게 더 무서웠다》[18]에 실린 자료에 따르면, 식이 장애 환자의 80% 이상이 여성이며, 젊은 여성 4명 중 1명이 식이 장애가 있다고 추정된다 한다. 최근 10세 이하의 어린이가 식이 장애를 앓는 경우도 보고되었다.[19] 식이 장애가 장기간 지속되면 뇌의 보상회로와 스트레스 체계가 붕괴된다. 식이 장애는 증상 발현 5년 이내에 치료하면 80%의 완치율을 보이지만, 15년 이상 방치하면 20% 정도의 완치율을 보인다고 한다. 식이 장애는 사망률이 가장 높은 소아정신과 질환으로 분류된다. 하지만 많은 사람들이 식이 장애를 '개인 의지 문제'로 치부하기에 치료 시기가 늦어지는 경우가 많다. 전문적인 치료를 위해 국가적인 지원이 필요하다고 식이 장애 경험자들은 입을 모아 말한다.

나도 식이 장애에서 자유롭지 않은 여성 중 한 명이다. 살찌는 게 싫은 게 아니라 무섭다. 살찐 사람들을 대하는 사람들의 태도가 어떤지 너무나 잘 알기 때문이다. 자취를 시작하고 살이 급격히 쪘을 때, 걱정을 빙자한 비난을 얼마나 많이 들었는지 모른다. 방학을 맞아 오랜만에 본가에 가면 가족들로부터 온갖

---

18 라미, 《나는 죽는 것보다 살찌는 게 더 무서웠다》, 마음의숲, 2019

19 "먹는 게 죽기보다 싫다" 10세 금쪽이의 '소아 거식증'…정체는?, 헬스조선, 2023년 1월 9일 기사.

독설을 들었다. 왜 관리를 안 하냐, 길에서 ○○이 엄마가 너 보고는 깜짝 놀라겨졌더라, 사람들이 너 왜 그렇게 못생겨졌냐고 하더라, 나 아니면 누가 이런 말 해 주냐, 네 건강을 위해 하는 소리다, 정신 차려라 같은 말을 계속 들었다. 주변 사람들의 비난을 들으면서 내가 한 생각은 '와, 나를 위해 사람들이 이렇게 조언해주는구나, 건강식을 먹으면서 체중을 좀 줄여야지'가 아닌, '살찌면 사람들이 나를 함부로 대하는구나. 살쪘을 땐 남들 앞에서 뭐 먹지 말아야지!' 같은 거였다.

살이 쪘을 때 사람들은 끊임없이 내 식단을 판단했고, 한참 굶다 겨우 한 끼 먹을 때에도 눈살을 찌푸렸다. "그렇게 먹으니 살이 찌지, 쯧쯧." 밖에선 쫄쫄 굶다 혼자 자취방에 들어서면 식욕이 폭발했다. 보상 심리로 내가 먹을 수 있는 것보다 더 과하게 먹었다.

이런 폭식 습관은 살이 빠졌을 때 오히려 강화됐다. 다이어트 한약을 먹으면서 살이 빠지자 사람들은 '자기 관리 잘 하는 애'라며 나를 칭찬했다. 거봐, 하면 되잖아. 살 빠지니까 너무 예쁘다.

나는 똑같은데 나를 대하는 사람들의 태도는 너무나 달랐다. 한약의 효과로 입맛이 떨어진 내가 조금밖에 먹지 못하고 상을 물리면 사람들은 '날씬한 사람은 저거밖에 안 먹네, 역시!' 하면서 흐뭇해했다. 살이 빠졌을 때조차 사람들 앞에서 편하게 음식을 먹을 수 없는 거였다.

한약 효과가 떨어지면 막아뒀던 식욕은 더 거세게 밀려들었고, 나는 숨어서 음식을 몰아 먹었다. 결국 살이 빠지기 전보다 건강이 더 나빠졌다. 자주 어지러웠고 기운이 없었다. 하지만 건강 따윈 상관없었다. 남들 눈에 어떻게 보이는가만 중요했다.

책에서는 말한다. 식욕은 문제가 아니라고. 음식을 먹고 지나치게 불안한 게 문제라고.

결국 거식과 폭식은 불안과 닿아있는 셈이다. 많이 먹으면 불안해진다. 누가 살이 쪘다고 말하면 불안해진다. 제거 행동(purging)[20]을 안 하면 불안해진다. 많이 먹었다 싶으면 무릎이 아프도록 걷거나 다음 끼니를 굶었다. 그렇게 몇 끼를 굶다 보면 식욕이 폭발했다. 혼자 자취방에 있는 외로운 밤, 폭식증은 자주 찾아왔다. 거기다 술까지 마시면 자제력이 풀려 안주를 쉼 없이 먹었다. 식욕을 통제하지 못하는 자신에 대한 비난과 죄책감만 있었다.

하루에 세 번이나 끼니가 돌아온다는 것이 때로 두려웠다. 내가 식욕을 통제할 수 있을지, 폭식하진 않을지 알 수가 없었다. 매 끼니가 살얼음판 위를 걷는 것 같았다.

폭식은 아이를 낳고 나서도 끈질기게 따라붙었다. 아이가 유치원에 가고 나면 폭식의 시간이 찾아왔다. 바쁜 아침 시간을 보내고 나서 식탁에 앉으면 지금껏 물 한 모금 못 마셨으니 좀 먹어도 돼, 하는 생각으로 배가 불러도 계속 먹었다. 혼자 먹는 이 한 끼만이 눈치 보지 않고 먹을 수 있는 유일한 식사니까. 많이 먹으면 저녁을 굶으면 된다는 선택지, 기회가 남아 있으니까. 나는 혼자 있을 때조차 먹는 것에서 자유롭지 못했다.

---

20 섭취한 칼로리를 제거하려는 행동. 도를 넘은 격렬한 운동이나 구토 등.

점심을 폭식하고 저녁을 굶으려 해도, 위가 늘어나 있는 상태에서 무작정 굶기란 어려웠다. 가족들이 유일하게 모여 식사하는 시간이 저녁뿐인데 나만 아무것도 안 먹는 것은 불가능에 가까웠다.

그렇게 점심과 저녁을 모두 먹은 밤엔 잠이 잘 안 왔다. 먹은 음식의 칼로리를 거듭 계산해보고 후회했다. '난 왜 이렇게 의지가 약할까' 하며 답답해했다. 스스로 음식 먹기를 멈추는 것. 배부르면 스스로 음식 먹기를 그만둘 수 있는 것. 그게 너무 어렵고 대단하게 느껴졌다.

"종종 거식증은 과도한 다이어트일 뿐이고, 폭식증은 실패한 다이어트라고 생각하는 사람들도 있습니다. 만약 그렇다면, 왜 많은 거식증 환자들은 뼈가 보일 때까지 살을 빼고도 거기서 멈추지 않고 더 살을 빼고 싶어할까요? 왜 많은 폭식증 환자들은 폭식 후에 죄책감을 느끼고 더 나아가 자신을 비난하기까지 하는 걸까요? 저는 그 답이 자기 통제와 자제력에 있다고 생각합니다. 현대사회는 자기 통제와 자제력을 미덕처럼 여깁니다. (…) 그러나 삶에서 불안은 필연적 감정이며, 불안하다고 삶을 끝낼 수는 없기에 우리는 불안을 안고 생을 이어가야만 합니다."

생각해보면, 살이 빠졌을 때도 스스로를 대견하게 여기거나 칭찬해주지 않았다. 살이 쪘을 땐 두말할 것도 없이 비난 일변도로 스스로를 대했다. 결혼식을 앞두고, 하루 한 번 단백질 셰이크를 먹는 것으로 모든 식사를 대체했을 때 분명 나는 날씬했다. 하지만 살이 찔까 봐 항상 불안했다. 신생아를 낳고 돌보고 모유 수유하면서 살이 왕창 빠졌을 때도 행복하지 않았다. 내 눈에 보이는 나는 항상 살을 빼야 하는 사람, 뚱뚱한 사람이었다.

불안과 수면 장애로 전문 심리 상담을 받으면서 내 많은 문제가 무리한 자기 통제, 강박에서 비롯되었다는 것을 깨달았다. 그를 해소하기 위한 방법도 배웠다. 하지만 지금껏 쌓아온 문제들이, 특히 세상에서 툭 건드리기 쉬운 몸과 관련된 문제들이 단박에 해결되진 않았다. 다만 하루 실패했다고 지나치게 낙심하거나 좌절해 바닥을 치며 우는 일은 점차 줄어들었다. 작가는 말한다.

"어느 날은 성공하고, 어느 날은 또 실패하고… 그러다 실패한 횟수보다 성공한 횟수가 더 많아지고, 성공했는지 실패했는지를 신경 쓰지 않게 되는 것이 진정한 나아짐의 과정이라는 것을."

지금도 때로 불안하다. 살쪘을 때 나에게 세상이 어떻게 대했는지 기억하고 있으니까. 하지만 이제는 매끼 칼로리 섭취를 계산하는 일은 그만두게 되었다. 음식을 많이 먹었다고 생각돼 불안한 날엔 내가 그동안 쌓아온 것을 떠올렸다. 내가 읽은 책들을, 내가 써 온 글들을, 외모와 상관 없이 곁에 있어 준 친구들을 떠올렸다.

요즘은 사람들하고 자주 같이 밥을 먹는다. 사람들과 같이 있을 땐 정상 식사를 할 수 있기 때문이다. 포만 중추가 완전히 망가진 건 아니라서, 사회적 식사를 하다 보면 다른 사람 속도에 맞춰 천천히 음식을 먹게 되고 그러다 보면 포만감을 느껴서 스스로 식사를 멈출 수 있었다.

친구들과 이야기하며 음식을 먹다 보면 식사 시간이 즐겁게 느껴진다는 것을 알았다. 폭식에 대한 두려움도 친구들과 같이 있으면 옅어졌다. 함께하는 식사 자리에서는 음식을 기쁘게 먹을 수 있었다. '먹는 즐거움'을 그렇게 조금씩 회복해갔다.

저자는 "음식은 내 적이 아님. 음식은 나의 힘의 근원임을. 나의 아군임을, 이제는 안다."라고 말한다.

삶은 성공해내는 것이 아니라 그냥 매일 살아내는 것의 연속임을 이제는 조금 알 것 같다. 내 몸과 화해하는 일은 아마 죽을 때까지 계속해야 할 일일 것이다. 오늘은 괜찮다고 생각했지만 내일은 아닐지도 모른다. 지금까지 세상이 나에게 주는 메시지, 뚱뚱한 사람은 게으르다는 류의 메시지를 신념처럼 받아들이고 살아왔으니까.

하지만 같은 점에서 시작해도 방향을 아주 조금만 틀면, 그리고 무한으로 그 선이 이어지면 결국 그 끝은 아주 멀어지기 마련이라는 수학적 사실에 몸을 기대 본다. 이제는 나를 비난하는 일을 멈추고 살아 낸 것만으로도 충분하다는 말을 해줄 때가 되었음을 생각한다.

힘들었던 과거를 다시 떠올려 이렇게 책으로 엮는 일이 고통스럽지 않느냐는 질문에 작가는 이렇게 말한다.

"과거로부터 고개를 돌리지는 않았지만 그때의 제게 너무 연민이나 동정하지 않으려고, 너무 깊게 빠지지는 않으려고 노력하면서 조금씩 알게 되었습니다. 모든 것을 다 풀어내고 해결하는 것이 나아짐을 의미하는 것은 아니라는 것을요. 오히려 어느 정도 잊어버리는 그것 또한 나아짐이며 축복이라는 것을요. 그래서 과거를 전부 끄집어내어 매듭을 짓기보다는, 과거는 있어야 할 자리에 그대로 두고 다시 내일을 살아가는 것, 그것이 진정한 나아짐이라는 생각을 하며 이 책을 마무리하려고 합니다."

나도 모든 것이 해결되지는 않았다. 과거를 생각하면 때로 수치스럽고, 불안이 밀려올 때도 있다. 혼자 밥을 먹을 때 폭식의 흔적이 어른거릴 때도 있다. 하지만, 조금씩 잊기도 한다. 몸과 음식에 대한 강박에 시달렸던 과거의 조각들을 조금씩 잃어버리며 새로운 오늘을 살아간다.

한국에 사는 여성 중, 몸과 관련된 아픔을 겪지 않은 사람은 단 한 사람도 없을 거다. 하지만 세상의 잘못된 메시지들, '정상' 체중에서 벗어난 사람에게 거침없이 쏟아지는 비난의 화살을 맞고도 우리는 살아내고 있다. 살아가고 있다. 오늘은 그걸로 충분하다. 잘했다, 고생했다, 정말이다.

오늘 우리는 정말 그랬다.

《삼키기 연습》 박지니 / 글항아리 / 2021

20년 동안 거식증을 견딘 작가의 기록. 식사 치료를 받으며 거식증을 버려내는 사람의 수기이다. 단순한 회복이나 극복의 이야기가 아니라 삶을 견디는 이야기이다. 거식증 환자의 경험담을 담담하게 풀어내는 그의 글은, 불편한 몸으로 삶을 살아가는 모든 사람에게 공감과 연결감을 불러 일으킨다.

《거식증 일기》 발레리 발레르 / 아도니스출판 / 2020

1970년대 프랑스에서 강제로 정신병원에 입원하게 된 열세 살 어린이의 실제 생존 기록. 거식증을 고친다는 명목으로 한 인간을 찍어누르는 세상을 예리하게 드러낸 글이다. 거식증이 단순히 음식을 거부하는 것이 아님을, 한 인간의 정신적, 신체적 위기를 드러내는 것임을 알게 하는 책이다.

《날 것 그대로의 섭식 장애》 정유리 / 부키 / 2022

십 년 넘게 앓아온 섭식 장애에 대해 드러낸 책. 섭식 장애를 앓는 원인은 단순히 외모에 대한 허영 때문이 아님을 밝힌다. 섭식 장애는 '의지'만으로 나을 수 있는 병이 아님을 알림과 동시에, '먹는 일'과 관련된 고통은 개인의 잘못이 아님을 말해준다. 음식을, 식욕을 두려워하는 모든 현대인에게 추천하고 싶은 책.

3장

가족으로
뒤척이는 당신에게

당신의 가족에 대해 묻는다면

제 목. **끌어안는 소설**

지은이. **정지아 외 12인**

출판사. **창비교육, 2023**

가족에 대해 뭔가를 쓴다면 무슨 이야기부터 시작해야 할까.

결혼을 하고 아이를 낳고 나만의 가정을 꾸렸지만 아직도 내게 '가족'을 생각하면 떠오르는 이미지는 내가 나고 자란 원가정이다. 내게 가족은 여덟 살 때부터 눈이 나빴던 나에게 안경을 맞춰 주고 밥을 차려주었던 사람, 그러면서도 내게 뚱뚱하다고 다그치고 다이어트 약을 사서 보내줬던 사람에 고정되어 있다. 마치 뼈에 새겨진 것처럼.

가족은 뭘까. 서로를 징글징글하게 여기면서도 사랑하고, 사랑하면서도 함부로 대하는. 많이 이상한 관계다.

《끌어안는 소설》은 7명의 작가가 쓴 각기 다른 가족에 대한 이야기이다. 가족은 갈등과 상실을 처음으로 경험하는 공동체다. 서툴고 지나치게 밀착되어있고 지극히 개인적인 공동체 안에서 필연적으로 누군가는 상처를 받는다. 하지만 그런 끈끈한 관계 때문에 회복을 경험하기도 한다. 모순 그 자체랄까.

나는 일곱 작가가 쓴 다양한 가족에 대한 글을 읽으며 내 가족이 낸 생채기들을 떠올리게 되었고, 새롭게 쓰라려했으며, 그럼에도 불구하고 위로를 받았다.

가장 처음에 실린 작품은 정지아 작가의 〈말의 온도〉다. 늙은 어머니를 모시는 나이 든 딸의 이야기라고 말하면 너무 납작한 설명이다. 글에 나오는 어머니와 딸의 모습은 남다르다. 근대 사회 모녀 관계가 흔히 그랬던 것처럼 딸의 돌봄을 받음에도 아들만 사랑한다든지, 딸이 애써 차려 온 밥상을 트집 잡는다든지 하지 않는다. '모녀'라는 전형적인 관계에서 나오는 전형적이지 않은 이야기라 마음에 오래 남았다.

늙고 아픈 어머니를 위해 딸이 밥상을 차려 오면 어머니는 이런 식으로 반응한다.

'나가 딸을 잘 둬가꼬 늘그막에 이런 호사를 다 누린다이.'
'나만치 복 많은 사램 있으면 나와 보라 그래라.'
'니가 고상이 많다. 조기 굽는 것이 월매나 힘든디.'
'니는 참말로 못허는 것이 읎어야이. 나가 헌 것보담 백배는 맛나다. 나는 펭상 밥만 험서 살았는디도 요런 맛이 안나등만.'

쉰이 넘은 딸이 어머니한테 '승질'을 부리면 '알았다 알았어, 아가. 화내지 말그라이. 소화 안 된다. 다시는 안 그럴랑게 얼른 밥 묵어라.' 이렇게 말한다.

딸의 어린 시절에 대해서는 '니는 딸이라 집안일 거든다고 오래비들보담 곱절로 고생을 했는디. 불평 한 번 안코 잘 커 줬어야. 참말로 고맙다이.'이렇게 회상한다.

늙은 어머니는 딸이 하는 모든 것을 자랑스럽고 대견하게만 여긴다. 과거에 딸이 저질렀던 모든 잘못은 이미 다 잊었다. 불평 한 번 없이 자랐다고, 다시 없는 효녀라고만 기억했다. 딸이 성질을 부리고 화를 내도, '아가'라고 부르며 그저 잘못했다고, 마음 풀라고 한다.

작중의 어머니는 옛날부터 그랬다. 자식들이 어릴 적 음식을 자식을 먹여 살리는 성스러운 의식으로 취급했다. 두 시간을 걸어 읍내 장에 가서, 한겨울에 동태 한 궤짝을 차디찬 물로 손질했다. 자식들이 먹을 꼬막은 일일이 칫솔로 닦았다.

추위에 곱은 손을 하고 어머니는 '하늘로 떠받쳐도 아깝고 귀헌 내 자석들인디.' 이렇게 말했다.

이런 어머니의 모습을 읽으면서 '역시 모정은 대단해', '여자는 약하지만 어머니는 강하다' 같은 틀에 박힌 설명을 하고 싶지는 않다. 엄마가 자식을 사랑하는 것은 마땅히 해야 할 일이지만, 아이를 낳았다 해서 갑자기 사랑이 시작되지는 않는다는 걸 경험적으로 알기 때문이다.

모성 '본능' 같은 건 나에게는 없었다. 첫 아이가 태어났을 때 아이도 나도 서로 초면이었다. 시간과 정성을 들여 관계를 쌓아가야만 하는, 새로 만난 사이였다. 10년 동안 아이를 키우면서 나는 10년의 시간만큼 아이를 사랑하게 되었다.

내가 아픈 것보다 아이가 아픈 것이 더 가슴 미어지지만, 삶의 1순위가 나 자신보다 아이가 되었지만, 그 모든 것을 본능적으로 하게 된 것은 아니다. 너무나 어리고 약한 존재와 24시간 붙어 있으면서 특수한 관계성이 생긴 거다. 나 없이는 아무것도 할 수 없는 존재, 먹는 것도 싸는 것도 스스로 할 수 없는 존재, 나란 인간에게 자기 목숨을 백 퍼센트 의탁한 연약한 존재를 돌봄으로써 나는 지금껏 경험해보지 못했던 새로운 관계성을 획득했고, 그 관계성을 사랑이라 부르게 되었다.

아이가 수영이 좋다고 하면 당장 수영장을 알아보고, 매일 수영장에 데려다주고, 수영하는 동안 냉동고 같은 차 안에서 덜덜 떨면서 기다리고, 다시 태워서 집에 데리고 오는 일.

시간 맞춰 온갖 종류의 비타민을 먹이는 일.

계절마다 아이가 입을 새 옷을 알아보고 사는 일.

운동장 모래로 누래진 소매를 하얗게 문질러 빠는 일.

때마다 손톱을 깎이고 몸을 씻기고 머리를 말려주는 일.

하교하는 시간에 맞춰 저 좋아하는 간식을 따뜻하게 마련해 두는 일.

조금만 발이 커지면 저 마음에 드는 신발을 고르러 가는 일.

사흘에 한 번씩 도서관에서 여든 권의 동화책을 빌려오는 일.

아이와 관련된 모든 일을 내 일정보다 우선순위에 두게 되었지만 그렇게 하는 이유가 아이를 '낳았기 때문'만은 아니다.

밤이 깊었는데도 안 자고 버려서 내가 한숨을 쉬면, 촉촉하고 따뜻한 손으로 내 뺨을 쓸어주며 엄마 힘들지, 내가 안 자서 고생이야, 하고 말할 때. 햄보톤 좀 줘, 하고 내 폰을 가리킬 때. 정수리에서 말할 수 없이 달콤한 냄새가 풍길 때. 아이의 찹쌀떡같이 쫀득쫀득한 뺨에 뽀뽀할 때. 통통한 팔을 내 목에 두르고 힘껏 안겨올 때. 멀리서부터 '엄마!' 하고 부르며 뒤뚱뒤뚱 달려올 때. 아프거나 슬퍼서 나를 제일 먼저 찾을 때. 내가 당연히 안아줄 것을 믿고 눈물 콧물 흘린 얼굴을 내 옷에 비빌 때. 그런 시간들이 쌓여 내 우선 순위가 조금씩 이동하게 된 것이다.

〈말의 온도〉에 나오는 어머니도, 평생이라는 시간을 자식과 함께 쌓아가면서 감히 다 이해할 수 없을 정도의 깊은 사랑을 하게 될 수 있었던 게 아닐까 한다.

내 엄마는 어땠을까.

나는 엄마를 모른다. 나는 엄마가 엄마가 아니었을 적에 어떤 사람이었는지 모른다. 내가 태어남과 동시에 엄마는 자동적으로 엄마 타이틀을 획득해버렸으므로. 엄마도 자식이 말 안 들어서 속 썩는 일, 따박따박 말대꾸해서 분통 터지는 일, 다치고 엇나가서 애끓는 일들을 일일이 겪고 나서 겨우겨우 엄마라는 타이틀에 적응했을 거다.

엄마는 나를 출산하고 직장을 그만두었다. 엄마가 되기 위해서. 1980년대에 대학까지 나온 여자였는데. 사범대에 가기 위해 아무리 추운 날에도 아르바이트를 쉰 적 없었다는데. 대학 시절 내내 A+를 놓친 적이 없었다는데. 선생님이 되고 나선 학생들이 너무나 좋아하고 따랐다는데.

엄마의 처녀 시절 이야기를 들을 때면, 나를 낳았기 때문에 엄마가 직장을 그만두게 되었다는 사실이 마음을 무겁게 짓누른다. 엄마의 삶의 궤도를 가장 많이 틀어놓은 것이 나의 출생이라는 것이 늘 서글프다. 엄마와 같이 직장을 다녔던 동료들은 이제 교장이나 교감으로 퇴직해서 일 년에 몇 번씩 해외여행을 다닌다는 엄마의 이야기를 들을 때마다 죄책감이 들었다. 나로 인해 아빠의 삶은 조금도 달라지지 않았는데, 엄마의 삶만 180도 달라졌다는 건 참 이상한 일이다.

"우리가 어머니에게는 천국이고 지옥이었다."

엄마가 나 때문에 직장 여성이라는 정체성을 잃게 되었다는 것을 안 이후부터 어쩐지 엄마에게 마음껏 투정 부릴 수가 없었다. 그렇다고 내가 엄마의 가사노동을 돕거나 말 잘 듣는 효녀가 되었다는 건 아니다. 나름대로는 말썽을 덜 부리려 했지만 여전히 엄마를 속 터지게 하는 딸이었다. 책에 한 번 파묻히면 아무리 심부름을 시켜도 듣지 않았고, 7살이나 어린 동생하고 멱살잡이하며 싸웠다. 커서는 엄마가 반대하는 결혼을 했고, 결혼하자마자 자동차 사고를 크게 내서 어렵게 들어간 직장을 그만두었다. 엄마는 내가 전업 주부로만 살게 될까 봐, 자기 같이 살게 될까 봐 속을 끓였다.

나는 엄마에게 장한 딸은 아니었다. 그런데 이 책을 읽으며 생각하게 된 것은 내가 엄마에게 지옥 같은 존재였기도 했겠지만 천국 같은 순간도 주었을 거라는 거다(지옥 같은 순간 백 번에 천국이 한두 번이었을 수는 있겠지만). 갑자기 꽃을 사들고 와서 엄마에게 불쑥 건네줬던 일이나, 엄마가 좋아하는 황남빵을 사와서 나눠 먹던 일도 있었으니까.

사랑이란 "서로가 서로에게 얼마간의 부담을 지우고 그것을 기꺼이 감당하는 일"이라는 것을 생각하게 되었다.

도시에서만 살았던 엄마가 시골로 시집와서 참 힘들었을 거다. 그래서 엄마도 직장을 그만둬야 한다고 생각했을 거다.

직장을 잃음으로써 '엄마'라는 그림자가 너무 짙고 크게 엄마를 덮친 거다. 그러지 않았더라면 더 좋았을 텐데. 그러면 우리 사이의 거리가 적절하게 유지되었을지도 모른다. 내가 태어남으로써 엄마는 엄마일 수밖에 없게 되었다. 엄마도 엄마 역할이 지겨운 순간이 있었을 텐데. 하지만 오직 엄마로만 존재해야 했어서, 차마 그런 마음을 꺼내보지도 못했을 거다.

김애란 작가의 〈플라이데이터리코더〉에서 엄마가 죽어버리고 혼자 남은 아이가 엄마를 보고 싶어하며 이런 독백을 한다.

"엄마는 내 이름을 불러준 적도 없고, 나를 업어준 적도 없고, 내가 아플 때 만져준 적도 없고, 내가 늦었을 때 찾으러 나온 적도 없고, 필요할 때 항상 없었어요. (…) 그렇지만, 그렇지만……. 어디서든 잘 있어주세요. 그러면……. 나도 무척 기쁠 거예요."

우리 사이도 그 정도였으면 좋았겠다. 나의 엄마는 엄마의 삶을 깎아 나를 돌보았다.

지금 생각해보면 우리 사이에는 건강한 거리감이 없었던 것 같다. 너무 가까워서 자꾸 서로의 허물이 보였다. 우리에겐 '어디서든 잘 있기, 그럼으로 인해 기뻐하기' 같은 것이 없었다. 서로에게서 독립하지 못했다. 서로를 답답해하고 때로 지겨워하기까지 하면서도 그랬다.

서로에게 너무 연연하지 말고 어디서든 잘 지내기. 그리고 상대가 잘 지내는 것에 기뻐하기. 자주 연락하지 않는다고, 부탁을 들어주지 않는다고 섭섭해하지 않기. 그냥 각자의 삶을 잘 사는 것에 기뻐해주기. 그런 거리감이 엄마와 나 사이에, 아니 모든 가족 사이에 필요하지 않을까.

가족이란 서로의 허물에도 불구하고 끌어안는 것, 서로의 가시에 찔려 피를 흘리면서도 끌어안는 것, 지긋지긋하고 진절머리가 나도 끌어안는 것, 더럽고 치사해도 끌어안는 것이라고들 생각한다. 갈수록 낮아지는 혼인율과 출생률은 경기가 어렵고 취직이 어려운 상황 때문이기도 하겠지만 이같이 지나치게 틀에 박힌 가족상 때문이기도 하다.

이제는 가족에 대해 좀 다른 이야기를 해야 할 때가 아닐까.

상대의 존재에 감사하는 관계, 뭔가를 해주면 감사하는 관계, 서로의 삶에 지나치게 관여하지 않는 관계, 그저 잘 살아주면 고맙고 어떤 것도 당연하지 않은 관계가 가족이 되어야 한다고 생각한다.

내 아이도 나에게 너무 미안해하거나 고마워하지 않았으면 좋겠다. 나는 내 할 일을 한 것이고, 그건 내가 선택한 일이기 때문이다. 그와 동시에 남들만큼 해외여행을 자주 가지 못하거나 학원을 못 보내줘도 너무 원망하지 않았으면 좋겠다. 다소 부족한 부분도 삶의 한 부분이라고 자연스럽게 여겨줬으면 좋겠다. 나 또한 아이가 남들보다 똑 부러지지 못하거나, 내 말을 안 듣고 저 하고 싶은 대로 해도 당연스레 여겼으면 좋겠다. 아이의 삶을 내가 좌지우지하려 들지 않았으면 좋겠다. 과하게 욕심을 부려 애 앞길에 내 그림자를 드리우지 않았으면 좋겠다. 언제나 바람 통할 구멍이 있는, 질척이지 않는 관계였으면 좋겠다.

내가 가족 이야기를 지겹게 하는 이유는 가족에서 새로운 삶의 가능성을 발견하고 싶어서이다. 앞으로도, 죽기 전까지, 나는 가족 이야기에서 벗어나지 못할 거다. 그러면서 가족의 가능성에 대해서도 계속해서 이야기해나갈 것이다. 너무 서로에게 들러붙지 않아서 오히려 자기 삶을 잘 세워가는 진짜 굳건한 가족 말이다.

《가슴 뛰는 소설》 최진영 외 / 창비교육 / 2020

창비교육 테마 소설 시리즈 중 하나. 20대부터 70대까지 다양한
인물들의 '사랑하는 마음'에 대해 담았다. 읽으면서 설레는 마음을
되찾을 수 있는 책. 사랑의 진짜 의미가 무엇인지 생각해보게 하는
책. 시리즈 도서 《땀 흘리는 소설》, 《기억하는 소설》 등도 꼭 읽어보
길 추천한다.

《이상한 정상 가족》 김희경 / 동아시아 / 2022

아동 인권 및 가족 정책 관련 법과 제도가 어떻게 변화했는지, 그
한계는 무엇인지 드러내는 책. 개정증보판을 펴내면서 여성가족부
차관으로 일했던 작가가 가족 관련 법안이 개정된 현실의 변화에
대해 구체적으로 밝힌다. '정상 가족'에 대한 편견과 오해를 사회학
적 관점에서 풀어낸 보고서.

《가정 사정》 조경란 / 문학동네 / 2022

서로에게 받은 상처를 안고 살아가는 가족의 이야기를 엮은 연작
소설집. 어긋나는 가족의 대화에 대해 세심한 필치로 그려낸다. 서
로로 인해 슬프고, 괴롭지만 한편에 따뜻함이 존재하는, 현대의 진
짜 가족 이야기.

나는 너의 엄마이자 할머니가 되겠다

제 목. **나의 아름다운 할머니**

지은이. **심윤경**

출판사. **사계절, 2022**

임신했을 때 태교 방법, 출산 방법, 모유 수유 성공 여부, 한글을 떼는 시기 같은 것은 엄마에게 너무나 중요한 항목일 것이다. 임신을 시도하는 날 달의 모양이라든가 체위라든가 오른가슴이 좌우지한다는 성별 미신 등에 아기 낳기 전부터 휘둘렸던 나는 지금도 세상의 말에 휘청거리며 자식을 키우고 있다. 영어 공부는 언제부터 단계적으로 시켜야 한다느니, 예체능은 몇 살 때까지 시켜야 한다느니 같은 말들에 아직도 처절하게 흔들린다.

임신했을 때는 또 어땠는가. 태교에 좋다는 모차르트 음반을 구해 듣고, 문어와 닭을 피하고, 카페인이 들어간 음식은 일절 먹지 않았다. 배에 대고 그림책을 밤마다 읽어주었고, 자주 태명을 부르며 뱃속 아기에게 말을 걸었다. 아기가 태어나고 나서는 모유 수유에 집착했다. 원래 애 낳고 일주일 정도 지나야 젖이 도는데 나는 그것도 모르고 젖 잘 나오는 조리원 동기와 나를 비교하며 조리원 입원 내내 질질 짜며 시간을 보냈다. 모유 수유를 실패하면 내가 엄마로서 아무 자격과 능력이 없다는 것이 만천하에 드러날 것 같아 무서웠다.

《나의 아름다운 할머니》는 자신을 사랑으로 돌봐준 할머니의 이야기를 엮은 심윤경 작가의 첫 에세이다. 어린 시절부터 자식을 낳기까지 겪었던 일들을 풀어놓음과 동시에, 까탈스러운 아기였던 자신을 돌본 할머니의 삶이 어떠했는지를 위트 있고 섬세하게 보여준다.

책 초반에 수유 경험에 대한 에피소드가 실렸는데, 나는 작가가 내 뇌를 사찰한 줄 알았다. 내가 수유할 때 생각했던 모든 것들이 활자화되어있었기 때문이다.

> "나는 아기에게 모유를 먹이는 것에 필사적으로 집착했는데,
> 젖을 먹이는 행위 말고는 내가 이 아이의 엄마라는 확실한 느낌
> 을 가지기 어려웠기 때문이었다."

나 또한 모유 수유도 성공해야 하고, 지적 계발의 계기도 마련해줘야 할 것 같은 망령들의 목소리에 시달렸다. 저자가 쓴 아이를 키울 때 느꼈던 중압감, 위축감, 조바심 같은 것들은 내 마음을 그대로 적어놓은 것 같아 읽을 때마다 놀란다.

신생아를 돌볼 때 나는 밤이 오는 게 무서웠다. 이 아이를 죽이지 않고 밤새 혼자 잘 돌볼 수 있을지에 대한 두려움이 몰려왔다. 잠들지 않고 칭얼거리는 아이를 안고 어두운 거실을 서성일 때면 내가 저질렀던 온갖 잘못과 실수들이 떠올라 죽고싶어졌다. 친정 엄마가 신생아 돌보는 걸 버거워하는 나를 위해 자주 우리 집에 와주었는데, 그 시간을 얼마나 애타게 기다렸는지 모른다. 엄마더러 아무것도 안 해도 좋으니 옆에 앉아만 있어달라고 부탁했던 때도 있었다. 친정 엄마가 있으면 아기가 잘못되지 않을 것 같았다. 혼자 있을 때 아이가 갑자기 토하거나, 기침을 심하게 하거나 하면 어떻게 해야 할지 몰라 패닉 상태에 빠졌다. 내가 무지해서 아기를 잘못되게 할 것 같았다. 누구라도 좋으니 대화가 가능한 성인이 내 옆에 있어주기를 얼마나 간절히 바랐는지 모른다.

"워킹맘이 되었으니 함께 있는 시간 동안 더 밀도 있게 잘해주리라고 결심했지만 정작 무엇을 어떻게 해야 하는지 몰라 머릿속이 하얘지곤 했다. '똑똑한 아이'를 향한 한국인의 열망이 결코 나를 비껴가지 않았음을 비극적으로 인식했다."

둘째를 낳고 깨달은 건데, 아이가 처음 생긴 사람들은 다 이런 조바심과 초조함을 가지게 되는 것 같다. 아이의 사소한 행동에도 애면글면, 안달복달한다. 문화센터에서도 제일 잘 노는 아기였으면 했고, 애가 시큰둥해 보이거나 놀이에 적극적으로 참여하지 않으면 얘가 왜 이러나 내가 뭘 잘못 키워서 이러나 싶어 괴로워졌다. 첫째의 행동에 내 모든 관심과 걱정과 기쁨이 매달려있는 상태를 둘째를 낳고 나서야 벗어나게 되었다. 첫째와 크게 나이 터울이 지지 않았던 둘째는 그야말로 발로 키웠다. 발로 유아차를 슥슥 밀고, 발로 아기 침대를 흔들어주고, 발로 바운서의 버튼을 켜고 껐다. 손으로는 첫째 수발을 들어야 하므로! 첫째에게 오롯이 쏟았던 에너지를 나누어 쓰게 되자 첫째는 제멋대로 자유로이 자랄 수 있었으며, 둘째는 제 할 일을 알아서 해내는 강인한 애로 자랄 수 있었다. 나는 나대로 지나치게 첫째 아이에게 쏠렸던 마음을 조금쯤 거둘 수 있었다. 다른 사람은 어떨지 모르겠지만 나는 둘째를 낳아서 좋았다. 첫째에게 지나치게 집착하고 아이의 모든 것을 좌지우지하려했던 부분을 좀 내려놓을 수 있어서였다. 첫째에게도 그 편이 더 좋았을 것이다. 엄마가 저의 일거수일투족을 바라보고 있는 게 좋을 때도 있겠지만 부담스럽기도 했을 테니까. 생각해보면, 첫째를 키울 때는 에너지가 너무 남아돌았던 듯하다. 처음 애를 키워보니 잘하려는 마음도 강했다. 능숙함이나 유연함 없이 의지만 충천했던 시기였다.

물론 아직도 교육적, 지적 자극의 망령에 시달린다. 아이 하교를 기다리다 만난 학부모의 '저 집 애는 벌써 영어를 문장으로 줄줄 읽는대요' 같은 말 한마디에 마음이 흔들린다. 이러다 애 멍청해지는 거 아닐까. 맨날 집에서 만화책이나 읽히고 그래도 되는 걸까. 엄마가 되가지고선 애 바보 만들고 있는 거 아닐까 자책과 비난의 말들이 항상 나를 따라다녔다. 아이가 어렸을 무렵 나는 도서관에서 양육에 관련된 책을 산더미처럼 빌려 읽고 손가락이 패이도록 필사했는데, 결국 책에서 배운 내용을 현실에서 실현시키겠다는 열심에서 비롯된 행동이었다. 아이에게 잘하고 싶었다. 이왕 내 자식으로 태어난 어린이를 끝내주게 잘 키우고 싶었다. 그런데 그 '열심' 속에는 내 꿈을 대신 이뤄주길 원하는 대리만족의 욕망, 자식을 잘 키움으로써 좋은 부모임을 인정받고 싶은 욕심이 함께 들어있었다. 사랑해서 부담스러운 관계란 이런 걸 거다. 너무 필사적이라서, 너무 잘하려고 애써서 부담스러운.

작가는 낯가림도, 편식도 심했던 아이였다. 낯선 사람이 오면 할머니와 골방에 들어가 숨어야 했으며, 모든 음식을 딱 한 입밖에 먹지 않았다. 하지만 할머니는 어린 손녀의 별난 부분을 관대하게 받아들였다.

"낯가림도 편식도 하염없는 관용 속에 스르르 사라져 소멸했다. 문제가 되었던 것은 오히려 부모님이 발본색원의 의지를 불태웠던 것들이었다. 대수롭지 않게 넘어간 문제들은 대수롭지 않게 사라졌다."

아이에게 간섭하고 행동을 고치려 열심을 냈던 것들은 오히려 부자연스러운 생채기를 내서 훨씬 일이 잘 안 풀렸다고도 회고한다. 내가 아이에게 열심을 냈던 일들도 그랬다. 글씨를 단정하게 쓰지 않는 버릇, 손톱 물어뜯는 버릇, 신발 거꾸로 신는 버릇들을 맹렬히 고쳐주려 할 때 아이는 절대 고쳐지지 않았다. 아니, 오히려 더 심해졌다. 하지만 뭔가 바쁜 일이 생겨 모든 걸 잊고 지내면 어느새 아이는 신발을 바르게 신게 됐고, 손톱도 자랐으며, 글씨도 반듯해졌다. 그저 시간을 주고 기다리기만 하면 되는 일들이었다.

작가의 할머니는 아이가 "체력이 감당할 수 있는 모든 패악을 다 부린 끝에"서도 오직 한 마디, "예쁜 사람, 왜 그러나"라고만 했다. 작가는 말한다.

"할머니는 어린아이가 자라는 온갖 삐뚤빼뚤한 모습을 모두 예쁘다고 요약했고, 분투하는 모습은 장하다고 했다. 어른이건 아이건 하는 행동이 마음에 들지 않을 때는 입술을 삐죽이며 별나다고 했다. 더 나쁘면 고약하다, 였다. 할머니가 사용했던 어휘들이 수적으로 적은 반면 매우 정확하고 강력한 일관성이 있었다는 사실을 뒤늦게 깨달았다."

나는 내 아이에게 한 번이라도 작가의 할머니와 같은 사람이었나. 작가의 할머니는 아이가 온갖 심술을 부려도 오직 이 한마디, '착한 사람이 왜 그러나'로만 야단치셨다고 한다. 얼마나간결하고 핵심이 살아있는 말인가. 아이의 존재 자체, 착한 사람이라는 존재 자체는 절대 흔들지 않으면서 행동에 대해서만언급하는 세련된 한 마디였다. 오은영 박사님께서 늘 강조하시는 훈육의 진수가 담겨 있는 말이랄까. 박사님의 '아이의 행동에 대해서만 언급하세요'는 말을 농축시켜 현실로 실현시킨 바가 바로 작가의 할머니께서 주로 쓰셨던 '착한 사람이 왜 이러나' 혹은 '예쁜 사람 왜 그러나'는 말이라고 해도 과언이 아니다.

> "야단치는 것, 혼내는 것. 사람을 가르치고 기르는 과정에 숨쉬기처럼 필수적으로 함께하지만 그 행위의 본질에 대한 이해나현실적인 효용성에 대한 점검은 거의 이루어지지 않는다. 나는할머니처럼 겨우 그렇게 미약한 표시만으로 꿀짱아를 야단치는경지에 이르지 못했다."

작가의 할머니는 늘 '뒤얐어', '장혀'라고 했다. '뒤얐어'는'됐어'라는 뜻의 사투리로, 더는 야단치지 않고 상대방이 저지른 일에 대해 온전한 관용을 베풀겠다는 한마디였다. 그렇게 할머니가 베푼 관용은 심리적인 안전판이 되어 새로운 일을 시작할 수 있는 힘이 되었다. 또, 성공하건 실패하건 할머니는 늘 장하다고 했다. 이때 장하다는 것의 의미는 이런 거였다. "그동안내가 보내야 했던 고된 시간과 남들은 모르는 나만의 고통들,

그리고 뜻대로 되지 않은 쓰라림을 견디고 있는 지금 이 순간"에 대한 위로와 응원이었다.

나에겐 그런 태도가 없었다. 새삼 내 아이가 불쌍해졌다. 잘 잘못을 지적하고 따지는 부모 밑에서 자라고 있었다. 아이에 대한 기준을 확 낮춰야했다. 그러면 아이가 뭘 하든 대견하고 기특할 거였다. 기대가 너무 커서 아이가 뭔가를 잘해도 썩 기뻐하지 않았었다.

작가의 말에 이런 내용이 나온다.

> "사랑은 눈에 보이지 않는 것이라서, 나는 내가 그렇게 많은 것을 받은 줄도 몰랐다. '받은 사람이 받은 줄도 모르게 하는 것', 그것조차 명인의 솜씨에서 가장 중요한 한 부분이었다."

이 문장을 보면서 나는 나의 이십대를 떠올렸다. 나는 구질 구질했던 과거로부터 최대한 멀어지려 무작정 워킹 홀리데이 비자를 신청한 상태였다. 당시 호주는 3D업종에 종사할 외국인 노동자가 부족해서 웬만하면 비자 허가가 나왔다. 과연 몇 주 만에 1년을 체류할 수 있는 비자가 나왔고, 번갯불에 콩 구워 먹듯 비행기표를 끊어 캐리어 하나 끌고 시드니의, 태어나서 한 번도 들어본 적 없는 동네에 살게 되었다.

호주는 워낙 집세가 비싸 유학생 여러 명이 돈을 모아 집을 빌려 공유하는 셰어하우스 개념이 발달해 있었다. 하지만 그때는 인터넷이 활성화되지 않았던 시절이라 집에 대한 정보를 찾기가 쉽지 않았다. 그래서 처음 호주 땅에 떨어졌을 땐 샤워기에서 온수 대신 손가락만 한 바퀴벌레만 나오는 이상한 셰어하우스에서 2주를 살았다.

비싼 집값을 충당하려고 호주 온 지 하루 만에 울월스(Wool worth)라는 마트에 딸린 레스토랑에서 웨이트리스 일을 시작했다. 그 식당에서 먼저 일하고 있던 한 언니와 말을 트게 되었는데, 내가 사는 셰어하우스의 끔찍한 위생 상태에 대해 얘기하자 언니는 당장 자기가 렌트하는 하우스로 들어오라고 해주었다. 호주에서 일어난 가장 운 좋은 일 중 하나였다.

언니가 운영하는 셰어하우스는 50평대 신축 아파트였다. 방세 개에 화장실이 두 개 딸려 있었다. 모든 방에 이층 침대를 설치해 한 방당 5명 정도 살았는데(그러니까 아파트 한 호실에 보통 열명이 넘는 인원이 기거했다는 뜻이 된다), 호주 법률상 불법이었던 것 같다. 집주인의 인스펙션(불시에 세입자에게 실시하는 집 점검) 공지가 뜨면 부랴부랴 2층 침대를 해체해서 숨기고 집기도 옷장에 쓸어넣어서 집에 4명 정도만 기거하는 척을 해야 했다. 인스펙션 하는 동안 쫓겨난 셰어하우스 멤버들은 집 근처 정원에 아무렇게나 주저앉아 시시껄렁한 농담을 주고받으며 무사히 점검이 마치길 기다리곤 했다. 다들 워킹홀리데이 비자로 젊은 나이에 외국에 나와 있으니 준법정신은 희박했고 돈은 없었다. 그래서인지, 웃기게도 동지애 같은 것을 쉽게 느끼기도 했다.

셰어하우스 멤버는 새벽에 공장이나 농장, 식당으로 막노동하러 나가서 밤늦게 들어오는 사람이 대부분이었다. 나도 매일 아침 9시쯤 식당에 출근해 밤 9시쯤 퇴근했다(시드니에서 워킹 홀리데이로 일하는 외국인의 정규 노동 시간 준수 같은 건 거의 없었다고 보면 된다).

그러던 중 찾아온 내 생일 아침. 생일인지도 모르고 가게 오픈 시간에 맞춰 집을 나서는데 셰어하우스 공용 식탁에 갓 지은 밥, 랩 씌워 둔 미역국, 잡채가 차려져 있었다.

'우와, 아침부터 한식 차려 먹는 사람 누구야. 더구나 미역국이랑 잡채라니. 한인 마트에서도 구하기 어려운 재료인데' 하면서 봤는데 작은 쪽지가 밥그릇 옆에 붙어 있었다.

"수현 씨, 외국에 나와 미역국 한 그릇 못 먹고 출근할 것 같아서 차려두었어요. 든든하게 드세요."

그 눈물 나는 밥상을 차려둔 사람은 셰어하우스에 들어온 지 얼마 되지 않은, 날 잘 알지도 못하는 오빠였다. 그런데도 흘러가듯 며칠 뒤면 생일인데 미역국 먹고 싶다 한 내 말을 귀담아 두었다가 자기도 새벽에 일하러 나가면서 생일상을 차려둔 거였다.

그 오빠는 그런 사람이었다. 자기도 힘들면서 다른 사람을 위해 마음을 조금 더 내어줄 수 있는 여유가 있었던 사람.

그런 생일상을 받고도 나는 그다지 친하지 않은 사람이 베푼 친절에 쭈뼛쭈뼛하며 충분히 감사와 감동을 언어로 옮기지 못했다. 그 오빠도 뭘, 하고 끝이었다. 생일이라 생일상을 차린 건데 너무 감사하려 애쓰지 말라는 투였다.

그때 느꼈다. 때로는 태어났다는 이유만으로 받는 축하도 있는 거라고. 그런 크고 중요한 의미를 생판 남에게 받을 수도 있었다는 사실이 놀라웠다. 그 오빠가 나에게 나눠준 것은 인류애 같은 거였다.

나는 지금도 그런 마음을 잘 내지 못한다. 잘 모르는 사람에게 나눌 수 있는 시간이나 친절 같은 게 잘 없다. 내 일, 내가 써야 할 시간 같은 것에 예민하다. 특히 애 둘을 낳고 기르고 나서 시간에 대한 강박이 생겨, 내 시간을 이유나 조건 없이 남에게 쓰는 일은 좀처럼 없다.

나는 누군가에게 한 번이라도 그래 본 적 있는 사람이었는지, 자식에게라도 그런 이유 없는 축복과 사랑을 주고 있는지, 그 오빠가 지녔던 그런 인류애, 포용, 무심한 친절을 베푼 적이 있는지.

오늘도 난 그 오빠의 무심한 친절에 발끝조차 가닿지 않는 시간을 보냈다는 것을 느낀다. 자식에게 손을 제대로 씻으라고, 만화책만 읽지 말라고, 마스크 줄줄 빨지 말라고 잔소리나 해댔다.

자식에게 내가 건네는 사랑은 대리만족에 의한 기대, 부담되는 지지, 널 믿지만 내가 원하는 방향으로 나아가야 한다는 식의 모순에 가까울 때가 많다. 사랑하지만 부담스러운 관계일지도 모른다. 격렬한 관심은 차라리 무관심이 낫다고 느껴지게 하는데 나는 그런 격렬한 관심을 사랑이란 이름으로 자식에게 퍼붓고 있었다.

결국 사람이 사람을 대할 때 가져야 할 가장 큰 덕목은 무심한 지지 아닐까? 비단 부모 역할로서만이 아니라, 소중한 사람을 대할 때 가져야 할 태도는 편안한 지지와 맹렬하지 않은 응원, 다소 무심한 듯한 믿음이라 생각하게 되었다. 난 널 믿어! 넌 훌륭한 사람이 될 거야! 같은 격렬한 지지는 반드시 양질의 결과를 내야만 할 것 같은 묵직한 부담감을 준다. 그런 지지가 필요할 때도 있지만 가장 좋은 것은 편안함이다. 네가 뭐 되지 않아도 괜찮아. 삶을 견디는 것만으로도 장해. 네가 스스로 잘 알아서 하겠지.

모든 관계에서 존재 자체만으로도 괜찮은 편안함을 서로 주고받을 수 있다면 얼마나 좋을까. 그러면 세상의 거의 모든 갈등은 종식되고 말 텐데.

어린 시절의 작가에게 할머니가 해 준 것처럼 말이다.

> "나는 결국 그것이 할머니의 일관된 삶의 자세인 것을 이해했다. 부모로서 내가 너희에게 이렇게 많은 일을 했다고 생색내지 않는 것. 자식에게 어떤 기대나 대리 만족도 추구하지 않아 부채 의식이나 부담감을 주지 않는 것."

얼마 전 사랑하는 벗과 가을볕 아래서 오래 걸었다. 그러면서 자식에 대한 이야기를 찬찬히 나누었다. 대체 어떻게 자식을 키워야 하느냐고, 애를 쓸 수도 없고 안 쓸 수도 없다고, 내 삶도 제대로 감당 못하는데 어떻게 아이를 키우냐고 푸념했다. 그러다 문득 "근데 언니, 나는 애 안 낳았으면 내가 대단한 사람인 줄, 잘못이라곤 저지르지 않는 사람인 줄 알았을 것 같아. 애한테 화내고 짜증 낼 때마다 내 바닥을 들여다보는 일이 고통스럽지만 그래도, 덕분에 참 삶 앞에서 겸손해질 수는 있는 것 같아."라고 했다. 아이가 아니었다면 이토록 내 연약함을 오래 묵상하지 않았을 것이다. 내가 혼자 해낼 수 있는 부분, 삶의 성취, 주도적으로 이끌어가는 내 인생에 초점을 맞췄을 것이다. 하지만 아이가 태어나면서 내 중심은 아이 쪽으로 완전히 이동했다. 사람은 누구나 이런 시기를 겪는 것 같다. 나는 아이를 낳음으로써 변화했지만 어떤 사람은 반려동물을 키움으로써, 어떤 사람은 큰 병을 앓고 나서 삶의 초점이 자신에서 자신을 둘러싼 세계로 확장되는 것을 여러 번 보았다. 태어나 죽을 때까지 오직 나, 나의 기쁨, 나의 이익에만 몰두하는 삶은 얼마나 빈약하고 납작한 것인지.

나는 아이를 낳고 기르면서 나에게만 꽂혀 있던 시선을 거두어 주변에 돌리게 되었다. 사람을 대할 때 어떤 태도가 필요한지 배운다. 누군가에게 진심을 다한다는 것이 어떤 의미인지, 나 아닌 사람을 진정 사랑한다는 것이 어떤 의미인지, 사랑이란 이름으로 내 틀에 가두지 않으려면 어떻게 해야 하는 것인지, 책에서 만나는 인물들을 통해 배운다. 책이 아니었다면 할머니의 '예쁜 사람, 왜 이러나'와 '장혀'가 내 인생에 들어오지 못했을 것이다. 내 비좁은 깜냥 안에서 내가 옳다고 생각하는 대로 사람을 대하다 뭐가 옳은지 그른지 모르고 살았을 것이다.

하지만 이 책을 통해 작가님의 할머니가 나의 할머니가 될 수 있었다. 마치 어릴 때부터 할머니의 푸근한 사랑 안에서 조용하고 편안하게 자라온 것 같았다. 함박웃음을 짓는 할머니가 나를 보며 '장혀'라고 말해주는 것 같았다. 잘했든 못했든 지금까지 살아온 것 자체가 너무 기특하다고 말씀해 주시는 것 같았다. 그렇게 나는 내게 없었던 무조건적인 응원자를 갖게 되었다. 마음 한구석에 할머니가 채워주신 사랑이 가득 찬 그릇을 가지게 되었다. 그 사랑에 힘입어 그전엔 하지 못했던 포용을 주변 사람들에게 조금씩 베풀 수 있게 되었다.

무엇보다 자식을 낳고 돌봄으로써 내가 대단한 사람이 아님을, 그래서 나보다 약한 사람을 대할 때 끊임없이 자신을 버리고 또 버려야 함을, 심 작가님의 할머니처럼 그저 응원하고 지지해주는 한 존재가 되어야 함을 생각하게 된다. 내가 먼저 이리저리 날뛰고 앞장서서 애를 끌어가는 것이 아니라 그저 예쁜 사람, 착한 사람으로 자식을 바라보고 변치 않는 애정을 나누어주는 단단함을 가지는 것이 내 역할임을 생각한다. 오늘도 양말을 죄다 뒤집어 벗어놓는 우리 첫째에게 "예쁜 사람, 왜 이러나." 하고 은은하게 미소지었다. 첫째는 '엄마가 왜 안 하던 짓을 하지' 싶은 얼굴로 나를 보긴 했으나 예쁜 사람이라는 말이 마음에 드는지 히힛, 하고 웃었다. 물론 양말을 다시 뒤집어주진 않았다.

밥 먹으면서 반찬이 마음에 안 든다며 투정하고, 동생이랑 시끄럽게 싸우고, 읽은 책을 온통 어질러놓아도 화를 꿀꺽 삼키고 "예쁜 사람들, 왜 이러나." 한마디 하곤 내가 치웠다. 평소와는 다른 엄마의 모습이 웃긴지 애들은 내 말투를 따라 하기도 하고, 서로에게 '예쁜 사람이 왜 이러나~' 하면서 깔깔 웃기도 했다.

그날 밤, 아이들을 재우는데 숨소리가 고르게 들려서 이제 잠들었겠거니 싶어 나도 잠을 청하려는 중이었다. 그런데 잠든 줄 알았던 첫째가 조용히 말을 걸었다.

"엄마, 자?"

"아직 안 자. 왜? 목말라?"

"아니. 엄마, 내가 오늘 책도 안 치우고, 말도 안 들었잖아. 그런데 화내지 않고 다정하게 대해줘서 고마워."

아.

역시 할머니의 언어는 천하무적이었다.

그날은 아이와 함께 보냈던 무수한 시간들 가운데, 한 번도 화내지 않고 보낸 몇 안 되는 밤 중 하루였다. 그 하루의 의미를 아이가 알아준 것이다.

다행이다.

할머니의 말을 배울 수 있어서.

나는 오늘 조금쯤은 엄마이자 할머니가 될 수 있었다.

전심으로 할머니가 되고 싶다. 그래서 아이가 살아가며 겪는 모든 삶의 질곡에서 무심한 지지와 격려를 해 줄 수 있는 사람이 되고 싶다. 아이의 행동에 일희일비하지 않고 단단하고 든든함으로 안전한 받침대가 되어 주고 싶다. '장혀'에 든 사랑과 신뢰, 그것만을 줄 수 있으면 좋겠다. 조금은 허술하게, 너무 맹렬하지 않게. 언제나 예쁜 사람으로만 대할 수 있는 그런 마음을 아이에게 전하고 싶다.

할머니의 언어로 말함으로써.

《나의 아름다운 정원》 심윤경 / 한겨레출판 / 2013

《나의 아름다운 할머니》를 쓴 심윤경 작가의 첫 장편소설. 1970년 대를 지나는 한 가족의 지난한 가족사를 그린다. 가족 사이에서 겪는 고통을 벗어나 타인을 위한 선택을 하려는 주인공의 모습이 기억에 남는다. 가족의 의미에 대한 심윤경 작가의 고심을 엿볼 수 있는 책.

《밝은 밤》 최은영 / 문학동네 / 2023

'증조모-할머니-엄마-나'로 이어지는 여성의 계보를 통해 개인의 삶과 그 삶을 지나간 역사를 자연스럽게 조명한다. 엄마와 딸 사이에 주고받았던 상처가 할머니를 통해 치유되기도 한다. 가족 간 사랑과 애정을 주고받는 방식에 대해 깊이 생각하게 만드는 장편 소설.

《딸에게 주는 레시피》 공지영 / 한겨레출판 / 2023

공지영 작가가 쓴 요리 에세이. 딸에게 따뜻한 응원을 담은 레시피를 전하는 글이다. 우울하고 초라할 때, 세상이 공평하지 않다고 느낄 때, 모든 게 엉망일 때 읽기를 추천한다. 삶에 대한 통찰을 담은 작가의 메시지에 쉽게 만들 수 있는 음식 레시피가 어우러진다. 위로가 필요할 때, 지치고 힘들 때 읽으면 좋을 책.

《나는 울 때마다 엄마 얼굴이 된다》 이슬아 / 문학동네 / 2018

〈일간 이슬아〉에서 연재했던 내용을 바탕으로 낸 만화 에세이. 엄마의 생애 기록을 통해 진정한 모녀 관계란 어떤 것인지 생각해보게 한다. 세상엔 없을 사랑과 지지를 주는 엄마의 모습을 보고 싶을 때 읽기를 추천한다.

엄마가 둘일 수 있어

제 목. 누가 진짜 엄마야?

지은이. 버나뎃 그린(지은이), 애나 조벨(그림)

출판사. 원더박스, 2021

20대 후반이 되었을 때, 나는 은은한 초조함에 시달렸다. 나이에 니은 붙기 전에 무조건 결혼해야 한다는 강박 때문이었다. 서른 되기 전에 결혼하고 서른다섯 되기 전에 자식 2명을 낳는 플랜에 과도하게 집착했는데, 나 혼자 그런 생각을 가지게 된 건 아니고 주변에서, 특히 내가 자란 '갱상도'는 더한데, '야, 너 지금 결혼 안 하면 늦어' 같은 말을 수없이 들었기 때문이다. 그때 나이 스물 여덟이었다. 지금 생각해보면 아픈 데 없고 하루 정도는 잠 안 자고도 너끈히 버티던 진짜 젊은 나이였는데 미래에 대한 막연한 불안감에 항상 휩싸여 있었다. 혼자 살다 죽게 되면 어떡하지. 애인이 없는 건 내가 하자 있는 인간이라선가? 같은 말도 안 되는 질문을 스스로에게 하곤 했다. 비혼 공동체나 1인 가구 같은 가족 형태가 낯선 개념으로 존재할 때였다.

내가 생각한 정상 가족의 틀은 엄마, 아빠, 자식 둘로 구성되는 4인 가족이었다. 그 틀을 깨지 못해 금전적으로 준비되지 않았을 때 서둘러 결혼했고, 첫째가 어렸는데도 기를 쓰고 둘째를 임신했다. 결과적으로 아주 피폐한 육아 환경이 조성되었다. 몇 년째 제대로 자지 못하고 제대로 먹지 못하는 상황에서 늘 신경이 곤두섰고 건강도 크게 상했다. 아이를 돌볼 사람이 나밖에 없었으므로 취미 생활이나 직업 생활을 할 엄두를 못 냈다. 경력과 인간 관계가 단절된 채 살림, 육아, 대형 마트 나들이만이 내 삶을 메웠던, 조금은 암울했던 시기를 보내면서 깨달은 것이 있다.

남들 하라는 대로 사는 게 다 옳은 건 아니라는 거.

지금 생각해보면 남들에게 들은 정상 가족의 틀(서른 전에 결혼하고, 신혼 1년 즐긴 뒤 첫째를 낳고, 둘째 터울은 3살 이내여야 하고 같은)에 매여 주도적으로 삶의 태도를 결정하지 못했던 것이다. 내 삶인데도 내가 주도적이지 않았다. 치열하게 고민해보거나, 다른 선택지가 있는지 돌아보지도 않았다.

사실 가족 형태에는 선택지가 다양했다. 혼자 사는 집, 반려동물과 사는 집, 엄마가 둘인 집, 아빠가 둘인 집, 엄마와 아이가 사는 집, 아빠와 아이가 사는 집, 조부모와 아이가 사는 집 등 가족 형태에 다양한 선택지가 있다는 걸 정말로 몰랐다. 이제 둘러보니 내 주변엔 비혼을 선택해 비혼 여성 셰어하우스에서 텃밭도 가꾸고 주말마다 홈파티를 하는 사람도 있고, 결혼 후 유기 동물을 돌보며 사는 사람도 있다. 경주마처럼 결혼! 임신! 출산! 이것만 바라보고 있었을 때는 보이지 않았던 다양한 가족의 형태가 이제야 조금씩 보였다.

내 아이는 나처럼 크지 않았으면 했다. 삶의 방식이 여러 갈래라는 것을 알고, 선택할 수 있었으면 했다. 그런 고민을 하던 차에 부너미[21] 모임에서 어린이들과 함께 이 책을 읽게 되었다. 《누가 진짜 엄마야?》는 노지양 작가가 번역하신 책이라 일단 신뢰가 갔다.

---

21 결혼한 여성의 언어를 탐구하는 모임. '아줌마'들이 모여 함께 책을 읽고 강의를 하고 글을 쓰고 책도 펴낸다. 《페미니스트도 결혼하나요?》, 《당신의 섹스는 평등한가요?》, 《우리 같이 볼래요?》 세 권의 책을 출간했다. 걷는 부너미, 보는 부너미, 먹는 부너미 등 다양한 소그룹 모임을 활발하게 진행하는 중이다. 온라인으로도 참여 가능하니 인스타그램에 '부너미'를 검색해보시길.

표지엔 잘 모르겠다는 표정의 어린이 한 명과 씨익 웃는 어린이 한 명이 전경에 그려져 있고, 배경에는 두 명의 여성이 작게 그려져 있다. 누가 진짜 엄말까? 생각하며 책을 펼쳐들었다.

《누가 진짜 엄마야?》는 이렇게 시작한다.

엘비네 집에 놀러 온 니콜라스가 엘비에게 "두 분 중에 누가 너희 엄마야?" 하고 묻는다. 엘비는 성인 여성 두 명과 함께 살고 있기 때문이다. 엘비는 "두 분 다." 하고 대답한다. 그러자 니콜라스는 "아니, 둘 중에 누가 진짜 엄마냐고?" 하고 되묻는다. "말했잖아. 둘 다 진짜 우리 엄마라니까." 엘비가 대답하자, 니콜라스는 "배 속에 너를 담고 있던 사람이 진짜 엄마인 거야. 그 엄마가 누구야?" 하고 또 묻는다. 그러자 엘비는 청바지를 입고 있는 사람(모두가 청바지를 입고 있다), 어두운 색깔의 머리를 가진 사람(모두 머리색이 어둡다), 눈썹 위에 초승달 모양 흉터가 있는 사람(보이지도 않는다)이라고 말한다. 니콜라스가 수긍하지 않자 엘비는 또 설명한다. 한 손으로 물구나무서기를 하는 사람, 이로 차를 끌 수 있는 사람, 고릴라 말을 술술 하는 사람, 물구나무선 채로 스파게티를 먹으면서 용 발톱을 깎아주는 사람이라고. 세상에 그런 사람은 없다고 니콜라스가 소리치자 엘비는 또 이렇게 설명한다. "내가 무섭다고 하면 날 안아주는 사람, 나를 침대에 눕히고 재워주는 분, 자기 전에 잘 자라고 뽀뽀해 주는 사람이 진짜 우리 엄마야."

그 말에 니콜라스는 "두 분 다 그렇게 해 주시잖아." 하고 말한다. 그러자 엘비가 하는 말. "딩동댕!"

니콜라스의 인식은 생물학적인 정의 안에 갇혀 있다. 아이를 임신하고 낳은 사람만이 '진짜' 엄마라는 생각. 하지만 아이를 먹이고, 정서적 교감을 나누고, 함께 잠들고, 아낌 없는 사랑을 부어주는 대상이 '진짜 진짜' 엄마인 것이다. 엘비는 처음부터 말했다. '둘 다 우리 엄마'라고. 누가 진짜 엄마냐는 세상의 질문에 엘비는 거듭 말한다. 아이를 안아주고, 웃겨주고, 따뜻한 침대를 마련해주는 사람이 진짜 엄마라고.

어린이들은 이 책을 읽고 엄마에 대해 어떻게 생각하는지 궁금했다. 다음은 《누가 진짜 엄마야?》를 읽고 당시 7살이던 우리 집 어린이와 대화한 내용이다. 평소엔 나에게 존대하지 않는데 책을 읽고 생각한 걸 말하라고 하니 인터뷰하는 기분이 들었는지 갑자기 존댓말을 써서 좀 웃겼다. 그래서 나도 존댓말로 대화에 임했다.

나: 이 책을 읽고 무슨 생각이 들었어요?

어린이: 일단, '누가 진짜 엄마야?'라고 묻는 질문에 제대로 대답하지 못한 것이 부끄러웠어요. 다음부턴 질문에 잘 대답할 수 있게 수수께끼 책을 더 많이 읽어야겠다는 생각이 들었어요. 그리고, 이 책엔요. 가짜 엄마도 나오고 진짜 엄마도 나와요.

나: 응? 가짜 엄마가 있어요? 둘 다 엘비의 엄마라고 처음부터 이야기했는데요.

어린이: 응? 그래요? 그런데 엄마가 둘일 수도 있어요?

나: 엄마가 둘일 수도 있고 셋일 수도 있죠. 엘비를 키우기로 결심하고 함께 살며 사랑을 나누는 주 양육자는 아기를 직접 임신하고 낳지 않았더라도 엄마라 부를 수 있는 거 아닐까요? 엄마

아빠도 입양(입양이 무슨 뜻인지 미리 설명해줬다)을 하려고 오래 고민했었다고 얘기한 적 있지요? 엄마가 임신하게 돼서 결국 그렇게 하진 않았지만, 몸소 아기를 낳아야만 그 아이의 엄마가 될 수 있는 건 아니라고 봐요. 사랑하는 사람이 모여서 가정을 이루고, 아이를 키우기로 결정하고, 그 결정을 끝까지 책임지는 게 진짜 엄마, 아빠라고 생각해요. 그러니까 세상엔 엄마가 두 명인 집도 있고, 아빠가 두 명인 집도 있고, 할머니랑 사는 집도 있고, 이모랑 사는 집도 있는 거예요.

어린이: 그래요. 어릴 때부터 키워줬으면 그게 진짜 가족인 거예요. 그리고, 저는 니콜라스처럼 이런 질문을 다른 사람에게 하지 않겠다고 생각했어요(엘비의 여성 양육자 둘 중 누가 진짜 엄마냐고 엘비에게 니콜라스란 친구가 거듭 묻는 장면을 짚으며). 왜냐면요, 만약 엘비의 두 엄마가 이 질문을 들으면 속상할 수도 있잖아요. 그래서 저는 절대 그런 거 안 물어볼 거예요.

나: 아, 너한테 맨날 여자냐 남자냐 물어보는 사람들처럼요(애들 머리가 짧은지라, 낯선 어른들에게 얘 여자냐 남자냐 묻는 질문을 거듭 받곤 한다)?

어린이: 네. 그런 질문 계속 들으면 기분 나쁘잖아요. 그래서 저도 그런 질문 안 할 거예요.

나: 그럼 이 이야기에서 제일 마음에 드는 부분은 어떤 부분이에요?

어린이: 엄마가 국수(스파게티를 말하는 듯하다)를 먹으면서 용 발톱을 깎아주는 부분이요. 책에서 엄마는 그런 일도 할 수 있을 거라고 엘비가 상상하잖아요. 물구나무서서 요리할 수도 있다

고 상상하고요. 그 부분에서 엘비의 엄마가 너무 대단하고 멋있어 보였어요. 엄마도 그렇게 할 수 있어요?

나: 왜 못해요. 당장 해볼까요? 우리 집에 용은 없으니까 대신 네 발톱을 깎아줄 수는 있어요.

어린이: 큭큭, 그건 싫어요. 저 발톱 깎는 거 싫어해요.

나: 그럼 제일 마음에 안 드는 부분은 뭐예요?

어린이: 이빨로 엄마가 차를 끌 정도로 힘이 세다고 엘비가 상상하는 부분. 엄마 이가 상할까 봐 걱정되어서.

나: 친구들에게 책을 추천하고 싶어요? 친구들이 좋아할까요?

어린이: 그렇겠죠, 뭐. 이제 그만 말할래요. 안녕~

책 한 권 읽고 나서 이것저것 물어보는 엄마가 귀찮았는지 대화를 끊고 달아나버렸다. 본인은 충분히 최선을 다했다고 생각한 듯하다(원래 자기 생각을 시시콜콜 이야기해주는 스타일이 전혀 아니다). 일단 우리 집 어린이가 말한 좋았던 부분과 싫었던 부분은 내가 생각지도 못한 부분이라 웃음이 나왔다. 그리고 나야말로 '엄마'를 어떤 사람이라고 생각하는지 되짚어보았다.

내 엄마는, 늘 나를 과하게 걱정하는 사람이다. 내가 읽었던 책 중에 좋았던 것을 추천하면 기꺼이 읽어보고 평을 이야기해주는 사람이다. 내가 가장 좋아하는 음식이 무엇인지 말 안 해도 아는 사람이다. 내가 살이 찌면 조금의 필터도 없이 '너 요즘 좀 덜 먹어야겠다'라고 말하는 사람이다. 내가 너무 '페미니즘'으로만 갈까 봐 걱정하면서도, 여장을 좋아하는 왕자가 나오는 그래픽 노블 《왕자와 드레스 메이커》[22]책이 참 좋다고 말하는 사람이다.

'나는 네 딸보다 네가 더 좋다'라고 공공연히 이야기하는 사람이다.

'저기 서천교 밑에서 너 주워왔다'는 세상의 짓궂은 많은 사람들의 말들을 굳건하게 떨쳐내고 엄마를 내 진짜 엄마라고 생각하게 된 이유는 무엇이었을까.

엄마가 나에게 주었던 관심, 과한 염려, 내 앞뒤 안 맞는 지어낸 이야기와 웃기는 노래에 대한 경청, 함께 보낸 오랜 시간.

나를 낳은 여자를 '엄마'로 만드는 일들은 그런 것들이 아닐까. 그런 의미에서 나를 낳지 않은 사람도 충분히 엄마가 될 수 있기도 하고 말이다.

나는 우리 아이들에게 '진짜' 엄마처럼 매일을 살아가고 있는 건지. 우리 집 어린이에게 차마, 너에게 엄마는 어떤 사람이냐고 물어보지 못했다. 어제도 아이 둘을 씻기고 먹이고 재우며 참 소리 많이 질렀는데 좋은 평가를 받을 리가 만무해서 자는 아기의 얼굴을 보며 미안해, 미안해 하고 때늦은 사과를 한다.

아이들이 깨어 있을 때 진짜 엄마, 아낌없이 사랑을 주는 그런 진짜 엄마가 되고 싶다. 내가 너를 낳았으니 네 엄마다, 그런 거 말고.

너와 최대한 오랜 시간을 함께 보내고 싶어서, 나 자신보다 너에게 더 큰 관심이 있어서, 네 삶이 궁금하고 계속해서 너를

---

22 젠 왕, 《왕자와 드레스메이커》, 비룡소, 2019. 드레스를 입기 좋아하는 왕자 세바스찬과, 그의 취미를 지켜주는 재봉사 프랜시스의 이야기. 상대를 있는 그대로 존중하는 법을 보여주는 그래픽노블.

알아 가고 싶어서, 네 내성 발톱, 귓불의 콤콤한 냄새, 여우 귀를 닮은 콧구멍을 누구보다 사랑할 거라서-그런 의미로서 너에게 진짜 엄마 역할을 다하고 싶다.

이 책을 읽으면서 진짜 엄마의 의미가 무엇인지, 나는 진짜 엄마로서 아이에게 마땅한 사랑과 돌봄을 주고 있는지 되짚어 보게 되었다. 진짜 가족의 의미가 무엇인지도. 생물학적인 의미로만 묶인 가족의 정의는 지나치게 한정적이다. 세상의 다양한 형태의 가족에게 상처를 주는 정의이기도 하다. 혈연주의나 생물학적인 의미에만 갇혀 있지 않은, 사랑과 애정으로 묶인 공동체가 진짜 가족이 아닐까?

사람들은 가족의 의미에 지나친 제한을 두곤 한다. 하지만 '피는 물보다 진하지, 가족인데 이 정도는 참아야지, 가족이니까 서로 도와야지' 같은 말들 때문에 고통받는 사람이 얼마나 많은지. 혈연으로 묶이지 않은 사이에서 오히려 서로를 더 배려하고 조심하며 서로의 삶을 존중하는 사례는 또 얼마나 많은지. 혈연주의가 중시되는 사회에서 이런 사실은 자주 지워지곤 한다. 제약에서 벗어날수록 더 많은 사람과 사랑하고 소통하며 지낼 수 있을 것 같은데.

나도 아이와 다만 혈연으로만 묶인 관계는 되고 싶지 않다. 오히려 혈연으로 묶여 더 한계가 생기기도 하기 때문이다. 아이와 다양하고 풍성한 관계가 될 수 있는 가능성을 혈연이 어떤 부분에선 차단하고 있달까. 태어날 때부터 생물학적으로 엮여 있기에, 무조건적인 책임과 의무를 져야 할 것 같은 사회적 통념이 우리 관계에 작용하곤 한다. 애를 낳았으니까 내 삶처럼 아이의 삶을 전적으로 책임져야 할 것 같고, 조금의 어려움도 없게 만들어줘야 할 것만 같다. 아이 역시 부모 관계에 대한 통념에서 자유롭지 못하다. 학교에서 엄마가 힘들게 낳아줬기에 효도해야 한다는 유인물을 받아오기도 하고, 행사 때마다 부모님 은혜에 대한 긴 글을 쓰길 강요받기도 한다.

날 때부터 지는 의무는 얼마나 무거운지. 각자의 삶을 불가분의 관계로 만들어버린다. 아이와의 관계는 태어날 때부터 짜잔, 하고 생겨나는 게 아니었다. 애면글면 젖을 먹이고, 같이 울면서 밤을 새고, 수만 개의 기저귀를 가는 시간을 쌓음으로써 비로소 관계성이 생기게 된다. 뱃속에서 아기가 나오면 아기도 나도 서로 처음 본 사이다. 내 경우엔, 처음 본 사람을 내 몸보다 사랑하게 되지는 않았다. 그저, 태어나 처음 만나는 이 연약한 존재와 오랜 시간 딱 붙어 돌봄의 책임을 다하는 시간을 통과함으로써 사랑이라는 관계성이 생기는 거 아닐까? 세상 모든 관계가 시간과 노력의 결과인데, 자식과의 관계만은 저절로 주어진 본능 같은 '모성애'로 퉁쳐지는 게 지금의 나에겐 좀 이상하게 여겨진다.

아이와 나는 한 몸이 아니라 다른 사람인데도, 혈연으로만 한정된 모녀의 의미는 너무 무겁고, 서로 독립적 존재라는 사실을 인정하지 못하곤 한다. 각자 하고 싶은 걸 자유롭게 하면서 삶을 지지해주는 정도면 될 것 같은데. 가뭄에 자기 살을 베어먹인 하늘 같은 어머님의 은혜, 호랑이조차 감복한 효도, 그런 거 말고. 그냥 우리가 오랜 시간을 함께해왔으니까, 그 시간 동안 서로를 깊이 알게 되고 사랑하게 되었으니까 우리는 가족이야. 가족의 정의는 이 정도로 충분하지 않을까? 너무 무겁게 여기지 말고, 떼기 힘들만큼 끈적끈적해지지도 말고.

우리 집 어린이가 처음 이 책을 읽고 나서 별로 마음에 안 드는 듯 휙 던져두었길래 책장에 가지런히 꽂아 두었다. 그런데 며칠 전 놀이방을 정리하다보니 자기가 아끼는 물건만 모아 놓은 박스 안에 이 책이 보였다. 나랑 이야기하고 나서 혼자서 다시 읽어봤나 보다. 지금은 이 이야기가 아이 안에서 언젠가 자라나, 다양한 삶을 선택할 수 있고 다양한 사람을 사랑할 수 있는 기둥이 되어줄지도 모르지.

책을 다시 박스 안에 고이 놓아두고 아이 방 불을 끄고 나온다.

《여자 둘이 살고 있습니다》 김하나, 황선우 / 위즈덤하우스 / 2019
새로운 형태의 공동체를 이룬 여자 둘, 고양이 넷의 동거기. 싱글이
던 두 사람이 한 집에 살기로 결정하면서 서로 의지해 삶의 질을 높
여가는 실생활을 위트있게 그린 에세이.

- -

《에이징 솔로》 김희경 / 동아시아 / 2023
기존의 가족 모델이 해체되는 요즘, 1인 가구로 사는 비혼 중년의
실제 삶 이야기. 혼자 살며 나이듦을 대비하는 40·50대 '에이징 솔
로' 여성들의 다채로운 인터뷰가 실려 있다. 1인 가구 사회를 이해
하고, 새로운 삶의 형태와 가능성을 엿볼 수 있는 '혼삶' 사회학.

- -

《나는 엄마가 둘이래요》 정설희 / 노란돼지 / 2020
입양을 배경으로 그려진 그림책. 이혼이나 재혼 가정, 다문화 가정
등 새로운 가족 형태에 대해 이야기 나눌 수 있는 책이다. 진정한
가족의 의미가 어떤 것인지 돌아보게 도와주는 작품.

- -

《스냅드래곤》 캣 레이 / 보물창고 / 2021
인종, 성별을 막론하고 가족이 될 수 있으며 서로를 지켜줄 수 있다
는 이야기를 담은 그래픽 노블. 독특하다는 이유로 친구가 없는 소
녀의 성장담이다. 동네에서 마녀라고 불리는 할머니의 실체를 알
게 되면서, 가족의 새로운 의미를 깨닫게 되는 멋진 이야기.

당신이라는 세계를 만나게 된 기쁨

체 목. **어린이라는 세계**

지은이. **김소영**

출판사. **사계절, 2020**

어린이는 사랑스럽다.

어린이의 초롱초롱한 눈과 솜털이 흐르는 볼과 동글동글한 코와 작은 입술을 보고 있으면 대책 없는 사랑에 빠져버린다.

하지만 그와 동시에 어린이는 소란스럽고, 더럽고, 통제가 안 된다. 작은 몸을 재빠르게 놀려 치는 사고를 보면 입이 떡 벌어질 정도다. 말끔히 치워놓은 거실을 십 분 만에 혼돈의 쓰레기장으로 만들 수 있는 사람은 어린이뿐일 것이다. 거의 모든 어린이는 에너지가 많은데, 보통 이 에너지는 어른의 세계에 혼란을 더하는 방향으로 뻗어나간다. 그릇을 깨고 물을 쏟고 책을 찢고 정체불명의 가루를 흘리는 등 작은 말썽들이 끊임없이 생겨난다. 어린이란 존재가 있음으로써.

김소영의 《어린이라는 세계》는 사람으로서의 어린이를 이야기하는 책이다. 어린이 책 편집자로, 글쓰기 선생님으로 20년 이상 일한 작가의 이야기를 따라가다 보면 작가가 어린이들에게 얼마나 깊은 애정과 관심이 있는지 절로 느끼게 된다. 작가는 수업하며 만난 어린이들 한 명 한 명의 말을 귀기울여 듣고, 그 안에 든 의미를 깊이 들여다본다.

작가의 글에는 엄마에게 줄 초콜릿을 소중히 들고 가는 어린이, 리본을 처음으로 묶을 줄 알게 된 어린이, 밭에서 딴 딸기를 선생님께 가져다주고 싶어하는 어린이, 과자 부스러기를 바닥에 버리는 어린이, 교실에 양말을 벗어두고 맨발로 가는 어린이 등 어린이의 다양한 모습이 나타난다. 그런 아이들의 다채로운 모습을 따라가다 보면, 사실 나는 어린이에 대해 하나도 아는 게 없었던 것 같다. 어린이들은 저만의 치열함을 가지고 생을 힘껏 살아가고 있다.

하지만 세상은 어린이를 두 종류로만 나누는 것 같다. 귀엽고 깜찍하고 애교 많은 어린이와 식당에서 시끄럽게 뛰어다니며 어른 말 안 듣는 어린이로. 왜 그럴까. 사람이 다양한 면모를 가지고 있는 게 당연하듯 어린이 또한 헤아릴 수 없이 많은 면모를 가지고 있는데.

어린이에 대해 안다고 생각하는 부분이, 오히려 진짜 어린이가 어떤 존재인지 이해하는 데 방해가 될 때가 많다.

책을 읽으며 어린이에 대해 깨닫게 된 점은, 어린이는 매사에 진지하다는 것이다. 피구 공을 스무 번 넘게 피했다던가, 어른이 못 열 정도로 꽉 닫힌 유리병 뚜껑을 열었다던가 하는 어린이의 모험담은 한없이 진지하다. 이에 대해 작가는 말한다.

> "그 압도적인 기세 때문에 허풍이 섞여 있는 게 거의 확실한데
> 도 도저히 의문을 제기할 수가 없다. 어린이의 '부풀리기'에는
> 무시할 수도, 웃을 수도 없는 매력이 있다."

새로 배운 어려운 말을 쓸 때도 어린이 특유의 허세가 드러난다. 진수성찬을 '성수신찬'이라고 한다던가, 말괄량이를 말랄광이라고 하곤 한다. 새로 알게 된 어려운 말을 쓰고 싶은데 몇 글자가 뒤섞여 있거나 한다. 난 그럴 때 절대 웃거나 놀리지 않는다. 아이의 말실수를 놀렸다가, 폭포수 같은 눈물을 쏟게 한 적이 있었기 때문이다. 그래도 아이의 허세 섞인 말실수가 재밌어서 하나하나 기록해 두었다.

1. 비 오는지 창밖에 내다보라고 했더니 아이 왈.

   "햇빛이 범벅이야."

2. "엄마! 아빠가 엄마를 위해서 빙쑈를 끓였어. 어서 마셔."

   (뱅쇼다)

3. 집으로 돌아가는 길에 아이에게 저녁으로 무엇이 먹고 싶은
   지 물어보자 아이 왈.

   "그, '빠'로 시작하는 거 있잖아(아는 척할 때 특유의 자랑하는 듯한
   말투). 맞다, 빠레기! 빠레기 먹자." (짜파게티다)

4. "(내리막길을 가리키며) 아래막길로 가자."

5. "여기 회용돌이 좀 봐."(소용돌이와 회오리를 섞은 듯하다)

6. "엄마, 커피가 미그진해졌는걸?"

7. "(내 머리와 귀를 마구 쥐어 뜯으며) 엄마, 두통 마사지해줄까?"

8. "엄마, 내 손에 뭐가 들었는지 알려 맞혀!"

나도 그런 맥락에서 우리 집 어린이의 허세를 본다. 어린이
의 허세를 볼 때 가슴이 뭉클할 때도 있다. 수영장 열 바퀴를 쉬
지 않고 돌았다거나, 줄넘기를 백 번 넘게 했다고 말하는 아이
의 진지한 얼굴을 보면 아이의 용기, 희망, 성장이 모두 느껴진
다. 아이의 말 속에 숨겨진 맥락을 들여다보면 그 안엔 아이가
꾸는 꿈 같은 소중하고 귀한 것들이 담겨 있다. 그런 아이의 마
음을 거짓말이나 웃기는 소리로 치부하는 어른은 되지 말아야
겠다고 다짐했다.

또, 작가는 어린이에게 착하다는 말을 잘 쓰지 않는다고 썼
다. '착한 어린이'라는 표현은 종종 '어른 말을 잘 듣는 어린이'

라는 뜻으로 쓰인다. 어른이 시키는 대로 하고, 말대답하지 않고, 심부름 잘 하는, 그야말로 어른의 입맛에 맞는 어린이가 착한 어린이라는 칭찬을 듣는 것이다.

> "'착한 어린이'가 되어야 한다는 생각 때문에 어른의 요구를 거절하지 못하는 어린이를 주의 깊게 살펴야 한다는 것이다. (…) 슬프고 두려운 일이지만, 가정에서도 비슷한 일이 일어난다. 부모를 실망시키지 않으려, 착한 어린이가 되려고 애쓰다 멍드는 어린이가 어딘가에 늘 있다."

한번은 첫째 아이에게 이렇게 물어본 적이 있다.

"너는 착한 어린이야?"

그러자 아이는 자신 없는 얼굴로 '아니……' 하고 대답했다. 동생에게 양보도 자주 하고, 밥도 골고루 잘 먹고, 양치도 잘 하는 첫째라서 나는 당연히 본인을 착하다고 생각하고 있을 줄 알았다. 하지만 '착하다'는 말은 완전 무결함과 비슷한 부분이 있어서 누구도 함부로 본인의 착함을 주장할 수 없는 어려움이 있다는 생각을 했다. 착하다는 말은 너무 무겁고 절대적이다. 나는 착하다는 말을 칭찬으로 쓰는 것에 대해 회의적이다. 칭찬은 과하면 과한 대로, 부족하면 부족한 대로 인간의 자유의지를 방해하는 부분이 있다고 생각하는데, '착하다'는 말은 세상에서 과한 칭찬에 속하기에 그 누구도 착한 사람이 감히 될 수 없는 것이다.

내가 이 책에서 가장 좋아하는 부분은 작가의 '독서 교실 서비스'다. 독서 교실 서비스란, 독서 교실에 온 어린이를 위해 선생님이 겉옷 시중을 들어주는 것이다. 외투에서 스르륵 빠져나올 수 있도록 자락을 잡아 주고, 다시 입을 때도 양팔을 동시에 가볍게 끼워 주는 것이다. 작가가 이런 서비스를 제공하는 이유는 이렇다.

> "선생님이 이렇게 하는 건 네가 언젠가 좋은 곳에 갔을 때 자연스럽게 이런 대접을 받았으면 해서야. 어쩌면 네가 다른 사람한테 선생님처럼 해줄 수도 있겠지."

이 서비스는 '내 아이 너무 귀하고 소중해'의 맥락과는 다르다. 나는 작가의 이 서비스가, 인간이 그 자체로 얼마나 가치 있고 귀한 존재인지를 일깨워주는 일이라고 생각했다. 특별한 일을 하지 않아도, 어린이라는 이유만으로도 대접받을 만한 사람이라는 것을 알려주는 일이었다. 마음의 허기를 채워주는 그런 일이라 생각했다. 이 글을 읽기 전에는, 외출했다가 집에 들어오면 빨리 외투 벗어서 걸으라고 종용하기 바빴는데 이제는 그러지 않는다. 아이가 외투를 가볍게 벗을 수 있도록 돕고, 입을 때도 스르륵 입을 수 있게 돕는다. 그러니 아이들은 함부로 옷을 벗어 내팽개치지 않게 되었고, 자기들 옷을 내가 받아줬던 것을 흉내내어 내 옷도 받아줄 줄 알게 되었다.

또, 나는 어린이에게 가장 좋은 찻잔과 내가 제일 예쁘다고 생각하는 접시를 꺼내어 음식을 담아주게 되었다. 작가의 "어린이들이 좋은 대접을 받아봐야 계속 좋은 대접을 받을 수 있다고 믿는다"는 문장 덕분이다. 어린이는 우리 집의 귀한 존재이기에, 항상 가장 좋은 것으로 대접하고 싶다. 그리고 이런 마음은 어린이도 금방 알아차려서, '오늘은 새 컵을 꺼내 줬네? 엄마가 아끼는 거 아니야?' 하고 물으며 내용물을 조심조심 마신다. 어린이들은 늘 조심한다. 다만 서툴러서 쏟고 깨고 할 뿐.

나는 TV를 거의 안 본다. 거기엔 다양한 이유가 있지만, 상대적 박탈감을 느끼기 싫어서인 부분도 있다. TV를 보면, 세상엔 '정상 가족'뿐인 것 같다. 화목한 가정을 꾸리고 넓은 집과 차를 가진 사람들이 대다수다. 어린이 직업 선호도 1위가 건물주라는 이야기는 어른들의 우려를 사고 있는데, 그 이유는 어른들이 돌아보아야 한다. 예능에서 '갓물주'라며 건물을 가진 연예인을 우러러보는 장면을 본 어린이들이 무슨 생각을 할까. 가장 외로운 어린이, 가장 외로운 사람을 기준으로 텔레비전 프로그램이 만들어져야 한다.

> "어떤 어린이는 여전히 TV로 세상을 배운다. 주로 외로운 어린이들이 그럴 것이다. 어린이도 볼 수 있는 프로그램이라면, 가장 외로운 어린이를 기준으로 만들어지면 좋겠다. 성실하고 착한 사람들이 이기는 모습을, 함께 노는 즐거움을, 다양한 가족의 자연스러운 모습을, 가족이 아니어도 튼튼한 관계를, 강아지와 고양이를, 세상의 호의를 보여주면 좋겠다. 세상이 멋진 집이라고 어린이를 안심시키면 좋겠다."

작가는 언제나 다정하고 따뜻한 눈길로 아이를 바라본다. 이런 어른이 세상 어딘가에 존재한다는 것을 아는 것만으로도 가슴이 따뜻해진다. 아이의 말을 귀 기울여 듣고, 아이가 좀 더 행복한 삶을 살기를 진심으로 바라는 어른이 세상에 더 많아졌으면 좋겠다. 노 키즈 존(No Kids Zone)이 우후죽순으로 생겨나는 세상에서, 어린이의 존재 그대로를 사회 구성원으로 받아들일 수 있는 성숙한 어른들이 더 생겨났으면 좋겠다.

나는 이 책을 대할 때마다, 작가 같은 전문가가 객관적인 거리를 유지하면서도 어린이에 대한 애정을 듬뿍 담고 있는 글을 써준 것에 감사하게 된다. 아기를 낳고 나서 나는 어린이에 대해 객관을 잃었다. 객관을 잃은 눈은 어린이를 제대로 관찰하지 못한다. 지나치게 내 감정을 덧씌워 어린이를 볼 때가 많다. 그래서 작가의 글 한 꼭지 한 꼭지가 너무 귀하다. 책에는 내가 잘 알고 있다고 생각해서 지나쳐버린 많은 모습들이 작가의 눈으로 복원되어 있다. 그 글을 읽음으로써 나는 조금쯤 객관을 회복하고, 어린이를 엄마의 관점만이 아닌, 한 사람의 인격체로 존중하며 바라볼 수 있게 되었다.

"어른인 내가 할 일은 '착한 어린이'가 마음 놓고 살아가는 세상을 만드는 것이다"라며 언제나 어른의 역할을 고민하는 작가의 글을 읽으면서 나도 올바른 어른의 태도를 거듭 생각해보게 된다. 먹고 살기 너무 바빠 어린이를 눈여겨보기 어려워하는 세상에서 작가는 흔들리지 않고 이렇게 말한다.

"나는 인간은 소중한지 아닌지 따질 수 없는 존재라고 배웠다. 누구도 자신의 의지로 태어나지 않았기 때문에 세계의 구성원으로서 똑같은 자격을 갖는다고 배웠다.”

'어린이라는 세계'는 늘 어른을 환대한다는 작가의 말에 공감한다. 어른의 속 좁음과 성마름에도 불구하고, 어린이는 늘 먼저 사랑을 나누어주고 선의를 베푼다. 나는 “확실한 건 어린이에 대해 생각할수록 우리 세계가 넓어진다”는 문장을 이 책을 통해 진심으로 믿게 되었다.

아이의 진지함을 웃지 않고 받아들이는 진짜 어른이 되고 싶다. 삶을 각자의 치열함으로 어린이도, 나도 살아가고 있다. 마지막으로, 이 문장을 다시금 이 책에서 받아 쓰고 내 맘이 그 맘이라 말하고 싶다.

“어린 시절의 한 부분을 나누어 주셔서 감사합니다.
여러분을 아는 것이 저의 큰 영광입니다.”

《어린이책 읽는 법-남녀노소 누구나》 김소영 / 땅콩문고 / 2017
책을 대하는 것이 어려운 사람을 위해 쓴 김소영 작가의 책 읽기 가이드. 작가 특유의 위트 있으면서 따뜻한 어린이와의 에피소드를 통해 아동 문학 읽는 법을 배울 수 있다. 어린이도, 어른도 부담을 내려놓고 책을 가까이할 수 있도록 실제적인 도움을 주는 책.

....

《순례주택》 유은실 / 비룡소 / 2021
어린이와 청소년의 경계에 서 있는 인물의 시각에서 어른들의 부조리함을 드러내는 소설. 진짜 어른이란, 자기 힘으로 살아보려고 애쓰는 사람이라는 문장이 묵직하게 가슴을 친다. 어린 사람을 대하는 어른의 올바른 태도는 어떤 것인지 깨닫게 하는 책.

....

《거의 정반대의 행복》 난다 / 위즈덤하우스 / 2018
《어쿠스틱 라이프》를 그린 난다 작가의 에세이집. 나와 남의 경계가 분명했던 사람이 아이를 낳으며 어린이라는 존재를 온몸 가득 받아들이게 된 경험담. 인생의 룸메이트가 된 어린이와 생활하며 깨달은 일상의 에피소드를 누구나 공감할 수 있게 쓴, 반짝반짝한 에세이.

....

《어쿠스틱 라이프》 난다 / 문학동네 / 2020
난다 작가의 일상 기록 만화. 성숙한 인격체로 성장하는 어린이를 곁에 둔 어른으로서, 어린이와 어떤 관계를 맺어야 하는지 함께 고민할 수 있는 지점을 제공해주는 책.

05

나는 정말 죽고 싶었습니다

제 목. **나는 가해자의 엄마입니다**

지은이. **수 클리볼드**

출판사. **반비, 2016**

글은 때때로 가장 어두운 부분을 비추어 보게 하는 도구다.

내밀한 이야기를 꺼내기에 안전한 곳이 어디일지 몰라 어디에도 내놓지 못하는 글들을 나는, 여자들은 계속 쓰고 있다.

《나는 가해자의 엄마입니다》는 미국 최악의 총기 난사 살인 사건이었던 콜럼바인 고교 총기 난사 사건[23] 범인의 엄마인 수 클리볼드가 쓴 책이다. 수 클리볼드는 지역사회에서 장애인 인권을 위해 일하는 사람이었고 화목한 가정을 가꾸던 사람이었다. 하지만 아들이 총기 난사 사건을 벌이고 자살할 정도로 중증 우울증을 겪는지 알아차리지 못했다.

수는 아들의 살인-자살 사건을 겪으면서 완전히 다른 삶의 국면에 들어서게 된다.

수는 단란하다고 믿었던 가정에서 왜 이런 일이 일어났는지 원인을 찾고자 애썼다. 많은 사람들이 '엄마가 자식을 어떻게 이렇게 몰랐을 수 있냐'며 수를 비난했다. 수 자신조차 그렇게 생각했다. 어떻게 모를 수 있었느냐고. 하지만 자살 사건 케이스에 대해 깊이 연구하면서 수는 조금씩 아들을 이해하게 된다.

딜런은 가족들을 힘들게 하는 문제아가 아니었다. 하지만 총기 난사 사건이 일어나기 1년 전부터 행동이 달라지기 시작했다. 사춘기 청소년이라면 충분히 보일 법한 일들이었다. 수업을

---

23 1999년 4월 20일 미국 콜로라도주 콜럼바인에 위치한 콜럼바인 고등학교에서 일어난 총격 사건. 학생 12명과 교사 1명 등 총 13명이 숨졌고, 21명이 부상을 당했다. 범인은 에릭 해리스와 딜런 클리볼드였는데, 《나는 가해자의 엄마입니다》는 딜런 클라볼드의 엄마가 사건 전후의 사고 과정을 쓴 것이다. 범인들은 사제 폭탄을 준비해 점심시간에 식당에서 터뜨릴 계획을 세웠으나, 폭탄이 불발했다. 그러자 900여 발의 실탄을 난사해 사람들을 죽인 뒤 자살했다.

빼먹고, 머리를 자르지 않고, 말수가 줄어드는 정도였다. 수는 그런 징후가 우울증의 전조 증상이었다는 것을 아들이 죽고 나서 알게 되었다. 딜런은 극심한 우울증과 싸우고 있었고, 너무나도 죽고 싶었으나 혼자 죽을 자신이 없었기에 사이코패스 성향을 보이는 에릭 해리스에게 기대 살인-자살을 저지른 거였다.

자살을 예방하기란 쉽지 않다. 청소년 자살은 더욱 그렇다. 대부분의 아이들이 "워낙 빛나는 아이들이었기 때문에 부모의 레이더를 피할 수 있었다. 다른 분야에서 능력이 탁월한 만큼 부모가 자기들의 끔찍한 고통을 보지 못하게 숨기는 일도 잘했"다는 것이 수많은 사례를 통해 입증되었다. 딜런 역시 마찬가지였다.

물론 수는 아들의 우울증을 살인의 면죄부로 내밀려는 것이 아니다. 다만 아들의 사건 후 자살 예방 방지 활동을 하게 되면서 어떻게 자살하려는 사람을 미리 막을 수 있는지 경험자로서 이야기한다. 수는, 우울증을 치료하지 않고 내버려두면 약물과 알코올 중독, 음주 운전, 범죄, 섭식 장애, 자해, 학대 관계, 위험한 성행위 등 심각한 결과를 가져올 수 있다는 것을 자식이 죽고 나서 깨닫게 되었다. 이 책을 통해 청소년 우울증에 대한 깨달음을 나누고, 한 목숨이라도 더 살리기 위해 아들의 이야기를 쓸 용기를 낸 것이다.

수 클리볼드의 책을 읽으며 나는 내 안의 감독관과 계속 싸워야 했다. '정말, 엄마가 되어서 자식을 이렇게 모를 수 있을까?', '이 지경이 되어서도 자식을 감쌀 수 있다니', '아이가 이렇게 되도록 만든 부모의 잘못이 분명 있었을 거야', 하고 판단하는 마음과, '나라면 이만큼도 견뎌내지 못했을 것이다, 이렇게 자신의 상처를 글로 쓸 수 있기까지 버려낼 수 있었던 것은 수가 강하고 단단하고 포용력 있는 사람이라는 증거이다', '그러니 콜럼바인 총격 사건은 천재지변처럼 개인이 막을 수 없는 재앙이었다', '재앙의 책임을 개인에게 묻는 것은 옳지 않다', '수가 이런 일을 겪고도 주변 사람들에게 많은 도움을 받을 수 있었다는 것은 수가 정말 좋은 사람이라는 것을 증명한다'는 마음이 책을 덮는 순간까지 싸웠다.

그리고 나의 대학 생활을 떠올렸다. 나는 정원이 스무 명 남짓 되는 과 소속이었다. 소속 인원이 적은 터라 1학년 때 한 번 무리를 형성하면 그 무리는 웬만해서는 바뀌지 않는다. 항상 그 무리끼리 앉아 전공 수업을 듣고, 밥을 먹고, 시험을 준비하며 노트를 돌려보곤 했다. 나는 그 무리 짓는 일에서 도태되고 말았다.

나는 고집이 세고 불뚝거리는 성질 때문에 남의 마음을 잘 사질 못했다. 1학년 때는 그럭저럭 지냈으나, 2학년이 되자 몇몇 친하던 친구들과도 관계가 깨졌다. 매일 혼자 먹어야 하는 밥이나 눈치를 보고 들어가야 하는 조별 과제가 몸과 마음을 물리적으로 훼손시켰다. 잘 잠들지 못했다. 잠들면 잘 일어나지 못했다. 밤이 두렵고 아침이 두려웠다. 연고 없는 도시에서 익명으로 존재하면서 아무도 내 안부를 챙기지 않는 하루하루가 길고도 끔찍했다. 점차 밥 대신 술을 마시게 되었고, 나는 누가 봐도 성인이었으므로 아무도 말리거나 신경 쓰지 않았다. 21살의 나이에 세상에 던져진 그 느낌을 견디지 못해 도망치듯 휴학했다. 혼자 밥을 먹고, 혼자 공부를 하고, 혼자 집으로 돌아가던 그 겨울의 추운 날들. 아무도 나를 궁금해하지 않는 철저한 익명성 속에서 혼자 아침과 점심과 밤을 감당하는 것은 힘들었다.

지금도 피곤이 몸을 덮쳐와 악몽을 꾸게 되는 날이면 어김없이 그 시절의 꿈을 꾸곤 한다. 강의실에 도착했는데 수업 시간이 변경된 것을 아무도 알려주지 않아 텅 빈 교실을 멍하니 바라본다든지, 갑자기 시험을 치게 되었는데 아무도 범위를 알려주지 않고 등을 돌려버린다든지 하는 꿈이다. 땀을 뻘뻘 흘리며 잠에서 깨어나면 '괜찮다, 나는 이제 대학교로 다시는 돌아갈 일이 없으며 안전한 내 방에 누워있다'고 수십 번 되뇌고서야 숨을 고르게 쉴 수 있게 된다.

스스로 죽을 용기는 없어 내 머리 위에 돌이 떨어져 생을 마감하게 된다면 얼마나 좋을까 하고 공사장을 서성이며 비정상적인 사고를 했던 순간들, 새벽 세 시가 넘었는데 가슴이 뛰고 불안감이 사라지지 않아 잠 못 들고 사람들은 대체 이 밤을 어떻게 버티고 있나 막막하고 두려웠던 순간들, 술을 마시지 않고서는 살을 에는 듯한 외로운 시간을 견딜 수 없었던 순간들이 20대 이후의 삶에도 문득 문득 찾아와 나를 뒤흔들었다. 어느 날 밤 나는 정말로 궁금해졌다.

다른 사람들은 정말 아무 일 없이 잘 살아가고 있는 걸까? 아무 이유 없이 너무나도 우울해서, 두 아이를 겨우 재운 밤, 몰래 도둑처럼 빠져나와 마트에서 산 최저가 와인을 한 병 비워버리는 일은 없는 거냐고 아무나 붙들고 묻고 싶다.

나는 생리 전 증후군을 앓고 있는 것이 아니다. 호르몬 변화로 괴로운 것이 아니다. 나 자신이라서 괴롭고 우울한 이 마음이, 시시때때로 나도 모르게 내 존재 자체를 덮어버린다.

아무도 이달 분의 소박한 우울이 스멀스멀 올라오지 않는 건지, 주기적으로 이유를 알 수 없는 소박한 우울을 감당하고 살지는 않는 건지 나는 정말로 궁금하다.

그런 날엔 일부러 사람을 더 만나려고 애를 쓰기도 한다. 영어 스터디도 다녀오고, 점심도 일부러 함께 떠들며 먹는다. 집으로 돌아오는 운전길에는 잭 존슨의 신나는 음악도 크게 틀고 따라 불러본다. 뜨거운 물을 끓여 신선한 원두를 핸드밀로 시간을 들여 갈고, 새 커피를 내려 큰 컵으로 마신다.《분노와 애정》이라는 외국 작가들이 기록한 엄마 됨에 대한 글을 모은 책도 읽는다. 남들 보기에는 아주 멀쩡하고 생산적인 태도로.

하지만 사실은 심장이 두근거리고, 마음이 편치 않은 것을 억누르고 있다. 이런 날엔 내 미래에 대해 작은 부분까지 의심하게 된다. 내 삶이 아닌 다른 삶을 넘겨다보며 부러운 마음을 평소보다 더 크게 가지게 된다.

아무도 내가 이런 마음을 갖고 살아가는지 모를 것이다. 아니, 이런 마음을 갖고 살아간다는 것을 알게 된다면 나를 미친 사람이라 보지 않을까. 그렇기에 아무렇지 않은 척 나의 가장 좋은 모습을 내어보이곤 한다.

이제 알겠다. 그러니, 수도 딜런의 상태를 몰랐을 것이 당연하다. 매일의 우울을 꿀떡꿀떡 받아 삼키며 술 없이는 하루에 세 시간도 편히 못 잤던 스물한 살, 둘째를 낳은 후 내가 왜 사는

지 이유를 도무지 알 수 없었던 서른두 살의 그때에도, 가족들 앞에서는 성실하게 살아가는 흉내를 태연하게 냈다. 도저히 못 견뎌 휴학을 선택했을 때도 부모님에겐 다른 핑계를 댔다. 그날의 괴로움을 빨리 흘려보내기 위해 차마 글로 쓸 수 없을 정도의 나쁜 짓도 많이 했다. 사람들로부터 소외되며 느낀 수치스러움을 더 끔찍한 일로 덮고 싶었기에 그렇게 했다. 기억 중 칼로 도려낸 듯 뭉텅 잘려나간 부분도 있다. 인간은 너무 괴로울 때의 기억을 정말로 잊어버릴 수 있는 존재니까.

수가 아무것도 하지 않는데도 피곤하다고 하자, 친구가 아무것도 안하는 게 아니라 슬퍼하고 있으며 그것은 아주 힘든 일이라고 말해주는 부분이 마음에 남는다. 20대의 나 자신에게도 그렇게 말해주고 싶다. 그때 너무도 슬프고 지쳤지만 죽지 않고 버텨주어서 고맙다고, 내 삶이 여기서 끝이 아니고 새로운 장이 있을 거라고 끝까지 믿어주어서 고맙다고, 나아질 거란 걸 진심으로 믿어주어 오늘 이 글을 쓸 수 있게끔 해주어서 고맙다고 말하고 싶다.

나는 이 책을 읽으며 수 클리볼드는 될 수 없었다. 수처럼 자신의 도덕적 결함을 받아들이고 내 자식을 치열하게 사랑하는 사람이 될 수는 없었다. 대신, 나는 딜런이 되었다. 타인을 죽이진 않았으나 나 자신을 끝장내고 싶었던 순간들에서 나는 딜런이 될 수 있었고, 그래서 수에게 대신 사죄하고 싶었다. 나 자신이 너무 가치없는 존재처럼 느껴졌기에 당신에게 사랑받을 가치조차 없다고 생각했었다고, 그래서 그렇게 끔찍한 일을 저질렀다고, 나를 용서해달라고 빌고 싶었다.

나는 아직도 종종 죽고 싶다는 생각을 하곤 한다. 여자로, 엄마로 살면서 내가 감당할 수 없고 통제할 수도 없는 슬픔과 고통이 밀려올 때마다 이 고통이 언제 끝날지 궁금해한다. 죽음에 대한 열망이 커질 때마다 떠올리는 라이너 마리아 릴케의 문장이 있다.

"가슴속에 풀리지 않는 채로 있는 것에 대해 인내심을 가져라. 그 질문을 잠긴 방이나 외국어로 쓰인 책처럼 여기고 그 자체로 사랑하려고 애쓰라. 답을 찾으려고 애쓰지 말라. 그 답은 받아들일 수 없기 때문에 지금 주어지지 않는 것이다. 모든 것을 경험하는 게 관건이다. 지금은 그 질문을 살아야 한다. 그러다 보면 어느 먼 날에, 점차로, 자기도 모르는 사이에 그 답을 경험하고 있음을 알게 된다."

광막한 생에 숨이 막혀올 때마다 나는 라이너 마리아 릴케의 문장을 생각하며, 삶을 견딤으로써 나도 모르는 사이에 질문에 대한 답을 조금씩 체득하게 될지도 모른다는 희망을 간신히 가져 본다. 언젠가는 감내하는 삶의 이유를 조금쯤 알게 될지도 모른다. 수가 그러했던 것처럼.

나는 아직도 도덕적 혼란 속에 있으나 최소한 이 책을 통해 나의 죽음이 남은 사람들에게 얼마나 큰 고통을 남길지 확연히 알게 되었다. 그리고, 나는 남은 생을 함부로 포기하지 않고 살아가기 위해 고군분투하게 될 것이라는 것도 알게 되었다. 수는 말했다.

아들의 살인-자살 사건 이후 수많은 사람들이 수의 고통을 위로하려 애썼으며, 실제로 수는 위로받았다. 그래서 끝까지 이 책을 써낼 수 있었다.

나도 나의 고통의 기록을 조금이나마 덜어 이지면에 씀으로써 누군가의 고통이 덜어지기를, 또 내 고통이 덜어지기를 바랐다.

어디로 가 닿을지 알 수 없지만.

오늘도 읽는다.

그리고 쓴다.

《양육가설》주디스 리치 해리스 / 이김 / 2022

부모가 인간의 사회화에 가장 큰 영향을 미친다는 통념을 정면으로 반박한 심리학 도서. 아이의 삶은 부모가 노력한 결괏값이 아니라, 개인의 선택이나 또래 집단에 더 많은 영향을 받는다는 것을, 심리학 이론과 오랜 임상 연구를 바탕으로 밝힌다.

《고통 구경하는 사회》김인정 / 웨일북 / 2023

타인의 불행과 재난을 어떻게 대해야 하는지 점검하게 하는 책이다. 타인의 고통과 재해, 아픔을 끔찍하다고만 여길 게 아니라, 이를 통해 어떻게 사회가 달라져야 할지, 고통에 대한 공감을 어떤 행동으로 나타내야 할지를 구체적으로 생각하게 한다.

《딸이 조용히 무너져 있었다》김현아 / 창비 / 2023

의사인 엄마가 양극성 스펙트럼 장애 판정을 받은 딸과 살며 기록한 인문 에세이. 정신 의학적 지식을 바탕으로 딸의 투병 과정을 나눈다. 담백하고 담담한 태도를 통해 오히려 더 진한 공감과 이해를 불러 일으키는 책.

06

완벽한 아이는 자유를 꿈꾼다

제 목. **완벽한 아이**

지은이. **모드 쥘리앵**

출판사. **복복서가, 2020**

어린 시절을 떠올린다.

'가장의 권위'를 지키기 위해, 방에서 책 읽던 나를 불러내 자기 발 앞에 있는 리모컨을 두 손으로 가져오게 했던 사람.

내 앞에서 엄마를 무시하고 깔봤던 사람.

손에 들고 있던 음식이 벽 저쪽으로 날아갈 만큼 어린 나의 등을 세게 후려쳤던 사람.

먼지 한 톨이라도 집에 있으면 소리 지르며 화 낸 사람.

본인은 새벽까지 술 마시러 다니면서 다른 사람, 심지어 성인인 엄마조차 집 밖에 마음대로 못 나가게 했던 사람.

자신이 정해놓은 자리에서 조금이라도 물건을 옮겨놓으면 무시무시한 히스테리를 부려 집 분위기를 살얼음판으로 만들었던 사람.

마음에 들지 않는 일이 일어나면 가족 모두가 복종할 때까지 잠을 재우지 않았던 사람.

내 가슴이 처졌다며, 살이 쪘다며 가스라이팅을 멈추지 않은 사람.

자기 친구들 모임에서 내가 생리를 시작했다고 말하며 낄낄 웃었던 사람.

엄마가 아파 병원에 가고 둘만 남은 밤, 가슴과 엉덩이를 만져봐도 되냐며 물었던 사람.

집에 들어가는 길을 두렵고 떨리게 만들었던 사람.

언제나 체취가 강해 냄새로 집을 장악했던 사람.

지금도 내가 자란 집에 살아 숨쉬고 있는 사람.

덩치 큰 괴물 같았던 사람.

낮부터 술에 취해 있는 사람.

아직도 '아빠'라고 불러야 하는 사람.

나로 하여금 글에 대한 집착을 만들어준 사람에 대해 자꾸 생각하고, 쓰게 된다. 역기능 가정 안에서 내가 획득한 능력은 책으로 도피하는 것이었다. 방 밖에서 고성이 오갈 때마다 책을 붙들었다. 책만 있으면 현실을 떠날 수 있었다. 글에 온전히 몰입하여 초라한 나 자신을 잊을 수 있었다. 글 읽기가 끝나 현실로 돌아오더라도, 내 마음이 어딘가로 이동하여 작지만 소중한 위안을 갖고 돌아왔다는 것을 알 수 있었다.

나에게 독서란 그런 것이었다. 아무도 알지 못하는, 심지어 나조차 알지 못하는 어떤 곳으로 마음이 홀로 이동한다. 그 공간은 누구에게도 방해받지 않는 곳이다. 정결하고 순수하며 한 조각의 더러움도 없다. 그곳엔 깊이를 알 수 없는 깊은 연못이 있다. 내 마음은 아래로 내려가 차갑고 깨끗한 결정체를 길어올린다. 고통이 밀려올 때마다 나는 그 결정체의 서늘함을, 정결함을 떠올려 현실로부터 거리감을 획득한다. 그러면 남루한 현실을 조금이나마 견딜 수 있게 된다.

무라카미 하루키의 소설 《해변의 카프카》에 나오는 밥공기 산의 하늘이 비어있는 공간은 나 혼자 마음속에 갖고 있던 공간에 대한 이미지를 활자화시켜 둔 듯했다. 나는 정말로 내 마음 어느 한구석에 그런 공간이 있다는 것을 알았다. 괴로울 때마다 그곳에 가서 의식을 차단시킨다. 글에 몰입하면 언제든 그런 정전 상태에 도달할 수 있다. 주변의 소리가 들리지 않고 외부 자극이 도달하지 않는다. 이 능력은 현실이 너무 괴로워 갖게 된,

이상한 능력이라고 생각한다.

　모드 쥘리앵의 《완벽한 아이》는 프리메이슨이라는 종교에 심취해 자식을 정신적으로 지배하려 했던 아버지 밑에서 살아남은 모드 쥘리앵의 실제 생존 기록이다. 1902년에 태어나 1, 2차 세계대전을 모두 겪은 모드의 아버지는 프리메이슨의 교리와 신비주의 기독교 교리, 니체의 '초인 사상'을 기반으로 하여 딸을 '선택받은 존재'로 키우려 한다. 그러기 위해 서른네 살의 그는, 머리가 금발인 여섯 살 여자애를 찾아내 가난한 농부로부터 사온다. 그 후로 아이가 이전 가족과 다시는 못 만나게 하고, 대학 교육까지 시킨다. 자신의 후계자로 만들기 위해 교사로 키운 것이다. 그 여자애가 성인이 되자마자 자신과 결혼한 뒤 자신이 정한 날에 맞춰 딸을 낳게 한다. 그렇게 태어난 아이가 이 책의 저자, 모드 쥘리앵이다.

　모드는 아침 여섯 시에 일어나 밤 열한 시 반이 될 때까지 쉬지 않고 수업을 듣고, 느닷없이 테스트를 당해야 하며, 정원 공사까지 해내야 한다. 그 모든 일을 해내도 따뜻한 말 한마디 들을 수 없다. 오히려 질책만 들을 뿐이다.

　"나는 아버지의 원대한 계획으로 태어났고, 아버지가 나에게 맡길 임무들을 완수해야 한다. 내가 아버지의 계획만큼 해내지 못할까 봐 두렵다. 나는 너무 허약하고 너무 서툴고 너무 어리석다. 나는 아버지가 너무 무섭다. (…) 어머니에게서는 그 어떤 도움도 보호도 기대할 수 없다. 어머니에게 '디디에 선생'은 신적인 존재다. 어머니는 아버지를 숭배하고, 동시에 증오한다. 하지만 결코 아버지에게 맞서지는 못한다. 나는 두 눈을 질끈 감고 공포에 떨면서 내 창조주의 날개 아래 설 수밖에 없다."

아버지는 모드가 나치의 수용소에서 살아남을 수 있는 인간 무기가 되어야 한다고 가르친다. 모드의 집에선 대화라는 것이 존재하지 않는다. 가르침을 주거나 명령을 내릴 뿐이다. 모드는 점점 말을 급하게 하게 되고, 이상한 틱 증상이 생긴다.

모드는 아버지를 증오하면서도 사랑받고 싶어한다. 아버지의 칭찬을 갈망한다. 수영을 가르친답시고 차가운 물에 죽기 직전까지 던져 넣고, 공중제비를 돌아야 한다며 콘크리트 바닥에 수없이 머리를 찧게 하고, '강인한 정신'을 가져야 한다며 전깃줄을 십 분 동안 잡고 있게 만들고, 정신 집중 훈련을 위해 못을 손바닥으로 박게 시키며, 네 살 때부터 위스키를 원액으로 마시게 하는 아버지인데도 그렇다. 아버지는 정작 자기 양말조차 본인 손으로 신지 않는다. 오줌조차 혼자 누지 않고 모드에게 시중을 들게 한다.

하지만 이 모든 일에도 불구하고 모드가 아버지를 사랑하고 싶어한 것은 당연하다. 나도 그랬으니까.

술 취한 아빠가 집에 와서 행패를 부릴 때도, 별것 아닌 일로 뺨을 맞을 때도 나는 아빠를 결국엔 사랑하고 싶어했고, 아빠를 이해하고 싶어했다. 자식은 언제나 부모를 사랑하고 싶어하는 거니까.

너무나도 사랑을 갈망한 나머지, 추운 방에서(강인한 정신을 키운다고 모드의 방에는 한겨울에도 난방을 하지 못하게 했다) 혼자 베개를 아기처럼 흔들어주며 "아가야 울지 마, 걱정하지 마. 넌 혼자가 아니야. 넌 사랑받고 있어. 알잖아. 넌 네가 생각하는 것처럼 나쁜 아이가 아니야."라고 말하는 장면을 읽을 때 나는 슬픔으로 가슴이 터질 것 같았다.

모드는 고문에 가까운 수업과 테스트들을 매일 받아야 했다. 결국 모드는 의문을 갖는다.

"왜 밖에 나가면 안되지? 왜 내 방에는 난방을 틀면 안 되지? 왜 씻으면 안 되지? 왜 아무도 소설책에서처럼 나를 안아주지 않지? 왜 나는 다른 아이들과 함께 학교에 가면 안 되지? 왜 어머니는 나를 미워하지?"

아버지는 자신을 '빛의 존재'라 칭하면서, 그 누구도 철책으로 둘러싸인 집에서 한 발자국도 못 나가게 한다. 모드는 생각한다.

"나는 자유롭고 싶고, 날아오르고 싶다."

모드는 아버지 때문에도 괴로웠으나 어머니 자닌 때문에 더 괴로웠다. 자닌은 어른이면서도 자신의 딸 모드를 보호해주지 않았다. 그녀는 모드의 양육자라기보다는 자매나 경쟁자에 가까웠다.

"(어머니는) 분명 모드에게 가해진 아동학대의 공범이다. 하지만 어른들이 한 번 묻지도 않고 마음대로 운명을 결정해버린 삶을 받아들여야만 했던 여섯 살의 자닌은 또 다른 모드일 뿐이다. 모드가 딸을 위대한 인간으로 만들겠다는 아버지의 망상과 폭력의 희생자였다면, 자닌의 감정의 밑바닥에는 부모에게 버림받았다는 유년기의 슬픔이 자리잡고 있었을 테고, 그런 상태로 덜 폭력적이지만 훨씬 더 지속적인 학대를 감내해야 했다. 어른이 된 자닌은 나쁜 엄마이지만, 사실상 그녀는 어른이 될 수 없었던 아이다. 더구나 자닌은 아동 학대의 피해자인 동시에 포식자 남편의 덫에 걸린 여성 혐오의 희생자이기도 하다. (…) 자닌은 자기를 버린 아버지를 대신해준 남편을 숭배하면서 증오했고, 그녀에게 딸 모드는 아버지의 사랑을 나누어야 하는 경쟁자였다."

모드를 위로해주었던 것은 오직 음악과 독서였다. 《레 미제라블》을 읽으면서, 《지하 생활자의 수기》를 읽으면서, 〈보헤미안 랩소디〉를 피아노로 연주하면서 모드는 정신을 잃지 않고 견딘다.

모드의 이야기를 읽기가 매 순간 너무 고통스러웠다. 내 삶과 겹쳐지는 부분에서 나는 자주 마음이 마비되었다. 집을 떠나고 싶어도 떠나지 못했던 어린 시절로 자꾸 마음이 빨려들어갔다. 나는 아주 오랜 시간이 지나서야 이 책을 다 읽을 수 있었다. 자주 책에서 눈을 떼고 내가 이제는 어른이라는 것을, 원가정에서 독립해 나왔다는 것을, 자유롭게 자라는 아이가 있다는 것을 떠올려야 했기 때문이다. 그렇게 하지 않으면 모드의 어린 시절에 나도 함께 갇혀 아버지의 학대를 견뎌야 했다.

나는 오랫동안 모드로 살아왔다.

처음 집을 떠나 대학에 들어갔을 때, 나는 내가 누군가에게 호감을 얻을 수 있을 거라고 생각지 않았다. 아빠 앞에서 나는 늘 못났고 사랑받을 자격이 없는 사람이었기 때문이다.

대학을 다니면서 얻은 자유가 믿기지 않았다. 한 번도 마음 대로 외출해본 적이 없었기 때문이다. 스무 살의 어느 밤, 혼자 자유롭게 밤거리를 돌아다닐 수 있다는 사실이 너무나 놀라웠던 기억이 난다.

나는 누군가가 나를 좋아한다고 고백하거나, 사심 없는 관심을 줄 수 있다는 것을 아주 오랫동안 믿지 못했다. 모든 애정 관계에 서툴고 무지했다. 그래서 나를 좋아한다는 사람에게 함부로 대했다. 나에 대한 감정을 끊임없이 시험하고 확인하려 했다. 이상한 애정 방식을 만들어 스스로를 괴롭혔다.

그래서, 결국, 나는 대학교 2학년 때 정말 좋아했던 사람에게 아주 비참한 방식으로 절연당했다. 나는 내가 모든 것을 망쳐놓을 거라는 걸, 나를 누군가가 끝까지 좋아해주지 않을 거라는 걸 알고 있었다. 그래서 놀라지 않았다.

하지만 가슴이 아팠다. 불안한 마음이 가시지 않았다. 매일 술을 마시게 되었다. 혼자 잠들지 못해 괴로워했다. 불면증이 생겼다. 인스턴트 같은 만남에 집착하게 되었다. 매일 죽음을 생각했다.

그러던 어느 날, 버려진 미끄럼틀같이 굽고 휘고 모래가 엉망으로 묻은 듯한 내 얼굴을 거울로 보았다. 한참을 쳐다보니 사람 얼굴 같지가 않았다.

다 끝장났으면 좋겠다, 같은 말을 습관처럼 중얼거리던 어느 날, 마음 한구석에서 살고 싶다는, 지금까지의 생각과는 너무나도 반대되는 생각이 들어왔다. 더 이상은 이렇게 살고 싶지 않다는 강한 마음이 들어왔다.

"나는 내 삶을 엉망으로 굴러가게 두지 않을 것이다."

"내 삶을 나 스스로 망치게 두지 않을 것이다."

이 두 문장이 마음에 흘러들어왔다. 어디에 있었던 문장인지는 모른다. 만신창이로 술을 마시면서도 조금씩 읽어왔던 책에 있었던 글이었을 것이다. 출처조차 기억나지 않는 그 두 문장이 떠오르며 나를 사로잡았다.

그때부터 함부로 술 마시고 밤거리를 헤매고 다니는 일을 서서히 그만두게 되었다. 다만 이곳을, 좁고 남루한 이 자취방을 떠나 다른 사람이 되고 싶다는 생각을 했다. 마침 간간히 연락하던 한 언니가 호주에서 워킹 홀리데이 비자로 농장 일을 하고 있다는 소식을 듣고 홀린 듯이 바로 비자 신청을 했다. 일사천리로 일이 진행됐다. 2007년은 호주에서 외국인 노동자를 한창 받아들일 때였다. 쉽게 비자를 받아 호주의 한 농장에 막노동꾼으로 일하러 갔다. 두려울 것이 없었다. 밤거리도, 낯선 사람들도, 나를 받아들이지 않는 장소들도 두렵지 않았다. 그 무엇보다도 나 자신이 나를 가장 깊게 상처줄 수 있다는 것을 알았기 때문이다.

나를 한국이 아닌 전혀 다른 어떤 곳, 나와 닮은 사람이 없는 어떤 곳에 내려놓자 내 마음은 오히려 회복되기 시작했다. 가족과도 친구와도 내가 알던 나 자신과도 멀리 떨어뜨려두고 온 것이다.

시드니의 셰어하우스에 살면서 지금껏 만나오던 사람과는
전혀 결이 다른 이들을 만났다. 학교에 다니지 않는 사람, 춤추
며 살아가는 사람, 요가 강사였던 사람, 농장 일 하는 사람 등
출신과 나이가 다른 사람들이 마구 섞여 '워킹 홀리데이'를 즐
기며 웃을 수 있었다. 다들 한국에서의 의무나 책임으로부터 벗
어나 있는지라 마음이 여유롭고 자유로웠다. 아침엔 각자 직장
에서 일하고, 저녁이 되면 돌아와 저녁을 같이 만들어 먹었다.
맛있는 호주산 와인을 싼 가격에 나누어 마셨다. 태어나 처음
보는 과일들을 먹었다.

난생 처음 해보는 서빙과 산더미 같은 설거지를 하는 통에
손가락 껍질이 모두 벗겨졌지만 마음은 평화로웠다. 머리만 대
면 잠이 들었다. 주말이 되면 건조하고 맑은 바람이 부는 바다
가 펼쳐진 공원에서 이국적인 음식을 사와 피크닉 매트 위에 아
무렇게나 누워 먹었다.

나는 조금씩 살아났다. 호주에서 스쳐지나갔던 바람 같은 시
간들이 죽어서 오므라들었던 부분들을 펴주었다. 많이 웃고,
잘 자고, 잘 먹었다. 조건없이 환대받고 있다는 생각을 자주 했
다. 언제까지고 그 곳에 머물러 있고 싶을 만큼.

물론 호주에서 머물렀던 1년이 내 삶을 모두 치유한 것은 아
니다. 여전히 내 과거는 현재의 나를 붙잡고 흔들곤 한다. 다시
옛날의 내 모습으로 돌아가 나를 미워하고 타인의 애정을 시험
에 들게 한다. 강한 불안을 느끼기도 한다. 밑도 끝도 없이 침잠
하며 죽고 싶다는 생각만을 반복했던 20대 때로 마음이 돌아가

기도 한다. 그래도 내겐 그 곳을 벗어날 상상의 사다리가, 상상의 끈이 드리워져 있음을 이제는 안다.

모드도 마침내 자유로워진다. 모드에게 새로 피아노를 가르치기 위해 '몰랭 선생님'이 방문하기 시작하면서 모드의 인생은 완전히 달라진다. 몰랭 선생님은 모드가 받고 있는 학대를 알아채고 아버지를 끈질기게 설득한 끝에 모드를 철책 밖으로 끌어내는데 성공한다. 언제나 모드를 사랑이 가득한 눈길로 바라봐주었으며, 음악의 기쁨을 알 수 있도록 이끌어준다. 모드에게 힘든 일이 있을 때마다 "우리 둘이서 훨씬 더 복잡한 상황도 헤쳐왔잖니, 안 그래? 이 정도 문제가 우릴 멈춰세울 순 없지." 하고 애정 어린 말을 해준다. 마침내 쇠약해진 아버지를 뒤로 하고 철책으로 둘러싸인 집에서 탈출한 모드는, 테스트를 보기 위해서가 아니라 행복하기 위해 음악을 연주할 수 있게 되었다.

"나는 경이로울 만큼 행복하다. 내가 있는 곳은 수용소가 아니다. 나는 살아남기 위해서 연주하지 않는다. 나는 살아 있다. 사람들과 함께하기 위해, 다른 연주자들, 그리고 다른 인간들과 함께 흥에 젖기 위해 연주한다. 나는 내 부모의 집을 나왔다. 정말로 나왔다."

모드는 진정 강한 정신력의 소유자였다. 그는 끝끝내 자신을 놓지 않고, 자유를 얻어내었다.

나에게도 책의 주인공 모드처럼 현실에 대하여 체념하고 무릎 꿇지 않게 만들어준 책과 사람이 있었다. 한국을 떠나기로 마음먹을 수 있었던 이유는 먼저 호주에 머물고 있었던 다정한 언니의 연락 덕분이었다. 그리고 무엇보다 지금까지 읽었던 책들의, 끝까지 포기하지 않았던 인물들의 힘이 있었다.

지금의 삶이 고통스러워 도망가고 싶을 때마다 되뇌인다. 그때만큼은 아니야. 그때만큼 바닥은 아니야. 그때 견뎌냈던 걸 생각하면 지금도 할 수 있어.

모드는 이렇게 말한다.

"아버지의 가르침에 도전하는 길을 생각과 감정과 상상력으로 열어준 책과 음악이 있었다. 그렇게 나는 아주 조금씩 용기를 냈고, 돌을 하나씩 옮겨가며 나의 정신을 쌓아올릴 수 있었다. 나는 가능한 모든 수단을 동원했다. 상상의 대화 상대를 만들었고, 비밀 창고를 팠고, 금지된 이야기들을 글로 썼고, 나 스스로의 생각을 지닐 권리를 확인하기 위해 거짓말을 했다. 그렇게 운명이 나에게 구세주를 보냈을 때, 나는 그의 손을 잡을 준비가 되어 있었다. 몰랭 선생님은 어디서나 아름다움을 찾고 삶 앞에서 늘 경이를 느끼는, 무한한 선의를 지닌 분이었다. 선생님은 내 아버지의 정반대편에 선, 아버지가 틀렸음을 말해주는 증거였다. 인간은 훌륭하다."

나도 모드처럼 말하고 싶다. 그리고 결국 인간은 훌륭하다는 것을, 삶은 경이로운 것이라는 것을 믿고 싶다. 그리고 이제는, 다른 사람의 고통을 외면하지 않고 끝까지 포기하지 않고 거인 같던 괴물에게 대신 맞서주는 사람, 선한 사람, 세상의 더러움에 굴하지 않고 손을 먼저 내미는 사람이 되고 싶다. 작은 눈짓, 작지만 따뜻한 손길 하나가 절망 상태에 있는 사람을 구할 수 있다고 믿는다. 내 고통에 천착하지 않고 주변으로 눈을 돌려 진심으로 타인을 돕고 싶다. 그 행위가 결국엔 나를 구원할 것이라는 것을 알기 때문이다.

세상의 빛이 되고 싶다. 내 삶을 빛으로 향하게 하고 싶다. 그러기 위해 오늘도 내 안의 더러움과 두려움과 맞서 책을 읽고 글을 쓴다. 내가 아는, 나를 구원할 수 있는 가장 효과적인 방법이기 때문이다.

《아동 학대에 관한 뒤늦은 기록》임인택 외 / 시대의창 / 2019
한겨레신문 탐사기획팀 기자들이 모여 우리나라의 학대로 인한 사
망 아동 실태를 조사한 책이다. 아동 학대 사례뿐만 아니라 사건 기
록, 언론 보도 내용까지 꼼꼼히 조사해 실었다. 아동 학대에 대한
대안을 제시하기 위해 아동 학대 문제 관련 전문가들과 함께 고민
한 내용 또한 함께 묶었다. 우리나라 아동 학대 현주소를 생생하게
알 수 있을 뿐만 아니라 같이 고민해야 할 지점, 고치고 새롭게 써
야 할 지점까지 깊이 생각하게 하는 책이다.

《폭력에 반대합니다》아스트리드 린드그렌 / 위고 / 2021
《내 이름은 삐삐 롱스타킹》 등을 쓴 스웨덴의 작가 아스트리드 린
드그렌이 연설한 아동 폭력 반대 메시지를 정리해 출간한 책이다.
어떤 경우에도 아동을 향한 폭력이 사랑이라는 이름으로 정당화될
수 없다고 강력히 이야기한다. 늘 약하고 억압받는 존재를 위해 냈
던 그의 선명한 목소리가 그대로 기록된 책이다.

《보라색 히비스커스》치마만다 응고지 아디치에 / 민음사 / 2019
《우리는 모두 페미니스트가 되어야 합니다》를 쓴 치마만다 응고지
아디치에의 데뷔작. 나이지리아를 배경으로 하는 이 소설은, 가부
장제에 억압당하다 마침내 정신적 자유를 얻는 십대 소녀의 이야
기를 다룬다. 아버지의 폭력과 정신 지배에 침묵할 수밖에 없었던
소녀가 어떻게 살아남는지를 담담히 다룸으로써, 오히려 독자로
하여금 더욱 몰입하고 분노하게 한다.

07

어른의 장래 희망을 말해볼게요

제 목. **오은영의 화해**

지은이. **오은영**

출판사. **코리아닷컴, 2019**

우리 집 앞엔 동사무소에서 운영하는 '상망동 작은 도서관'이 있다. 동네 주민센터 2층에 방 두 칸 정도를 틔워서 만든 그야말로 '작은' 도서관이다. 아이와 나는 거의 매일 이곳에서 오후를 보낸다. 도립 도서관처럼 넓진 않지만 아이들이 뒹굴거리며 책을 읽을 수 있는 빈백 소파와 평상이 있어 마음이 편하다. 사서 선생님도 늘 아이에게 존댓말을 쓰시고, 방문을 환영해주신다. 다정하고 따듯한 곳이다.

작은 도서관이지만 분기별로 신간도 꽤 들어온다. 아이는 여기서 새 만화책을 실컷 읽을 수 있어 좋고, 나는 나대로 글도 쓰고 책도 읽을 수 있어 좋다. 서로 방해받거나 방해하지 않는 시간. 그저 시간과 공간을 공유하는 시간. 그런 찰나의 평화가 좋아 우리는 작은 도서관에 간다.

오늘 아이가 고른 책은 《그리스 로마 신화》였고, 나는 오은영 박사의 《화해》였다. 남들 다 읽는 베스트셀러는 읽고 싶지 않다는 심술궂은 마음에 찾지 않았던 책이었는데, 오늘 신간 책장에 꽂혀 있길래 꺼내들었다. 재편집되어서 출간된 건가 하고 봤더니 101쇄 본이다. 2019년부터 한국일보에 연재해왔던 박사님 칼럼을 모아 출간한 책이었다. 마음에 힘이 달릴 때 가끔 그 칼럼을 찾아 읽곤 했었는데, 그게 책으로 나온 게 이 책이란 걸 오늘에서야 알았다.

나는 오은영 박사님 강의보다 책에서 위로를 많이 받은 사람이다. 사실, 강의는 인터넷으로 몇 번 본 게 다니까 실제로 박사님을 만나본 사람의 의견과는 차이가 있을 것이다. 하지만 박사님의 책은 언제든 몇 번이든 다시 읽으며 나만의 주석을 붙이고 새 의미를 찾을 수 있으니까 유명 강연자인 오은영 박사님과 책에서 만나는 나만의 오은영 박사님은 사뭇 다른 존재라고 해도 무방할 것이다. 박사님 내담자의 예시와 그에 따른 조언은 자식으로서 존재하는 내 마음과 부모로서 존재하는 내 마음을 모두 건드린다. 책을 읽으며 상처받았던 어린 시절을 떠올리며 위로받기도 하고, 자식에게 상처를 주는 부모로서의 나를 발견하고 약자를 학대하던 부분을 고치기도 한다.

나는 불안증 관련 문제를 오래 안고 있다. 불안증을 처음 자각한 것은 고등학생 때였다. 시험 기간 내내 심장이 쪼그라드는 것처럼 아프면서 눈물이 멈추지 않았다. 시험 결과와는 상관없이 계속 막연한 걱정에 휩싸였고 눈물이 쉴 새 없이 났다. 시험 불안의 시작이었다.

대학생이 되면서, 적성에 맞는 공부를 하게 되어 시험 공부가 막막하거나 마냥 걱정되지는 않았다. 조금씩 평안을 찾았고, 그렇게 시험 불안으로부터 졸업한 줄 알았다. 하지만 졸업 후 임용고사에 거듭 낙방하면서 다시 불안증이 도졌다. 몇 번이나 시험에 떨어진 스스로가 쓰레기처럼 느껴졌다. 강의를 듣는 데 쓴 수백만 원에 달하는 돈과, 주말까지 반납하며 정독실을 지켰던 수년의 시간들이 전부 쓰레기통에 처박힌 것 같았다. 눈을 감아도 잠들 수 없는 절망의 밤과 잔류 불안이 쉬지 않고 흐르는 낙담의 낮이 이어졌다. 술을 매일 마시다시피 했는데, 술이 없으면 잠들 수 없었기 때문이었다.

조금만 더 공부하면 합격선을 넘을 수 있을 것 같았으나 일 년을 더 불안과 싸워가며 살 자신이 없었다. 결국 공립학교 임용보다 좀 더 기회가 잦은 사립 임용으로 방향을 틀었다. 학원 강사로 틈틈이 일하면서 나름의 수업 스킬을 다져두었던지라 몇 번의 면접 끝에 취업에 성공했다.

학생을 가르치는 일에서 성취감을 찾으면서 불안증이 차츰 잦아들었다. 교사로 일하는 동안 일상에 큰 어려움이 없어, 자연스럽게 불안증이 사라진 줄 알았다. 하지만 결혼하면서 장거리 출퇴근을 하다 크게 사고가 나 직장을 그만두게 되었고, 비정규직으로 일하는 상태에서 아이 둘을 낳았다. 곧 불안이 인생 최고점을 찍었다. 출산으로 망가진 몸과 단절되다시피 한 경력이 인생을 좀먹기 시작했다.

나는 내가 인간으로서 살 가치가 없는 것 같았다. 돈도 못 벌고, 온종일 집에 박혀 갓난 아기하고만 보내는 삶이 무가치하게 느껴졌다. 부정적인 생각만이 하루를 지배했다. 밤이 되어 누우면 '한 것도 없이 또 하루가 갔다'는 생각에 가슴이 답답해져 숨이 가빠졌다. 약한 공황 상태가 밤마다 지속됐다.

결국 정신과에서 불안증 관련 약을 처방받아 먹고, 몇 년에 걸쳐 상담을 받음[24]으로써 일상을 조금씩 회복할 수 있었다. 인격적으로 훌륭하고 단단한 상담 선생님을 만난 것이 일상 회복에 가장 큰 도움이 되었다. 상담을 진행하면서 내 불안의 근간에 대해 선생님과 파헤치는 시간을 가졌는데, 내 불안의 가장 큰 원인은 부모와의 관계였다.

---

24 그때 받았던 상담 기록을 엮어 최근 전자책으로 출간했다. 불안증 관련 상담 과정이 궁금하신 분은 북이오 플랫폼에서 《심리상담을 받기 시작했습니다》를 읽어보시길 추천한다(https://buk.io/103.0.0.131).

아빠를 오래 미워했다. 아주 어렸을 때부터 애정 표현을 할 때마다, 좋은 관계를 맺으려고 애쓸 때마다 아빠는 번번이 나를 거절하고 밀어냈다.

아빠는 기분을 종잡을 수 없는 사람이었다. 느닷없이 화냈고 예고 없이 때렸으며 자기 성에 찰 때까지 온 가족을 잠을 재우지 않고 괴롭혔다. 알콜 중독 문제도 있었다. 매일 만취한 상태로 귀가해 집안 분위기를 들었다 놨다 했다.

나는 아빠를 미워하면서도 부모를 온전히 사랑하지 못하는 내가 자식 자격이 없다고 생각하며 괴로워했다. 아빠가 집에 안 들어오면 좋겠다는 마음이 들 때마다 화들짝 놀라며 죄책감을 내면화했다. 내가 왜 이러지. 그래도 아빤데. 왜 사랑하지 못하지.

그렇게 자기 혐오의 굴레가 시작됐다. 아빠가 들어오든 들어오지 않든 집에 있는 것 자체가 항상 불안했고 마음이 편치 않았다. 내 오랜 불안은 그때부터 시작된 거다. 존재 가치에 대한 불안. 아빠의 행동을 예측하지 못하는 데서 오는 불안. 부모라는 존재가 든든히 버티고 있어 주지 않아 발밑이 항상 흔들리는 것 같은 불확실성이 삶을 지배했다.

오은영 박사님은 이렇게 말한다.

"자식은 부모가 어떤 사람이든 부모를 미워하는 마음, 싫어하는 마음을 품는 것이 굉장히 불편합니다. 그런 마음을 갖는 자신이 괴롭습니다. 부모를 미워하는 것은 친구를 미워하는 것과 다릅니다. (…) 그런데 그런 마음, 가져도 됩니다. 그 마음 자체는

죄가 아니에요. 아무리 자식이라도 부모가 싫을 수 있습니다. 많은 사람이 그 감정을 두려워합니다. 버리지도 못하고 미워하지도 못하는 부모에게 갖는 그 당연한 감정에 오히려 자신이 더 불안해하고 괴로워합니다."

아빠가 취할 때까지 술을 마시지 않으면 좋겠다. 갑자기 화를 내지 않으면 좋겠다. 가족에게 친절하면 좋겠다. 이 세 가지가 내가 바라는 전부였다. 그래서 나를 갈아넣었다. 자주 선물을 사서 건넸고, 사랑한다는 메시지를 보내곤 했다. 내가 잘하면 아빠도 변화할 줄 알았다. 하지만 아빠는 변하지 않았다. 그 사실이 오래 나를 괴롭혔다. 아빠는 한 번도 내가 준 선물을 좋아하지 않았다. 포장조차 뜯지 않고 반품하라며 벌컥 화를 내기도 했다. 문자엔 답장이 오지 않았다. 아빠는 술 취했을 때만 가끔 전화해 알아들을 수 없는 말을 늘어놓다 끊기 일쑤였다.

나는 아빠가 나를 자식이라는, 마땅히 보호해주고 사랑해줘야 하는 인격체로 보고 있는지 알 수가 없었다. 그래서 내가 이렇게 했더라면, 그때 이런 선택을 하지 않았더라면, 그런 생각들로 마음이 늘 어지러웠다. 시험 불안이 이어진 것도, 공부를 못하면, 성취를 이뤄서 가치를 증명하지 못하면 세상에 존재할 이유가 없는 사람이라고 생각했기 때문이었다.

나는 내가 부모를 온전히 사랑하지 못하는 이상한 사람이라고 항상 생각해왔다. 그런데 책에는 나 같은 경험을 한 사람들에 대한 상담 사례가 끊임없이 나왔다. 자식을 보호하지 않고 공격하는 부모, 때리는 부모, 버리고 도망가는 부모. 부모로 인해 괴로운 사람들에게 저자는 이렇게 말한다.

"느닷없이 화를 내고 폭발했던 부모, 감정 조절에 문제가 많은
사람이에요. 그들은 나와는 상관없이 원래 그런 사람입니다."

아빠가 원래 그런 사람이라는 생각은 하지 못했다. 내가 뭔
가를 잘못해서 혼났다고 생각했다. 그래, 난 혼날 만한 사람이
야. 내가 혼날 짓을 했지. 이런 생각을 내면화했다. 아빠에게 사
랑받고 싶으니까, 그래서 내놓고 미워하기조차 어려우니까 나
를 미워하는 쉬운 방법을 택한 것이다. 그런데 아빠와의 관계에
서 내 잘못은 하나도 없었다. 아니, 내 어떤 행동도 아빠와 나의
관계에 영향을 미치지 못했다. 아빠는 아빠가 살고 싶은 대로
살았다. 마땅히 감당해야 할 부모 역할을 다하지 않았다.

아빠 자신도 학대받았던 어린 시절이 있었기에 상처가 많은
사람이었다. 하지만 아빠가 어릴 때 사랑받지 못했다고 해서 자
식에게도 똑같이 학대를 대물림할 필요는 없었다.

책에선 "인종과 국가를 불문하고 부모의 가장 중요한 역할
은 자식에게 사랑과 보호를 제공해야 하는 것"이라고 말한다.
나에겐 어릴 때부터 그런 게 없었다. 내 행동 여부와는 상관없
이 만취하도록 술을 마시는 사람, 그래서 이상한 술주정을 자식
들에게 부리는 사람만 있었다. 집에 제대로 된 어른이 없었다.
술 취한 짐승 같은 사람 밑에서 무서워 떠는 아이들이 있었을
뿐. 엄마는 아빠가 없을 땐 우리를 잘 돌보려 애썼지만 아빠가
있을 땐 거의 무력했다. 가장에게 감히 대들지 못했던 시대 탓

도 있었을 것이다. 남자가 술 마시는 것, 자식을 학대하는 것에 관대한 사회가 우리 집을 공포의 집으로 만들었다.

나는 지금도 아빠 집 근처에 산다. 내가 사는 곳은 작은 시골이라 집 근처를 산책하다 보면 아빠와 마주칠 때도 있다. 아빠는 여전히 대낮부터 술에 취해 있고 상태가 예측 불가능하다. 어떤 때는 친절하게 허허 웃을 때도 있고, 어떤 때는 노려보면서 그냥 지나갈 때도 있다. 나는 아빠와 마주칠 때마다 불안을 주체하지 못했다. 심지어 아빠와 비슷한 옷을 입은 중년 남자만 지나쳐도 심장이 터질 듯이 뛰었다. 무엇이건 아빠와 관련되면 불안을 조절하지 못했다.

그래도 자식 도리는 하려고 애썼다. 명절마다 찾아가고, 생일을 챙기고, 때로 손주들과 만나서 같이 시간을 보내시게 했다. 하지만 대부분 결과가 좋지 않았다. 술 취해서 손주들에게 성희롱에 가까운 농담을 하는 아빠 때문에 진저리치며 자리를 뜨는 일이 빈번했다.

얼마 전, 아빠는 만취해서 나에게 인연을 끊자고 했다. 아빠의 주정을 참다 못한 내가, 당신이 술 안 취했을 때만 만나고 싶다고 말했기 때문이었다.

그렇게, 어이없이 아빠와의 고질적인 만남이 끊어졌다. 아빠와 절연하고 나서 나는 내가 오래 괴로울 줄 알았다. 그런데 오히려 삶이 더 편해졌다. 일상을 통제할 수 있는 기쁨이 찾아왔다. 아빠가 술 취해서 아무 때나 집 앞에 찾아와 애들 이름을 고래고래 부르는 일이 없어지니 마음이 편하고 잠도 잘 왔다.

하지만 마음 한편에선 내가 이렇게 편해도 되나, 아빠랑 절연했는데 오히려 더 좋다고 생각해도 되나 싶어 어지러웠다. 아빠를 완전히 이해해주지도 수용해주지도 못한 못난 자식이란 생각이 들 때면 슬프고 우울해졌다. 그 시기에 저자의 이 문장을 만났다.

"부모를 이해하려고 지나치게 애쓰지 않아도 괜찮습니다. 부모가 준 상처들은 영영 아물지 못할지도 몰라요. 이해가 안 되면 안 되는 채로, 용서가 안 되면 안 되는 채로 있어도 괜찮아요. 그 것이 당신의 감정에 대한 존중입니다. 자신의 마음이 불편해지면서까지 부모에게 잘하려고 애쓰지 않아도 됩니다."

지금도 아빠와 난 절연 상태다. 해결된 것은 없다. 다만, 더는 '아빠를 완전히 사랑하기' 같은 불가능에 가까운 목표를 달성하려 애쓰지 않는다.

아빠는 내가 바꿀 수 없는 사람이지만 내 마음만큼은 조금씩 고쳐먹을 수 있었다. '자식이 이래도 되나' 하는 생각이 들 때마다, 내가 나에 대한 확신이 부족할 때 '나는 지극히 보편적인 사람이다', '나는 대체로 옳다'라는 생각을 가지라는 저자의 말들을 떠올렸다. 그렇게 삶의 가치를 조금씩 회복했다. 그리고, 아빠와의 관계를 통해 나의 부모 됨을 자주 돌아본다.

나는 딱 한 번, 배우자에 대한 분노를 주체하지 못해 집을 나간 적이 있다. 애들을 재워놓고 화를 이기지 못해 집을 뛰쳐나가 4시간 정도 방황하다 돌아왔다. 내 무책임한 행동으로 인해 배우자도 애들도 상처를 입었다. 애들이 아주 어릴 때라 지금은 기억할지 모르겠다. 하지만 나는 기억한다. 모든 걸 때려치우고 벗어나고 싶었던 무책임하고 개념 없었던 내 행동을. 부모답지 못했던 불성실을 기억한다.

엄마는 어떤 순간에도 아이를 떠나면 안 됐었다. 부모는 자식을 보호하는 사람이어야 한다는 기본 개념을 완전히 잊고 내 고통에만 집중했다. 어떤 일이 있어도 엄마라는 자리를 떠나면 안 됐었다. 불안정한 부모 밑에서 그렇게 괴로웠으면서도 내가 가진 불안을 대물림해주려 했던 것이다.

아이에게 언어적 학대를 할 때도 있다. 어릴 때 부모로부터 들었던 말 중에 지금까지 기억날 정도로 아팠던 말을 일부러 골라 아이한테 하기도 했다. 이유는 대개 하찮다. 학교에 새 실내화를 두고 오거나, 물을 쏟거나, 컵을 깨거나 하는 일상의 실수들에 순간 욱하는 것이다.

'넌 정말 자기 물건을 챙길 줄을 모른다', '성격이 왜 그러냐? 정말 이해가 안 간다' 같은 말을 내 화를 못 이겨 퍼부었었다. 훈육이 아니었다. 내 감정을 못 이기고 분노를 약한 자에게 폭발시킨 거였다.

부모는 집의 권력자로서 절대적으로 강한 힘을 가지고 있다. 그 힘을 약자를 찍어누르는 데 쓴다면 그건 학대다. 저자는 아이가 성장하는 과정에서 신체적으로나 정신적으로 건강하고 편안한 상태를 유지하는 데 문제를 일으키는 모든 행위는 학대라고 딱 잘라 말한다.

이 책을 읽으며 상습적으로 쓰던 '이 녀석이', '야, 너!' 같은 말들을 끊어냈다. 아이가 잘못을 저질렀을 때 화내지 않고 단호하게 말하는 것을 반복 연습했고 때로 성공했다. '화내지 않고, 나와 동등한 인격체임을 인지하며 말하기'는 성공의 빈도 수를 조금씩 높여갔다. 그렇게 나와 아이에게 드리웠던 학대의 그림자를 조금씩 걷어나갔다.

물론, 그런다고 해서 가족 내에서 갈등이나 다툼이 아예 없을 수는 없다. 하지만 아이와 수없이 갈등을 겪으면서 깨달은 게 한 가지 있다. 부모는 자식에게 영원히 인정받을 수 없다는 거다. 나는 그 사실을 인정한다. 내가 자주 잘못함을, 자식에게 영원히 부족한 부모임을 인정한다.

물론 부모도 인간이니까 자식에게 잘못할 수 있다. 중요한 건 내가 자식에게 잘못했다는 것을, 다 잘 한 건 아니라는 것을 인정하는 것이다. '널 사랑해서 그런 거였어'라든지 '지금까지 내가 너한테 잘못한 일 밖에 없니? 널 위해 이렇게 노력해왔는데 잘못한 일만 기억하다니 너무해' 같은 말은 부모로서 해서는 안 되는 말이다.

나는 어떤 부분에선 비난받아 마땅한 양육자다. 자식에게 세상에서 가장 안전한 대상이어야 했는데 그렇게 해주지 못했던 순간들이 분명 있었다. 그래서, 자식이 자라나며 내 잘못을 지적하거나 비난하면 절대로 변명하지 않겠다고 매일 밤 다짐한다. 매일 나는 자식에게 크고 작은 잘못들을 하고 있으니까. 사과하지 않고 내 변명만 늘어놓아 아이에게 2차 가해를 하는 그런 부모는 절대로 되지 않겠다고 다짐하고 또 다짐한다. 잘못을 솔직히 시인하고 사과하면 아이는 나보다 훨씬 용서를 잘 한다. 꼭 다시 손을 잡아준다. 아이와 나 사이에 아직 시간이 남아있다는 것에 감사한다. 잘못을 저지르고 난 후에 사과할 시간, 회복할 시간이 아직 남아있다. 나는 관계를 돌이킬 수 있는 시간 안에서 아이에게 매일 최선을 다해야 할 의무가 있다. 언젠가 그런 시간이 남아있지 않을 때를 대비해서 아이와 좋은 관계를 쌓고, 서로에게 평안을 선물할 의무가 부모인 나에게 있다.

내 부모는 나에게 그렇게 해주지 못했다. 그건 그거대로 둔다. 박사님 말씀처럼, 이해되지 않는 부분은 그대로 둔다. 나는 이제 성인이 되었고 부모와 거리를 둘 수 있다.

하지만 자식들은 다르다. 독립하기 전까지 어떻게든 나와 살아야 하고, 금전적으로 정신적으로 의지를 해야 한다. 내가 그들의 부모인 것은 그들의 선택이 아니었음에도. 나도 엄마 노릇이 처음이라 서툴러, 네가 이해해줘, 이런 말은 무성의하고 해서는 안 될 말이다. 자식도 자식 노릇이 처음이다. 자식은 나보다 언제나 어리며 존중받아야 하는 사람이다. 자식은 요구하는 사람이어야지 내 요구를 받아들이고 나를 참아줘야 하는 사람이 아니라고 저자는 말한다. 자식으로서 부모를 미워하면서도 죄책감 느끼는 나에게도 이 말을 해주고 싶고, 부모로서 아이를 양육하는 나에게도 이 말을 해주고 싶다. 부모는 부모 노릇을, 자식은 자식 노릇을 해야 한다. 가족이란 이름으로 너무 많은 것을 강요받고 강요해왔다. 나는 그 연쇄 고리를 내 대에서 끊으려 한다. 실수하고 또 실수하겠지만 그럴 때마다 진심으로 사과하고 비난을 받아들이는 사람, 그래서 끝내 자식과 서로 편한, 편안한 관계를 맺는 그런 사람이 되고 싶다.

내 장래 희망은 이것이다. 죽을 때까지 자식을 존중하고, 서

로 편안한 관계로 살아가는 거. 정말 그보다 더 큰 소망은 없을
거다.

"사람은 누구에게도 버림받지 않아요. 사람은 소중하고 존귀한
존재라서 누구든, 어떤 상황에서든 버려질 수 없어요. 수없이
버림을 받았다고 느끼며 살아온 지난 인생은 절대로 나의 잘못
이 아닙니다. 마음이 약해지고 겁이 날 때마다 항상 되뇌어야 합
니다. '나는 이렇게 살면 안 되는 존재다. 누구도 감히 나에게 함
부로 할 수 없다.' 이 세상에 때리고 학대하고 버려도 되는 사람
은 없어요. 생긴 모습이나 가진 것, 배운 것이 어떻든 사람은 언
제나 존중받아야 합니다."

《어떻게 말해줘야 할까》 오은영 / 김영사 / 2020

아이를 어떻게 일상에서 진심으로 존중할 수 있는지, 독립된 인격체로 존중할 수 있는지 구체적인 사례를 다양하게 제시함으로써 양육 태도의 변화를 돕는 책. 책에 제시된 문장을 읽으면서 어른인 나도 부모로부터 어릴 때 들었어야 하는 말을 듣는 기분이 든다. 읽으면 읽을수록 어른인 내가 위로받고 회복되는 책.

《미움받을 용기》 기시미 이치로, 고가 후미타케 / 인플루엔셜 / 2022

2014년 최고의 베스트셀러를 스페셜 에디션으로 다시 묶었다. 아들러 심리학에 기초한 인간의 트라우마 회복 가능성에 대해 이야기한다. 자칫 딱딱할 수 있는 심리학적 지식을 철학자와 청년의 대화로 풀어, 일상생활에 실제로 적용할 수 있게 돕는다. 이 책을 읽고 나면 인간 관계로 인한 괴로움에 대한 돌파구를 얻을 수 있다.

《이상한 나라의 평범한 심리 상담소》 이원이 / 믹스커피 / 2023

내담자와 오래 상담해온 저자의 기록을 엮은 책. 상담 치료를 통해 내담자와 함께 살아내는 과정을 담담하게 드러낸다. 자기 자신과 관계를 회복하고 싶을 때, 슬픔이나 우울로 마음에 어려움이 있을 때, 내 마음을 깊이 들여다보고 싶을 때 읽기를 추천한다.

08

사람은 왜 책을 읽을까요

제 목   그들의 등 뒤에서는 좋은 향기가 난다

지은이   오사 게렌발

출판사   우리나비, 2015

나는 옛날부터 시골이고 지금도 시골인 곳에서 나고 자랐다. 발전이라고는 없는 이 지역은 모든 게 고만고만했다. 논밭이 즐비한 지역에서는 변변한 학원도 없어서 다들 학교에서 받는 수업이 다였다. 부모님은 대부분 농부였다. 새벽부터 시작되는 농사일에 지친 대부분의 부모님들은 '우리 아이의 정서 발달' 같은 거엔 관심이 없었다. 애들은 자주 맞고 왔다. 부부 싸움이라도 있었던 날엔 날아다니던 물건에 얻어맞거나 분풀이 대상이 되는 일도 부지기수였다. 아침에 눈이 부어서 오거나 몸에 멍이 들어오면 십중팔구 부부싸움에 휘말린 거였다. 여자애는 대학 멀리 안 보내고 일찌감치 시집보낸다는 집도 더러 있었다(옛날 이야기가 아니다. 2000년대 이야기다). 애들도 그걸 당연하게 여기기도 했다. 어려서부터 그런 말을 듣고 자랐으니까. 친구들은 공부를 잘 해도 서울 쪽으로 원서를 넣지 않았고, 지역에서 대학을 다녔으며, 직장도 지역에서 얻었다. 그렇게 자신이 나고 자란 이곳을 평생 지키며 '토박이'의 삶을 이어갔다.

나는 지역에 사범대가 없어 도시로 나가게 된, 조금 특수한 케이스였다. 도시는, 여러모로, 시골과는 달랐다. 시골에서는 기본 배경이 추저분하거나 음울한 것이었다면, 도시에서는 그런 덜떨어진 구석이 배경으로 확 밀려나고 반들반들하게 윤이 나는 부분이 전경으로 내밀어진 느낌이었다. 특히 사범대에 진학하고 나서 나는 그림자가 없는 것 같은 사람들을 많이 보게 되었다. 양지바른 땅만을 밟고 다녀 흰 운동화에 얼룩 하나 없는 아이들, '내가 왜 태어났지' 같은 의심 없이 살아온 아이들, 부모님의 정서적, 물질적 지원을 당연하게 여기는 아이들이 과에 가득했고, 그런 환경을 처음 접해본 나는 햇빛에 노출된 버섯처럼 바짝 쪼그라들었다.

사범대 동기들은 대부분 엄마나 아빠 중 한 명이 교사였다. 부부 교사 밑에서 자란 애들도 많았다. 그들의 옷에선 좋은 향기가 났다. 자취방 공용 세탁기가 씹다 뱉은 쭈글쭈글한 옷이 아닌, 세탁소에서 드라이를 방금 마친 듯한 옷들을 입고 다녔다. 시험공부를 같이 하자며 동기가 안내한 곳은 대단지 아파트였다. 나는 그때 고층 아파트를 처음 보았다. 동기의 부모님은 널찍한 신축 아파트에 빌트인 된 아일랜드 식탁에서 근사한 저녁을 차려주었다. 자식이 집에 대학 친구를 데려온 걸 대견하게 여기는 기색이 역력했다. 밤늦게까지 공부하느라 고생한다며, 포트메리온 접시에 예쁘게 깎은 사과와 빵을 챙겨주시기도 했다. 그야말로 드라마에서 빠져나온 듯한 화목한 가정의 풍경이었다.

때때로 안락한 가정에서 자라 부모님의 사랑과 지원은 당연한 거라는 전제를 깔고 살아가는 사람들의 뺨을 때려주고 싶은 충동에 휩싸일 때가 있었다. 하루는 그 드라마에서 나온 것 같은 부모 밑에서 자란 동기가 시험공부의 어려움에 대해 불만을 늘어놓자 나도 모르게 그 동기의 얼굴을 철썩, 쳐버리고 싶은 마음이 불 일 듯 솟았다. 네가 뭐가 힘들어. 너에겐 너만의 방과 너만의 책상과 간식을 챙겨주는 부모님까지 있잖아. 밥도, 빨래도, 청소도 다 가사 도우미가 와서 대신 해주잖아. 네가 원하기만 하면 몇 년이고 임용고사 준비 비용을 대줄 수 있는 부모님, 100만 원 가까운 교육학 온라인 강의를 일시불로 결제해주실 부모님이 있잖아. 뭐가 걱정이야.

　나는 절대 받을 수 없는 어떤 것에 대한 박탈감과 분노였다. '이렇게 싸울 거면 대체 왜 나를 낳았을까' 같이 내가 태어난 이유를 처음부터 의심하는 질문을 스스로에게 던져본 적 없는 사람들의 무지함이 끔찍했다. 물질적으로 풍요롭고 정서적으로 안정된 부모님 슬하에서 자라 걱정할 일이라곤 자신의 취업 정도밖에 없는 아이들의 깜깜함이 진저리쳐지도록 싫었다. 받은 것들이 많은 사람들, 태어날 때부터 나와 다른 길에 놓인 사람들이 부러워서, 그런 부러움을 느끼는 내가 너무 초라해져서 자꾸 분통이 터졌다.

　동기들에게도 자기 나름의 고통과 노고가 있었겠지만 어린 나에겐 그들의 좋은 부분만 보였다. 저런 부모님이 있는데 도대체 무슨 불만이 있지? 인생에 대해 뭘 알기나 해? 그런 비틀린 박탈감과 설움을 동시에 느꼈다. 그러면서 '너넨 진짜 삶이 뭔지 몰라' 같은 우월감을 가졌던 것 같기도 하다.

　역기능 가정에서 나고 자란 것이 나의 선택이 아니었듯, 화목한 가정에서 자란 것도 그들의 선택이 아니었는데 그 사실을 받아들이지 못해서 자꾸 화가 났다. 지금 생각해보면 그 아이들도 나름의 그림자가 있었을 텐데, 나는 나에게 드리워진 그림자가 너무 짙어 앞이 깜깜해만 보였다. 그 아이들의 빛 때문에 내 그림자는 더 짙어졌다.

　동기의 대단지 아파트에 갔다온 후, 나에겐 정상 가족에 대한 환상이 생겼다. 낮이고 밤이고 술 취해 있는 아빠가 없는 집. 아무 때고 친구를 데려가도 부끄러울 일이 없는 집. 소리 지르며 싸우는 부모가 없는 그런 집. 상판이 떨어져 나무 가시가 일어나는 상 말고 대리석으로 매끈하게 빠진 식탁이 있는 집. 그런 가정을 꾸리고 싶다는 강렬한 욕망이 무럭 무럭 자라났다.

《그들의 등 뒤에서는 좋은 향기가 난다》는 그런 나의 그림자와 닮은 책이다. 작가인 오사 게렌발의 자전적 작품으로, 자식을 전혀 이해하려 하지 않는 부모 밑에서 자란 사람의 결핍에 대한 이야기다.

작품의 첫 장은 만삭인 '제니'가 아기 침대를 조립하는 장면으로 시작된다. 제니는 배가 불룩 나와서 다리를 벌리고 앉을 수밖에 없는 '진짜 임산부(환상적인 D라인 같은 것이 아닌)'다. 제니는 자신이 어릴 때 썼던 것들을 곧 태어날 자신의 아이에게 물려주고 싶어, 낡은 침대를 본가 다락방에서 일부러 꺼내왔다. 침대를 조립하며 제니는 난간마다 손톱으로 긁은 듯한 무수한 자국을 발견한다. 마치 죄수가 탈옥하고 싶어 감옥 벽을 긁고 또 긁은 듯한 자국이다. 무엇 때문에 그런 자국이 생겼을까 의혹을 가지면서 이야기는 시작된다.

제니는 자신이 친구들과 만나는 자리에서 "화를 낼 게 아니라 동정받아 마땅한 사람들에게 내가 이성을 잃도록 분노를 느낀"다는 사실을 알아차린다. 엄마가 돌아가신 지 4주기가 되었다며 우는 친구 앞에서 제니는 얼굴을 찡그린다. 친구는 제니에게 엄마가 살아계신 것에 감사할 줄 알라며 소리지르고 운다. 그 모습을 보며 제니는 이렇게 생각한다. "청승맞게 슬퍼하고 있는 이 여자의 뺨을 한 대 갈겨주고 싶은 충동을 억제하지 못할 것만 같은 이 느낌은 뭐지?"

제니는 아주 어릴 때부터 어른에게 어떤 질문도 하면 안된다는 것을 배웠다. 제니의 집에서는 어른을 귀찮게 구는 모든 행동이 금지되었다. 제니가 아주 사소한 질문(책에 나온 단어 뜻을 묻는 것 같은)을 하는 즉시 어른들은 자리를 떴다. 그러곤 며칠째 말을 안 걸고 투명 인간 취급하는 벌을 줬다. "엄마, 아빠의 눈을 보면 마지못해 나를 상대하고 있다는 것을 알 수 있었다. 엄마, 아빠가 바라는 건 오직 눈 앞에 내가 안 보이는 거였다"고 제니는 생각한다.

부모님은 누구의 도움 없이 제니가 뭔가를 해 냈을 때만 칭찬해주었다. 제니는 부모님의 마음에 들기 위해 무수히 넘어지고 다치며 '스스로' 자전거 타는 법을 배운다. 그럼으로써 부모님의 칭찬을 겨우 얻어낸 제니는 마음속으로 울부짖는다.

"내 속마음은 아무도 모른다! 신만이 안다! 내가 엄마, 아빠의
칭찬에 얼마나 목말라 했는지."

친구가 제니의 팔에 침을 뱉어도 엄마는 '네가 뭔가를 먼저 잘못했을 거다', '그런 사소한 일로 선생님을 귀찮게 굴지 마라'고 말하며 도리어 제니를 탓한다. 부모님은 '솔직히 넌 내가 상상하던 딸이 아니었다'거나 '사실 난 네가 하는 일이 성공할 거라고는 요만큼도 믿어본 적이 없다'고 대놓고 말한다. 결국 제니는 어떤 어른도 의논 상대로 삼을 수 없게 된다.

슬픈 일이 있어 울기라도 하면 제니는 즉각 벌을 받았다. 투명 인간이 되는 벌. 혼자 집에 남겨지는 벌. 이 벌은 제니가 커서

도 계속되었다. 대학에 가면서 독립한 후, 혼자 사는 외로움을 견디다 못한 제니가 본가에 돌아오면 부모님은 집에서 나가버렸다. 제니로 인해 혹시 일어날 '귀찮은' 일을 피하려 어딘가로 떠나버린다. 제니는 아무도 없는 본가에서 혼자 밥을 해 먹고 하룻밤을 지내곤 다시 자취방으로 돌아왔다.

제니의 엄마, 아빠는 어떤 불법적인 일도 저지르지 않았다. 단 한 끼도 밥을 굶기지 않았고, 신체적인 폭력을 가하지도 않았다. 철마다 새 신발을 사주었고, 끼니 때마다 밥을 차려주었다.

하지만 부모님은 제니를 대할 때마다 침묵과 회피로 일관했다. 제니는 부모님의 마음이 어떤지 알 수 없어 늘 긴장 상태에 있었다. "라디오에서 어린이 폭행과 체벌에 관한 이야기들이 많이 나왔다. 그래서 나는 부모에게 맞아가며 다른 방식으로 학대당하는 아이들이 있다는 것을 알게 되었다. 우리 엄마, 아빠는 그런 사람이 아니었으니 나는 운이 좋은 아이였다. 나도 그 정도는 알았다."고 제니는 생각한다. 정말 그랬다. 제니는 부모님에게 두들겨 맞는 아이는 아니었다. 하지만 생각하거나 의견을 표현할 자유는 없었다. 어쩌다 자기 목소리를 내면 투명 인간 취급하는 벌을 거듭 받으면서, 제니는 그림을 그리거나 편지를 써서 자신의 생각을 표현하는 것은 수치스러운 일, 엄마를 부끄럽게 만드는 일이라는 것을 뼈저리게 배웠다. 어른이 된 제니는 회상한다.

"이런 불합리한 상황을 지적해줄 수 있는 어른이 현장에 있기만 했어도 문제는 쉽게 해결되었을 것이다. 하지만 우리 가족 중엔 어른이 없었다. 좌절감에 빠진 십대 하나와 세 명의 겁쟁이가 있을 뿐이었다."

제니는 끔찍하도록 외로웠다. 아침부터 밤까지, 오롯이 혼자였다. 누구도 제니가 무슨 생각을 하며 사는지, 아프지는 않은지 돌봐주지 않았다. 제니에겐 진짜 어른이 필요했으나 그 누구도 제니를 돕지 않았다. 텅 빈 방 안에서 제니는 "이 순간 수호천사라도 나타나주길 얼마나 간절히 바랐는지 모른다. 그냥 보통 사람이어도 좋았다. 누군가 나에게 조금이라도 관심을 보여주기만 한다면… 내가 잘못한 건 아무것도 없다고, 모든 건 나를 둘러싼 환경 탓이라고 말해주면 좋을 텐데… 하지만 수호천사 같은 건 없었다. 천사는커녕 평범한 인간조차 없었다"며 술을 들이킨다.

제니는 술과 약, 관계에 중독된다. 술을 마시고 아무 남자나 만난다. 함께 있어주고 조금이라도 애정을 나눠준다면 어떤 남자와도 잔다. 사랑한다는 말을 해주기만 하면 남자들은 제니에게 어떤 짓이든 저지를 수 있었다(심지어 한 남자는 제니의 손가락을 물어뜯어 그 살을 씹어먹기까지 한다). 제니는 술과 섹스를 자해 도구로 사용했다.

제니가 더욱 고통받았던 이유는 사람들의 '상투적인' 생각 때문이었다. 제니가 자신을 학대한 남자 친구와 헤어지겠다고 하면 모두가 '생각 잘했다, 네가 뭐가 모자라서 그런 대우를 받냐, 잘 결정했다'고 말했다. 하지만 누구보다도 자신을 정서적으로 학대한 부모님과 절연하겠다고 말하면 사람들은 '그래도 엄만데', '어떻게 부모님하고 연락을 끊니', '자식을 사랑하지 않는 부모가 어딨겠어' 같은 말로 제니를 더욱 피폐하게 했다.

제니가 어린 시절 실제로 겪은 일에 대해 쓴 희곡을 발표한 자리에서도 사람들은 하나같이 이렇게 말한다. 사건이 너무 인위적이라고. 도가 지나치게 현실적이지 못하다고. 엄마가 자식을 사랑하는 건 당연한 일인데, 네가 뭔가 착각한 것이 아니냐고.

아무도 제니의 이야기를 믿지 않았다.

부모에 대한 전형적인 생각이 사람을 얼마나 더 깊게, 더 오래 아프게 하는지.

제니는 몇 차례나 정신 병동에 입원하고 퇴원하기를 반복한다. 불안 장애 속에서도 제니는 마침내 한 가지 생각, 진실에 가까운 생각을 붙들게 된다.

"내가 정신줄을 놓지 않고 버틸 수 있었던 건 아주 작지만 굳은 신념 하나를 간직하고 있었기 때문이다. 나는 실제로 건강하고 병든 건 내 주변 환경이라는. 마음속 깊이 어딘가 자리한 이런 작고 굳은 확신이 한결같이 나는 건강하다고 되새겨주었다. 이 확신이 나를 살게 했다."

마침내 제니는 긴 터널에서 빠져나오기 위한 한 발을 내딛는다. 직접 요리를 해먹고, 일을 하고, 술을 끊는다. 받아낼 수 없는 부모님의 사랑에 매달리는 것을 그만둔다. 심리 치료를 통해 자신의 어린 시절을 객관적으로 보게 된다. 제니와 부모님의 관계는 그야말로 파괴적이었다. 부모님은 제니를 정서적으로 방치했으며, 결핍감에 고통받도록 내버려두었다. 아기 침대에 남아 있던 손톱 자국이, 제니를 그 침대에 가두어두고 오래 방치해두었다는 것을 증명한다. 어른 제니는 오랜 상담을 통해 자신의 과거를 매만진다. 그리고 마침내 어린 제니를 부모님과의 관계에서 끌어내는데 성공한다. 상처받고 우는 데도 아무도 달래주지 않았던 어린 제니를 꽉 끌어안는다. 마지막으로 제니가 말한다.

"이제 내가 원하는 건 오직 휴식뿐이다."

이 책을 읽으면서 나에게 이상한 버릇이 있다는 것을 깨달았다. 현실에서 기뻐할 일(친구가 본인은 먹지도 않는 배추를 내가 좋아한다는 이유로 낱낱이 씻어 집 앞에까지 가져다주는)이 생겨도 감히 내가 이 기쁨을 누려도 될지 몰라 자꾸 뒤를 돌아다보는 것이다. 기쁨을 감추려 한다. 감히 기뻐하다가 무슨 일이 생길까 봐. 오늘은 기뻤지만 이 기쁜 일의 대가로 뭔가 불행이 닥치게 될까 봐 지금의 기꺼움을 감추고 얼른 넘겨버린다.

친구와 재미있는 하루를 보내고 기분 좋게 집에 들어오면 느닷없이 혼쭐이 나는 일들이 몸 깊숙이 새겨져서일 것이다. '나 좀 괜찮은 인간 같은데?' 하는 생각이 들 때마다 '응, 아니야' 하면서 등을 철썩 얻어맞는 것 같은 경험 속에서 나는 내게 주어진 행운을 믿지 않게 됐다. '좋은 일'에 마음을 기댔다간, 곧이어 닥칠 이유 모를 아빠의 분노에 더 마음을 다치게 될 테니까. 상처받지 않기 위해 마음은 언제나 무장되어 있어야 했다.

제니처럼, 나는 아빠의 마음을 몰라 늘 허둥댔다. 하지만 그런 나의 남루함과 초라함, 시시함을 책을 읽을 때만큼은 멀리 떨어뜨려 놓을 수 있다. 내가 가진 현실의 컴컴함을 가장자리로 치워주는 책들을 읽음으로써 마침내 조금씩 편해진다. 내 원가정은 화목이나 관용과는 거리가 멀었지만, 끝까지 자신의 삶을 포기하지 않고 평안을 찾고야 만 제니의 이야기에 힘입어 나도 내 삶을 포기하지 않을 수 있다. 내 아이는 자신의 존재에 대한 의심 없이 자라나도록 도울 수 있다. 내가 그토록 부러워했던, '슬픔에 무지할 수 있는' 아이들로 키울 수 있다. 친구를 언제든지 데려올 수 있는 집, 윤이 나게 닦은 식탁 위에 간식을 차려주는 집을 꾸릴 수 있다.

책을 통해 내 삶 또한 조금씩 그림자를 벗는다. 과거의 어둠에 침식되지 않고, 별 드는 오늘을 만들 힘이 생긴다. 현재의 기쁨을 의심하지 않고 감사히 받아들일 수 있게 된다. 책을 읽는 지금의 나는 그렇게 할 수 있다.

오늘도 오사 게렌발의 책을 새로 펴들었다. 책을 손에 든 순간만큼은 현실에서 마음이 떨어져 나와 책 속의 세계로 들어갈 수 있다. 책 안엔 깊은 숲 같은 평안과 고요가 있다.

책을 펴드는 일.

혼란스러운 세상에서, 언제나 실패하지 않고 평안을 찾을 수 있는 단호한 방법이다.

《**가족의 초상**》오사 게렌발 / 우리나비 / 2015

《그들의 등 뒤에서는 좋은 향기가 난다》에서 언급된 사건들을 좀 더 깊이 다루고 있는 오사 게렌발의 또 다른 그래픽 노블이다. 끔찍하도록 이기적이고 무정한 부모와, 그 사이에서 고통받는 딸의 이야기. 가장 가까운 존재가 되어야 했을 가족 간의 단절과 그로 인한 고통에 대해 심도 있게 다룬 책이다.

《**시간을 지키다**》오사 게렌발 / 우리나비 / 2018

자신을 사랑하지 않는 아버지에게 애정을 갈구하는 딸의 입장을 그린 작품. 부모의 사랑이 결핍된 사람이 자라나면서 겪는 어려움을 낱낱이 드러냈다. 하지만 끝끝내 가족으로 인한 고통을 극복하고 다시 살아가기를 선택하는 주인공의 모습에 위로와 감동을 받게 된다.

09

제발 돌봄을 나누어줘

제 목. **아이를 학대하는 사회, 존중하는 사회**

지은이. **부추 외 14인**

출판사. **민들레, 2022**

나는 첫째를 만 18개월에 어린이집에 보냈고, 둘째는 돌이 지나자마자 영유아 전담 어린이집에 보냈다.

아이 둘 다 어린이집에 보낸다고 얘기했을 때 주변(특히 친족들)으로부터 거센 비난을 받았던 게 기억이 난다. '애는 엄마가 키워야 하는 거 아니냐', '말도 잘 못하는 애를 어린이집에 보냈다가 무슨 일이라도 당하면 어쩔 거냐', '지금 제일 중요한 게 애 키우는 거지 일하는 거냐' 같은 말들의 폭격이었다.

아이를 어린이집에 보낼 당시의 나는, 주변에서 그런 말들을 하지 않아도 이미 스스로 충분히 자책하며 매일을 보내고 있었다. 내 자식인데 내가 데리고 있어야 하는 거 아닌가, 이렇게 어린애를 기관에 예닐곱 시간이나 보내도 될까. 내가 하는 일이 그 정도로 중요한 일일까, 이런 생각들이 마음에서 떠나질 않았다.

그럼에도 불구하고 결국 어린이집에 아이 둘을 다 보낸 이유는 돌봄의 짐이 너무 무거워서였다. 솔직히, 나 혼자 애를 잘 키울 자신이 없었다. 일은 하면 성취감도 있고 결과물도 보이는데 아기를 돌보는 일은 매일을 패잔병으로 살아가는 것 같았다. 같은 말을 수십 번 해도 듣지 않는 어린 자식에 대한 분노, 그런 분노를 느끼는 어른답지 못한 나 자신에 대한 실망감, 단 하루도 성공적인 육아를 했다고 느끼지 못하는 열패감 같은 것을 끌어안고 잠드는 일이 너무 힘들었다.

누군가의 도움이 절실했다. 집이라는 감옥에서 출근도 퇴근도 없는 육체적, 감정적 노동을 혼자서는 도저히 감당할 수가 없었다.

감사하게도 우리 집 아이들은 어린이집 가기를 좋아했다. 어린이집과 유치원은 배우자보다도 더 많은 영역에서 내 양육 부담을 덜어주었다. 매끼 새롭고 다양한 반찬과 국을 만들어주어 애들은 밥을 두 그릇씩 먹고 왔다. 간식도 요거트, 쌀빵, 백설기 같은 것을 원장님이 직접 만들어 먹여주었다. 첫째는 온갖 음식에 알레르기가 있었는데, 첫째만을 위해 마늘을 뺀 불고기(그렇다, 세상엔 마늘 알레르기를 가진 애도 있다)라든가 견과류를 뺀 멸치 볶음을 따로 만들어주시기까지 했다. 나로선 어린이집에서 끼니 부담을 나눠 져 준 것이 최고로 고마웠다. 구운 고등어 한 마리 정도로 반찬을 대신하곤 했던 끼니에 대한 죄책감을 아주 효과적으로 해소해줬다.

기저귀 떼는 일도, 한글이며 숫자를 익히는 것도 어린이집과 공조 작전을 펼쳐 수월하게 해결했다. 그뿐인가. 매주 촉감 놀이에 음악 수업에 체육 수업까지 시켜줬다. 어린이집에서 보내주는 사진 속에서 내 애는 집에서보다 더 신나게 웃고 뛰고 있었다.

나는 나대로 애들이 어린이집에 가 있는 동안 내 커리어를 쌓았다. 수업도 하고, 학부모 상담도 하고, 글도 쓰고, 책도 읽었다. 내 일을 하니 애들에게 화내는 빈도가 현저히 줄었다. 서로 물리적, 정서적 거리가 생기니 아이들도 나도 서로 맘 편히 시간을 보낼 수 있게 된 거다.

어린이집에 기댐으로써 아이도 나도 돌봄받고 있다는 생각이 들었다. 아니, 아이들보다 내가 정서적인 돌봄을 더 많이 받았다. 아이에게 문제가 생겼을 때 같이 의논할 전문가가 생기는 거였으니까. 어린이집과 함께 아이를 키움으로써 양육으로 인한 고립감과 무력감을 많이 벗을 수 있었다. 보육 기관의 장점을 피부 깊이 느끼게 되면서 아동 학대 사건이 발생했을 때, 언론이 자극적인 기사만 남발하기보다 이후 재발을 방지하는 대책을 진지하게 다뤄주었으면 좋겠다는 생각을 하게 되었다. '어린이집을 닫고 가정 보육하라'는 지침을 대안으로 내세울 것이 아니라.

민들레에서 출판된 《아이를 학대하는 사회, 존중하는 사회》에서는 아동 학대가 일어나는 사회적 배경이 무엇인지, 어떻게 하면 어린이를 한 인간으로 존중할 것인지를 다루고 있다.

"종종 뉴스에 등장하는 아동 학대 범죄를 보며 사람들은 분노하지만, 스스로 내 곁에 있는 어린 존재들을 어떻게 대하고 있는지 섬세하게 돌아보았으면 합니다. 대부분의 어른들이 '나는 아니야'라고 생각할 테지만 가만히 들여다보면 우리 안에는 어린 존재를 만만하게 보고 억누르려는 무의식적 욕구가 있는 듯합니다. 누구에게 더 쉽게 화풀이를 하고, 더 쉽게 반말을 하고, 더 쉽게 함부로 하는지를 살펴보면 금세 알 수 있지요. (…) 아동 학대 사건에 분노하는 데 그치지 않고, 양육자의 몫으로 떠넘겨지는 어려움을 사회가 어떻게 나누어 질지를 고민해야 할 때가 아닌가 싶습니다."

위와 같이 시작하는 서문을 읽으면, 나는 과연 어린이를 어떻게 대하고 있는지 돌아보게 된다. 어린이를 돌보는 주양육자로서 안전하고 올바른 양육을 하고 있는지.

이 책을 읽으며 내가 가장 많이 생각했던 부분은 '돌봄은 나눠져야 한다'는 것이었다. 어린이집과 함께 아이를 돌봄으로써 내가 좀 더 아이에게 긍정적인 양육자의 태도를 가질 수 있었던 것처럼 말이다.

첫 아이를 낳았을 때 간절히 바랐던 것이 있었다. 같이 아기 키울 사람 한 명만 있었으면. 그러면 '언제 이 하루가 끝나나, 하루가 너무 길고 괴롭다' 하는 생각을 덜 할 수 있을 텐데였다. '부추'라는 이름의 저자는 말한다.

"육아로 고립된 양육자가 어렵지 않게 도움을 요청할 곳 또한 있어야 한다. 육아 문제뿐만 아니라 그 과정에서 생기는 양육자의 심리 및 건강 문제까지 터놓고 이야기하고 도움을 받을 수 있는 기관이 필요하다. 양육자 혼자 감당하지 않고 주변에 적절한 도움을 기대할 수 있다면, 힘든 상황에서 양육자의 행동이 적어도 극단으로 흐르지는 않을 것이다. 이제는 감정적인 비난보다 이성적으로 아동 학대를 예방할 방법을 진지하게 고민해야 할 때가 아닌가 싶다."

몇 년간, 코로나로 인해 어린이집은 자주 문을 닫았다. 나는 연이은 가정 보육에 영혼까지 탈탈 털렸다. 아이의 사소한 실수에도 날카롭게 반응하는 나를 보면서 이대로는 안 될 것 같다고 생각했다. 머리를 짜내 어린이집의 공조를 잃은 친구 셋을 모았다. 세 명의 어른이 6명의 아이를 함께 돌봤다. 같이 6시간도 넘는 시간을 보냈는데 하나도 지치지 않았다. 아이들도, 나도 진심으로 즐거운 시간을 보냈다. 그 시간 내내 아이와 붙어 있으면서 화 한 번 내지 않았다. 아이가 뭔가를 쏟거나 실수를 해도 웃는 낯으로 정중하게 대할 수 있었다. 육아라는 신체적, 정신적 노동을 함께 나누어 졌기 때문이었다. 저자는 말한다.

"자녀를 존중으로 대할 수 있으려면 양육자의 스트레스 관리가 필수다. 같은 상황이어도 양육자의 스트레스 정도에 따라서 자녀를 대하는 태도가 달라진다. 평상시에 스트레스를 해소할 수 있는 방법을 찾고, 폭발 직전의 상황에서 끓어오르는 화를 잠재울 수 있는 방법을 준비해놓는 것도 필요하다."

'어떤 사람이라도 조건이 맞아 떨어지면 언제든 학대 가해자가 될 수 있다'는 안도 사토시의 《나는 아동 학대에서 아이를 구하는 케이스워커입니다》[25]라는 책에 실린 문장처럼, 아동 학대는 양육자만의 문제로 몰아 벌주고 끝낼 일이 아니다. 양육 부담을 사회가 함께 져야 한다.

아동 학대는 부모에 의해 가장 많이 발생한다고 한다. 어린이집보다도, 유치원에서보다도 가정에서 아이는 가장 위험한 것이다(2018년 보건복지부 통계에 따르면 아동학대 중 76.9%는 부모에 의해 발생하고, 어린이집 교사는 3.3%, 유치원 교사는 0.8%의 비율을 차지한다).

---

25 안도 사토시, 《나는 아동 학대에서 아이를 구하는 케이스워커입니다》, 다봄, 2020

내가 안전하고 편안한 가정을 만드는 데 실패할 때는 이런 때다. 최근 몸이 많이 아팠는데 배우자는 며칠째 야근이었다. 나 혼자 집안일과 수업과 감기에 걸려 콜록대는 어린이 돌봄을 전담해야 했다. 하루 종일 아이들과 집에 갇혀 있으니 평소라면 참았을 일에도 분노가 순식간에 폭발했다. 집에 들어오지 않는 배우자에게 화가 났다가, 밥 다 차려놨는데 반찬 투정하는 자식에게 화가 났다가, 치워도 치워도 돼지우리 같은 집안 꼬락서니에 화가 났다가, 결국 애들한테 소리 지르는 나 자신에게 제일 화가 났다. "자기 장난감은 자기가 좀 치워!"라고 있는 대로 소리 지르면서 씩씩거리다 문득 누가 지금 내 모습 봤으면 저게 애 엄마 맞나 하겠지 싶었다.

이런 격렬한 분노는 배우자의 야근이 끝나고, 애들이 학교에 잘 가주고 내 몸이 낫자 서서히 해소되었는데, 지금도 분노조절 능력을 완전히 잃었던 그때를 떠올리면 가슴이 아프고 자식들에게 미안해진다. 내 분노가 집에서 결국 가장 약한 자에게 흘러갔던 것에 대해 좌절감을 지우기 어렵다.

홀로 돌봄을 전담하면서 일상을 원만하게 꾸리는 것은 보통 일이 아니다. 애초에 혼자 도맡아 할 수 있는 일인지조차 의문이 든다.

처음부터 부모와 자식은 평등한 관계가 아니었다. 아이는 양육자의 돌봄을 받아야만 하는 존재다. 스스로 생활을 꾸릴 수 없다. 그래서일까. 아이는 집에서 발언권이 가장 없다. 결정권도 없다. 어른들이 결정한 대로 따라야 하고, 폭력 상황이 발생하더라도 절대 권력자인 양육자를 떠날 수 없다. 그런 점을 많은 양육자들이 악용한다. 나도 마찬가지다. 내 기분에 따라 일관되지 않은 양육 태도를 보이곤 한다. 컨디션이 좋고 피곤하지 않은 날은 형제끼리 싸워도, 바닥에 한 양동이 물을 쏟아도 웃음으로 견딘다. 대화와 타협으로 문제를 해결한다. 하지만 몸이 아프거나 해야 할 일이 많아 마음이 바쁜 날이면 윽박지르는 것으로 문제를 해결한다. 출근해야 하는데 아이가 미적거리며 밥을 안 먹을 때, 방금 갈아입힌 옷에 포도 주스 한 병을 다 쏟을 때, 어제 잃어버려서 새로 사 준 실내화를 오늘 또 잃어버리고 왔을 때, 방금 동생이랑 싸우는 걸 제지하고 돌아서는데 곧바로 다시 싸울 때. 개선되지 않고 반복되는 상황에서 나는 양육자로서 올바른 태도를 유지하지 못하고 평정심을 잃는다. 아이가 잘할 때도 많다는 사실을 잊는다. 학교에서 배운 율동을 오동통한 손발을 휘저으며 보여주었던 일, 문득 생각났다는 듯 달려와 내 얼굴을 끌어당겨 뽀뽀해주었던 일, 세상에서 엄마를 제일 사랑한다고 몇 번이나 이야기해주었던 일을 모두 잊는다. 아이에 대한 사랑을 잊은 순간의 나는 천하의 나쁜 어른이 된다. 아이의 잘못을 당장 고치고야 말겠다는 미친 각오로, 정서적 학대를 저지르고야 마는 것이다.

"자신이 아이를 학대하고 있다고 인지하면서 학대하는 부모는 거의 없을 것이다. 아이가 잘못해서 훈육하는 거라고 생각하거나 '양육권'을 '소유권'으로 혼동하여 자녀의 삶에 함부로 개입한다. 아이를 위한다는 명목으로 은밀하게 정신적으로 학대하는 경우에 본인은 물론 주위에서도 인지하기 힘들다. 세상살이가 힘들고 건강하지 못한 성인들이 많은 사회일수록 아이들의 삶도 힘들어지기 마련이다."

나도 양육권과 소유권을 자주 혼동했다. 아니, 아이를 나 자신이라 착각할 때도 많았다. 그래서 아이가 나와 비슷한 잘못을 저지르는 것을 못 견뎠다. 아이가 나보다 뭐든지 더 잘했으면 해서, 더 나은 삶의 방식을 가르치고 싶어서, 내 잘못을 답습하지 않았으면 해서 과하게 야단치고 몰아세웠다.

이런 행동이 정서적 학대라는 것을 이제는 안다. 나는 내가 아이에게 절대적으로 필요한 존재라는 것을 악용했다. 아이보다 압도적으로 크다는 사실을 악용했다. 밀폐된 공간에 오직 둘뿐일 때, 보는 눈이 없을 때, 계산적으로 이성을 잃었다. 아이의 행동을 바로 고칠 수 있는 '쉽고 편한' 방법인 '소리 지르기'를 훈육이랍시고 했다. 양육자로서 나는 쉽고 편한 길을 선택해서는 안 되는 거였다.

"어려운 길을 선택하세요. 시간 내서 아이와 눈 마주쳐가며 자주 얘기하고, 언제나 부모가 든든한 존재로 곁에 있으면서 '어려움이 생기면 엄마 아빠한테 먼저 얘기해야지' 하는 믿음을 주는 게 중요해요. 일상을 편하게 얘기할 수 있는 분위기를 만들면 아이한테 변화가 생기는 것도 빨리 알아챌 수 있죠. 혹시 피해가 발생하면 바로 도움을 줄 수도 있고요."라고 '십대 여성 인권센터' 조진경 대표는 말한다. 아이가 성범죄나 어떤 피해를 입었을 때 부모는 든든한 지지자가 되어야 한다는 거다. 하지만 어른의 권력을 휘두르는 방법으로만 양육해 온 보호자에게 어떤 아이가 자신의 깊은 고민을 나눌 수 있을까. 나는 믿을 만한 어른이 되어야 했다. 말로만 사랑한다고 떠들지 않아야 했다.

어린이는 가정에서도, 사회에서도 약한 존재다. 어린이가 어른의 희생 대상이 되어 온 역사는 유구하다. 일의 진행을 위해 아이를 희생시키는 일은 숱하게 일어났다. 국가적으로 권장되었던 작품인 〈심청전〉은 아버지를 위해 인신공양을 불사한 아이의 이야기였다. 양반집이나 궁궐을 세울 때 주춧돌 아래 아이를 묻었다는 이야기도 심심치 않게 찾아볼 수 있다. 홍수나 지진, 전쟁 같은 위기 상황에서 아이들은 버려지거나 정신적, 육체적 학대의 대상이 되었다. 저자는 말한다.

> "여기에서 '선택'은 아동의 의지와 상관이 없다. 아동의 희생은 그저 사회의 필요에 따라 선택된 것이고, 그 선택의 기준은 사회가 요구하는 생산 능력의 유무였다. 에밀레종 설화에서 아이는 부모가 가장 소중히 여기는 대상이지만, 그 소중함도 부모의 깊은 신앙심에 미치지는 못한다. 아이를 희생물로 바치는 것은 부모의 선택이고, 그 선택은 아이가 아닌 부모의 희생으로 미화된다."

비단 과거뿐만 아니다. 점점 늘어나고 있는 노키즈존 또한 어린이를 인격체로 대하지 않고, 치워버릴 수 있는 존재, 무시할 수 있는 존재로 대하는 사회 인식의 결과물이다. 존중받지 못하고 배제되어 자라난 어린이들은 자라서 어떤 어른이 될까. '아이는 어른이 되어서가 아니라 지금 한 인격체로 존중받으며 자기 삶을 살 기회를 누릴 수 있어야 한다'는 민들레 장희숙 편집자의 말이 계속 떠오른다.

어린이 돌봄은 개인이 혼자 맡아 전담할 수 없는 종류의 것이다. 회사가 한 명의 사원으로 돌아갈 수 없듯, 가정도, 양육도 부문별로 일을 나누어 하는 것이 당연시되어야 한다. 이를 위해선 먼저 양육자를 적극 지원하는 사회적 제도가 기반이 되어야 할 것이고, 그 제도에 따라 육아는 엄마가 맡아야 한다는 문화적 인식이 재고되고 수정되어야 할 것이다. 어린이를 가르치고 기르는 일이 개인의 노력 여하에만 달려 있지 않도록, 사회 전체가 함께 고민하는 장이 교육 기관이나 매체, 학부모 단체 등 다양한 채널에서 지속적으로 열려야 한다. 양육자를 고립감과 좌절감 속에 밀어넣고 '아동권리를 존중해야 한다'고 훈수 두는 자세가 아니라, '아이들을 잘 키우기 위해 사회는 어떤 역할을 해야 할지' 함께 고민하면 좋겠다.

마지막은 저자 중 한 명인 이효진 선생님의 문장으로 갈음하고자 한다.

"'가장 취약한 고리' 하나가 전체 사슬의 강도를 결정한다. 약한 고리를 비난하며 끊어버린다고 문제가 개선되는 것은 아니다. 문제가 개선되지 않은 사회 속에서 약한 고리는 전반적으로 넓어지고 그 약함의 정도 또한 심해질 것이다. 아동 학대를 사후 처벌로 해결하려는 시스템을 넘어서, 아동과 그 가족의 상황을 중심에 두고 서로 연대해 약한 고리를 강하게 만드는 사회가 만들어지기를 간절히 바란다."

《부모 되기, 사람 되기》 고병헌 외 / 민들레 / 2020

생물학적인 부모를 넘어, '부모 역할'이 무엇일지 생각하게 하는 책. 부모 된 이들의 치열한 고민을 읽음으로써 '부모'의 진짜 의미가 무엇인지 깨닫게 된다. 자녀와 자신을 동일시하지 않으면서도, 서로를 존중하는 따뜻한 관계를 맺고 싶은 부모에게 꼭 추천하고 싶은 책이다.

《정치하는 엄마가 이긴다》 정치하는 엄마들 / 생각의힘 / 2018

모성 신화를 거부하고 '엄마 정치'를 시작한 '정치하는 엄마들' 이야기. 노동, 보육, 교육, 공동체 분야에서 엄마들의 정치적 발언을 실었다. 엄마들이 감당하고 있는 돌봄 노동에 대한 진실, 그 치열함이 낱낱이 드러난다.

《엄마는 페미니스트》 치마만다 응고지 아디치에 / 민음사 / 2017

아이를 바르게 키우고 싶어하는 친구에게 쓴, 치마만다 응고지 아디치에의 편지. 부조리가 넘치는 사회에서 올바르게 자식을 키우기 위한 실제적인 조언으로 채워졌다. 다정한 말투로 진짜 친구에게 편지를 받는 듯한 느낌을 주는 이 책은, 성평등한 양육 방식을 고민하는 모든 양육자에게 선물로 건네고 싶다.

4장

여자들의 진짜 세계를
알고 싶은 당신에게

털 많은 여자 클럽에 참가하세요

체 목. **걸크러시 1, 2**

지은이. **페넬로프 바지외**

출판사. **문학동네, 2018**

내 사회적 못생김의 가장 큰 지분을 담당하고 있는 부분은 털이다. 팔도, 다리도, 발가락까지도 털이 덮고 있다. 손가락, 발가락, 귀 밑 몸의 작은 면적까지 털이 덮여 있어 맨날 뽑는 게 일이다. 모량은 유전인지 자식들도 여기저기 털이 보송보송하다.

둘째가 돌을 갓 지났을 때의 일이다. 여느 때처럼 아기의 인중에 코를 비비려고 하는데(너무나 부드러워 참을 수가 없다) 얼굴을 가까이한 순간 새카맣게 올라온 콧수염이 눈에 들어왔다. 아가가 갖기엔 너무나 새카맣고 소복한 털들이다. 갓난쟁이 때부터 등 털이 등 한 중간의 소용돌이치는 가마로부터 일정한 군집을 이루어 자기 주장을 하더니, 이제는 콧수염도 난다. 자세히 보니 눈썹 사이에도 프리다 칼로[26]를 방불케 하는 미간을 덮는 얇은 솜털이 송송 솟아 있다. 아기 때부터 왕성한 모량을 보며, 얘 사춘기 지나면 겨드랑이 털도 장난 아니겠구나 싶다.

나로 말할 것 같으면, 겨드랑이만큼은 매끈하다. 무성했던 겨드랑이 털을 레이저로 지져서 박멸했기 때문이다. 다리털과 인중 털도 정기적으로 모근제거기로 뽑아서 얼핏 봤을 땐 체모가 많다는 사실이 별로 티 나지 않는다. 엄지발가락에도, 발등에도 몇 가닥씩 꼭 나는데 족집게로 다 뽑아버린다. 털 뽑을 때 안 아픈 척하기 대회가 있다면 아마도 세계 순위권에 들 것이다. 아주 어릴 때부터 털 관리를 해 왔기 때문에 피부 깊숙이 박힌 털을 단숨에 뽑아도 눈썹 하나 꿈틀하지 않는다.

---

26 멕시코 초현실주의 여성 화가로 짙은 눈썹이 하나로 연결된 외모 특징으로도 유명하다.

하지만, 털 뽑는 통증을 잘 견딘다고 자신하는 나조차도 너무 아파서 뽑는 주기를 자꾸 미루게 되는 부분이 있다.

나에겐……

'배레나룻'이 있다. 배레나룻이라는 말을 쓰기 전에 이런 단어를 다른 사람도 쓰는지 알아보고 싶어서 네이버 어학사전에 쳐 보니 이런 정의가 등록되어 있다.

"배+구레나룻의 합성어로 구레나룻이 귀밑부터 턱까지 난 수염들을 이르는 말이라면 배레나룻은 배부터 배꼽 밑에까지 털이 잇따라 이어지는 것들을 의미하는 신조어로 주로 남성들의 경우 이런 배레나룻이 상당히 발달하여 있다."

상당히 긴 설명이다. 아무튼, 사춘기를 겪으며 배레나룻이 무럭무럭 자라났다. 그것도 상당히 뚜렷하게. 생식기에서부터 배꼽까지 이어진, 각자 정해진 정확한 위치에서 주기적으로 돋아나는 매끄러운 배 털들.

배레나룻은 연약한 뱃살에 의지해 자라나기 때문에 함부로 뽑으면 눈물이 찔끔 날 정도로 아프다. 그래도 배레나룻을 가지고 목욕탕에 가거나 섹스에 임하기 꺼려져서 눈물을 꾹 참고 작은 털까지 모두 뽑아왔다. 내가 남자로 태어났다면 가슴 털도 무성한 사람이었을 것이다. 내 배우자는 체모가 없는 편이라, 내 배레나룻이 늠름하고 패턴이 아름답다며 부러워하기까지 했다.

주변에서 전문가가 해주는 왁싱을 많이 추천해줬는데 왠지 용기가 나지 않아 아직 못 해봤다. 처음 왁싱 받으면 생식기 주변 연약한 살에서 피가 철철 나기도 한다던데. 돈 내고 아프고 싶지 않아서 미루게 된다.

배레나룻은 중학교 때부터 홀로 제모를 해 왔기 때문에 엄마도 그 존재를 모르는데, 성인이 된 어느 여름밤 사촌 언니와 술을 많이 마시다 어쩐지 용기가 나서 '언니, 나 배레나룻 있다' 하고 고백하자 놀랍게도 '나도다' 하며 언니가 배를 까서 보여주는 것이 아닌가. 언니의 배레나룻은 나보다 한층 더 당당하고 굳셌다. 알고 보니 배레나룻은 우리 안동 김씨 여자들의 유산, 뿌리 깊은 유전의 흔적이었다. 그때 얼마나 마음이 뿌듯하고 든 든해졌는지. 알고 보니, 우리 집안 여자들은 90%의 확률로 배레나룻을 가지고 있었다. 아. 치밀어오르는 가족애.

자식들도 내 모량을 닮았으니 언젠가 배레나룻을 갖게 될지도 모를 일이다. 자식 두 명 중 누가 더 안동 김씨의 피를 이었는지는 사춘기가 오면 알게 되겠지.

2018년에 발행된 《걸크러시》에서는 세상의 통념이나 규범에서 벗어난, 그러나 잘 알려지지 않은 다양한 여성의 삶을 다룬다. 책에서 제일 먼저 등장한 여성은, 수염이 길게 자라 끝을 땋고 다니기까지 한 '클레망틴'이란 사람이다.

클레망틴은 1865년에 태어났는데, 청소년 때부터 수염이 많이 자라 늘 면도를 해왔다. 그러다 한 축제에서, 자기같이 수염이 나는 여자가 면도를 하지 않고 수염을 길게 길러 사람들 앞에서 자랑스럽게 공연을 하는 것을 보고 깨달은 바가 있었다고 한다. 그래서 클레망틴 본인도 더는 면도를 하지 않고 '수염

난 여자'라는 카페까지 열어 결국 큰 부자가 되었다.

클레망틴의 실화를 읽고 여자에게 털이란 무엇일까, 생각했다. 1900년대 사람인 화가 프리다 칼로도 젊은 시절에는 눈썹 사이에 난 까만 털을 솎아냈었다고 하니 1800년대부터 2000년대에 이르기까지 여성 제모의 역사는 공고하기도 하다.

한편으로는, 몇백 년 전엔 여자들이 아무렇지 않게 다리 털 겨드랑이 털을 기르고 다녔을 테니 그 또한 흥미롭다. 유난히 윤기나는 겨드랑이 털은 은밀한 자랑거리가 되지 않았을까?

사회적 관점에서 이상했던 여자, 틀을 깬 여자 이야기가 좋아서 몇 번이나 《걸크러시》를 읽었다. 그런데 읽을 때마다 조금은 웃기고(조롱을 즐기고 해학적으로 비틀어 살아간 여성들이 있었으므로) 조금은 서글픈(결국 세상에 의해 목숨을 잃게 되는 경우도 있었으므로) 마음을 갖게 된다.

마녀 역할에 캐스팅되길 좋아했던 마거릿 해밀턴(사람들을 무섭게 하는 것이 자신의 특별한 재능임을 알았다고 한다), 배우자와 이혼 후 아프리카 횡단을 결심한 딜리아 에이클리(이혼이 인생의 절망스러운 사건만은 아님을 알게 한다. 결국 그는 피그미족을 연구하여 영장류에 대한 책을 편찬한 후 100년 가까이 행복하게 산다), 야심만만하고 막강한 권력을 누리며 노동법의 시초를 확립한 당나라 여황제 무측천(세상엔 권력에 미친 살인자로만 알려져 있다), 여자가 노래하는 것이 금지된 아프가니스탄에서 여성을 위한 랩을 쓰고 노래하는 소니타 알리자데, 마라톤을 최초로 완주한(1970년대에 여자는 장거리를 달릴 능력이 없다고 여겨졌었다) 셰릴 브리지스, 저소득 노년 여성들을 위한 주거 시설 시스템 '바바야가의 집'을 설립한

테레즈 클레르, 남자의 일이라고만 여겨졌던 화산학에서 1인 자가 된 카티야 크라프트(연구 중 화산 분출물에 휩쓸려 생을 다하나, 오늘날 과학계가 소장한 화산 자료의 상당 부분을 홀로 제공했다), GPS와 Wi-Fi 기술의 근간을 마련한 배우 헤디 라마(미모가 너무 뛰어난 나머지 그의 기술 개발 능력은 자주 무시당했다), 최초의 범죄 현장 미 니어처 제작자 프랜시스 글레스너 리(그는 범죄 현장 제작을 놀이하 듯 즐겼으며 법의학에 정통한 최초의 여성이었다) 등. 세상에 얼마나 별 나고 멋진 여자들이 살았는지.

또, 이 책에서 인도 여성 풀란 데비를 알게 된 이후로, 누굴 만나든 그의 이야기를 꼭 꺼낸다.

풀란은 인도의 신분제인 카스트 제도의 최하위층에 속하는 사람이었다. 그는 할아버지뻘의 남자에게 10살에 팔리듯 시집 을 갔다. 청소와 요리를 도맡았고, 바닥에서 개들과 같이 잠을 잤다. 남편이 뭔지도 모르는 어린 아이가 외양간에 갇혀 매일 같이 구타와 강간을 당했다. 어린 풀란이 바지에서 피를 철철 흘리며 '살려줘요! 도와줘요! 저 아저씨 바지 속에 뱀이 숨어 있 어요!'라고 울부짖어도 그 누구도 도와주지 않았다. 풀란은 남 편을 볼 때마다 무서워서 오줌을 지렸으나 남편은 '아내를 어떻 게 하든 내 마음대로 하는 게 법이다, 천한 계집은 그저 패주어 야 한다'라며 풀란이 자리에서 일어날 수 없을 때까지 때리고 강간했다. 결국 몸져 누운 풀란을 엄마가 집으로 다시 데려오지 만 식구들은 풀란을 죄인 취급했다. 분노밖에 남지 않은 풀란은 남자들에게 고개 숙이기를 거부했다. 그런 풀란을 본 사람들은 부모 앞에서 풀란을 마구잡이로 때리고 경찰에 넘겼다. 경찰은 풀란을 사흘 동안 돌아가며 강간하고 길에 내버렸다. 정신을 잃고 쓰러져 있던 풀란은 '다코이트'라는 도적 집단에 잡혀간다.

역설적이게도 풀란은 다코이트에서 처음으로 인간 대접을 받는다. 풀란을 진심으로 사랑하고 아껴주는 사람을 만나게 된다. 결국 풀란은 부자들의 재물을 훔쳐 가난한 이에게 나눠주고 약자를 보호하며 다코이트의 지도자, 일명 산적 왕이 된다.

그런데 여기서 또 풀란의 신분이 문제가 된다. 라이벌 도적단에서 다코이트의 지도자가 최하위 계층에 여자라는 사실에 분개해 풀란이 사랑하는 사람과 가족 같던 도적단을 모두 살해하고, 풀란을 발가벗긴 채 인근 마을 남자들에게 내던졌다. 풀란은 23일 동안 낯선 남자들에게 돌려지며 유린당했다. 한 마을 사람의 도움으로 겨우 탈출한 풀란은 17세에 새로운 무리를 조직하고 강간범들을 처단하며 가난한 여성들의 영웅이 된다.

경찰은 풀란을 잡기 위해 헬기까지 띄웠으며 그의 체포 여부는 중대한 정치 쟁점으로 부상할 정도였다.

오랜 싸움에 지친 풀란은 결국 자수한다. 10년이 넘는 시간을 재판을 기다리며 복역하던 풀란은 31세에 마침내 사회주의 정당의 지원을 입어 석방된다. 사회주의 정당 의원이 된 풀란은 빈곤층과 여성을 위한 입법을 주도했고, 노벨평화상 후보에도 올랐다. 하지만 2001년 7월 25일, 풀란을 증오하는 타쿠르인에 의해 총을 맞고 죽는다. 그의 죽음은 민중 시위로 이어졌다.

그가 죽은 나이는 38살이었다. 내 나이와 비슷해서 꼭 친구이야기를 읽는 것 같았다. 처음 풀란 이야기를 알게 되었을 무렵, 꿈에 자주 풀란이 나왔다. 피 흘리는 풀란의 손을 잡고 함께 걷거나, 빠르게 달리는 풀란의 뒤를 쫓아가는 꿈이었다.

꿈을 꾸고 난 뒤 나는 그의 삶을 구체적으로 상상했다. 풀란의 얼굴을 인터넷에 검색하면, 어려움을 겪는 불가촉천민을 찾아가 웃는 사진들이 나온다. 그 모든 일을 겪고도 그는 웃고 있다. 짙은 눈썹을 하고, 입꼬리를 씨익 들어올리고 있다. 자신의 아픔을 혼자 썩어들어가게 두지 않고, 기꺼이 다른 여자들을 구하는 데 쓴 사람의 모습은 아름다우면서도 슬펐다.

이 책엔 풀란처럼 자신의 고통에만 침잠하지 않고 세상으로 눈길을 돌린 여자들의 이야기가 실려 있었다. 세상이 받아들이기 거부했으나 그 거부를 받아들이지 않고 기꺼이 삶을 개척해나간 여자들의 이야기가 나오고 또 나왔다.

내가 삶의 가치를 의심하며 과거의 내 아픔에만 빠져들려 할 때 이 책을 집어들면, 셰릴 브리지스가 늘 외쳤던 '네가 너 스스로 생각하는 것보다 훨씬 큰 사람이라는 사실을 받아들여라'라는 소리가 바로 귀 옆에서 들리는 것 같다. 나는 불안이 많은 사람이라 조금만 세상의 틀에서 벗어난 것 같으면 덜컥 겁부터 났었다. 머리를 짧게 자를 때도, 노브라로 산책을 나갈 때도 그랬다. 내가 옳을 때조차도 상대방이 강하게 반박하면 '아… 내가 잘못 생각했나 보네요' 하면서 꼬리를 내리곤 했다. 자주 자책했고, 내가 중요하게 생각하는 일에서조차도 목소리 내기를 저어했다. 새로운 일을 시도하려 할 때마다 '이 나이에 시작해도 되나'라든지 '너무 나대는 거 아닌가' 하는 생각이 들어 손을 거두기 일쑤였다. 그렇게 클라이밍이, 서핑이, 롱보드가 내 삶을 스쳐 지나갔다. 한 번 해서 재밌었을 때 냉큼 붙들고 했어야 했는데 나이 탓, 시간 탓, 돈 탓하며 차일피일 미루자 삶에 새로운 흥미를 지펴줄 많은 것들이 그냥 떠나갔다.

글쓰기도 늦다면 늦은 나이에 시작했다. 20대 때 찔끔찔끔 글을 쓰곤 했지만 '나 따위가 무슨 작가'라고 생각하며 끝까지 밀고 나가지 못했다. 서른 중반이 훌쩍 넘어서야 아, 내가 정말 하고 싶은 건 글 쓰는 일이었구나 깨달았다. 다른 사람 신경 쓰느라, 스스로를 폄훼하느라 시도하지 않았던 모든 시간과 기회들이 아쉽다. 나이가 드니 책 읽는 속도도, 읽은 내용을 글에 버무려 내는 것도 느리고 둔하다. 도전이 두려워 뒤로 물러섰던 날이 거듭되니 삶에 후회가 많이 남았다.

그래서 이제는 그냥 한다. 오늘이 인생에서 가장 젊고 힘있는 날이라 생각하고 그냥 한다. 다양한 역할 중에 또 하나를 더 한다고 생각하며 한다. 엄마 역할, 딸 역할, 배우자 역할, 선생님 역할에 작가라는 역할을 하나 더한다고 생각하며 한다. 어떤 역할은 더 잘하고 어떤 역할은 좀 못한다. 모두 100점일 수는 없다. 그래도 역할이 다양하니 한 역할에서 다소 못해도 다른 역할이 그 틈을 메워준다.

역할이 다양해질수록 삶도 조금 더 잘 견딜 수 있게 된다. 한 역할로만 평생 안 살아도 되니까. 엄마 역할일 때는 어린이나 청소년에게 마음이 가고 관련 정책에도 목소리를 내게 됐다. 배우자 역할일 때는 가정 내 여성의 지위에 대해 공부하게 되고, 가부장적 가족 문화에 변화를 시도하게 됐다. 딸 역할일 때는 원가족의 관계와 관련된 심리에 대해 연구하게 됐다. 작가 역할일 때는 평소 읽지 않았을 두꺼운 작법서를 읽게 되거나 다양한 사람의 삶에 관심이 생기게 되었다.

　가끔 마음의 힘을 잃고 내가 지금 뭐하고 있나, 나같이 나약한 인간이 좀 애쓴다 해서 뭐가 달라질까 하는 생각이 들 때마다 얼른 이 책을 펴든다. 책에선 역경을 뚫고 나아간 여자들, 틀을 벗어난 여자들의 이야기를 하고 하고 또 해준다.

　사람들이 '넌 왜 이렇게 별나냐, 그냥 남들 사는 대로 살아' 같은 말로 마음을 칠 때, 그래서 스스로를 못 믿겠고 사는 게 막막할 때 또 이 책을 펴든다. 그럼 책은 또 말해준다. 시대의 어려움과 세상 사람들의 비난을 견디며 삶을 끝까지 세워나간 여자들이 여기 수없이 있어 왔다고.

　이 글을 쓰며 보니 손에도, 팔에도, 눈썹 사이에도, 무릎 밑으로도 까만 털이 소복이 올라왔다. 제모할 시기가 도래한 것이다.

　하지만 이번엔 좀 더 놔둬보기로 했다. 제모할 때마다 애들이 '엄마, 왜 털을 뽑아야 돼?' 하고 묻는데 사실 대답할 말이 없다. 내 제모 역사에 '왜'는 없었기에. 어느 날 겨드랑이 털 제모를 안 하고 한복을 입은 한 여자애가 또래 남자애들 사이에서 비웃음거리가 되는 걸 보면서 '아, 겨드랑이 털은 있어선 안 되는 거구나' 하고 알게 됐을 뿐이다.

　어른이 되고 나서도 왜 제모를 '꼭' 해야 하는지 진짜 답을 찾지 못했다. 그래서 털 뽑는 일을 좀 보류해보기로 했다. 오히려 털을 확 길러버려 자기 주도적인 삶을 살았던 클레망틴처럼 내 털도 타고난 모습 그대로 살도록 주도권을 주고 싶다.

　털이 내 마음을 모르고 계속 제 할 일을 열심히 하여 살을 뚫고 올라오듯이, 나도 털의 속내(?)를 잘 모른다. 하루키식으로 말하자면, 내 털들은 어쩌면 '뽑히고 싶지 않아! 네 다리는 너무 안락하다고'라고 생각하고 있는지도.

일단 지금은 내 털이 자라나는 대로 두고 싶다. 아기의 인중 털도 소복해서 오히려 더 귀엽고 부드럽다. 아가야, 우리 조금만 더 같이 있어보자. 우리 둘이 털 많이 길러서 나중에 '털 많은 여자 클럽' 같은 거 만들어볼까. 이태원 같은 데서 정모도 하는 거야. 처음 보는 사람이 정모에 오더라도 서로 나눌 말이 엄청 많겠지. 우리 사촌 언니도 초대해서 일단 셋이 지금부터 시작해볼까.

털 많은 여자 클럽, 참가하실 분 있으실까요. '털털'한 우리, 만나면 왠지 잘 통할 것 같아요.

《조선의 걸 크러시》 임치균 외 / 민음사 / 2023

알려지지 않았던 조선의 여성들에 대한 기록을 보여준다. 조선 시대를 주름잡았던 검녀, 다모, 의병장, 대문장가, 사업가, 여행가 등 다양하고 진취적인 여성의 삶을 모두 실었다. 여성을 통해 본 조선시대의 문학과 역사를 보고 싶다면 추천하고 싶은 책.

《이름 없는 여자들, 책갈피를 걸어 나오다》 최기숙 / 머메이드 / 2022

조선시대 삼천 편이 넘는 문헌 자료를 분석하여 조선시대 이름이 지워졌던 양반 여성들이 실제로는 어떤 모습이었는지 새롭게 조명한다. 신분과 상관없이 언제나 일하고 있었던 여성의 모습을 보면서 현대와 조선의 여성을 겹쳐볼 수 있다. 남성이란 필터를 거치지 않은, 여성 주체의 관점으로 살핀 여성의 삶을 들여다 볼 수 있는 귀한 책.

《규방의 미친 여자들》 전혜진 / 한겨레출판 / 2023

<바리데기>부터 <방한림전>까지, 고전 속 여성 영웅에 대한 이야기 향연이 펼쳐진다. 멋지고 당당한 전통 속 '언니'들을 볼 수 있는 멋진 책. 신분과 성별을 넘어 자신의 진짜 모습을 찾아가는 여성 인물들의 서사로 가득 찬, 새로운 고전 읽기가 제시된다. 여성 귀신 괴담 이면의 의미를 밝힌 작가의 전작 《여성, 귀신이 되다》와 연결해 읽으면 더 재미있다.

《웨이크》 리베카 홀 / 궁리 / 2023

1700년대, 노예 무역선에서 벌어진 여성 주도 반란에 대한 그래픽 노블. 미국 노예제를 연구하는 역사학자이자 교육자인 저자가 스스로를 노예의 후손이라 밝히며 기록되지 않은 여성의 반란을 픽션을 가미해 재구성했다. 인간을 노예로, 화물로 취급했던 제국주의의 끔찍함과 거대한 폭력에 맞선 이름조차 없었던 사람들이 낱낱이 드러난다.

메리가 얻어낸 네 바지

제 목. 메리는 입고 싶은 옷을 입어요

지은이. 키스 네글리

출판사. 원더박스, 2019

며칠째 너무 덥고 습했다. 밖에 나갔다 집에 오자마자 가슴에 들러붙는 브래지어(이하 이 글에서는 '브라'로 칭함)를 벗어버렸다. 브라만 벗어도 온몸이 시원하다.

와이어가 있어서 가슴골을 획기적으로 만들어주거나 레이스 같은 장식이 달려 가슴가리개 이상(?)의 효과를 주는 브라는 이젠 불편해서 못 입는다. 내 옷장에 남은 건 죄다 스포츠 브라뿐이다. 그런데 여름에는 스포츠 브라도 덥고 답답하다. 브라로부터 해방되고 싶어서 여러 시도를 해봤다.

첫 번째 시도. 패드 일체형 티셔츠. 여름에 시원할까 싶어 브랜드별로 여러 벌 사봤는데 마음에 썩 든 적은 없다. 뭔가 핏이 어정쩡한 느낌. 지나치게 얇은 소재가 많아 탄탄한 감이 없다.

두 번째 시도. 포켓 남방. 밑가슴에 땀 차고 더운 걸 못 견디겠어서 가슴 주머니가 달린 남방을 사봤다. 남방은 핏은 괜찮았다. 그런데 칼라 때문에 목이 조이는 데다, 다소 널찍한 단추 간격 사이로 맨가슴이 드러날까 싶어 혼자 안절부절못하다 결국 손이 안 가는 옷이 되고 말았다.

세 번째 시도. 니플 패치. 유두 돌출을 가려준다는 뭐 피부에 좋고 피부과 의사가 추천하고 인터넷에서 평도 좋은 걸로 샀다. 시원하긴 진짜 시원했다. 바람도 술렁술렁 통하고 압박감도 없고 상체에 느껴지는 열감도 훨씬 덜했다. '브라만 안 차도 이래 좋은 거를 내만 몰랐네' 하며 당당하게 길거리를 걸어 다녔다. 내 눈엔 가슴 부위가 잘 안보이니까 남들 보기에도 괜찮은 줄 알았다. 그런데 니플 패치 붙인 나를 보자마자 엄마가 하는 말. '야, 니 찌찌 왜 만천하에 드러내고 다니노.'

내가 니플 패치 붙이고 다니는 며칠 동안 지인의 남편이 '당신 친구 노브라로 다니네'라고 말했다는 이야기까지 전해 들었다. 무엇보다 패치를 붙인 주변 피부가 벌겋게 부풀어 오르며 가려웠다. 공공장소에서 유두 부분이 가려워 죽겠는데 사회적 명예와 도의적 책임 때문에 못 긁는 괴로움, 말도 못 한다.

이런 일련의 일을 겪으면서 히잡[27]을 벗는 일이 얼마나 어려울지 조금이나마 생각하게 되었다. 언젠가 한 이슬람 여성이 인터뷰에서 '히잡을 입고 있는 게 더 편하다'라고 말한 걸 읽은 적이 있다. 그때는 그 말을 잘 이해하지 못했다. 덥고, 불편하고, 바람도 안 통하는 걸 대체 왜 쓰고 다니나, 그냥 벗으면 안 되는 건가 안일하게 생각했다.

브라 벗는 일을 감히 히잡 벗는 일에 비교해도 될까 생각해봤는데, 브라도 비슷한 맥락의 문화적 산물이었다. 브라도 덥고, 가슴을 조여서 움직이기 불편하고, 바람도 안 통한다. 그런데 벗을 수가 없다. 밖에 나갈 땐 입는 게 더 편하다, 정말로. 브라를 벗고 외출하면 옷을 다 잘 갖춰 입었어도 남의 시선을 지나치게 의식하게 된다. 어깨가 자꾸 움츠러든다.

브라를 안 차고 다니는 얼마간 엄마는 나 때문에 애가 달았다. 꼭 그렇게 '내 가슴 여기 붙었소' 하면서 드러내고 다녀야 되냐, 남보기 민망하다, 아주 얇은 브라를 차면 되는 거 아니냐, 돈이 없어서 그러냐, 엄마가 편한 거 알아보고 사줄까, 아주 야단이었다. 하도 뭐라고 하니까 반발심이 들어 "엄마는 둥둥이

---

27 이슬람교 여성들이 착용하는 얼굴 가리개

(남편 별명) 보곤 브라 차라고 안 하면서 왜 나한테만 그래! 둥둥이가 나보다 가슴도 더 큰데!" 하고 뻗댔다. 엄마는 어이가 없는지 한참 있다가 "그럼 둥둥이 보고도 차고 다니라 그래." 하고는 본인도 어이가 없는지 웃었다. 그러니까. 나보다 가슴이 더 큰데도 브라 안 차고 다녀도 되는 남편이 정말 부럽다.

여러 사람 눈 불편하게 하고 싶지 않아서 요즘은 아무리 더워도 브라를 차고 나간다. 그냥 견딘다. 땀에 절은 브라를 하루 종일 차고 있으니 브라 선 따라 땀띠가 돋았다. 매 여름마다 겪는 일이다.

오늘도 외출하려고 브라를 차는데 유달리 짜증이 났다. 삼복더위에도 마구 뛰어다녀서 물에 빠진 것처럼 땀범벅이 된 자식들을 보면서, 자식만큼은 브라를 차든 말든 서로 신경 안 쓰는 세상에서 자랐으면 좋겠는데. 그러려면 오늘의 내가 뭔가를 해야 할 것만 같은데. 오늘의 나는 그냥 땀에 전 브라를 종일 차고 다녔다.

《메리는 입고 싶은 옷을 입어요》는 바지는 입기 싫고 드레스만 입고 싶다는 첫째 아이와 읽은 첫 그림책이다. 이 책의 주인공은 실존 인물로, 1800년대에 드레스 대신 바지 입기를 선택한 미국의 최초 여성 외과 의사 메리 에드워즈 워커다.

그림책은 '옛날 옛적에는요(그렇게까지 옛날은 아니고요), 소녀들은 바지를 입을 수 없었대요. 상상이 되나요?'라는 문장으로 시작한다. 드레스를 입으면 숨쉬기가 힘들고 허리가 조여서 바닥에 떨어진 물건을 스스로 주울 수조차 없었지만, 옛날부터 그렇게 살아왔으므로 앞으로도 그렇게 살아야한다고 생각하는 사람이 대다수인 시절이었다. 하지만 메리는 더 이상 그렇게 살지 않겠다고 스스로 결정했고, 바지를 입고 학교에 간다. 바지를 입은 메리를 본 사람들은 더러운 것이나 징그러운 것을 본 것처럼 얼굴을 찌푸린다. '남자' 옷을 입었다며 메리에게 계란을 던진다. '훌륭한 소녀는 치마만 입는다'고 적힌 피켓을 들고 메리가 학교 가는 것을 막는 시위대가 꾸려질 정도였다. 남자애들은 메리를 따라다니며 돌을 던지기까지 한다. 메리의 부모님은 메리의 삶을 지지했지만, 걱정을 지을 수는 없었다. 학교에 가려는 메리에게 아버지는 꼭 바지를 입어야겠냐고 질문한다. 그러자 메리는 "남자애 옷이 아니에요! 나는 내 옷을 입었을 뿐이라고요."라고 답했다.

다음날 등굣길에 시위대는 거세게 날뛰었고, 메리는 계란을 뒤집어쓴 채 학교에 들어선다. 그런데 이게 웬일인가. 바지를 입은 친구들이 메리를 반겨준다. 그리고 다 같이 운동장에서 재주넘기도 하고 서로 업어주기도 하며 신나게 뛰어다니는 장면으로 그림책이 끝난다.

메리 워커 박사는 노예 제도 폐지론자인 부모 밑에서, 어릴 때부터 자유롭게 생각하는 것을 지지받으며 자랐다. 그의 부모님은 남자 형제들과 똑같이 메리를 교육시켰는데, 1800년대에는 아주 드문 일이었다. 메리는 의대를 졸업했고, 양복과 모자를 쓴 채 결혼했으며, 결혼 서약서의 '순종'이란 단어를 삭제시켰다. 결혼 후에도 남편의 성을 따르는 관습과 달리 원래의 성을 유지했고, 여성 참정권을 위해 꾸준히 노력했다(하지만 메리는 미국 여성이 참정권을 얻기 1년 전인 1919년에 사망했다).

메리는 정기적으로 남성용 바지와 칼라 있는 셔츠를 착용하고 거리를 걸어 다녔다. 그 행동엔 수없는 고난이 따랐는데 '매일 아침 문 밖으로 나가기 위해 어떤 일을 겪어야 하는지 아무도 모를 것이다'는 말을 남길 정도였다.

19세기엔 여자 의사에겐 아무도 진료를 받기 원하지 않았으므로, 메리는 자원봉사자로 야전 병원에서 일했다. 부상당한 군인들을 치료하며 포로로 잡히기도 했으나, 끝내 전장의 용맹에 대한 명예 훈장을 받았다. 메리는 명예 훈장을 받고 전쟁부 외과의사로까지 인정받았으나 남성으로 '가장'한 혐의로 여러 번 체포되어 구류를 살아야 했다. 그때 남긴 유명한 말은 그림책에도 실린 이 말이다.

"나는 남성복을 입지 않는다. 나는 내 옷을 입는다."

매일 '싸우는 삶'을 산 메리를 생각한다. 바지를 입었다는 이유만으로, 산책을 나가는 것 같은 일상의 조그만 일들이 모두 싸움으로 이어졌던 메리는 얼마나 삶이 피곤했을까. 그냥 내 옷을 입고 나갔을 뿐인데 계란을 맞고 돌을 맞고 경찰에 체포되는 매일을 어떻게 죽을 때까지 견딜 수 있었을까. 그 모든 배타적인 시선과 조롱, 비난에 어떻게 맞설 수 있었을까.

브라를 차지 않았다고 온갖 핀잔을 들어야했던 시간들 속에서 나는 싸움을 견디지 못했다. 그냥 브라를 차고 다님으로써 내 한 몸 피곤하고 말자고 생각한 쉬운 길을 택했다.

물론 지금은 브래지어를 안 찬다고 구류를 살지는 않지만,

브라를 차지 않은 여성에 대한 모욕적인 평가가 여전히 자행되는 세상이다(브라 없이 상의를 입고 찍은 사진으로 대중의 뭇매를 맞았던 가수, 설리 생각을 하면 눈물 흘리지 않을 수는 없을 거다). 남자의 상반신 탈의는 아무렇지 않게 공중파에 나오지만 여자의 상반신 탈의는 방송 심의 규정을 통과하지 못한다. 여자의 가슴은, 몸은 왜 성적인 의미에만 무게가 크게 실릴까.

살아 있는 동안 편히 브라를 벗을 수 있을까? 여자가 바지를 입을 수 있기까지 거의 100년이 걸렸다는데. 브라 안 차도 되는 세상이 되려면 100년은 지나야 되려나. 아니, 그땐 지구온난화 때문에 생존이 1순위가 돼서 브라고 뭐고 다 상관없게 되려나. 그거는 그거대로 슬프다. 슬프지 않은 미래를 상상하고 싶은데.

에잇.

손바닥만 한 브라 벗는 거, 참 쉽지가 않다.

그래도 이 책을 읽은 뒤 첫째 아이는 바지도 즐겨 입는 어린이가 됐다. 철봉에 거꾸로 매달릴 때는 바지가 최고라며. 하교한 어린이의 흰 바지에선 누런 모래가 후두둑 떨어진다. 사막에서 뒹굴고 온 건지.

그래, 메리가 어떻게 얻어 낸 바지냐. 먼지도 함부로 묻히고 모래에 뒹굴기도 하면서 즐거이 입으며 자라나라.

그건 네 옷이니까.

《인어를 믿나요?》 제시카 러브 / 웅진주니어 / 2019

2019년 볼로냐 라가치 상 수상작. 인어가 되고 싶은 손자 줄리앙에게 목걸이를 내어주고, 인어 모양 드레스를 입고 함께 축제에 가는 할머니의 모습을 보면서 성별에 상관없이 자신이 하고 싶은 것을 할 수 있는 기쁨이 어떤 것인지 생각해보게 한다. 속편인 《결혼식에 간 훌리안》을 같이 읽으면 재미가 두 배.

《여자는 곤충을 좋아하면 안 되나요?》 크리스틴 에반스 / 키다리 / 2021

여성 곤충학자 애벌린 치즈맨의 실제 이야기를 그림책으로 엮었다. 애벌린은 여성 최초로 런던 동물원 곤충의 집 큐레이터가 되었고, 혼자 태평양 전역을 탐험하며 곤충 표본을 수집해 새로운 종을 발견하기까지 이르렀다. 세상의 편견을 깨고 곤충이 있는 곳이라면 일흔이 넘은 나이에도 어디든지 갔던 애벌린의 삶의 태도를 그린 책. 곤충을 좋아하는 어린이들에게 꼭 추천해주고 싶다.

《뜨개질하는 소년》 크레이그 팜랜즈 / 책과콩나무 / 2015

뜨개질과 바느질을 좋아하고, 머리카락이 길고, 밝은 색 옷을 좋아하며, 시끄럽게 장난치는 것을 싫어한 남자아이의 이야기. 성별의 전형성에 막혀 자신이 원하는 일을 하지 못했던 아이가 자신이 정말 좋아하는 일을 찾으며 자기에게 맞는 행복을 찾아간다. 편견 없이 세상을 볼 수 있는 창을 열어주는 그림책.

《왕자와 드레스메이커》 젠 왕 / 비룡소 / 2019

드레스 입기를 사랑하는 왕자와 뛰어난 실력의 재봉사 이야기를 그려낸 그래픽 노블. 성별의 벽에 막혀 재봉사가 되지 못했던 주인공이 결국 꿈을 이뤄내는 모습은, 미래가 막막하게 느껴지는 모든 청소년들에게 위로와 희망이 되어줄 것이다. 만화계의 아카데미상인 아이스너 상에서 최고의 청소년 책 부문을 수상했다.

당신을 향한 팬레터

제 목. **아주 희미한 빛으로도**

지은이. **최은영**

출판사. **문학동네, 2023**

《아주 희미한 빛으로도》는 책상 위에 거의 한 달간 놓여 있었다. 책뚜껑에는 고운 먼지가 앉아 바람이 불 때마다 일렁였다.

나는 두려워하고 있었다. 책뚜껑을 여는 순간 내가 어떻게 달라질지 알 수 없었기 때문이었다. 항상 최은영 작가의 책을 읽고 나면 내 시간은 평소와 다르게 흘렀고, 나는 책을 읽기 전과 다른 사람이 되었다. 책 읽기 전의 내가 어땠는지 기억나지 않을 정도였다. 그가 쓴 글을 읽기 전, 그가 쓴 문장들을 눈으로 따라가기 전의 나는 완전히 다른 사람, 지나가버린 역사 속 사람 같았고 그의 문장만 내 안에 생생하게 남았다.

조금 떨리는 손으로 펼친 이번 책도 그랬다. 그의 글을 읽는 동안 내 마음은 완전히 다른 곳으로, 나도 모르는 사이에 이동했다. 책을 덮고도 손 하나 까딱할 수 없었다. 그의 책에서 받은 어떤 마음들, 생각들이 몸 바깥으로 조금도 흘러가게 할 수 없었기 때문이었다. 조금만 몸을 움직이면 그가 내게 준 투명하고 섬세한 것들이 넘쳐버릴 것만 같았다. 찰랑찰랑 채운 액체에 가까운 어떤 귀한 것을 넘겨 받아 감히 넘칠까 조심스러워 꼼짝도 할 수 없는 상태다. 책을 배 위에 올려둔 채 눈을 감고 오래 누워 있었다. 다시 책을 펼쳐보고 싶었지만 내가 처음 받았던 강렬한 충격 같은 것이 사라져버릴까 두려웠다.

나는 보통 읽은 책에 대해 바로 글을 쓰지 않는다. 며칠 두면서 생각이 숙성되게 둔다. 책을 여러 번 다시 들춰보면서, 몇 문장은 옮겨 적기도 하면서 내 생각이 제대로 무르익도록 시간을 둔다. 하지만 이 책을 읽고는 무슨 말이라도 써야 했다. 책을 읽으면서도 숨 한 번 크게 쉬지 못했다. 단편집이라 이야기가 하나 끝날 때마다 호흡이 끊어지기 마련인데도 그의 글은 그런 류, 감히 눈을 떼고 잠시 다른 생각을 하게 만드는 류가 아니었다. 나는 그의 모든 이야기를 잡아먹듯이 샅샅이 훑었다. 새벽까지 이 책을 읽고 나서는 거의 잠들지 못했다. 머릿속에서 그의 문장들이 맴돌았고 나는 그 문장에 일일이 댓글을 달고 싶었다.

나도 뭐라 해야 할지 모르는 마음이 언어로, 문장으로 바뀌어 가지런히 앉아 있는 그의 글에서 전율을 느꼈다. 마음에 들어온 문장을 따라 쓰다 팔이 저려 그만 둘 정도였다. 그냥 그의 글을 모조리 베껴 쓰고 싶었다. 외우고 싶었다.

최은영은 이미 나에게 거장이었다. 압도적이고 폭력적인 거장 말고, 고요히 내 삶에 스며들어 그의 글을 생각할 때마다 이유 모를 눈물이 나게 하는…. 그와 나만 아는 특수한 방법으로 가슴을 찌르르 아프게 하는, 그런 거장이었다.

이 글은 얼마쯤 작가에게 바치는 헌정사인 동시에 열렬한 팬 레터의 형식이 될 것 같다. 그를, 그의 글을 좋아하지 않고서는 못 배기겠으니까. 그의 글이 얼마나 독보적인지, 감히 내가 어떤 부분이 좋았다고 말을 얹을 수가 없을 정도로 얼마나 아름다운지 나는 결국 언어화하지 못할 것이다. 그의 글에 대한 내 마음을 형언할 수 있는 말이 내 안에는 없다.

《아주 희미한 빛으로도》는 《쇼코의 미소》 이후 최은영 작가의 세 번째 단편소설집이다. 이 소설집에 실린 첫 단편은 〈아주 희미한 빛으로도〉였다. 나는 이미 이 글을 젊은작가상 수상집에서 읽은 적이 있었다.[28] 하지만 시간이 흐른 뒤에 읽은 이 단편은 전연 새로운 의미로 다가왔다. 그 후로도 몇 번이고 이 글을 읽었는데, 그때마다 다른 의미로 작품이 다가왔다. 마치 매번 새 이야기를 읽는 듯한 느낌이었다.

이 이야기는 스물 일곱에 학사 편입생으로 영문과 강의를 들으러 온 '희원'의 시점으로 시작된다. 희원은 영어로 에세이를 쓰고 읽는 수업에서 한 선생님을 만난다. 어느날 수업 중에 희원은 월경혈이 바지에 새서 선생님의 도움을 받게 된다.

"나는 당황스럽고 수치스러운 마음으로, 그렇지만 한편으로는 그녀가 나를 분명히 도와주리라는 믿음을 품고 그녀를 불렀다."

여자들은 다른 여자가 반드시 자신을 도와줄 거라는 믿음, 그런 신뢰를 생리라는 사건으로 획득하게 된다. 여자들끼리 우스갯소리로 하는 말이 있다. '철천지 원수라도 생리대는 빌려준다.'는 말. 자기도 모르는 사이에 피가 왈칵 쏟아져 팬티나 바지, 혹은 의자까지 적시는 일이 얼마나 난처하고 괴로운 일인지 서로 너무 잘 알기 때문이다. 희원도 그런 믿음을 가지고 선생님을 불렀다. 그리고 얼결에 선생님 집에까지 가게 된다. 선생님의 옷을 입고, 선생님이 준 속옷을 입게 된다. 그렇게 차츰 혼란스러움이 잦아든다. 선생님은 희원을 "내가 재미있는 사람이라는 듯, 웃기는 사람이라는 듯 짓궂게 미소 짓는 얼굴"로 보았다. 직장에서 항상 일을 처리하는 기계 같은 취급을 받았던 희

---

28 단편 〈아주 희미한 빛으로도〉는 2020년에 제 11회 젊은 작가상을 수상하고, 《아주 희미한 빛으로도》는 작가의 단편들을 엮어 2023년에 출간되었다.

원은 그의 얼굴에 얼떨떨하다.

자기 에세이를 읽고 토론하는 수업에서 희원은 다른 학생으로부터 말을 가로채인다. 희원이 자기 의견을 얘기하는 중, 다른 학생이 희원의 말을 끊고 "중요한 건 그런 게 아니라 노동 유연화 정책, 신자유주의적 경제 개편이거든요."라고 말한다. 그때, 토론에 절대 끼어든 적 없는 선생님이 그 학생의 말을 제지한다.

> "지금 뭐라고 했죠? (…) 앞서 얘기한 학생의 의견이 중요하지 않다고 말했죠. 그것도 말을 끊어가면서. (…) 내 수업에서 다시는 이런 일이 없었으면 합니다. 지금 이 자리에서 앞의 학생에게 사과하세요."

여자의 말, 특히 어린 여자의 말은 자주 묵살된다. 가로막힌다. 경청받은 경험이 잘 없다. 여자의 많은 말들은 도중에 잘리며 더 중요한 어떤 것에 눌려버린다. 최은영은 항상 그런 것들에 조명을 비춘다. 그의 다른 단편 소설 〈몫〉에서도 기지촌 여성 문제에 대해 조사하고 싶다는 교지 편집부원의 말에 선배들은 "민족 주권과 빈곤의 문제를 여성 문제로 축소해서 보려는 겁니까?"라고 말하고, 그에 편집부원인 희영은 "언니는 여성 문제가 그렇게 작은 문제라고 생각해요?"라고 답한 뒤 뭐라고 말을 더 이으려는 희영의 말은 선배 정윤의 말에 끊겨버린다. 하지만 선생님의 수업에서는 그런 잘림, 끊김이 허용되지 않았다. 모든 의견은 끝까지 경청되었다.

선생님은 학생들에게 자주 은근한 무시를 당했다. 버지니아 울프에 대해 박사 논문을 쓴 선생님 앞에서 학생들은 '버지니아 울프는 1939년에 죽었거든요.'라고 '~거든요' 종결 어미를 사용해 아는 척을 했다(버지니아 울프는 1941년에 죽었다).

희원은 개인적인 만남에서 선생님에게 이렇게 말했다.

> "선생님은 저희한테 과분했죠. 무례한 애들, 선생님이 젊은 여자 강사가 아니었다면 그렇게 하지 않았을 거예요. (…) 선생님이 정교수였다고 해도 그러지 못했을 거고요."

선생님은 그 말에 긍정하지 않았다. 정말 그렇게 생각하냐고, 희원씨가 앞으로 겪을 일들을 그런 식으로만 생각하지 않았으면 좋겠다고 말한다.

희원은 대학원을 다니면서 선생님이 갔던 길들과 비슷한 길을 걸어간다. 희원이 강사로 일하는 동안, 선생님의 이름으로 나온 글이나 번역서는 찾을 수 없게 되었다. 선생님은 "머물렀던 흔적조차 남기지 않고 떠난" 사람이 되었다.

선생님은 말했다. 글쓰기는 의심하지 않는 순응주의와는 반대되는 행위라고. 어떤 사안에 대해 자기 입장이 없다는 건 무관심하다는 것이며, 더 나쁘게 말해 기득권에 대한 능동적인 순종일 뿐이라고. 용산 참사[29]에 대해 이야기하던 중이었다.

---

29 2009년 1월 20일 서울시 용산 재개발 보상대책에 반대하던 철거민과 경찰이 대치하던 중 화재가 발생해 6명이 사망한 대참사. "용산 참사, 도대체 누구에게 죄를 묻겠다는 것인가", 한겨레, 2009년 10월 21일. https://www.hani.co.kr/arti/opinion/editorial/383224.html

나는 순종적이지 않은 글, 입장이 명확하게 드러나는 글을 쓰고 싶었다.

〈몫〉이라는 단편에서 작가는 이렇게 말한다.

"그런 글을 쓰고 싶었다. 한번 읽고 나면 읽기 전의 자신으로는 되돌아갈 수 없는 글을, 그 누구도 논리로 반박할 수 없는 단단하고 강한 글을, 첫 번째 문장이라는 벽을 부수고 앞으로 나아갈 수 있는 글을, 그래서 이미 쓴 문장이 앞으로 올 문장의 벽이 될 수 없는 글을, 언제나 마음 깊은 곳에 잠겨 있는 당신의 느낌과 생각을 언어로 변화시켜 누군가와 이어질 수 있는 글을."

최은영 작가의 글은 그런 글이었다. 작가의 글에서 대부분의 인물들은 무르고 약지 못하다. 나는 인물들의 유약함, 어찌보면 약하고 만만해보이는 면에 마음을 뺏겼다.

모든 인물이 나 같았다. 나는 상황이 돌아가는 동안 그 핵을 캐치하지 못하고 멍하니 바라보다가 시간이 지나서야 '아, 그게 이런 것이었구나' 알게 되는 그런 사람이었다. 관계에 서툴고, 사람들 사이에서 나만 모르는 일들이 자주 일어나는데 그 안에 든 의미가 무엇인지 잘 캐치하지 못하는 사람.

최은영의 소설엔 재빠르지 못하고, 눈치가 없고, 그래서 다소 무신경하고, 나중에서야 후회하며 스스로를 조금 미워하게 되는 그런 사람들이 자꾸 자꾸 나왔고 나는 그 이야기를 내 이야기로 받아들였다. 실제로 경험해보지 않았던 소설 속 일들이, 마치 과거에 있었던 일처럼 생생하게 눈 앞에 그려질 정도였다.

나는 〈이모에게〉에서 묘사된 이모가 입은 모직 코트의 질감과 냄새까지 선명하게 그릴 수 있었다.

책에 마지막으로 실린 단편은 〈사라진, 사라지지 않는〉이다. 이야기는 기남이라는 여성의 시점으로 진행된다. 기남은 둘째 딸 우경이를 만나러 홍콩에 간다. 우경은 아주 세련된 여성이다. 미국 교포랑 결혼해서 홍콩의 비싼 집에 살며 헬퍼를 두고 아이를 키운다. 우경은 언니인 진경을 혐오하다시피하는데, 표면적인 이유는 진경이 알코올 중독자이기 때문이다. 하지만 그 안엔 복잡한 문제가 얽혀 있다.

기남은 집에서 여섯 번째 딸로 태어나 어릴 때 버림받았다. 아홉 살 때부터 남의 집에서 식모로 일하며 마음에 결핍이 있었던 기남은, 자신에게 처음으로 친절하게 대해준 이혼남과 결혼한다. 그 남자에겐 아이가 있었는데 그 아이가 바로 진경이다.

진경은 기남이 태어나 처음 받아본 어떤 마음을 주었다. 겨울날 신발장에서 기남의 신발을 품에 안고 있다가 '발 시리지 마, 엄마' 하면서 내어주고, 유치원에서 간식으로 나온 요구르트를 아껴 놨다 가져다주었으며, 공주 그림을 그리고 나서 그 그림이 기남을 그린 거라고 말해주었으며, 작은 손으로 기남의 얼굴을 쓸어주었다. 기남은 진경을 진심으로 사랑하게 되었다. 그래서 폭력적인 남편에게서 떠나지 못했다. 하지만 남편은 진경을 사랑하지 않았고, 둘째인 우경만 티나게 편애했다. 그 과정에서 아이 둘 다 깊은 상처를 받았다.

기남은 부끄러워한다. 자기 자식을 서슴없이 내쫓는 남편을 말리지 못했던 것을, 그런 모습을 아이들이 보고 자라게 한 것을.

나도 아이를 키우면서 세상에서 받아보지 못한 사랑을 받았다. 잠시 외출하고 들어오면 아이들은 하던 일을 멈추고 허겁지겁 달려나와 나에게 안겼다. '엄마! 엄마! 보고 싶었어' 하며. 아이들이 나를 엄마라고 부를 때마다 가슴이 일렁였다. 내가 실수로 뭔가를 쏟아 '아이고, 내가 왜 이랬지. 바보 같은 행동을 했다'라고 하면 아이들은 입을 모아 '아니야, 엄마 잘못이 아니야! 엄마는 늘 잘하고 있어'라고 말해주었다. 밤에 잘 때는 나를 꼭 껴안고 '세상 끝까지 엄마를 사랑해, 엄마를 보고 있어도 늘 보고 싶어'라고 해주었다. 통통하고 부드러운 팔로 내 목을 감고 폭 안겨 편안한 얼굴로 잠들어주었다. 세상 누구보다도 나를 제일 사랑해주는 독점적이고 배타적인 사랑은 너무나도 달콤했고, 엄마라는 존재가 되었다는 사실에 고양감을 느끼게 했다.

하지만 〈사라지는, 사라지지 않는〉에서는 그렇게 사랑했던 존재가 어른이 된 후를 그린다. 이 이야기는 엄마를 불편해하고 답답해하는 딸과 그런 딸 앞에서 안절부절못하는 엄마의 이야기이기도 하다.

기남의 딸 우경은 알코올 중독인 언니를 이해하지 못하고, 물건을 잃어버리거나 화장실 물 내리는 것을 깜빡하는 엄마를 견디기 힘들어하는 모습으로 보아 일견 이기적이고 냉정하게 보인다. 하지만 시어머니와 배우자하고는 따뜻한 관계를 맺는 걸 보면 마냥 차가운 사람만은 아니다. 우경은 그저 원가족이 불편한 것이다.

나도 그렇다.

내 아빠는 알코올 중독자이고, 엄마는 그런 아빠와 공동 의

존 관계다. 엄마는, 아빠의 알코올 중독 문제 때문에 힘들어할 때도 있지만 그래도 전적으로 아빠 편이다. 아빠가 소설 속 기남의 남편처럼 자식들에게 무럭대고 소리지른다던가 느닷없이 때린다든가 하는 물리적·언어적 폭력을 가할 때도 엄마는 그걸 말리거나 적극적으로 개입하지 않았다. 서른 살 넘어 아기까지 데리고 온 나에게 아빠가 뭔가 화가 나서 벼락같이 소리 지를 때에도 엄마는 결국 나의 행동을 나무랐다.

아빠는 우리 앞에서 엄마를 자주 무시했고 시종 부리듯 했다. 물 한 잔 본인 손으로 떠오지 않았다. 가사와 육아는 오직 엄마 몫이었다. 나는 그런 모습을 보고 자랐다. 아빠가 늘 무서웠다. 아빠 앞에서는 뭔가 책잡힐 일이 늘 있었다. 아빠는 결벽증이 있어 자기 물건을 건드려 위치를 조금 옮기거나, 본인 기준에 청소가 덜 되어 있으면 불호령이 떨어졌다. 아빠가 집에 있을 땐 공기가 늘 무겁게 가라앉아 있었다.

아빠는 성희롱에 가까운 농담도 자주 했는데(가슴이 쳐졌다거나 튀어나왔다는 등) 그런 농담에 항의하면 예민하게 군다고 되려 혼났다. 언젠가, 동생과 싸웠다는 이유로 방에 갇혀 아빠에게 PVC 파이프로 맞았을 때의 공포가 지금도 잊히지 않는다.

이런 일들이 내게 트라우마로 남았다는 것을 알았고 엄마에게 그런 마음을 토로했을 때 엄마는 왜 과거 일로 혼자 힘들어하냐고, 제발 잊고 마음 좀 편하게 가지라고 말했다.

나는 그 말 때문에 더욱 무너졌다. 내가 겪은 일에 대해 '그런 일이 없었다', 혹은 '별일 아니다', '이제 와서 왜 난리냐' 하는 것과 비슷한 맥락의 말이었다. 맞다. 별일 아니었을 수도 있었

다. 어쨌든 배 곯지 않았고 한데서 잠 자지 않았으니까. 하지만
〈이모에게〉에서 희진이 했던 말처럼, 별것 아니었다는 말은 나
만이 할 수 있는 말이었다. 내가 겪은 모든 일들에 대해서.

원가족에 대해 생각하면 머리 위로 커다란 그늘이 드리워지
면서 가슴 위에 무거운 돌이 놓인 것만 같다. 관계에 대한 확신
이 없으니까 상대의 작은 말에도 상처받는다. 자꾸 곡해하게 된
다. 말에 숨은 진의가 있는지 오래 생각해보게 된다. 조금만 어
조가 달라져도 긴장하게 된다. 우경과 기남의 관계도 그랬다.
기남은 딸인 우경을 좋아하면서도 곁에 있으면 긴장했고, 자꾸
서운해졌다. 우경은 우경대로 알코올 중독인 언니를 무작정 감
싸는 엄마, 아빠에게 맞서지 않고 갈등을 피하려고만 하는 엄마
를 지긋지긋해했다. 기남은 그런 우경을 보며, 자신이 우경의
삶에 감히 간섭하지 않았으면 하는 것 같다고 혼자 생각했다.

철저히 기남의 시각으로 이야기가 전개되므로 우경의 진짜
마음은 어땠는지 나오지 않는다. 하지만 난 우경의 마음을 알
것 같았다. 부모를 미워할 수도 없고, 온전히 받아들일 수도 없
는 마음을. 차라리 아예 남인 시어머니와 더 잘 지낼 수 있는 그
런 마음을 알 것 같았다.

엄마는 나의 어린 시절의 모습을 알았지만 지금의 모습, 지
금의 마음은 잘 몰랐다. 어릴 때처럼 무조건적인 애정과 순종의
모습을 보이지 않을 때 상처받고 눈물을 흘렸다.

엄마와의 관계에는 아빠의 알코올 중독 문제와 폭력성이 늘
드리워져 있었고 엄마의 화제는 아빠 주위에서만 맴돌았다. 엄
마와 아빠는 떼려야 뗄 수 없는 사이였다. 자연히 엄마와의 관

계는 축축하고 무거워졌다. 엄마를 온전히 사랑하지 못하는 부채감과 죄책감이 언제나 뒤따랐다.

엄마는 나에게 부모님에 대한 애정 어린 태도와 존경을 요구했다. 자식을 때리고 바람 피우고 술주정 부림에도 불구하고 아빠를 사랑하고 감싸주는 '훌륭한' 다른 집 자식들 사례에 대해 자주 이야기했다. 나는 부모님과 함께 있으면 심장이 빠르게 뛰면서 자주 불안해졌다. 만나고 난 다음엔 끝없이 우울해졌다. 나는 부모님과 만나는 횟수를 점차 줄였다. 그런 내 행동 때문에 엄마는 자주 서운해하고, 어쩌면 그렇게 저밖에 모르냐며 질책했지만 내가 살기 위해서는 어쩔 수 없었다.

〈이모에게〉 단편에서 희진은 이렇게 말한다.

"싫어하는 것들의 목록만 늘려가는 인간이 될까 봐, 자기 상처에 매몰되어 다른 사람의 상처는 무시하고 별것도 아니라고 얕잡아보는 편협하고 어두운 인간이 될까 봐 겁이 났다".

엄마도, 나도 그런 어른이 되어버린 걸까. 엄마도 나도 결국 자신의 아픔만 바라보기에 서로의 진실에 가 닿기는 어려울 것이다.

〈이모에게〉 단편에서 이모는 희진에게 이런 말을 한다.

"너 어릴 땐 네 마음 여린 게 그렇게 불안해서 고치려고 했어. (…) 오늘 널 보니까 알겠더라. 천성은 고칠 수가 없는 거야. 그런데도 잘 살 수 있는 거야."

나는 늘 내가 문제인 줄 알았다. 엄마 아빠가 심하게 싸우는 것도, 수학 계산이 빠르지 않은 것도, 심각한 길치에 방향치인 것도 모두 내가 구제 불능이라 그런 줄 알았다. 나는 야무진 아이가 아니었다. 길을 자주 잃었고, 물건도 잘 잃어버렸다. 그럴 때마다 호되게 혼났는데, 그럼에도 불구하고 잘 고쳐지지 않아 스스로가 자주 싫어졌다. 어른들에게 나는 어설픈 애, 눈치 없는 애, 자기 물건 제대로 못 챙기는 애였다.

하지만 어른이 된 나는 어릴 때 내가 절대로 잘 해내지 못할 거라 생각했던 많은 부분들을 해낸다. 요리도, 청소도 그럭저럭 한다. 아이들 준비물도 잊지 않고 챙긴다. 물론 여전히 자주 길을 잃고 돈 계산도 틀린다. 하지만 길 잃어버릴 시간까지 계산해 아예 집을 미리 나서거나 계산기 어플을 상용하는 것, 모든 일정을 메모해서 붙여두는 것으로 문제를 해결한다. 물론 손끝 야문 사람처럼 빈틈없이 말끔하게 살림을 정리하거나, 아이 입성을 반듯하고 단정하게 챙기거나 하지는 못한다. 그래도 인생은 잘 이어진다. 내 야무지지 못함, 눈치 없음, 어리숙함을 어른들은 고치려고 했지만, 결국 나는 천성 그대로 자랐고 어른들이 생각했던 것과는 다른 방법으로 잘 살아가고 있다.

최은영의 글들은 내 상처를 헤집는다. 해묵은 기억들을 들춰보게한다. 그의 이야기에 등장하는 사람들의 이야기를 기어이 내 것으로 끌어오게 만들어버린다. 대충 읽고 넘길 수 없다. 나는 그의 문장을 따라가다 자주 길을 잃었고, 멍한 눈으로 먼 기억을 더듬곤 했다.

그러면서도 글 사이 사이에 그가 뿌려 둔 작은 위로의 조각들을 주웠다. 무르고 약한 사람들이 수없이 고민하고 주저하면서도 나름의 삶을 살아가는 모습들을 읽으면서. 완벽한 해피엔딩을 그리는 것이 아니라 불완전하지만 계속 살아감을 선택하는 그런 종류의 용기를 읽으면서 나는 결국 과거에 매몰되지 않을 수 있었다. 상처입고 일그러진 부분들이 나도 모르는 사이에 회복된 걸 느꼈다.

최은영의 글에 나오는 모든 여자들에게는 이름이 있었다. 엄마에게도, 가사도우미에게도 모두 이름이 있다. 세상이 쉽게 지나쳐버리곤 하는 인물들에게 작가는 이름을 주었다.

나는 그의 소설에 나오는 모든 여자들의 삶을 사랑하게 되었다. 나 같은, 혹은 내 주위에 살아있을 것만 같은 여자들. 잘못을 저지르기도 하고 스스로를 미워하기도 하고 삶의 언저리에서 머뭇거리는 여자들을 끝까지 다정하고 사랑스럽게 바라보는 그의 시선을 사랑했다.

그의 문장엔 언제나 따뜻함이 배어있다.

이 단편집의 제목인 '아주 희미한 빛으로도'는 나에게 이런 의미로 다가온다.

아주 미약한 빛만으로도 누군가의 삶을 윤기 있게 바라볼 수 있다는 것, 아주 작은 조명을 비추는 것만으로도 누군가를 이해하고 사랑할 수 있다는 것, 나 또한 미미한 희망만으로도 계속해서 살아갈 수 있다는 것.

"어쩌면 그때의 나는 막연하게나마 그녀를 따라가고 싶었던 것
같다. 나를 닮은 누군가가 등불을 들고 내 앞에서 걸어주고, 내

가 발을 디딜 곳이 허공이 아니라는 사실만이라도 알려주기를 바랐는지 모른다. 어디로 가는지 모르지만, 적어도 사라지지 않고 계속 나아갈 수 있다는 걸 알려주는 빛."

나는 최은영의 글을 통해 그런 빛을 발견했고, 그 빛은 사라지지 않고 내 마음 깊은 곳 어딘가에서 빛나고 있다.

아주 희미하게, 하지만 끊이지 않고 반짝이며.

《내게 무해한 사람》 최은영 / 문학동네 / 2018

최은영의 두 번째 단편 소설집. '마음이 특별히 약해서 쉽게 부서지는 사람'들을 위한 이야기. 작은 목소리를 내는 사람들, 쉬이 마음이 다치는 사람들, 섬세하고 여려서 세상의 나쁜 것들에 자주 생채기 나는 사람들의 이야기를 작가 특유의 따듯한 시선으로 다뤘다. 진짜 사람 사는 이야기, 사람이 맺는 관계에 대한 이야기.

《네 이웃의 식탁》 구병모 / 민음사 / 2018

공동 주택 실험에 참가한 가족들에 대한 이야기. '이웃간의 도리'라는 명목으로 얼마나 많은 침해와 고통이 발생하는지에 대해 세심한 시선으로 다룬다. '최선'이라는 이름하에 희생되는 약한 사람들의 마음을 세세히 드러냄으로써 깊이 몰입하게 된다.

《딸에 대하여》 김혜진 / 민음사 / 2017

엄마, 딸, 딸의 연인에 대한 이야기. 혐오와 폭력에 숨쉬듯 시달리는 여자들의 이야기이다. 노인, 여성, 성소수자의 삶에 대한 이야기를 단정하고 서늘한 시선으로 그렸다.

어디라도 아파야 글이 써집니다

제 목. **토지**

지은이. **박경리**

출판사. **다산책방, 2023**

《토지》는 박경리 작가가 26년 동안 써낸 대하소설이다. 조선 말기부터 일제강점기를 거쳐 근대로 나아가는 시대를 세세히 담아 완성한 대작이라 할 수 있다. 그런 대작을 써낸 작가인 박경리는 놀랍게도 스스로에게 이런 질문을 거듭했다고 한다.

'나는 왜 작가가 되었는가.'

80여 년을 살면서 죽을 때까지 펜을 놓지 않은 대작가조차 '왜'라는 질문, 삶의 본질을 돌아보는 질문을 끊임없이 던진다.

어느 날, 〈토지문학제〉라는 행사에 참여해서 지리산의 한(恨)에 대하여 이야기하던 박경리 작가는 갑자기 "둑이 터져서 온갖 일이 쏟아져내리는 것 같"은 감각을 느낀다. 그러면서 작가가 된 이유를 섬광과 같이 깨닫는다.

> "지도 한 장 들고 찾아와본 적이 없는 악양면 평사리, 이곳에 《토지》의 기둥을 세운 것은 무슨 까닭인가. 우연치고는 너무나 신기하여 과연 박 아무개의 의도라 할 수 있겠는지, 아마도 그는 누군가의 도구가 아니었을까, 전신이 떨렸다. (…) 고난의 역정을 밟고 가는 수없는 무리. 이것이 우리 삶의 모습이라면 이상향을 꿈꾸고 지향하며 가는 것 또한 우리네 삶의 갈망이다. 그리고 진실이다."

박경리는 자신을 글을 쓸 수밖에 없도록 끌고 가는, 거대한 힘에 대해 이야기했다. 개인의 의지만으로는 설명할 수 없는 어떤 힘이, 이 글을 쓸 수밖에 없도록 이끌었다고. 《토지》는 표면상으로는 소설이지만, "한 인간의 하고많은 분노에 몸을 태우

다가 스러지는 순간순간의 잔해"이자 잿더미이자 통곡이었다
고 말한다. 다분히 운명론적인, 그다운 말이다.

나는 운명론자는 아니다. 하지만 나에게도 글을 쓸 수밖에
없는 순간들이 있음을 안다. 응축되고 억눌려있던 나의 감정을
글이라는 것이 이끌어내어, 내가 쓸 수 없던 것을 쓰게끔 만든
다는 것을 안다.

《토지》에도 존재의 의미를 찾아 헤매는 무수한 인물들이 나
온다. 자신을 버리고 떠난 어머니를 찾아 최참판 댁으로 온 구
천이, 상놈인 구천이를 사랑하게 된 별당 아씨, 별당 아씨와 결
혼한 최참판 댁 장남 최치수, 최치수를 이용해먹으려는 노름꾼
김평산과 일제의 앞잡이 조준구, 그 모든 음모를 견뎌야만 하는
어린 딸 최서희가 엮여 만들어내는 염화는 스스로를 태울 뿐 아
니라 작품을 읽는 독자까지 활활 타오르게 한다. 신분제 아래서
얼마나 인간이 치졸하고 비굴해질 수 있는지, 신분이 얼마나 많
은 것을 가로막는지 현대를 사는 '나'로 하여금 절절하게 느끼
게 한다. 그리고 재밌게도, 구한말의 생활상을 읽을수록 지금
의 삶에 대해 미약한 희망을 가지게 한다. 자꾸 뒷걸음질만 치
는 것 같은 현재가 사실은 아주 느리게 나아지고 있다는 것을
깨닫게 되어서다. 하늘같이 높은 신분체계가 붕괴한 것, 가축
취급을 받았던 상민이 사람 대접을 받게 된 것이 얼마나 놀라운
일인지 《토지》를 읽는 내내 절감했다.

그리고 신분제만큼 엄하게 잡도리당했던 당시 여자의 삶에
대해 생각한다. "복날 개 패듯이 나 같으믄 버르장머릴 싹 고치
놓을 긴데, 계집이란 사흘 안 맞이믄 여시가 된단 말이다." 같은

말을 아내 다루는 지혜라며 나누고, 남편이 마누라 머리채를 잡아 질질 끌고 다니며 '법도를 가르치는' 장면을 읽으면 가슴이 아프다. 심지어 여자는 양반 신분이어도 보호받지 못했다. 산적에게 겁탈당한 양반 댁 규수 이야기, 가문을 위해 나이 많은 남자에게 팔리듯 시집간 아씨 이야기를 읽으면 여자는 그 어느 때도 안전하지 못했던 것 같다. 조선시대에서 지금까지 여자의 삶은 얼마나 더 나아졌는지. 법원에서 접근 금지 명령을 받고도 아내를 살해하려 한 남성에 대한 기사[30]를 읽으며 여자들이 살 만한 세상은 언제 되려는지, 신분제가 붕괴한 것처럼 여자들도 언젠간 인간 대접을 받으려는지 궁금해진다.

나는 나와 세대가 다른 사람들이 《토지》를 어떻게 받아들이는지 알고 싶었다. 그래서 내가 수업하는 중등 논술반에 필독 도서를 《토지》로 정했다. 현대를 사는 십대들은 어떻게 이 작품을 읽어낼지 궁금했다.

첫 장부터 인물이 쏟아져 나오고 인물마다 말 못 할 과거가 있으며 구한말 시대적 배경에 신분제도까지 덧씌워지니 애들이 내용을 이해하지 못해 쩔쩔맸다. 무엇보다 사투리가, 정말 우리 할머니 할아버지들이 쓰던 경남 사투리가 나와서 번역 좀 해달라는 말까지 나왔다. 그나마 애들이나 나나 경상도 토박이인지라 아예 못 알아들을 말들은 아니라서 뜻을 유추하며 읽어나갔다.

---

30 "접근 금지 명령에도 아내 직장 찾아가 살해 시도…60대 기소", 연합뉴스, 2023년 12월 14일. https://www.yna.co.kr/view/AKR20231214050100065

학생들이 가장 많이 언급했던 장면은, 최참판 댁 유일한 핏줄인 5살 서희가 버릇없이 구는 계집종 귀녀에게 침을 퉤 뱉는 부분이었다. 서희는 아기이고 귀녀는 누구에게 지는 성미가 아닌, 나이도 과년한 처녀였다. 그런데도 귀녀는 차마 상전에게는 대들 수 없어 치맛자락으로 얼굴에 묻은 침을 닦아내고 자리를 피해버린다. 요즘 말로 하면 권력, 힘 있는 자가 악한 자를 혼내주는 속 시원한 장면이다. 학생들은 지금도 신분제가 있으면 좋겠다고, 그러면 이렇게 오만방자한 사람을 혼쭐내줄 수 있지 않겠냐고 한목소리로 말했다.

하지만 지극히 현실적인 관점에서 이 장면을 읽은 나로선 조금 다른 생각을 하게 됐다.

조선시대 노비 비율이 전체 인구 4~50%를 차지했다고 하니 조선시대에 태어났다면 아마도 나는 노비나 중인이었을 것이다. 지금이야 운 좋게 신분제도가 없는 세상에 태어나 양반 앞에 굽실거리며 살진 않지만 그래도 신분 질서가 어떤 것인지 조금쯤은 안다고 생각한다. 오랜 시골살이 때문이다.

내가 사는 지방은 아직도 향반이 위세를 떨치고 여자 남자 위계가 분명한 지방이다. 우리 엄마가 시집간 집안은 일 년에 제사를 열 번 이상 지내는, 가부장제 질서를 수호하는 양반집이었다(안동 김씨 가문이라 하지만, 나는 돈 많았던 우리 할아버지가 몰래 족보를 산 건 아닐까 가끔 의심한다).

거의 매달 제사가 있다. 그때마다 열기가 꽉 찬 부엌에서 끊임없이 전을 부쳐내고 나물 무치는 걸 담당하는 건 누구인지, 시원한 거실에서 제문을 쓰고 제사상을 감독하며 잔소리하는 사람은 누구인지 아주 어린 시절부터 자연스레 알게 되었다. 며칠 전부터 장을 보고, 음식을 다듬고, 제사 전날 해뜨기 전부터 모여 산적에 육전에 닭조림에 구운 생선에 열 가지가 넘는 전을 부치는 사람들은 신분질서에서 아래쪽에 있는 사람들이란 걸 가랑비에 젖듯이 받아들였다.

그래서였을까. 중학생이 되고부터는 그 제사상 차림에 나도 당연히 참여하여 무쇠 프라이팬에 기름을 두르고 배추전이며 고구마전, 명태전들을 밀가루에 묻혔다 계란물에 묻혔다 하며 부지런히 부쳐냈다. 동그랗고 예쁘게 부쳐진 것은 남자 어른들 드시는 저녁상에, 이지러지고 찢어진 것은 따로 작은 소반에 차려 바닥에서 여자들끼리 먹었다. 자정에 제사를 지낸 후 방문하신 친척 어른들에게 육전 같은 귀한 음식들을 모아 싸드리고 남은 나물 같은 것은 여자들 차지였다. 남은 나물을 먹어치우느라 며칠이고 비빔밥을 물릴 때까지 해먹었다.

굳이 구한말까지 갈 거 뭐 있나. 내가 있는 자리가 한국판 카스트 제도의 아래쪽이라는 것은 명약관화한 사실이었다.

제사 때마다 아빠는 술을 과하게 마셨고 그 끝엔 꼭 눈물을 글썽였다. 딸만 둘을 둔 자신은 대가 끊겼다며 다른 데서라도 아들을 낳아와야 할지 고민스럽다는 내용이 안주로 따라붙었다. 그런 얘기를 면전에서 듣고 있었던 엄마는 무슨 생각을 했을까(나중에 엄마 마음은 어땠냐 물어보니 '과학적으로 성별은 정자 염색체로 때문에 정해지는 거라던 걸'하고 생각하며 뒤돌아서서 메롱, 했단다. 웃기다. 엄마는 그렇게 현대의 카스트 제도를 견뎠나보다).

일제 강점기와 한국전쟁을 겪으면서 양반, 상놈 가르는 신분제도는 빠르게 무너졌지만 그 자리를 결국 황금만능주의가 채워, 지금도 금수저니 흙수저니 재력이나 학벌에 따른 또 다른 신분제가 존재하는 것은 부정할 수 없다. 거기에 성별까지 가세한다.

불과 십오륙 년 전, 내가 여고에 다닐 때 대학교를 타지역으로 보내는 부모가 많지 않았다. 시골 학부모들은 여자애 공부시킨다고 멀리 보내면 몸과 생각을 더럽힌다고 생각했다. 담임이 말려도 소용없었다. 내신이 아무리 좋아도 소용없었다. 우리 지방의 하나뿐인 전문대에 딸들을 보냈다.

결국 재력이나 학벌의 벽을 넘는 차별은 성별인 걸까.

나는 운좋게 현대에 태어나 노비는 아니지만 신분제도에서 결코 자유롭지 않은 시골 여자 1이다. 옛날엔 본분을 지키는 것을 미덕으로 여겼다지만, 자꾸 날개를 달고 날자, 날자, 날아보자꾸나를 외치면서 글을 쓰고 싶은 건 구한말에 여성들이 돌려읽으며 열광했다던 <박씨부인전>이나 <홍계월전>, <백학선전> 같은 여자 영웅 소설의 계보를 잇고 싶어서일까.

결국 학생들과는 신분제도에 대해 더 깊은 이야기를 나눌 수는 없었지만, 수업을 진행하면서 나에겐 한 가지 깨달음이 남았다. 서희를 주인공으로 하는 여성 영웅 소설에 가까운 《토지》를 읽으면서 그의 삶을 보고 얻은 깨달음이다. 사람이 도시의 불빛 아래서 짐승 같은 저항의 본능을 잃어버렸다지만, 본인이 겪는 불평등을 순식간에 캐치하고 깨트리고자 하는 욕망은 어느 시대든 살아 있다는 것.

박경리 또한 팔십여 년의 생 동안 온갖 불평등에도 굴하지 않고 쉼없이 글을 썼다. 1897년부터 해방 이후까지 이어지는 길고 긴 세월을 소설에 담았다. 여성 작가의 입지가 좋지 않아 차가웠던 주변의 평가에도 함부로 펜을 꺾거나 하지 않았다. 《토지》라는 세계 안에서 수많은 인물이 태어나고 죽고 자식이 그 생을 이어갔다. 평사리라는 동네에 정말 살아있었을 것 같은 그 인물들을 보며 나는 작가 박경리라는 인물이 경이로움을 넘어 때로 두렵기까지 했다. 한 사람 안에 어떻게 이렇게 많은 인물이 살아 숨 쉬었을까, 하고.

그리고 인물들이 각자의 삶에서 겪는 가지각색의 불평등을 깨트리는 과정을 어떻게 이리도 생생하게 쓸 수 있었을까 알고 싶어졌다.

사실, 나는 작품이 아무리 좋아도 상상하던 작가의 이미지가 깨질까 봐 작가의 삶은 쉬이 들여다보지 않았다. 하지만 《토지》를 읽을수록 어떻게 한 인간이 가보지도 않은 간도와 평사리의 모습과 세상에 없는 인물들을 이토록 세세하게 묘사할 수 있는지 궁금해졌다.

사위 김지하가 옥에 간 후 옥바라지하는 딸을 도우려 생면부지의 원주로 갔다는 박경리. 손주를 업고 서서 유리창에 원고지를 끼워 마감을 했다는 박경리. 평생 애연가로 살다 폐암에 걸렸지만 치료를 일절 거부하고 끝까지 글을 쓰다 생을 마감한 박경리. "저는 몸에 어디가 쑤시고 아프지 않으면 안 돼요. 심지어 치통이라도 있어야 글이 써집니다."라고 말한 박경리.

박경리는 글을 넘어선 삶의 태도까지도 마음을 울리는 데가 있었다.

박경리의 신체적 아픔에 대해 읽으면서 나는 내 허리를 떠올렸다.

나는 허리 통증이 아주 심하다. '아주 심하다'라는 표현은 너무 대강 뭉쳐 쓴 설명이겠다. 바닥이나 의자에 10분 이상 앉아 있을 수 없다. 그 이상 앉아 있으면 허리에 10kg짜리 쇠사슬을 묶은 것처럼 묵직한 압력이 느껴져 움직일 수가 없다. 골반 근처를 날카로운 송곳으로 푹푹 쑤시는 것 같은 찌릿찌릿한 통증을 24시간 느낀다.

깨어 있는 대부분의 시간엔 걷거나, 눕거나, 폼롤러에 매달려 있다. 요가를 죽자고 하는 이유도 요통 때문이다. 찢어지는 듯한 아픔에 눈물을 흘리면서도 장요근을, 기립근을, 대퇴근을 요가 동작으로 늘리고 풀어준다. 그러면 한두 시간 정도는 통증을 덜 느끼니까. 큰 병원서 MRI까지 찍어봤지만 디스크는 아니란다. 골반 전반 경사가 남들보다 심한 정도? 기립근이 짧아져 있는 정도? 필라테스 같은 근육 운동을 열심히 하라는 처방만 받았다.

책을 오래 못 읽는 것도, 글을 오래 못 쓰는 것도, 까닭 없이 우울해지고 살기 싫어지는 것도 허리 통증 탓을 많이 했다. 잠시도 쉬지 않고 누가 허리를 칼로 푹푹 찌르는 것 같은데 이걸 어떻게 견디면서 살아. 큰일이 없다면 아마도, 앞으로 30년 넘게 살아갈 텐데 매일의 요통을 견디며 살아갈 자신이 없었다. 허리 통증이 뭐 대단한 거라고 죽고 싶다는 생각까지 하나 싶겠지만, 배부른 소리 한다 싶겠지만, 그래도 매일같이 시달리는 고질적인 아픔은 사람을 낡게 하고 날카롭게 한다.

그런데, 26년에 걸쳐 3만 매가 넘는 원고를 써낸 박경리는 한 일간지와 진행한 인터뷰에서 '한 군데라도 아프지 않으면 글이 써지지 않는다'고 했다. 《토지》 서문엔 이렇게 썼다.

"전신에 엄습해오는 통증과 급격한 시력의 감퇴와 밤낮으로 물고늘어지는 치통과, 내 작업은 붕괴되어가는 체력과의 맹렬한 투쟁이었다."

그가 어떤 고통 가운데 있었는지 감히 다 이해할 수는 없지만, 나는 나대로 방에 고요히 앉아 박경리가 그 말을 했을 때의 **호흡**을, 그 안에 담긴 그의 삶과 작가로서의 신념을 가늠해본다.

생각해보면, 내 인생에서 가장 많은 책을 읽고 가장 오래 글을 썼던 시기는 아기를 낳고 모든 커리어를 잃고 친구 하나 없이, 나갈 데 하나 없이 애 젖만 물리고 있을 때다.

노트북을 늘 옆에 끼고, 아기가 젖만 먹고 나면 바로 엎어 안고 뭐라도 쓰고 또 썼다.

아기가 100일이 지나자 아기띠를 매고 걸신들린 것처럼 도서관들을 순회하며 70권, 80권, 매주 책을 빌렸다. 생식기 언저리가 데인 것처럼 아프고 오로가 그때까지도 나왔는데도 그랬다. 미로 같은 도서관에서 아기는 낮잠이 잘 들어줬는데, 그럼 아기띠를 둘러메고 서가에 서서 책을 읽고 또 읽었다.

결국 인간은 다양한 종류의 아픔을 견디기 위해 책을 읽고 글을 쓰는 것인지도 모른다. 육체적이든 정신적이든 개인의 삶에 가해지는 다층적인 고통을 잊기 위해 글을 쓰고 영화를 보고 그림을 그리고 하는 것인지도.

친구가 많았다면, 직장을 잃지 않았다면, 자식을 낳고 기르는 것이 순조로웠다면, 허리가 이토록 아프지 않았다면 게걸든 것처럼 책을 읽고 글을 쓰는 일이 내 삶에 존재하지 않았을지도 모르겠다.

"제 삶이 평탄했다면 글을 쓰지 않았을 것입니다. 삶이 문학보다 먼저지요."라고 말한 박경리처럼, 아픔과 긴장과 불안과 고통이 글을 쓰게 하는 원동력이 되기도 한다.

오늘도 하교한 자식의 간식을 챙기고, 어린이 도서관에 들러 마흔 권의 책을 빌리고, 앉았다 일어섰다를 반복하며 이 글을 썼다.

매일 설거지를 하고 빨래를 하고 자식들 입에 밥을 넣으며 잔잔한 시골 아낙의 삶을 수면 위에서는 살아가지만.

수면 아래에서는 누구보다도 치열하게 유리 천장을 깨뜨리려 화염 같은 발길질을 하고 있다.

박경리처럼.

그의 글처럼.

그의 삶처럼.

《김약국의 딸들》 박경리 / 다산책방 / 2023

통영을 배경으로, 일제강점기의 혼란스러운 사회 속에서 몰락해가는 딸 다섯 형제의 삶을 그렸다. 제각기 기구한 운명을 지고 갈팡질팡하는 딸들의 모습에서 해방 전 우리 민족의 어두운 모습을 엿보게 된다.

《불신시대》 박경리 / 문학과지성사 / 2021

한국 전쟁 이후 사회상을 바라보는 박경리의 날카로운 시선이 담긴 소설. 폭력과 불법이 난무했던 어지러운 사회를 비판적으로 바라볼 수 있는 시각을 제공한다.

《혼불》 최명희 / 매안 / 1996

1930년대 이후 시대상을 차근히 담은 역사소설. 종가를 떠안은 종부 3대의 처절한 삶을 세세히 그렸다. 또한 어지러운 시대 상황 속에서 살아남으려 애쓰는 사람들의 모습을 핍진하게 그려낸다.

05

여자가 여자들 이야기를 해보겠습니다

제 목. **여자들의 사회**

지은이. **권김현영**

출판사. **휴머니스트, 2021**

"이 책에서는 여자들에 대해서 쓰고 싶었다. 여자들 한 명 한 명
의 개인이나 여자들 사이의 관계에 대해서가 아니라, 그 이전에
그 자체로 존재하고 또한 그 존재로서 사회의 일원인 여자들이
만들어내고 경험하고 있는 사회에 대해 이야기하고 싶었다."

《여자들의 사회》 서문에 나오는 글이다. 이 책 이야기를 하
기에 앞서 할 이야기가 있다.

나는 중·고등학생을 대상으로 글쓰기를 가르친다. 매주 돌아
가면서 주제를 정해 글쓰기를 하는데, 하루는 독일 민화인 〈룸펠
슈틸츠헨〉 이야기를 같이 읽고 토론하는 수업을 했다. 〈룸펠
슈틸츠헨〉 이야기를 간략히 요약하자면 이렇다.

하루는 왕이 시골에 행차했다. 마을을 돌아보던 중 한 가난
한 방앗간 주인이 왕의 눈에 들고 싶은 나머지 터무니없는 거짓
말을 한다. "폐하, 제 딸은 짚으로 황금 실을 자아낼 수 있습니
다." 그 말을 들은 왕은 당장에 방앗간 주인의 딸을 성으로 데려
와 짚이 가득 찬 다락방에 가둔다. "내일까지 짚으로 황금 실을
만들어내라. 못 하면 죽게 될 것이다."라며.

실 잣는 물레 하나만 덜렁 받은 딸은 막막하고 두려워 울음
을 터뜨린다. 그러자 벽에서 한 난쟁이가 튀어나와 "아이, 시끄
러워. 어떻게 하면 울음을 멈출 테지?" 하고 묻는다. 딸이 사정
을 설명하자 난쟁이는 짚으로 황금 실을 만들어주는 대신 자신
에게 무엇을 줄 거냐고 묻는다.[31] 딸은 목에 걸고 있는 목걸이
를 내놓는다.[32]

다음날 문을 연 왕은 황금 실로 가득찬 방을 보며 기뻐한다.

그러곤 더 큰 방을 짚으로 가득 채워 다시 딸을 가둔다. 하룻밤 새 짚을 황금 실로 만들어두라고, 아니면 죽게될 것이라는 말 한 마디만 남긴 채. 위기를 넘기고 풀려날 줄 알았던 딸은 방에 갇혀 더 큰 소리로 운다. 그 소리에 다시 난쟁이가 나타난다. 이번에 딸은 끼고 있던 반지를 내밀고, 난쟁이는 수북한 짚을 황금 실로 만들어둔다.

다음날 문을 연 왕은 더욱 기뻐하며 이번엔 아예 짚으로 가득 채운 커다란 홀에 딸을 밀어넣는다. 그리고 "이번에도 짚을 황금으로 만든다면, 널 아내로 삼겠다."라고 한다. 딸은 다시 한 번 울음을 터뜨린다. 그러자 난쟁이가 곧 나타나 이번엔 무엇을 대가로 줄 거냐고 묻는다. 이젠 가진 것이 없다고 딸이 말하자, 난쟁이는 왕비가 되었을 때 첫 번째 아이를 자신에게 달라고 한다. 다른 선택지가 없는 딸은 그러마고 약속한다. 그러자 순식간에 난쟁이는 짚을 황금 실로 만든다. 다음날 문을 연 왕은 홀에 가득한 황금을 보며 매우 기뻐하며 방앗간 주인의 딸을 아내로 삼는다.

문제는 왕비가 된 딸이 첫째 아이를 낳고부터 시작된다. 어느 날 문이 딸깍 열리더니 난쟁이가 아이를 내놓으라고 한다.

---

31 악마와 계약이 시작되는 순간이다. 악마와의 계약은 언제나 터무니없는 대가를 요구하며, 그 어떤 경우에도 선한 방향으로 나아가지 않는다는 것을 《파우스트》, 《스크루테이프의 편지》를 위시한 다양한 악마 관련 이야기에서 알 수 있다. 카카오 웹툰 〈지옥사원〉도 악마와의 계약으로 인해 인간이 망가지는 이야기를 다룬다.

32 목걸이는 딸이 가진 귀한 것 중 하나로, 더 큰 것을 악마가 요구할 것이라는 것을, 한 번으로 악마와의 계약이 끝나지 않을 것임을 암시한다. 악마가 가장 바라는 것은 인간의 영혼 내지 그에 준하는 것이다.

왕비는 울며 방에 있는 모든 보물을 주겠다고 하지만 난쟁이는 거절한다. 왕비가 계속 애걸하자 난쟁이는 사흘 내에 자기 이름을 맞추면 아이를 데려가지 않겠다고 한다. 왕비는 사람을 풀어 세상의 모든 독특한 이름들을 모아왔으나 그 어느 것도 난쟁이의 이름이 아니었다. 드디어 사흘째 되는 날, 왕비의 충직한 시녀 한 명이 아주아주 깊은 산 속까지 헤매고 다니다 한 오두막을 발견한다. 거기서 난쟁이가 불을 피워 놓고 "이제 왕비의 아이는 내 것, 내 이름은 누구도 절대 모를 거야. 내 이름은 룸펠슈틸츠헨!" 하고 노래 부르는 것을 듣는다. 충직한 시녀는 그 이름을 왕비에게 전했고, 왕비는 이름을 맞춘다. 난쟁이는 너무나도 화가 나 펄쩍펄쩍 뛰며 스스로 자기 몸을 두 갈래로 찢어버린다.[33]

이야기를 마치고 학생들에게 물었다.

"등장인물 중 가장 나쁜 짓을 한 사람은 누구라고 생각해?"

이 질문에 놀랍게도 많은 아이들이 '농부의 딸'이라고 답했다. 약속을 해놓고선 지키지 않고 질질 짜기만 한다고.

"그럼 제일 불쌍한 사람은 누구인 것 같아?"라고 물으니, 룸펠슈틸츠헨이란다. 댓가도 받지 못하고 일만 했다고.

나는 학생들의 지극히 물질 중심적인 사고, 약자 혐오적인 사고에 가슴이 아팠다. 약자에 대한 이해나 존중이 전무했다. 벼랑 끝에 몰려 어쩔 수 없는 선택을 한 사람, 양육자의 허영심에 희생된 자식에 대한 측은지심 같은 것이 하나도 없었다. 그

---

33 폴 오 젤렌스키, 《룸펠슈틸츠헨》, 베틀북, 2001 참고. 비슷한 이야기로 〈톰팃톳〉이 있다.

러게 왜 그런 선택을 했어. 자기 선택에 자기가 책임을 져야지. 학생들의 논리는 이런 거였다. '질질 짠다'고 말하는 아이들의 언어에서, 우는 여성에 대한 혐오가 느껴졌다.

〈룸펠슈틸츠헨〉 이야기에서 딸은 타인의 힘에 휩쓸려다니며 희생당한 존재였다. 농부는 가장이라는 힘으로 딸을 사지로 내몰았고, 왕은 방앗간 주인의 말을 믿지도 않으면서(세 번이나 시험한 것을 보면 방앗간 주인의 말을 전혀 믿지 않았던 게 분명하다) 딸을 감금했다. 왕은 자신의 백성이 죽든 말든 상관없었다. 황금 실을 만들어내지 못하면 자신을 기망했다는 이유로 죽이고, 만들어내면 죽을 때까지 이용할 생각이었다. 권력자는 잃을 것이 하나도 없었다. 딸은 자신의 의지가 반영되지 않은 지옥에 갇혔다. 한 번 위기를 넘겨도 두 번, 세 번 계속해서 목숨을 건 테스트를 당했다. 세 번째로 갇혔을 때 딸은 깊은 무력감을 느끼지 않았을까. 상황을 전혀 통제할 수 없는 데서 오는 허탈감과 공허를 느끼지 않았을까. 심지어 테스트를 통과해 목숨을 건져도 딸은 자신이 원하지도 않는 결혼을 해야 했다. 그것도 황금에 미쳐서 자기를 몇 번이나 죽이겠다고 한 남자와!

딸은 결국 이 위기를 시녀의 도움으로 해결하게 되는데, 여기서 나는 여자들의 연대를 느꼈다. 개미지옥에 빠진 왕비의 마음을 시녀만이 이해하고, 남들이 가지 않는 깊은 숲속까지 들어갔을 것이다. 결국 왕비의 목숨을 구한 것은 아빠도, 난쟁이도 아닌 충직한 시녀(지금으로 치면 여자 친구에 가까울 존재)였다.

아이들은 이런 맥락을 보지 못했다. 사지에 몰린 사람이 하는 어쩔 수 없는 선택을 보지 못했다. 자신에게는 절대로 이런 상황이 닥치지 않을 거라고 확신하고 권력자의 입장에만 이입했다. 그래서 그날 사람끼리의 연대, 타인의 상황과 맥락에 대한 이해에 대해 수업하며 세상의 편견과 약자 혐오에 대해 오래 이야기 나눴다.

물론 여자들이 무조건 서로 친구가 되어야 하는 것은 아니다. 당연하다. 여자도 수많은 개인으로 모인 집단이니까. 같은 맥락에서, 여적여[34] 프레임으로만 여자들의 관계가 설명되는 건 잘못됐다. 여자는 성별이기 전에 인간이고, 인간은 너무나 다양한 존재니까. 여성주의 연구 활동가인 권김현영 선생님의 《여자들의 사회》는 책, 영화, 웹툰, 드라마에 비친 지나치게 얄팍했던 여자들의 사회에 대한 다양한 해석을 제공한다.

모든 내용이 마음에 남았지만 특히 충격을 받은 부분은 '자매들끼리 꽁냥거리는 이야기' 정도로 지나치게 저평가된 《작은 아씨들》이 사실은 여성의 자립과 여성 공동체의 이야기를 담고 있다는 것이었다. 나 또한 《작은 아씨들》을 청소년기에 읽고 말 작품 정도로만 생각해왔다. 하지만 성인이 되어 읽은 이 이야기는 무엇 하나 전형적인 전개로 흘러가지 않았다. 로리를 사이에 두고 진흙탕 싸움이 될 수 있을 법한 조와 에이미의 관계에서도 여적여 구도를 사용하지 않는다. '편한' 선택을 하지 않는다. 자매들의 관계에서 남자가 결정적인 역할을 하지 않는다.

이런 여성 공동체의 의미를 진작 알았더라면 외로움에 오래

---

34 '여자의 적은 여자다'의 준말. 동성 간 적대적 행위에 대한 표현. 여자들끼리 경쟁하거나 싸울 때, '역시 여자의 적은 여자'라며 편견의 프레임으로 주로 쓰인다.

시달리지 않았을 거란 생각을 했다.

"인간은 함께 살 수밖에 없는 존재면서, 동시에 인생은 어차피 혼자 견뎌내야 하는 몫이 있다. 공존과 각자도생은 배타적인 말이 아니라 삶의 시간성을 드러내는 말이다. 24시간 내내 완전히 혼자 고립되어서 살아갈 수도 없지만, 혼자 있는 시간을 완전히 없앨 수도 없는 게 삶이다. 이 두 가지를 잘 받아들이는 사람은 채워지지 않는 인정 욕구에 시달리지도, 끝도 없는 불안에 잠식되지도 않는다."

나는 삶에서 고군분투하며 느꼈던 가장 큰 감정이 외로움이었다고 생각한다. 특히 자취를 시작하면서 혼자 사는 것이 너무나도 외로워 친구 집을 전전하거나, 영양가 없는 상대를 만나거나, 술을 과하게 마시거나 했다. 애인이 없는 상황을 잘 견디지 못했다. 그리고 쉽게 타인을 미워했다. 그만큼 나 자신도 미워했다. 내 몫의 외로움을 잘 감당하지 못했던 거다. 채워지지 않는 인정 욕구에 자주 시달렸고, 이유 없는 불안에 휩싸여 잠 못이루는 밤을 고통으로 지새우곤 했다.

아마 그래서 친구와도 제대로 된 우정이나 연대의 관계를 못 맺었던 것 같다. 내 마음이 너무 중요하고, 내 감정이 중요해서 다른 사람이 어떤 상황인지, 내가 도울 부분은 없는지 돌아보질 못했다. 대학에서 남자 선배가 여자 후배 자취방에 술먹고 쳐들어가 성추행한 사건이 발생했을 때도 적극적으로 후배를 지지해주지 못했다.

친구가 외로움을 못 이겨 나이트에서 만난 남자와 원나잇하고 피임을 제대로 못했다며 무서워 울 때 제대로 위로해주지 못했다. 시험 기간에 임신 사실을 안 친구가 혼자 낙태 수술을 받고 와서 누워 있었을 때조차 나는 술이나 마시고 있었다. 주관적이고 이기적인 동시에 주체적이지도 못했다. 나에게 뭐가 제일 중요한지, 어떻게 살아야 자신을 망가트리지 않고 타인과 화목하게 살아갈 수 있는지 찾으려 하지 않았다. 부정적인 감정이 내 삶에 들어오지 않기만을 전전긍긍하며 시간을 보냈다. 진짜 행복이 무엇일지, 내가 무엇을 하면 장기적으로 행복해질지 깊이 생각해보지 않았다.

삶에서 허투루 흘려보낸 많은 것들이 후회된다.

어떻게 그렇게 무지하게 살았을까.

지금도 참 많은 것들을 모르며 살아간다. 무지로 인해 수많은 실수를 범하면서 살아간다.

여자들의 사회, 약자와 소수자의 삶에 대해 알아갈수록 나의 과거를, 혹은 현재를 미워하게 되곤 한다. 나는 참으로 시시하고 미숙한 인격을 가진 인간이다. 완전무결해지는 것은 불가능에 가깝다. 내가 감히 여자 이야기를 읽고 쓸 자격이 있을까 괴로워하던 중에 이 문장을 읽었다.

"이름 없는 여자들은 어떻게 계보를 가질 수 있을까. 이름 없는 여성의 역사를 기록한다는 건 최초 혹은 뛰어난 여성들의 위인전을 쓰는 일이 아니다. 그런 방식의 서술은 결국 경기장의 룰을 바꾸지 않은 채 압도적인 재능이 있는 몇몇 여성들에게만 조명을 비출 뿐이다. 방법론 자체가 달라져야만 이질적이지만 분명히 존재했던 이들이 드러날 수 있고, 그 속에서 위대함도 다시 정의되고, 아름다움을 감각하는 방식도 다르게 찾아낼 수 있다. 그게 아니라면 점수판을 들고 있는 남자들 앞에서 선택받기 위해 경쟁해야 하는 상황을 벗어날 수가 없다."

이 문장을 통해 위대한 업적 같은 건 털끝만큼도 없지만, 심지어 좀 이상하기까지 하지만, 이 시대에 존재하는 여성 중 하나로서 편하게 숨을 쉴 수 있었다. 점수를 받으려 전전긍긍했던 무대에서 내려와 그저 한 사람의 여자 사람으로서.

그리고 이 책을 통해 〈미쓰백〉이라는 예능 프로그램을 보게 되었다. 전직 아이돌들을 모아 새로운 무대를 짜는 포맷이었다. 아이돌들이 거식증이나 우울증에 시달린다는 이야기는 언뜻 알고 있었지만 그 민낯을 보니 그야말로 욕이 나올 지경이었다(진행을 맡은 송은이는 아이돌을 성적으로 착취하는 실태(심지어 중, 고등학생인 아이들을)에 실제로 욕을 내뱉는다. 속이 다 시원하다).

"아이돌이 표출할 수 있는 감정 표현은 매우 제한적이다. 여자 아이돌에게 특정한 방식(귀엽거나 섹시하거나 발랄하거나 도발적이거나)으로만 반응하도록 세팅해놓은 상태다. (…) 여성에게는 감정에 대한 성별화된 규범 체계가 요구하는 바가 더 구체적인 반면 해소 방식은 아예 부재하다."

아이돌로서 겪은 고통을 나누다 너나 없이 울고 마는데, 제작비를 휴지 사는 데 다 쓴다는 농담을 주고 받을 정도로 그 경험들이 하나같이 고통스럽다. 기획사의 횡포를 못 견뎌 자해를 하고도 또 연습실에 가야 했고, 대표가 몸을 함부로 만졌으며, 동의하지 않은 노출 의상을 강제로 입게 했고, 그 옷을 입은 사진을 동의 없이 배포당했으며, 악플에 시달리고, 우울증과 공황장애로 약물 치료를 받고, 4년 동안 일하고도 돈 한 푼 못 받기도 했다. 놀랍게도 이 일들이 아이돌이었던 모든 출연자에게 (조금씩 형태가 다르긴 하지만) 일어났다는 것이다.

하지만 이 예능에서는 이들을 그저 피해자로만 그리지 않는다. 그럼에도 불구하고 다시 일어서는 사람, 무대에 서는 기쁨을 인정하고 포기하지 않는 사람, 서로를 믿고 사랑하는 사람으로 그린다.

그리고 또 다른 예능 프로 〈스트리트 우먼 파이트〉(이하 스우파[35]) 이야기를 빼놓을 수 없다. 여자 리더 서사가 쏟아진다! 더 드러나고 싶은 욕망을 거침없이 드러내고, 싸움을 두려워하지 않는 여자들의 이야기라니. 열광할 수밖에 없다. 지금까지 방송에서 잘 다루지 않았던 이야기 아닌가. 성취와 경쟁은 남자의 몫으로 주로 그려져 왔다. 하지만 〈스우파〉의 여자들은 그런 틀을 깰 뿐만 아니라 씹어 먹어버린다. "잘 봐, 언니들 싸움이다"라는 펀치 라인은 지금까지도 사람들 사이에 자주 사용된다. 반목하고 갈등하기를 두려워하지 않는다. 여적여 구도로는 감히 다 설명할 수 없는, 순수한 성취를 위한 경쟁이다. 그리고 기껍

---

35   2021년 엠넷에서 방영된 여성 댄서 크루 서바이벌 프로그램

고 즐거운 경쟁이다. 작가는 이렇게 말한다.

"역사가 있는 곳에는 항상 갈등이 있게 마련이니 화해를 하면 다행이겠지만 못한다고 해도 큰 상관은 없다. 배틀은 배틀일 뿐 이니까. 싸움도 해 봐야 는다. 이 언니들이라면 아무리 싸워도 안심할 수 있을 것만 같다. 싸워도 괜찮다. 그게 다 서사가 되고 역사가 될 것이므로."

이 책을 읽고 여자 친구에 대해 이야기하고 싶어졌다. 나는 학창 시절에 인생 친구를 만나지 못했다. 앞서 말했듯 이기적이 고 남을 돌볼 줄 잘 몰랐기 때문이다. 하지만 아이를 낳고 나서 혼자 우울의 바닥을 헤맬 때 나를 구원해준 사람이 있었다. 바 로 아줌마 친구들이었다. 아줌마가 되고 나서 처음으로 '벗'이 라 부를만한 사람이 생겼다.

"말이 통하고 생각을 교환할 수 있는 친구를 만난다는 건 내가 나로 살아도 된다는 커다란 오케이 사인 같은 거였다."

아줌마가 되기 전까진 친구라는 것에 큰 의미를 안 두려고 노력했다. 상처받기 싫었으니까. 상황이 달라지면 관계도 변한 다고 생각했다. 내가 아무리 가까워지려 애써도 상대방 여건이 안되거나 때가 안 맞으면 어쩔 수 없다고 생각했다.

하지만 아줌마가 되고 나서, 친구의 존재가 훅, 치고 들어오 는 일들이 있었다.

야밤에 집 앞까지 와서 쥐어주고 가는 미나리 한 단 같은 거.

내 주변 사람들은 거의 유자녀 여성이라 하루가 눈 돌아가게 바쁘다. 여유 시간이 잘 없다. 애가 아프거나 하면 아무리 오래전부터 계획한 만남이라도 어그러지기 일쑤다. 만나고 싶은 마음이 없어서가 아니다. 마음과는 별개로 상황이 돌아갈 때가 많기 때문이다.

그런데 애 키우랴 일하랴 며느리 노릇, 딸 노릇, 엄마 노릇하랴 얼마나 힘들고 어려운 삶을 살고 있는지 내가 너무나도 잘 알고 있는 한 벗이, 그 바쁜 와중에 텃밭에서 직접 캔 미나리를 (무려 씻기까지 해서) 주말 밤까지 일했으면서 퇴근할 때 일부러 짬을 내어 우리 집 앞에서 연락했을 때. 별말 없이 씩 웃으며 미나리 가득한 봉지를 손에 쥐어주고 세상 쿨하게 떠날 때.

이 대가 없는 사랑(감히 이렇게 말해본다)을 받은 나는 갑자기 세상이 아름다워 보인다. 와, 나 이런 거 받을 자격 있는 사람인가 봐, 하면서 자존감이 급격히 차오른다.

빈손으로 털레털레 내려온 나에게 이렇게 애씀을 나누어주는 벗 덕분에 또 인간에게, 친구에게 기대하게 된다.

> "우리는 서로 닮았거나 같기 때문이 아니라, 서로 이렇게 다르지만 동등하게 다르다는 걸 알고 있는 전제에서 우정을 맺는다."

이렇게 다른 사람과 친구가 될 수 있는 건 우정, 그리고 사랑 그 자체다. 속절없이 미나리에 설레버린다. 꿋꿋하려고, 쿨하려고 애쓴 거 다 소용없었다. 친구라는 건 정말 아름답고 좋은 거였다. 그날 밤, 미나리를 안주 삼아 맥주 한 캔 땄다. 어른의 자기 축하법으로서.

"내가 경험하며 꿈꿔온 여자들의 사회는 남자 없는 사회가 아니라 남자가 필요 이상 중요해지지 않는 사회다. 또한 여자들간 관계의 의미가 과소평가되지 않는 사회고, 서로 친구가 된다는 것이 얼마나 큰 의미가 있는 것인지에 대한 감각을 공유한 사회며, (…) 우리가 모두 각각 고유한 개인으로 존재할 수 있고, 바로 그 점을 충분히 존중받을 수 있기에 함께 있는 것이 의미 있는 그런 사회다. 그런 이야기들을 언제나 하고 싶었다."

나는 이렇게 조금씩 여자들을 알아간다.

하지만 나이 들면서 조금씩 나아진 부분은 실수하고 잘못했을 때 절망해버리지 않는 것이다. 믿고 싶은 것에 대한 끈을 아예 놔 버리지 않는다는 것이다. 그렇게 조금이라도 붙들고 있다 보면 세상이 과거 내가 있었던 곳에서 조금씩 조금씩 나아가고 있음을 보게 된다.

"억압받은 자들의 본능은 저항하는 것이 아니라 순응하는 데 있다. 저항은 아주 드물게 이루어지며 그래서 놀라운 것이다."

나는 나를 지지하지 않는 수많은 것들로부터 작은 저항을 매일 시도하며 살아간다.

여자들의 사회를, 살아갈 것이다. 앞으로도 매일을.

《다시는 그전으로 돌아가지 않을 것이다》 권김현영 / 휴머니스트 / 2019

여성주의 연구활동가 권김현영의 단독 저서. 강남역 살인사건, 《82년생 김지영》 논란, 버닝썬 사태 등 다양한 젠더 이슈를 작가의 일화를 바탕으로 다룬다. 현대 사회에서 여자로 살아간다는 것의 의미를 생각해보게 하는 책.

《위대한 방옥숙》 매미·희세 / 네이버 웹툰

넷플릭스 시리즈 드라마 〈마스크걸〉의 원작을 쓴 작가의 작품. 아파트 재개발 문제로 담합한 부녀회의 사기, 살인, 강렬한 욕망을 그렸다. 집값이라는 이해관계로 묶였지만 그로 인해 삶이 엉키면서 부녀회 내 여자들끼리 서로에게 운명을 의탁하게 되는 스토리물.

《여탕보고서 1, 2》 마일로 / 위즈덤하우스 / 2016

진짜 여탕 이야기. 관음적이지 않고 유쾌하다. 여자들이 여탕에서 어떤 문화와 즐거움을 공유하는지 생활 밀착형으로 그려낸 책. 당장이라도 달 목욕러[36]가 되고 싶은 마음을 가지게 한다.

---

36 목욕탕 사용권 한 달 치를 한꺼번에 끊어 매일 목욕탕에 가는 사람을 말함.

06

그대들과 함께 우리가 되는 시간들

제 목. 우리가 우리를 우리라고 부를 때

지은이. 추적단 불꽃

출판사. 이봄, 2020

요즘, 신문 기사를 잘 읽을 수 없게 되었다. 포털 사이트에 뜬 기사를 읽다 자려고 눈을 감으면 불쑥불쑥 분노가 치밀어올라 숨이 가빠지기 때문이다. 자취하는 여성을 성폭행하려다 제지하는 남자친구까지 살해하려 한[37] 이야기, 초등학생 딸에게 피임약을 먹이며 수년간 성폭행 한[38] 이야기, 바다에 아내를 빠뜨린 뒤 돌을 던져 살해한 남편[39] 이야기까지.

폭력의 형태는 천차만별인데도, 그 이야기들은 어딘가 닮아 있다.

혼자 누워 있는 어둡고 침울한 밤, 나는 그들이 되어버린다. 잠을 청하려 눈을 감기만 하면 어느새 나는 뒤를 돌아보며 자취방으로 뛰어가는 여자가 되었다가, 함부로 뻗어오는 거친 손에 놀라 떠는 여학생이 되었다가, 차가운 손에 등이 떠밀려 깊은 바다로 빠져드는 아내가 되었다가 한다.

늘 그랬듯 괴로운 마음으로 기사를 읽던 어느 날, '추적단 불꽃'이라는 2인조 활동가 단체가 디지털 성범죄에 대해 취재한 내용을 책으로 냈다는 소식을 접하게 되었다.

---

37 여성 성폭행하려다 말리는 남친까지 살해 시도한 대구 배달 라이더에 징역 50년 선고, 인사이트, 2023년 12월 1일.

38 6년간 성폭행한 계부 고소했더니...친모 "너도 좋아서 했잖아", YTN, 2023년 12월 6일. 친모도 성폭행 사실을 알았으나, '너도 좋아서 했잖아', '소송 취하해라' 같은 말을 지속적으로 들어야 했던 딸은 결국 건물 옥상에서 떨어져 스스로 생을 마감했다.

39 아내 바다에 빠뜨려 살해한 남편...검찰 "징역 23년 부당", 연합뉴스, 2023년 12월 27일. 인천 앞바다에서 아내를 떠밀어 바다에 빠뜨린 뒤, 머리에 돌을 던져 살해했다. 범인은 실족사로 위장하려고 하는 등 범행을 치밀하게 계획하고 실행했다. 법원에서 징역 23년을 선고받았으나, 너무 무겁다며 항소했다.

《우리가 우리를 우리라고 부를 때》는 '추적단 불꽃'을 구성하고 있는 2인, '불'과 '단'이 대학생이었던 당시, 텔레그램 N번방 사건을 취재하여 세상에 알리기까지의 과정을 쓴 것이다.

첫 장에서 그들은 이렇게 말한다.

"책을 읽으시는 도중, 사건의 끔찍함에 마음이 힘드실 수 있습니다. 믿고 싶지 않은 이야기라, 알아야 한다는 것을 알면서도 알고 싶지 않으실 수도 있습니다. 1년 넘게 사건을 취재한 저희조차도 때로는 사건이 주는 괴로움에 눈을 가릴 때가 있는 걸요. 그럼에도 감히 부탁드립니다. 사건을 받아들이고, 문제를 인지해주세요. 저희가 이 사건을 계속 취재하는 이유는 계속되는 묵인이 불러일으킬 폐해를 너무도 잘 알기 때문입니다."

'추적단 불꽃'은 2019년 7월부터 디지털 성범죄를 추적하기 시작한다. 그들은 N번방 사건의 최초 보도자, 최초 신고자이다. 불법 촬영물이 유포되는 근원지를 찾으려 시작했던 취재가, 텔레그램에서 퍼진 불법촬영물 공유 대화방과 'N번방'을 잠입 취재해 탐사 보도하는데까지 이어졌다.

텔레그램은 개인정보가 전혀 노출되지 않는 온라인 메신저이다. 이런 익명의 공간에서 가해자들은 '번호방(후에 N번방이라 지칭되는)'을 만들어, 여자를 노예로 만들어 찍은 영상을 공유했다. 몇천 명에 달하는 익명의 텔레그램 회원들이 번호방에서 여성을 상품으로 취급하며 '노예 영상'을 찍고 공유하고 있었다. 그들은 '정상적인 것 보러 오는 놈은 나가라'며 어린아이 나체 사진을 올리고, 지인을 능욕하는 사진을 합성해 뿌리고, 연락처까지 공유해 피해자에게 실질적인 위협을 가하기까지 했다.

> "N번방 입장과 동시에 눈에 들어온 것은 어린아이들의 나체였다. 고담방과 파생방 회원들이 수없이 말하던 '노예'였다. 대부분 중학생 혹은 초등학생으로 보였다. 아이들은 도구를 이용해 자위하는 행위는 기본이고 칼로 몸에 '노예'라고 새기거나, 공중 화장실이나 야외 공간 등을 나체로 활보하기도 했다. (…) 영상을 본 우리는 한동안 아무 말도 할 수 없었다. 정신이 혼미해졌다. 이게 정말 현실에서 일어나는 일인가……? 지금 우리나라에서, 우리와 같은 시대에 살고 있는 이들이 벌이는 짓인가……? 혼란스러웠다."

취재를 지속할수록 그들은 주변에 대한 신뢰를 잃어갔다. 실제로 취재 중에 지인이 텔레그램에 가입하는 것을 발견하기도 했다. '지인능욕방'에서 지인의 사진을 가져와 다른 사람의 나체 사진에 합성해 즐기는 것을 보면서 그들은 이렇게 말한다.

> "그들(가해자)은 자신의 애인을, 친구를, 가족을, 선생님을 모욕하며 즐기고 있었다. 이 방에 있는 이들은 대체 누굴까, 내가 아는 사람이면 어떡하지? 나는 사람을 믿으며 살 수 있을까?"

'갓갓' 같은 가해자는 피해자에게 그루밍 성범죄[40]를 저질러

---

40 피해자를 착취하기 전, 신뢰를 쌓아 심리적으로 지배한 상태에서 자행하는 성범죄.

그들을 노예로 부리며 돈을 벌었다. 그가 한 짓을 '범죄'나 '착취'라고 하기엔 부족하다. 한 피해자는 인터뷰에서 이렇게 말한다.

> "착취가 아니었어요. 그건…… 이대로 안 하면 나를 죽일 것만 같은? 나를 찾아올 것만 같은? 그런…… 그런 게 전혀 (기사엔) 없더라고요."

가해자들이 재밌는 놀이 정도로 치부하고 즐긴 행위에서, 피해자의 삶은 산산조각났고 스스로 목숨을 끊는 이들도 생겨났다. 심지어 가해자들은 경찰이 검거에 나서고 나서도 국화꽃 이모티콘을 보내며 잡힌 이들을 위해 추모제를 여는 등, 공권력을 두려워하기는커녕 검거 사실까지 놀이로 삼아 즐겼다. 그들에게 두려움이란 없었다. 가해자들은 피해자들의 고통이 담긴 영상을 '삶을 윤택하게 만드는 야동'으로 소비했다.

관련 내용을 읽는데 믿어지지 않았고, 믿고 싶지 않았다. 영아 성추행 영상을 공유했다고? 아는 사람 얼굴로 지인 능욕을 즐겼다고? 단박에 심장이 미친 듯이 뛰며 얼굴에 열이 올랐다.

그리고 죄책감도 밀려왔다. 아직도 나는 세상을 모르는구나. 이런 일들이 없을 거라 생각하고 싶은 거구나. 전쟁의 최전선에 서서 이런 폭탄을, 정신적·물리적 고통을 온몸으로 감당하고 있는 사람들에게 빚을 지고 살고 있었구나, 이런 생각이 들어 고통스러웠다. 더 이상은 아무것도 모르면서 살고 싶지 않았다.

사실 불법 촬영 범죄는 하루 이틀의 일이 아니었다. '화장실 몰카'[41] 같은 사건은 이미 너무나 빈번하게 일어난다. 시계, 모자, 안경, 물통, 담배로 위장한 카메라도 네이버에서 버젓이 팔리고 있다. 모두 불법 촬영용이다. 불법 촬영을 막기 위해 여성들이 할 수 있는 일은 '불법 촬영방지 응급 키트'를 사 카메라 렌즈를 부수는 것 정도다.

나 또한 공중화장실에서 볼일을 볼 때 늘 걱정하는 사람 중 하나다. 외출했을 때엔 고통스러울 때까지 요의를 참기도 한다. 집 밖의 화장실을 쓰는 것이 불안하기 때문이다. 도저히 긴박한 볼일을 참을 수 없을 때면, 화장실 문에 난 구멍부터 찾아 휴지를 밀어넣어 막거나 손으로 가리고 볼일을 본다. 화장실 문이며 벽에 이미 누군가 휴지를 밀어넣어 막은 것을 발견하기도 한다. 그만큼 화장실 불법 촬영 범죄는 여성에게 피부 가까이 닿아 있는 것이다. '불'은 불법 촬영 범죄자에게 내려진 솜방망이 처벌을 비판하는 기사를 써서, 한 대형 인터넷 카페의 불법 촬영 게시판을 삭제할 수 있게 이끌었다.

'추적단 불꽃'은 N번방 관련 사건 보도가 피해자에게 2차 피해를 입히지는 않을지 기자로서 오래 고민한다. "기자가 할 수 있는 일은 뭘까? 기자도 목격자로서 사건 해결에 도움을 줄 수 있지 않을까?" 하고 생각한 그들은 취재와 보도 외에도 기자가 할 수 있는 일이 더 있다고 생각한다. 그들은 이 책을 냄으로써 가해자 연대를 부수어 나가는 첫걸음을 내디뎠다. 더는 피해 영

---

41   포털 사이트에 '화장실 몰카'라고 치면 "고교 화장실에 곽티슈 몰카 설치한 10대…검찰에 '구속송치'" 같은 기사가 부지기수로 검색된다.

상물 유포를 묵인하거나 방관하면 안된다는 것을 이 책의 모든 내용을 통해 알리고 또 알렸다. 또한 피해자에게 죄를 전가하면 안된다는 메시지도 거듭 전했다. "가해자 연대를 더는 방관하지 않겠다"는 마음으로 취재를 멈추지 않았다.

실재하는 문제 앞에, 우리는 어떤 자세로 서 있어야 할까.

나는 유교적 질서가 공고한 경상북도 소도시에서 산다. 학생들에게 논술 수업을 하며 생계를 이어가고 있다. 논술 수업 특성상 최근 이슈에 대해 조사하고 그에 관련해 토론하는 차시가 많다. N번방 사건 이후로 젠더 이슈를 수업에서 다뤄봐야겠다고 생각했고, 학생들의 이야기가 듣고 싶었다. 그래서 《우리가 우리를 우리라고 부를 때》를 고등학교 필독서로 선정하고, 디지털 불법 촬영에 대해 조사해 의견을 발표하는 방식으로 수업을 진행했다.

어쩌다 보니 수업 구성원이 여학생들뿐이었던지라 의견이 활발하게 오갔다. 아이들 스스로 불법 촬영과 관련된 기사와 논문까지 찾아 읽고 열정적으로 수업에 참여했다. 그 모습이 너무 대견하여 영상으로 찍어 학부모 단톡방에 올렸다. 올리면서도 살짝 걱정하긴 했다. 이거 실수하는 거 아닌가, 교사 사상 검증해야 한다고 생각하는 학부모가 있진 않을까 생각했지만 사회 이슈를 다룬다고 생각해 그냥 올렸다.

결과는 참담했다. 아무도 답글을 남기지 않았고(평소에는 답글이 활발하게 달린다) '그 선생, 완전 페미니스트잖아'라는 뒷담을 했다는 소문이 들려왔다.

그때 두려움이 밀려왔다. 이러다 수업 다 잘리는 거 아닌가?

나한테 수업을 아무도 안 맡기면 어떡하지? 그런 생각이 먼저 들었다.

그동안 나는 학생들에게 올바른 젠더 교육과 사회적 약자에 대한 이해를 가르쳐야 한다고 생각해왔다. 하지만 생계가 끊어 질지도 모른다는 생각을 하니 가슴이 덜컥 내려앉았다. 그냥 윤 동주나 이육사에 대해서 수업할 걸, '중립지대'에 있는 수업을 할 걸, 이런 후회가 들었다. 동시에 수치스러웠다.

N번방 문제를 보면서 나도 연대해야 한다고 생각했잖아. 내 가 옳다고 생각하는 일들을 어려움을 겪더라도 하기로 했잖아. 그런데 결국 돈이 걸리니 마음이 흔들리는구나.

어떤 수업을 해야 하는지 갈피를 잡을 수 없는 채로 공허한 시간들이 흘러갔다.

그러다 다시 '추적단 불꽃'의 책을 펴 들었다. 불의 글에 이 런 이야기가 나온다. 학원비 4개월 치를 결제했는데 가지 못하 고 있다고. 사는 집도 곧 계약이 만료될 예정이라고. 미래는 불 확실하고, 먹고사는 문제를 걱정하고 있다고. 하지만 지금 주 어진 일에 최선을 다하다 보면 언젠가 이 모든 과정이 좋은 선 택이었다, 안도하는 날이 올 것이라고. 인생에서 중요한 것은 속도가 아니라 방향이라고 괴테는 말했다고(책이 나온지 3년이 지 난 지금, '불'은 더불어민주당 전 비대위원장 '박지현' 님으로 활동하고, '단' 은 '불꽃'으로 뉴스레터를 제작하고 디지털 성범죄 TF 전문위원으로 활동 하는 등 취재와 피해자 지원을 이어가고 있지만, 책을 낸 당시엔 그런 미래 로 나아갈 줄 몰랐을 것이다).

또한 불과 단은 서로가 없었으면 포기하고 싶었을 거라고 여러 번 이야기했다. 서로가 있었기에 지금까지 버틸 수 있었다고.

　나도 불과 단이 있기에 끝까지 포기하지 않고 싶다. 좌절하는 순간들, 지금까지 살아왔던 관성에 의해 실수하고 넘어지는 순간들이 있을 것이다. 갈팡질팡하기도 하고, 뒤로 물러서기도 할 것이다. 그럼에도 불구하고, 지난 실수를 되새기며 자책하는 데 머물지 않고 앞으로 나아가고 싶다. 이 지역에서 누구와도 이야기 나누지 못하고 공고한 가부장제 문화 아래에서 고통받는 여성들의 지지자가 되어 연대의 끈을 놓지 않고 싶다. 나도 불과 단의 발자취가 되고 싶다. 그들의 고군분투에 함께하고 싶다. 미약하지만, 매일 목소리를 내며 살고 싶다. 내가 살고 있는 바로 이 자리에서.

　결론을 말하자면, 나는 어떤 수업에서도 '짤리지' 않았다. 오히려 학생이 조금 늘었다. 최근 이슈로 시사 토론을 가르친다고 입소문이 좋게 난 것이다. 게다가 이번 달 수업의 새 필독서로는 《그래서 우리는 법원으로 갔다》를 선정했다. N번방 가해자 재판을 방청한 시민들의 이야기인데, 학생들이 먼저 이 책을 찾아와 같이 읽자고 청한 거다. N번방 사건에 대해 다시 이야기 나누면서 학생들도, 나도 더 이상 '방관자'가 되지 말자고 다짐했다. 문제에서 눈을 돌리지 않기로, 직시하기로. 우리는 서로를 '우리'라고 부르기로 결정했으니까.

　다가올 수업이 기대된다.

《그래서 우리는 법원으로 갔다》 팀 eNd / 봄알람 / 2022

전국 각지에서 시민들이 뭉쳐, N번방 가해자들의 재판을 방청한 기록이다. 한국에서 성착취범들을 대하는 법원의 태도가 어떠한지 낱낱이 밝힌다. N번방 사건 주요 가해자 관계도와 형기 일람까지 자세히 수록되어 있다.

《시각의 폭력》 유서연 / 동녘 / 2021

N번방으로 드러나는 디지털 폭력의 뿌리는 사실 플라톤으로부터 내려온 오래된 폭력이라는 것을 밝힌다. 시각 중심으로 연구된 서양 철학이, 현대로 이어지며 어떻게 관음증으로 타락하여 여성을 대상화시키고 있는지 깊이 있게 다루는 철학서.

《이상한 나라의 박지현》 박지현 / 저상버스 / 2023

N번방 사건 보도 후, 얼굴을 공개하고 정치권에 뛰어들게 된 '불' 박지현 청년 정치인의 이야기가 담겨 있다. 성범죄가 사라진 안전한 대한민국으로 나아가려면 어떻게 해야 할지, 기후 위기에는 어떻게 대처해야 할지 등 다양한 법안과 복지에 대한 구체적인 의견을 다루고 있다. N번방 취재 이후에도 세상에 대한 희망을 끝까지 놓지 않고 나아가는 '불'의 행보를 볼 수 있는 책.

07

내가 보지 않았던 세상의 반쪽

제 목. 길 하나 건너면 벼랑 끝

지은이. 봄날

출판사. 반비, 2019

취업하고 나서 남자 직원들만 어딘가로 사라질 때도, 심지어 남직원 중 하나가 룸살롱에 다녀온 후기를 술김에 들려줄 때도 별 생각이 없었다. 룸살롱에서 무슨 일이 일어나는지를 아예 몰랐다. 비싼 술 마시러 가나? 혹은, 그런 데 정말 다니는 사람이 있구나 정도로만 여겼다. 그곳에 실존하는 여자들, 술 먹지 않아도 진상인 그들을 술 먹은 상태에서 상대하는 살아있는 여자들이 있다는 것을 생각해보지 않았다.

내가 보지 않았던 세상의 반쪽에 대한 힌트는 곳곳에 있었다. 사업하는 자기 친구가 억지로 룸에 데려가서 아가씨들을 불렀는데 자기는 손도 안 대고 술만 마셨다며 떳떳한 척하던 남자 동료의 말에서도, 노래방에서 만난 도우미와 애인 하기로 했다며 자기는 여자의 과거를 모두 받아들이는 마음 넓은 남자라는 걸 어필한 대학 동기의 말에서도 내가 보지 않았던, 관심 가지지 않았던 세상 반쪽에 대한 암시들이 흩어져있었다. 심지어 숨겨져 있지조차 않았던 그 사인들을 왜 나는 들여다볼 생각조차 하지 않았을까. 그런 여자들이 있나보다, 성노동도 노동인데 자기가 선택한 일이겠지 이렇게 생각하기도 했던 듯하다.

하지만 《길 하나 건너면 벼랑 끝》의 책장을 여는 순간 내가 몰랐던, 알려고 노력해본 적조차 없던 세상 반쪽에 대한 환상이 산산조각 났다.

영화 〈무뢰한〉이나 〈지푸라기라도 잡고 싶은 짐승들〉, 〈범죄의 재구성〉 등에 나오는, 폭력에 속수무책으로 당하는 성매매 여성들을 영상으로 보면서도 영상 바깥에 '실제로 그런 삶을 살고 있는 사람이 있다'라거나 '업소에 한 번 발을 들여놓으면 업주들이 씌우는 빚의 굴레에서 자력으로 벗어나기 어렵다' 같은 사실을 하나도 알지 못했다. 알지 않았다. 화려한 화류계의 밤, 모델처럼 예쁘고 젊은 여성들이 있는 곳—같은 반짝이는 환상으로 성매매 여성이 매일같이 당하는 폭력적인 현실을 덮어 버렸다.

《길 하나 건너면 벼랑 끝》을 쓴 작가 봄날은 성매매 생존자다. 그의 부모는 중학생인 자식을 강제로 중퇴시켜 공장으로 보낸 사람들이다. 아버지의 상습적인 폭행은 일상이다. 미성년자인 그를 공장 관리인이 강간까지 하지만 그를 보호해주기는커녕 오히려 공장에 나가서 돈을 못 벌어올까 봐 전전긍긍할 뿐이다. 작가는 부모의 돈 독촉과 강간의 아픔에 쫓기다 결국 성매매의 길로 들어서게 된다. 옛날 옛적 얘기가 아니다. 그는 내 또래 여성이다.

> "친구는 억지로 시키는 것 아니니까 하고 싶은 노래 부르라며 노래책을 건네주었다. 무슨 곡이었는지는 기억나지 않지만 노래를 한 곡 불렀다. 그랬더니 남자들이 집에 갈 때 차비하라며 5만원을 (더) 건네주었다. (…) 15만 원의 월급을 받는 나에게 9만 원이라는 돈은 상당히 컸다. 9만 원이라는 거액 앞에서 나는 흔들렸다. (…) 돈을 받은 엄마는 웃음을 감추지 못했다. 좋아하는 엄마의 모습과 어린 동생들을 보면서 깊은 고민을 했다. 한 달 동안 공장에서 팔다리 아파가며 벌어도 업소에서 하루에 받는 팁과 비교가 되지 않았다. 그 큰 금액이 나를 혼란스럽게 했다."

공장의 고된 노동과 남자 관리자들의 성추행을 견디며 번 돈을 집에 고스란히 가져다줘도, 부모님은 형편이 너무 어렵다며 오히려 작가를 더 닦달했다. 매사 '돈돈'거리는 부모의 압박을 견디다 못한 작가가 친구의 소개로 간 노래방에서 노래를 부르자 어른들은 하루만에 공장 월급의 반이 넘는 금액을 '팁'으로 주었다. 어린 소녀였던 작가를 집에 돌려보내기는커녕, 미성년자라고 더 좋아했다.

"이미 흔들릴 대로 흔들린 나를 붙잡아주는 사람은 없었다. 나는 어린 나이에 이미 공장에서 잔뼈가 굵어버렸다. 야근을 너무 많이 해서 깜빡 졸다가 미싱 바늘에 손가락이 찔려 손톱이 빠지기도 했고, 남자 관리자들은 시시때때로 집요하게 성추행을 일삼았다. 하루 생산 물량을 맞추지 못하면 집으로 보내주지도 않았던 그곳에서 공순이라는 이름으로 열심히 살았다. 그러나 공장에서 일하는 것보다 돈을 더 벌 수 있는 곳으로 가는 것이 내 가족들을 위하는 길이라고 생각했다."

아직도 수많은 사람들이 말한다. 돈에 미친 여자들이 명품백 사려고 스스로 성매매 업소로 들어간다고. 그런 말을 들을 때 나는 넷플릭스 시리즈 드라마 〈소년 심판〉에서 판사 심은석 역을 맡은 김혜수 배우의 대사가 떠오른다. 십 대 때 집에서 버림받고 거리로 내몰려 당장 잘 곳도 먹을 것도 없는 여자 아이들은 성매매의 길을 갈 수밖에 없다고. 그래서 쉼터에서 그들을 보호해야 한다고.

하지만 그 누구도 작가를 보호해주지 않았다. 오히려 사지로 몰릴 대로 몰린 그를 더 착취하려 했을 뿐.

"성매매 업소에서 일하면서 만났던 많은 여성 중에는 부모와 사별한 여성, 부모의 이혼으로 혼자 남겨진 여성, 가출 청소년으로 유입된 여성, 조부모와 살면서 학대를 견디다 못해 탈출한 여성, 남편의 도박과 바람, 폭력으로 이혼하고 아이를 먹여 살리기 위해 업소에 나온 여성 등 다양한 사연을 가진 여성들이 많았다."

세상은 성매매 여성을 성욕 해소 도구로 적극적으로 사용하면서도 '된장녀'라며 그들을 욕한다. 이 이중성은 어디에서 오는 것인가. 작가는 묻는다.

"내가 가난하고 못 배웠다고 성매매로 유입되어야 했을까? 내가 강간당하고 버림받았다고 성매매를 해야 했을까? 나는 왜 성매매를 했을까? 내가 잘못한 것일까? 끝없이 스스로에게 질문을 던지며 그 이유를 찾아봤지만 나의 잘못이 무엇인지 나는 모른다. 나를 벼랑 끝으로 몰아낸 것은 누구일까?"

누구도 자신의 몸을 상품으로 팔고 싶은 사람은 없다. 단언컨대 없다. 함부로 자신의 몸을 만지게 두고 싶은 사람은 없다. 벼랑 끝으로 몰린 사람만 있을 뿐이다. 당장 쓸 돈 한 푼이 없고, 집이 없고, 학교조차 못 다닐 정도로 벼랑 끝에 몰린 사람들에게 세상은 손을 내밀어주지 않는다. 그들에게 손 내밀어주는 것은 성매매 소개꾼들, 사채업자들, 자신을 '엄마'라고 부르라는 성매매 업주들이다. 한 번도 자신의 문제를 해결해주겠다는 따스한 말을 들어본 적 없는 취약한 상태에 처한 사람들은 그들의 유혹에 넘어간다. 업주나 마담들은 모두 서로를 삼촌, 언니, 엄마, 아빠라고 부른다. 가족 같은 존재를 벼랑 끝에 몰린 어린 여자들이 갈망한다는 것을 이용하는 것이다. 집에서 내쫓겨 거리로 나온 어린 소녀들에게 방을 내어준다면서 성매매로 유인하고, 걱정말고 돈 쓰라면서 갚지 못할 돈을 빌려주고, 며칠 만에 감당할 수 없을 정도로 불어난 빚을 결국 몸을 팖으로써 갚게 만드는 공고한 시스템이 세상에 존재했다. 게을러서 돈을 못 갚는 것이 아니라 돈을 못 갚게 만드는 견고한 시스템이 한 인간을 벼랑 끝으로 내모는 것이었다.

> "업주는 나에게 돈 걱정 말고 옷을 사라고 했고, 룸살롱에서는 화장을 예쁘게 해야 한다며 화장품을 사라고 했고, 미용실은 필수이니 스타일을 바꾸라고 했었다. 이 모든 것이 빚이 되어 돌아올 거라고는 상상도 하지 못한 나는 고개를 숙이고 울었다."

업주가 시키는 대로 옷을 사지 않거나 미용실을 가지 않으면 일부러 벌금을 물리거나, 대기실에만 머물게 해 돈을 못 벌게 해서 빚을 더욱 지도록 만들었다. 심지어 성형수술이나 다이어트 시술을 강제로 받게 해서 더욱 빚을 늘리기도 했다. 업주의 말을 거부하거나 도망치면 업주는 집에 성매매 사실을 알리거나 고소해버렸다. 아니면 도망친 아가씨를 잡아와서 사창가에 팔아버렸다. 누구도 살아서 나갈 수 없는 무시무시한 시스템이었다. 실제로 업주가 놓은 무한한 빚의 덫에 걸린 수많은 성매매 여성이 병원 갈 돈조차 없어 병으로 죽거나 자살하는 일이 비일비재했다.

성매매 여성의 시계는 거꾸로 흘러간다. 어리고, 경험이 없을수록 대접받는 것이다. 업계에 처음 발 디딘 사람이 가장 인기가 좋다. 일한 경력이 짧을수록, 이 일에 서툴수록 오히려 우대받는 이상한 세계다. 이십 대 중반이 되면 벌써 퇴물 취급을 받는다. 이십 대 후반은 취업조차 안 시켜준다. 업계에서 오래 일한 여자는 '까졌다'거나 '알 거 다 알아서 돈만 밝힌다'며 싫어한다. 경력이 쌓이면 되려 홀대받는다. 늘 새롭고 어려야만 하는 업계의 시스템에서 살아남을 수 있는 사람은 없다.

일하기 위해 성형해야만 하고 옷을 사야만 하고 화장품을 사야만 하는 성매매 여성들은, 쉬지 않고 일하는데도 빚이 더 늘어난다. 아니, 일할수록 빚이 더 는다. 늘 새로운 얼굴을 원하는 성 구매자 남성들 때문에 한 업소에서 오래 일할 수도 없다. 울며 겨자먹기로 업소를 옮겨야 한다. 여러 업소를 전전하는 사이 빚은 감당할 수 없을 정도로 불어난다. 일하고 싶어도 일할 수가 없는 상황을 만들어두고, 업소에서는 매섭게 빚을 독촉한다. 빚독촉을 견디다 못한 여자들은 자기 손으로 자기 목숨을 버린다.

"업주는 내가 나이가 많다는 이유로 퇴짜를 놓았다. 그때 내 나이는 어느덧 20대 후반이었다. 룸살롱에서 일하기에는 많은 나이가 된 것이다. (…) 나이가 많으면 빚이라도 적어야 한다는 말

을 흘리면서 나를 돌려보냈다. 나이가 많아졌음을 인정하기가
어려웠다. 업소가 아니면 어떻게 살아갈 수 있을지 상상도 되지
않았다. (…) 장기를 팔면 빚을 갚을 수 있을까 하는 생각에 용기
를 내어 장기 매매 스티커에 적혀 있던 번호로 전화를 걸었지만
받지 않았다. 장기를 팔아서라도 벗어나고 싶었는데 이마저도
운이 따라주지 않는다고 원망했다. 팔 수 있는 것이 있다면 전부
팔아서라도 벗어나고 싶은 절박한 심정은 나 스스로를 더 원망
하게 만들었다. 부모 잘못 만난 죄, 강간을 당한 죄, 임신을 해서
차인 죄, 모든 것이 내 죄였다. 더 비참한 것은 내일이 없는 이
삶을 계속 살아야 한다는 것이었다."

성매매 여성에게는 그 어떤 선택권도 주어지지 않았다. 자신
의 목숨이 위태로운 상황에서도 자신의 목숨을 보호하면 안 됐
다. 성 구매자에게 대들거나 맞서면 밥줄이 끊어지기 때문이다.
그들은 피해자였다. 사회가 인정해주지 않아 더욱 고통스러운
피해자였다. 세상은 그들이 원해서 성매매라는 직업을 선택한
것처럼 꾸며왔으나 그것은 사실이 아니었다. 선택지가 없는 상
태에서 내몰리듯 결정한 일은 진짜 선택이 아니다.

"(성)구매자와 단둘이 있는 장소에는 보호 장치가 없기 때문에 무
슨 일이 일어날지 아무도 모른다. 맞지 않으려면, 죽지 않으려면
구매자의 말에 고분고분하게 따를 수밖에 없다. 구매자에게 폭
력을 당해도 경찰에 신고할 수 없었다. 경찰은 내가 업소에서 성
매매를 했기 때문에 범죄자라고, 성매매를 한 주제에 무슨 신고

를 하냐고 말했다. 업주는 자신이 다 책임지겠다고 했지만 막상 폭력이 벌어지면 내 탓으로 돌리며 업소가 시끄러워지는 것이 싫다는 핑계로 나의 입을 막았다. 경찰에 신고를 해봤자 나의 말을 믿어주는 사람은 없었고, 아무런 보호도 받을 수 없었다"

누구도 사람 대접을 해주지 않는, 그림자의 삶을 그는 살았다. 살을 맞대고 성관계를 할 때조차도 남성들은 그를 도구처럼 대했다. 어느 순간에도 인간으로서의 존중을 받지 못했다.

세상에는 이런 여성이 있다. 많다. 유리방에 동물처럼 갇혀 전시되고, '초이스'되어 강간에 가까운 행위를 당해도 누구에게도 털어놓을 수 없고, 일을 하면 할수록 오히려 빚만 늘어나는 성매매 업계 구조에 빠진 여성들은 수두룩 빽빽하다. 심지어 우리 집 근처에도 〈장미〉며 〈벌집〉 같은 이른바 방석집이라 불리는 성매매 집결지가 조성되어 있다. 이들은 생리 때조차 질 안에 솜을 밀어 넣고 관계를 맺어야했다. 생리 중인 것이 성 구매 남성에게 들키면 돈을 모두 물어줘야했다. 생리 중인 여자와 관계를 맺으면 재수가 없다는 이유에서였다. 성 구매 남성은 콘돔 사용도 자주 거부했다. 피임약을 먹어도 임신을 피하기 어려웠다. 임신 중절 수술을 하느라 며칠 출근을 못하면 하루에 50만 원씩 결근비를 물렸다. 생리도, 임신도 허용하지 않는 무서운 세계에서 여자들은 그야말로 생피를 흘리며 버티고 있었다.

성매매방지법도 있기는 하다. 군산 개복동 화재 참사[42]로 인해 업소 창문의 창살을 없애고 성매매 집결지를 해체하기도 한다. "업소 창문의 창살을 없애면 성매매 여성들은 안전해질까?

소화기만 설치하면 끝일까? 여성들이 겪는 착취는 문제가 아닌 것일까?" 하고 작가는 묻는다. 창살을 설치할 정성으로, 소화기를 비치할 비용으로 성매매 여성이 겪는 진짜 어려움을 들여다보았어야 했다. 하지만 세상은 그렇게 하지 않았다.

업소를 떠나더라도 성매매 여성은 갈 곳이 없다. 아르바이트 자리조차 못 구한다. 생활비조차 없어 결국 다시 업소로 돌아가는 일이 비일비재하다. 그들에게 필요한 것은 사회로 돌아갈 수 있는 힘을 길러줄, 일시적 지원이 아닌 지속적인 지원이었다.[43]

빚에 시달리며 괴로워하는 작가에게 한 친구가 여성인권지

---

[42] 2002년 1월 29일에 개복동 유흥주점에서 발생한 화재 참사. 여자 종업원 14명과 남자 지배인 1명이 감금 상태에서 2층 철문 계단에 갇혀 질식해 숨졌다. 성매매 여성들이 도망가지 못하도록 창문과 출입문을 쇠창살로 막고, 안과 밖에서 모두 잠글 수 있는 이중 자물쇠를 설치해 화재와 같은 위급 상황에도 탈출이 불가능했다. 업소 여성들은 업주의 감시에 의해 폭행 및 성매매를 강요당했음이 알려져 사회적으로 큰 파문이 일었다. 이 사건을 계기로 2004년 3월 성매매방지법이 제정되었다. 성매매방지특별법은 성매매 피해자의 자립 지원을 위한 법적·제도적 장치를 마련하는 내용이 포함되어 있다.

[43] "공장 취업 미끼로 용주골 성매매 강요...피해자 더 없어야", 여성신문, 2023년 11월 22일자 기사에 서는 아르바이트 면접을 보자고 했다가 경기 파주시 용주골 성매매 집결지로 끌려갔던 여성의 피해 사례를 다뤘다. 공장 구인 공고 같은 구직 사이트 글을 보고 일하러 간 A씨는, 업주들에게 소지품을 뺏기고 성판매를 강요당했다. 아파서 쉬면 결근비 50만 원을 물려 빚을 지웠다. 이하 기사 내용 발췌. "업주들의 가스라이팅에 익숙해진 여성들은 이 일이 아니면 어디서 일할 수 있을까 무기력해지고 세상을 발을 딛기를 무서워해요. 낙인을 뗄 수 있도록 도와야 해요." A씨는 "병원비, 직업훈련 지원 등 탈성매매 자활 지원 제도가 많다. 언니들이 용기 있게 나와 도움을 받았으면 좋겠다"고 했다. 탈성매매 여성들을 위한 취업 연계와 적응을 돕는 지원 제도가 더욱 강화되면 좋겠다는 제언도 덧붙였다. https://www.womennews.co.kr/news/articleView.html?idxno=242601

원센터[44]를 알려준다. 센터에서는 업소 아가씨들이 선불금을 못 갚는 구조적 문제를 잘 알고 있었고, 작가가 자립하여 자신과 같은 성매매 피해자를 돕는 활동가로서 일할 길을 열어주었다. 마침내 작가는 이 책을 써내면서 자신과 같은 피해자들이 새로운 삶을 살아갈 수 있기를 간절히 바랐다. 피해자들이 겪은 폭력은 개인적인 경험이 아니었음을 나누면서, 그들이 안전하게 복귀할 수 있도록 돕고자 했다. 자신의 고통스러운 경험을 직면하고 세세히 풀어 쓴 것은 성매매 피해 여성을 위한 실질적인 도움의 실천이었다.

목숨을 부지하려 어쩔 수 없이 끌려간 어둡고 슬픈 그 길을 지금도 걸어가고 있는 살아있는 사람들에 대해 생각한다. 밤새 누군가가 담뱃재를 떨고 침을 뱉은 술을 강제로 받아 마시고, 너는 다이어트도 안 하냐며 밥숟가락을 빼앗는 그런 곳에서 살아갈 수밖에 없는 사람들에 대해 생각한다. 미성년자라고 하면 보호해줄 생각은 안 하고 자기가 먼저 성관계를 맺으려 눈이 벌게지는 그런 곳, 선불금이라는 이름으로 터무니없는 이자를 매겨 강제로 돈을 빌리게 하는 곳이 아무렇지 않게 이 세상에 존재한다는 사실에 대해 생각한다.

더 이상 인간의 성을 사고파는 행위가 난무하는 현실에서 눈 돌리고 살고 싶지 않다. 모르는 사람이 함부로 자기 몸을 만지게 두는 것을 '즐길 수 있는' 사람은 세상 어디에도 없다. 벼랑

---

44 전국에 사단법인 여성인권지원센터가 있다. 성매매 경험 당사자와 함께 성매매 문제를 해결해나가는 것을 기조로 한다. 성매매 피해자에게 상담소, 자활지원센터, 쉼터 등을 제공한다.

끝에 몰린 여성에게 모든 책임을 돌리는 세상은 분명히 잘못됐다. 가족에게 버림받은 상처가 있는 사람들에게 가족인 척 오빠라고 삼촌이라고 부르라면서 그들의 몸을 함부로 만지고 돈 몇 푼에 팔게 만드는 사람들과 시스템이 존재하는 이상, 누구도 감히 이 시대를 '여성 상위 시대'라 말할 수 없을 것이다.

시스템이 공고해 스스로는 빠져나올 수 없을 때 도와줄 사람조차 없으면 그 진흙탕에 주저앉아버리게 된다. 하지만 손 잡아주는 사람이 한 명이라도 있다면 진창에서 빠져나올 수 있다.

나는 모든 여성들이 상황에 매몰되지 않고 새로운 삶을 꿈꿀 수 있기를, 어둠 속에서 지쳐 쓰러지지 않기를 바랐다. 가난하고, 배우지 못하고, 폭력을 겪었던 과거가 현재의 여성을 뒤흔들지 않기를 바랐다. 지금 새 마음을 먹는다면 언제든 다시 시작할 수 있는 기회가 주어지길 바랐다. 그런 간절한 바람을 담아 이 글을 썼다. 좀 더 많은 사람들이 벼랑 끝에 선 여성들을 길고 오래 바라봐주길 바라서.

사회 구성원 모두가 시스템을 넘어서서 서로를 끌어주는 역할을 할 수 있어야만, 진정 제대로 기능하는 사회라 할 수 있을 것이다. 우리 사회는 약한 고리를 싸매어주고 이어주는, 그런 사회가 되어야 했다. 이미 너무 많은 길을 돌아왔다.

작가의 질문으로 마무리를 갈음한다. 더 이상 잘못된 길로 돌아가지 않기 위해 세상에게, 또 나 자신에게 늘 던져야 할 너무나 중요한 질문이다.

"돈이 있다고, 권력이 있다고 남의 성을 사는 행위를 쉬쉬하고 덮어주는 것, 더 어린 여자의 성을 구매하기 위해 어플을 만들고, 성행위 영상을 불법으로 촬영해서 돌려보며 웃는 구매자들을 심판하지 않는 행위에 대해서는 이 사회 모두가 방관자다. 성매매의 경험을 성찰하는 것은 경험 당사자만의 몫이 아니다. 다른 사람의 성을 구매하는 행위에 대해 '필요악'이라는 궤변으로 포장하는 문화가 사라지기를 바란다. 뿌리 깊은 성매매에 대한 깊은 성찰과 반성이 있어야 이 사회가 비로소 안전해지지 않을까?"

《눈물도 빛을 만나면 반짝인다》 김영서 / 이매진 / 2020
친족 성폭력 생존자 수기. 실명을 밝히며 생존자로 당당히 나서는
내용이 개정판에 추가되었다. 가족으로부터 당한 성폭력으로부터
살아남아, 친족 성폭력 피해자들을 위한 활동가로서 새 삶을 살아
내고야 마는 저자의 모습에 박수를 보내게 된다.

《성매매, 상식의 블랙홀》 신박진영 / 봄알람 / 2020
성매매방지법을 제정하기 위해 현장에서 성매매 여성을 지원하
며, 대구여성인권센터 소장으로 일하신 작가의 실제 경험을 기록
한 책. 성매매 문제를 해결하기 위해 어떻게 행동해야 하는지 현실
적인 대답을 얻을 수 있다. 성매매와 성폭력은 동일한 어법을 갖고
있다는 저자의 말에, 더 이상 방관자로 남을 수 없다는 다짐을 하게
된다.

《그림자를 이으면 길이 된다》 D / 동녘 / 2022
성폭력 생존자인 저자가 직접 말하는, 피해자에게 폭력적인 사법
사례 모음집. 전국의 성폭력 사건의 수사와 재판을 지켜보는 '마녀'
로서 성범죄 재판의 실태를 알린다.

08

당신의 곁을 내어줄 수 있기를

제 목.　우리 힘세고 사나운 용기

지은이.　배윤민정 외

출판사.　한리재, 2023

나는 교회에 다닌다. 코로나 이후 이 말을 꺼내기가 더 어려워졌다. 종교인이라는 사람들의 볼썽사나운 작태가 코로나 시기에 낱낱이 드러났기 때문이다. 마스크 안 쓰고 예배 드리기, 모이지 말라는 정부의 지침을 어기고 모이기, 대형 기도회 열기 등등. 신앙을 가진 내가 봐도 마음이 답답한데 비종교인들은 오죽했을까. 신앙의 힘으로 감염병에 안 걸릴 수 있다는 논지의 설교를 펼치는 목사님들을 보면 저런 사람이 진짜 안티 세력 아닌가 싶다.

종교인 특유의 정복론적 태도에 신물이 난다. '내가 믿고 있는 너무나도 옳은 진리'에 다른 모든 것들은 납작 엎드려야 한다는 논리, 본인의 믿음 외의 것을 압살시켜버리는 논리는 진짜 신앙의 모습이 아니다.

> "마주하고 있는 기후생태위기 상황을 초래한 원인을 찾다보면 기독교와 결합한 식민주의가 뿌리 깊게 관련이 있다는 것을 어렵지 않게 알게 된다."

어떤 종교인은 성경의 내용을 지극히 인간-동물 중심적으로만 생각한다. '생육하고 번성하여 땅에 충만하여라. 땅을 정복하여라. 바다의 고기와 공중의 새와 땅 위에서 살아 움직이는 모든 생물을 다스려라'고 한 성경 내용을 인간 편한 대로 받아들이는 것이다. '다스린다'의 히브리어 원어적 의미인 '귀하게 여기고 돌본다', '책임을 진다'는 의미는 쏙 빼버리고, 환경을 멋대로 대해도 되는 노예 같은 대상으로 해석한 것이다. 전형적인 식민주의다. 기독교 신앙의 제1계명은 '사랑'이라는 것을 임의로 무시한 채 세상을 대한다. 그 무시 대상에는 여자, 성소수자뿐만 아니라 환경도 포함된다.

《우리 힘세고 사나운 용기》는 기후 위기 시대를 살아가는 여성들의 10개의 시선에 대한 이야기이다.

이 책의 첫 장은 이런 문장으로 시작한다.

> "내 엄마의 하루는 새벽 4시 30분에 시작된다. (…) 농촌 교회는 도시의 교회보다 새벽 예배가 열리는 시각이 이르다. 농사 일이 동이 틀 무렵부터 시작되기 마련이라 새벽 예배는 그보다 이른 것이다. (…) 주로 엄마를 비롯해 노년기로 접어드는 여성들 두세 명이 그 자리를 지킨다. 간절한 마음 없이 그 시간에 참여하기는 쉽지 않다."

나도 농촌 교회 사람이므로 이런 집사님, 권사님들의 모습이 익숙하다. 추수 감사절이 되면 직접 농사지은 무며 배추를 가져오시는 노년의 여성들. 수확한 작물 중 흠 없고 속이 꽉 찬 것만 골라 신께 드리는 분들.

이 일대는 사과밭이 즐비하다. 여름엔 해가 쨍쨍하고 가을에는 빨리 서늘해지는 지역 특성상 그렇게 된 것인데, 올 여름엔 비만 줄창 왔다. 교회에서는 농가 봉사를 나갔고 위로금도 모았으나 결국 결실은 처참했다. '올해 사과는 상품으로 낼 것이 없어 억지로 키우느라 약을 심하게 쳤기 때문에 먹으면 안 된다'는 소문까지 돌았다. 게다가 집중 호우로 축대가 무너지고 밭이 잠기고 다리까지 떠내려갔다. 집에 물이 차서 살 곳이 없어진 분도 더러 계셨다. 그런 분들을 위해 임시 숙소 같은 것을 시에서 제공하긴 했지만 넓은 강당에 침낭이 깔린 수준이라 오래 머물 수 있는 곳은 아니었다. 결국 교회 여자들이 이 사태를 해결했다. 직접 농사지은 보리쌀을 판매해서 기금을 모아 수재민들에게 식사를 제공하고, 집을 오픈해 재워주었다. 농사가 생계인 교인이 대부분이라 교회 분위기가 암울했는데, 나이 많은 권사님들이 앞장서서 맛있는 음식을 만들어 나눔으로써 이내 활기를 띠게 되었다. 일요일마다 단상에 너무나 예쁜 꽃이 소담스럽게 꽂혀 있어 누가 저렇게 하실까 했는데, 수해를 입으신 권사님이 꽃을 마련하신 거였다.

나는 자꾸 농촌에서, 여성에게서 희망을 기대하게 된다.

> "개인 단위 농가가 한 해 한 해를 보내는 과정은 안온할 수 없이 살벌했다. (…) 내가 먹고, 입고, 공부할 때의 모든 자원은 토양에서 났고, 농약과 화학 비료에서 났다. (…) 그 과정에서 농촌 생태계의 많은 생명이 처했을 고통을 떠올리면 숨이 막혀 온다. 그렇다고 농업인 개인의 힘으로 개선하기는 어렵다. (…) 우리 사회에서 농업은 정책에서 배제될 수밖에 없었다."

많은 사람이 기피하는 농사를 놓지 않은 사람들, 살벌한 한 해 농사를 감당하는 사람들, 어렵게 키운 채소를 아낌없이 나누는 사람들, 까치밥을 남겨 두는 사람들, 스마트 팜[45] 이전의 농촌을 지키는 사람들은 거의 여자들이다. 새벽부터 상추를 뜯어

커다란 트럭을 직접 운전해 장날에 내다 파는 이들은 거의 중년의 여자들이다. 농촌 삶의 많은 부분이 여자가 운영함으로써 굴러간다.

책에 쓰인 것처럼, 개인이 농법을 대대적으로 전환하기는 어렵겠지만 제도적으로 농가를 지원한다면 기후위기 상황에 대응하는 전환적 농법을 제일 먼저 시도할 사람도 여자들일 것이다. 그들은 환경 문제를 날 것으로 마주하는 당사자 그 자체니까.

물론 여전히 농촌은 여성 인권에 취약하다. 얼마 전엔 우리 지역 사회복지사 분에게 여든 살 할머니가 아흔 살 할아버지 밥상 차리는 이야기를 들었다. 할머니가 손을 달달 떨며 밥상을 차려서 방으로 들고 들어가면 할아버지는 반찬을 쏙 훑어 보곤 발로 탁 차서 바깥으로 내던진단다. 할머니 '버릇' 들인다는 이유로. 그러면 할머니는 다시 새 밥상을 차려온다 한다.

이주 여성 이야기는 훨씬 심각하다. 20대 여성이 60대 남성과 결혼하는 경우도 비일비재하다. 내가 둘째를 낳았을 때, 같은 신생아실에 만 19세의 이주민 여성과 67세 한국 남성 사이에서 태어난 아기도 있었다. 아기를 낳은 지 사흘째 되자 시어머니가 와서 '애는 내가 볼테니 너는 어서 농사 도와야지' 하고 이야기하며 여자를 데리고 퇴원했다. 이주민에 대한 사진 프로젝트를 진행하는 윤혜경 작가[46]는 다문화가족지원센터를 통해

---

45 정보통신기술을 이용해 농작물 재배 환경을 분석, 조절, 예측하는 과학 기반의 농업

46 고향을 떠나온 사람들의 이야기를 수집하고, 인물 사진을 찍어 전시한다. 〈이방인 사진 프로젝트〉를 진행하고 있으며, 최근 《지성, 진영 그리고 베로니카 : 트랜스 라이프》 아트 북을 냈다.

농촌에 정착한 이주 여성을 인터뷰했는데, 이주 여성이 가장 갖고 싶은 것이 무엇이냐 물었더니 대부분 신용카드라 답했다 한다. 돈을 주면 도망간다는 이유로 '가족'들이 신용카드를 절대 만들어주지 않는 것이다.

여성을 위해, 농촌의 여성을 위해 기도한다. 그것은 나를 위한 기도이기도 하다. 우리가 발 딛고 있는 이 시골을 우리가 해치지 않기를. 이곳에서 인간-동물도, 비 인간-동물도, 식물도 오래오래 함께 살아갈 수 있기를 간절히 바랐다.

책의 두 번째 이야기는 '보편적 돌봄 소득'에 관한 것이다. 두 번째 꼭지를 쓴 분은 시인인데, '기후위기 앞에 선 창작자들'이라는 이름으로 뜻 맞는 주변 창작자들을 모아 기후생태위기 시대에 창작을 이어간다는 것이 어떤 의미인지 함께 고민했다고 한다. 그러다 기후생태정의 운동 단체 '멸종반란한국' 멤버로 활동하며 부산 가덕도신공항 특별법 통과[47]에 항의하는 이들의 재판 투쟁에 연대하는 활동을 벌였다.

하지만 이 일을 아무런 재정적 소득 없이 계속해나갈 수는 없다는 결론을 마주하게 된다.

"활동가들은 활동비 하나 없이 자신의 마음과 시간과 노동력을 활동에 썼다. (…) 생계를 잇고 자기 돌봄을 행하는 건 당연하게

---

47 "가덕도 신공항 막아내겠다"…멸종반란, 기후재판 항소심 결심열려, 오마이뉴스, 2023년 11월 5일(https://www.ohmynews.com/NWS_Web/View/at_pg.aspx?CNTN_CD=A0002975237&CMPT_CD=P0010&utm_source=naver&utm_medium=newsearch&utm_campaign=naver_news)

도 각자의 사정과 재량에 달려 있었다. (…) 이런 식은 도무지 지속 가능하지가 않은 것 같아요. 나 자신을 지키고 돌보는 데 너무 소홀했어요. 이건 정말 아닌 것 같아."

이런 상황에서 〈십시일반 기본소득〉이라는 프로그램[48]의 존재를 알게 된다.

"이는 각자도생과 소유와 증식과 팽창과 경쟁과 착취를 기본값으로 하는 지금의 자본주의적 상징체계를 전복하는 상상력이기도 하다."

한 명의 존재에게 조건 없는 '기본' 소득을 제공하는 것이 십시일반 기본소득의 방향이었다. 그 프로그램은 활동가들이 생계 걱정을 덜고 계속해서 활동할 수 있게 했다.

자본주의 사회에서는 개인의 다양한 사정들이 고려되지 않는다.

"잠을 줄이고 수명을 줄여가며 자본주의적 생산과 소비구조의 충직한 톱니이자 착한 소모품이 되도록 스스로를 상품화해야만 하는 것이다. 이 살벌한 각자도생의 투쟁에 매달리느라 지금의 시스템을 의심하거나 비판하거나 다른 상상을 할 틈이 없다."

48　월 5만 원씩 열 명의 동지를 모아 매달 50만 원씩 1년간 지원이 필요한 활동가에게 선물하는 프로젝트.

이렇게 각박한 세상에서 괴로울 때 책에서는 이 두 단어를 내민다. '기본'과 '돌봄'. 기본을 보장하는 돌봄으로 주어지는 돈은 "교환가치를 갖는 물신적 수단이 아니었"다. 상대의 삶을 돌보려는 마음이었다. 파괴와 착취를 멈추고 한 사람을 존재 자체로 받아들이는 "다정하고도 힘센 마음"인 것이다.

사실 인간이 존재 자체로 살아갈 수 있게 하는 돌봄 비용은 개인이 아니라 사회가 제공해야 하는 것이었다. "자신을 돌보고 서로를 돌보고 세상을 돌보며 살아가는 데 드는 기본적인 비용을 사회가 책임지는 것, 즉 보편적 기본 소득과 같은 장치가 중요한 이유는 또 있다. 이를 통해 개인은 생계 노동에 대한 경제적 강박에서 벗어날 수 있고, (…) 보다 많은 이들이 공적인 일에 민주적으로 참여할 수 있게 하는 토대이자, 이 사회를 움직여 온 오류투성이 시스템을 심문하고 변화시킬 수 있는" 것이다. 현재 우리 사회는 선별적 복지를 시행하고 있다. 자신의 가난과 취약함을 증명해야만 겨우 미약한 지원을 받을 수 있는 시스템인 것이다.

> "누구든 자격을 질문받거나 평가 시스템을 통과하지 않고도 기본적인 생계를 유지할 수 있도록 모두에게 동일한 일정 소득을 지급하는 것이 필요하다."

이것이 보편적 기본소득인 것이다.

작가는 기본 소득에 반드시 돌봄이 포함되어야 한다고도 덧붙인다. 여성이 일상적으로 하는 가사 노동은 임금 가치가 아주 낮거나 아예 임금 책정 대상조차 아닐 때가 많다. 하지만 가사·돌봄 노동은 단순한 생산 노동이 아니라 "존재를 유지하고 살리는 일"임을 사회 전체가 인식하고 합의해야 한다고 일갈한다. 여기에 "보편적 돌봄 소득"이라는 장치가 필요한 것이다. "지금의 자본주의적 생산노동의 주류화와 가사·돌봄 노동을 여성화·주변화하여 폄하하는 흐름을 깨"야 한다는 것이다. 작가는 비인간 동물, 자연생태계까지 포괄하는 돌봄을 주장한다.

내가 아이를 낳고 직장을 그만둬야 했을 때, 스스로 너무 취약하다고 느껴졌다. 수입이 0인 상태를 겪자 그야말로 '멘붕'이 왔다. 배우자의 수입에 전적으로 의존하는 상태가 지속되면서 점점 자신감을 잃었다. 만약 배우자와 헤어지게 된다면 혼자 아이를 어떻게 건사할지 막막했다. 사회에서 도태된 찌꺼기 같은 느낌이 들었다. 그때 보편적 돌봄 소득이 주어졌다면 그렇게 불안해하지 않았을 것이다. 매일 갓난 아기를 돌보면서도, 실물 화폐를 벌지 못하는 나 자신이 때론 한심했고 때론 안타까웠다. 나에겐 기본 소득이 너무나도 필요했다. 생필품을 살 때도 혼자 동동거렸으며 커피 한 잔 마음대로 못 마셨다. 그리고 무엇보다 사회와 닿아있다는 느낌이 없었다. 존재가 희박해지는 느낌이었다. 경제활동은 '돈을 벌고 쓴다' 이상의 의미를 담고 있었다. 내 가치를 인정받고 사회와 연결감을 획득하는 중요한 수단이었다. 돌봄 노동(아이, 노인, 병자 등을 돌보는)을 수행하는 모든 사람들에게는 그 돌봄을 지속적으로 수행하기 위한 기본 소득이 필수적이다. 돌봄 노동자들은 이미 일상의 대부분을 누군가를 돌보는 일에 쏟고 있기 때문에 따로 경제활동을 하기 어렵다.

사회 구성원들을 위한 지속가능한 돌봄을 위해 보편적 돌봄 소득은 반드시 주어져야 하는 것이다. 책에서 최지원 작가는 "돌봄은 조금 더 힘있는 사람이 약한 사람을 돕는 것이 아니라, 관계 속에서 형성되는 서로 다른 존재들이 연결의 상호작용 속에서 함께 되어가는 실천"이라고 말한다. 주로 여자에게 아무 대가 없이 맡겨진 돌봄을 '실천'과 '활동'으로서 사회가 지원하고 지지하는 방향으로 나아가야, 사회 또한 건강한 방향으로 지속가능해진다.

세 번째 꼭지는 멸종 위기종에 대한 이야기이다. 인간에 의해 파괴되어가는 백로 서식지와, 그로 인해 멸종되어가는 백로에 대해 말하면서 저자는 이렇게 덧붙인다.

"'환경문제'는 이전에 '환경오염'이나 '지구온난화' 등의 이름으로 흔히 호출되어 왔다. 그러다 보니 문제의 원인과 구조가 인간의 문제가 아닌 단순히 환경에서 일어나는 문제라 여겨져왔던 것 같다. (…) 우리 종의 안과 밖에서 일어나는 배제를, 차별을, 희생을, 소수를 제외한 존재들의 완전한 멸종을 원하기보다 '멸종 위기'로 오래오래 남길 바라는 무시무시한 욕망이 불현듯 눈앞에 일렁였다. 우리는 과연 백로로부터 얼마나 먼 존재일까. (…) 차라리 한꺼번에 다 죽는 거면 다행이지. 문제는 가장 약한 고리부터 천천히 고통받으며 죽어갈 거라는 거야. 그게 문제야."

모든 멸종 위기종의 이야기는 결국 인간의 이야기다.

이 책에서 또 짚고 가고 싶은 것은 장애인의 권리에 관한 이야기이다. 작년, 이동권 보장을 위해 전국장애인차별철폐연대(이하 전장연)의 시위가 지하철 역과 버스 정류장에서 이어졌었다. 운행이 지연되자 출근길의 사람들은 시위하는 사람들에게 '꼭 출근할 때 시위를 해야 하는 거냐'며 분노를 터뜨렸다. 합법적인 시위를 진행하는 장애인에게 경찰은 폭력까지 불사했다.[49] 휠체어 탄 장애인들을 함부로 밀치고 넘어뜨렸다.[50] 장애인들도 출근할 권리가 있는 사람이라는 것을 세상은 잊었다. 지금 당장 두 발로 걸어 출근할 수 있는 비장애인들의 권리만 기억했다. 책에서는 "지연되고 있는 것은 열차가 아니라 권리"라고 말한다.

전장연을 비난하는 사람들은 몰랐을까. 자력으로 출근할 수 있는 것이 비장애인의 특권이라는 것을. 그리고 그 특권은 언제고 상실된다는 것을.

"우리는 모두 나이 들고, 병든다. 최대의 이윤을 생산해낼 것으로 기대되는 젊고 건강한 몸은 누구나 가질 수 없고, 가졌더라도 그 상태에 계속 머무르는 것도 아니다. (…) 출근 시간을 지키기 위해 초조하하는 그 시간이 내가 활용하고 누리기 위한 시간이 아니라, 자본가의 이윤 창출을 위한 자본가의 시간임을 나는

---

49 남대문서, 활동가들 폭력 연행…전장연 "국가배상 청구할 것", 비마이너, 2023년 11월 15일. https://www.beminor.com/news/articleView.html?idxno=25655

50 전장연 "버스 태워달라한 지 2분만에 체포…국가공권력 남용", 연합뉴스, 2023년 11월 15일. https://www.yna.co.kr/view/AKR20231115103800004?input=1195m

깨닫게 되었다. 그리고 이러한 이윤을 실어 나르는 열차를, 이 흐름을 멈추게 하고 싶다."

장애인의 투쟁은 사실 나를 위한 투쟁이다. "정당한 대가를 받으며 노동하고, 편견과 차별을 받지 않는, 인간답게 존중받는 삶"을 위한 투쟁인 것이다. 나는 '확장된 나'들을 위해 기꺼이 연대해야 하지 않을까. 더 애써야 하는 것 아닐까. 급식노동자의 저임금·고강도 노동 조건도, 비정규직의 부당한 처우도, 남의 일로만 여겨서는 안 된다. 노동 환경과 처우의 개선을 외치는 것은 사실 그 어떤 것보다 나의 일이기 때문이다.

곤충학자 에드워드 오스본 윌슨은 이렇게 말했다. "인류는 자신이 창조한 것에 의해서 정의되는 것이 아니라, 자신이 파괴하지 않기로 선택한 것에 의해 정의된다".

나는 나를 어떻게 정의할 것인가. 이미 무수한 것을 파괴해 왔다. 우리의 후대는 선대에 비해 수명이 더 짧고 덜 건강한 삶을 살 것으로 예상된다. 기나긴 역사 속에서 언제나 선대보다 더 안정되고 긴 수명을 누린 우리는 결국 위기의 세상 속에 우리의 후대를 던져놓았다.

얼마 전 수능이 치러졌다. 역대급 불수능[51]을 치른 학생들은 죽고 싶을 정도로 깊은 우울감과 불안을 호소한다. "현재 학교는 대학입시 준비 기관이자, 자본주의 체제에 순응하는 노동력

51　"망했다" 1교시부터 '멘붕' 만든 '불수능', 경향신문, 2023년 11월 22일. https://www.khan.co.kr/national/education/article/202311221149001

을 양성하는 사회화 기관"으로 전락했다. 단 한 번의 시험으로 인간의 가치를 판단하는 삶에서 어떻게 기후를 걱정하고 환경을 염려할 수 있겠는가. 사회에 문제의식을 제기할 수 있는 비판의식이 어떻게 자라나겠는가.

> "이를 성찰하지 못하고 교육을 통해 비인간적인 노동 규율을 내면화한다면 기후위기의 원인이자 결과인 자본주의의 경쟁, 각자도생, 노동착취, 생태학살의 기제를 재생산하게 될 것이다."

학교에서, 사회에서 다양한 의견을 인정하는 포용성과 환경과 정치에 뛰어들 수 있는 용기를 가르쳐야 한다. 위기의 시대를 살아갈 수 밖에 없는 우리와 우리의 후대를 위해.

그리고 위기에 처한 오늘을 살아가는 인간으로서, 발 딛고 있는 이 땅에 책임을 다하기 위해 삶을 송두리째 바꿀 용기가 우리에게 필요하다. 각자의 삶에서 누군가는 채식주의를 실천함으로, 누군가는 플라스틱 제로 라이프 스타일로, 누군가는 시위에 참여함으로 짓밟기만 했던 환경에 이제 겨우 곁을 내주고 있는 참이다. 바라건대 당신의 곁도 조금 더 넓어질 수 있기를. 그럼으로써 오히려 더 안전하고 평안할 수 있기를.

당신과 어깨를 겯고 살아가는 지구 거주자로서 간절히 기도했다.

《그레타 툰베리의 금요일》 그레타 툰베리 외 / 책담 / 2019
스웨덴의 환경 운동가 그레타 툰베리와 가족이 기후위기를 겪는
지구에서 어떻게 살아가고 있는지 생생하게 기록한 에세이. 기후
위기의 심각성을 깨닫게 된 그레타 툰베리의 삶이 어떻게 변화하
는지 피부에 와닿게 알 수 있게 된다.

《옷을 사지 않기로 했습니다》 이소연 / 돌고래 / 2023
패션업계의 패스트 패션에 대한 문제점을 고발하는 인문 에세이.
비움과 제로 웨이스트 생활을 선택하려는 사람들의 지침서가 될
만한 책이다. 패션 사업 내의 인권 침해 실태를 보고함과 동시에 기
후위기를 겪는 저자의 깊은 성찰이 담긴 책.

《착한 소비는 없다》 최원형 / 자연과생태 / 2020
소비 방식이 물건을 사는 데 그치지 않고 플라스틱 섭취, 성 테러,
잦은 산불까지 어떻게 연결되는지 일상의 사례를 들어 차근차근
설명한다. 자연을 '영원히 이용할 수 있고 풍부한 존재'라 생각하는
거짓 믿음을 깨뜨리고 한정된 공간으로서의 지구에 대해 설명한
다. 착취와 동의어인 소비를 수정하고 중단함으로써 생명이 순환
될 수 있음을 서사하는 책.

《나의 비거니즘 만화》 보선 / 푸른숲 / 2020
채식과 동물권에 대한 그림 에세이. 비 인간 동물의 고통을 직면하
는 책이다. 비거니즘을 실천하는 사람의 삶의 태도에 대한 성찰이
담긴 책. 채식을 실천하고 싶은데 선뜻 마음먹지 못하는 모든 사람
들에게 강력 추천한다.

09

요즘 여자들은 화가 많아

제 목 . **알싸한 기린의 세계**

지은이 . **작가1**

출판사 . **든, 2022**

요즘 여자들, 진짜 화가 많아졌다. 생활 속에서 사소하게 지나쳤던 무례함들을 감지하게 됐기 때문이라 생각한다.

나 또한 세상에서 여자가 어떤 위치에 있는지 알고 나서부터는 생활에 기본으로 잔잔하게 깔려있는 혐오를 종종 느끼게 됐다.

2022년, 한 기사에서 비행기 내에서 갓난아기가 몇 번 울었다고 한 남자가 폭언을 퍼부은 사건[52]을 보면서 숨이 턱 막혔다. 기사가 떴을 때 둘째 아이가 네 살이었다. 둘째는 장소를 가리지 않고 유난히 자주 울음을 터뜨리는 애였다. 애가 떼를 쓰며 울 때마다 혹시나 누가 따라와서 시끄럽다고 욕하거나 때릴까봐 얼마나 진땀을 흘렸는지 모른다. 애가 앙, 소리만 내면 황급히 안고 자리를 떴다.

그때 사실 기사 내용보다 기사에 달린 댓글이 더 무서웠던 게 기억난다. '그러게 왜 애 싸지르래', '애 데리고 타려면 티켓값 두 배 내야 하는 거 아닌가'부터 시작해서 사실은 아기 엄마가 사과를 안 했다는 둥 엄마가 진상이라는 둥의 가짜 뉴스 양산까지 난리도 그런 난리가 없었다. 아기와 아기 엄마를 미워하는 사람이 이 나라에 이렇게 많은지 새로이 깨닫는 계기가 됐다.

나중에 영상이 공개되었는데, 비행기에서 아기가 운다고 욕설을 퍼부은 술 취한 남자에게 아기 엄마는 절규에 가까운 사과의 말을 거듭하고 있었다.

---

52 "비행기에서 아기 운다고 부모에게 욕설한 40대 구속", 한국일보, 2022년 8월 29일

사실 잘못한 일이 하나도 없는데 죄송하다는 말부터 한 그 아기 엄마처럼, 나도 대놓고 덤비기보다 한발 물러서기를 더 쉬이 하고 상대방 잘못을 따지기보다 내가 잘못한 일이 없는지부터 돌아봤었다. 세상이 안전하지 못하다고 느껴져, 무서워서 그랬을 것이다.

  아기 엄마의 '하지 않았어도 될 사과'를 본 날 밤, 오래도록 잠이 오지 않았다. 깜깜한 방에 누워 몇 시간이나 내 것일수도 있었을 모욕과 상처를 곱씹으며 가슴을 쳤다.

  《알싸한 기린의 세계》는 여성 창작자 작가1의 세 번째 책이다. 소제목은 〈스물하나, 여자 아닌 사람이 되었다! 오 마이 갓. 이거 살맛 나잖아?〉로, 책 전체 내용을 반영한다.

  전작과는 달리 이번 작은 만화 에세이로 기린 얼굴을 한 캐릭터를 한 작가가 자신의 이야기를 풀어나간다. 1장은 〈이상한 세계〉라는 이름의 큰 챕터 안에서 여성 인권의 현주소를 그리고 있고, 2장은 〈기린의 세계〉로 여성으로 사는 작가의 삶을 그린다. 3장은 〈다시 만난 세계〉로 가부장제의 틀을 벗어나고자 노력하는 작가의 이야기가 담겨있다.

  1장에서 누군가 기린에게 이런 말을 한다.

  "요즘 여자들은 화가 많아졌어~"

  그러자 기린은 뿅망치를 들고 와 대답한다.

  "화가 많아진 게 아니라 이제 참지 않는 거다. 성희롱 농담 좀 해도 웃고 넘어가는 게 여자의 미덕이었던 그때는 너희나 살기 편했겠지. 우리는 언제나 전쟁통이었거든."

  기린은 그런 인권 유린의 시대는 영원히 안 올 거라며 일갈

한다. 가정 폭력을 당한 여자가 눈에 계란을 문지르는 게 개그 코드였던 시대, 그 개그에 웃지 않으면 예민한 사람 취급을 당해서 어떻게든 웃고 괜찮다고 합리화했던 시대는 오지 않을 거라며. 침묵의 때는 다시 오지 않을 거라고도 단호하게 말한다. 하지만 끝까지 들고 온 뿅망치를 마구 휘두르거나 때리려고 위협하거나 하지 않는다.

기린은 왜 뿅망치를 들고 왔을까. 누가 봐도 옳은 말을 했는데도, 어디서 날아올지 모를 공격이 두려웠던 걸까.

나는 장난으로라도, 기린이 헛소리 하는 상대를 한 방 때릴 줄 알았다. 그게 쇠망치가 아니라 뿅망치를 들고 온 이유가 아닐까 했다.

하지만 기린은 누구도 때리지 않았다. 끝까지 설명했다. 긴 말로, 상대방이 입을 다물 때까지. 책에서 기린은 누구도 때리지 않았다. 아무리 황당해도, 아무리 억울하고 슬퍼도 타인을 때리지 않았다. 눈물 흘리면서도 자기가 하고 싶은 말들을 해나갈 뿐.

어떤 사람이 또 기린에게 찾아와 이렇게 말한다.

"옷을 짧게 입고 다니니까 범죄의 대상이 되는 거야! 함부로 웃어주면서 간을 보고 말이야. 자기도 좋으니까 웃은 거 아니야?"

그러자 기린은 이렇게 말한다.

"남들은 네 옷에 관심 없는데 넌 남의 옷에 왜 그리 관심이 많아? 그리고 범죄와 옷차림은 상관없잖아. 범죄를 100% 사라지게 하는 방법은 '범죄를 저지르지 않으면 된다!'인 거 모르나? 피해자 탓 좀 그만해."

위 대화는 놀랍게도, 인스타툰을 연재하는 작가의 인스타그램에 실제로 달리는 댓글 내용이기도 하다.

생각해보면 나도 참 오래 피해자 탓을 해왔다. 스스로에게조차 그랬다. 길에서 캣콜링[53]을 당했을 때나, 모임에서 성희롱적 발언(야~오늘 이쁘게 입고 왔네~나한테 잘 보이려고 그러고 왔냐?)을 들었을 때 나는 나를 점검했다. 오늘 옷이 이상했나? 헤퍼보였나? 뭔가 오해될 만한 행동을 했나?

그런데 기린의 말을 듣고 뒤통수를 맞은 기분이었다. 맞다. 범죄와 내 옷차림, 행동은 아무 상관이 없다. 범죄를 사라지게 하는 방법은 범죄를 저지르지 않는 것이다. 피해자 탓을 해서는 안 된다. 하지만 아직도 우리 사회에서는 범죄(특히 성범죄)가 발생했을 때 피해자가 '피해자답게' 구는지에 대해 판단하고, 가해자의 불쌍한 서사를 지나치게 조명해준다. 심지어 판사가 성폭행범을 직접 두둔해주기도 한다.[54] 성폭행 피해자의 가족에게 '정말 질 나쁜 애는 아닌 것 같아요, 피고인의 나이가 어린데 합의해줄 수 없나요? 돈 받아서 좋아하는 걸 할 수 있으면 좋잖아요, 지금 합의해주면 더 많은 금액을 받을 수 있습니다. (피해자가) 지적 장애인이니까 일반인처럼 인지하지 못했을 거예요'라고 말한 대구지방법원 판사는 인권위원회의 진정에도 불구하

---

53 남성이 길거리를 지나가는 여성을 향해 휘파람 소리를 내거나 성희롱적인 발언을 하는 행위

54 "질 나쁜 애는 아닌 것 같아…판사가 성폭행범 두둔?", KBS 뉴스, 2023년 10월 16일. https://news.kbs.co.kr/news/pc/view/view.do?ncd=7793775

고 발언을 철회하지도, 어떤 조치도 받지도 않았다.

사랑에 대해서도 기린은 핵심을 찌르는 말을 한다. '솔직히 나는 여자가 나보다 능력 좋고 강하면 이성으로 안 느껴져'라고 말하는 대상에게 이렇게 답한다. '사랑은 더 높은 차원의 존경인데 보통 자신이 존경하는 사람의 결핍을 보고 자신의 자존감을 채우지 않아.'

20대에 이성 관계를 원만하게 유지하려면 꼭 지켜야 할 것들이 있었다. 그중 가장 중요한 것은 너무 강하게 의견을 말하지 않을 것. 속된 말로 '나대지' 않을 것. 나는 이 두 가지를 아주 재미없는 방식으로 체득하게 됐다. 여중, 여고를 다니는 동안 난 항상 명확한 내 의견이 있었고, 그것을 조리 있게 발언했을 때 친구들이고 선생님이고 긍정적인 반응을 보였었다. 하지만 대학에서 내가 제일 많이 들은 말은 이런 거였다. '왜 이렇게 드세냐', '고분고분하지가 않다', '너같이 자기 주장 강한 여자는 남자들이 싫어한다', '따박따박 따지고 들지 마라' 등. 정도는 다르지만 이런 결의 '조언'을 정말 많은 남자 학우들에게 들었고 정말 나는 이성들 사이에서 인기가 없었다! 여자 몸매 품평이나 외모 비하를 참지 못했고, 여자는 학회장이 될 수 없는 이유를 납득하지 못했으며, 남자 신입생이 여장을 하고 미인 선발대회를 여는 전통(?)을 반대했더니 남자 선배들은 나만 보면 피곤하다는 표정을 지었다. 십여 년 전 일이니 지금은 학교 문화가 달라져 있을지도 모르겠다. 아무튼 20대의 나는 아, 내가 다른 사람들을 피곤하게 만드는구나, 눈치껏 좀 숙여야 하는구나, 내가 분위기를 너무 못 읽었구나 그렇게 생각했다. 그래서 조금씩 조용해지기 시작했다. 이성적 인기는 내가 조용해지는 것에 비례해 점점 상승했고, 나는 '조용한 여자가 인기 많은 여자'라는 이상한 도식을 내재화하게 되었다.

하지만 지금 생각해보면 그건 좋아하는 게 아니었다. 이성 친구에게 사랑받았다고 느꼈던 순간에도 그건 나라는 존재 자체를 사랑한 게 아니었다. 이십 대에 사귄 애인들은 내가 자기 말을 잘 들어주고 웃어주는 사람으로 있을 때 가장 기뻐했다. 존경받은 적은 한 번도 없었다. 보호해줘야 하고 가르침을 줘야 하는 대상일 때 가장 예쁨받았다. 하지만 진짜 사랑은 그런 게 아니었다. 진짜 사랑의 마음은 상대를 있는 그대로 존중하는 마음, 상대가 나보다 나은 점이 있다 여기는 마음, 상대를 나와 동등한 존재로 인정하는 마음이었다.

에피소드 하나가 끝날 때마다 네티즌이 작가의 인스타그램에 달았던 댓글 내용이 소개되는데, 가슴에 깊이 남았던 문장이 있다.

"당신은 그저 한낱 먼지이며 사람일 뿐이에요. 대단한 어머니도, 귀여운 여동생도, 애교 많은 여자 친구도, 참한 며느리도 아닌, 그냥 사람이요. 본인의 부족함과 멋짐을 있는 그대로 받아들이세요."

내가 너무 크고 특별한 존재인 것 같을 때 삶은 도리어 무거워진다. 나는 지구상에 존재하는 모래알과 같은 존재일 뿐이라고 생각하면 오히려 자유롭다. 그냥 먼지 같고 모래알 같은 존재로, 뭐 대단한 성취를 이루어야 한다는 강박 없이 존재 자체로 사는 것, 그게 진짜 좋은 삶 아닐까? 역할 기대에 맞게 내 행동을 교정하고, 타인의 시선에 맞춰야만 하는 일들을 꾸역꾸역 해내는 건 모래알한테는 너무 묵직한 일들이다. 나의 부족함은 부족함대로, 멋짐은 멋짐대로 받아들이는 삶을 살고 싶다. 그게 진짜 사람다운 삶 아닐까.

슬픈 것은, 여자는 자주, '사람'으로 인정받지 못한다는 것이다. 아주 가끔, 여자 범죄자가 뉴스에 보도되면, 남자 범죄자에게 가해지는 비난과는 비교할 수 없을 정도로 심한 비난과 성차별 발언이 쏟아진다. 작가는 이렇게 말한다.

> "남자의 잘못은 결국 '그 사람이 나쁜 탓'이니 문제 원인을 개인 혹은 사회 구조에서 찾게 되지만, 여자의 잘못은 결국 '그 여자가 나쁜 탓'이니 해당 성별을 검열하는 쪽으로 기울기 아주 쉽거든요. '요즘 여자들 무섭다니까' 하면서. 난 언제쯤 성별이 아닌 사람으로 불릴 수 있을까?"

'맘충' 논란에 대해 말하지 않을 수 없는데, 아이를 데리고 있는 여성을 벌레라 부르는 사회적 현상도 위와 동일한 맥락 속에 있다. 식당에서 기저귀를 갈고 그 기저귀를 바닥에 그대로 버리고 나온 사람이 있었다. 조롱하는 어조로 그 일화가 인터넷에 공유되었고, 네티즌들은 그 사람을 맹렬히 공격하기 시작했다. 그런데 문제는 그 사람의 매너 없음을 비난하는 것이 아니라, 그 사람이 속한 성별과 집단이 뭉뚱그려져 강도 높은 비난을 받았다. 그 사람의 성별은 여자였고, 아기 엄마였다. 세상 모든 여자(특히 영아기 아기를 둔 엄마)들이 불려 나와 싸잡아 욕을 먹었다. 거기서 '맘충'이란 말이 나왔다. 벌레 같은 엄마라는 뜻이다. 어떤 사람이 잘못을 저질렀을 때 그 사람이 속한 집단이 불려 나와 비난받는다면 그 사람이 속한 집단은 약자성과 소수자성을 띠고 있다는 글을 인터넷에서 읽은 적이 있다. 여자에다 아기 엄마는 세상 모든 사람이 비난해도 차마 반박할 수 없는 아주 약하고 보호받지 못하는 존재라는 걸 맘충 사건을 통해 알았다. 우리 나라에만 존재하는 '노 키즈 존'은 이 나라에서 여성 양육자와 어린이가 존중이나 보호를 전혀 받지 못하는 존재라는 것을 여실히 드러낸다. 여성이라는 성별을 가진 사람의 잘못은 개인의 문제가 아니라 여성이라는 성별 전체의 문제가 자주 되곤 하는 것이다. 여자들은 그런 비난이 두려워 식당에 가면 바닥까지 물티슈로 닦고 나오고, 아이들에게 지레 핸드폰을 쥐여주곤 한다.

사는 게 참 서글프고 어렵고 고달프다. 그래도 약자 혐오를 모르던 시절로 돌아가고 싶으냐 하면 절대 그렇지는 않다.

물론 여성들이 서로를 일으킬 거라든지, 약자들이 연대해서 세상을 변화시킬 거라든지 하는 지나치게 밝고 아름답기만 한 낙관은 버렸다. 《아주 친밀한 폭력》[55]을 쓴 정희진 작가님도 강연에서 이렇게 말한 적이 있다. 완전한 연대와 소통 같은 건 없

55 정희진, 《아주 친밀한 폭력》, 교양인, 2016. 친밀한 관계의 남성에게 폭력을 당하는 여성의 사례를 분석하여 한국 사회의 성차별 의식을 낱낱이 드러낸 연구서.

다고. 그냥 관련 담론을 끊임없이 생산하는 데 의의를 두라고.

어머니와 자매의 승리, 이런 말들은 이제는 믿지 않는다. 그냥 여자로서, 엄마로서 옳다고 생각하는 길을 혼자라도 걸어가려 애쓸 뿐이다. 매일을 비틀거리면서.

이 책을 읽던 중에 가나 출신 방송인 샘 오취리가 의정부고 관짝 사건을 SNS에서 비판했다가 2년째 아무 수입이 없다는 기사[56]를 읽었다. 아무도 일을 주지 않는 것도 괴로운데 집요하게 달리는 인종 차별적 악플때문에 더 힘들다고 했다. 이 책을 읽음으로써 생겨났던 내 안의 작은 인류애 같은 게 와장창 부서지긴 얼마나 쉬운지.

나도 그를 옹호하는 내용의 글을 몇 개 올렸다가 밑도 끝도 없는 악성 댓글을 받았다. 악플을 신고 차단하면서 사람들의 부지런함에 새삼 놀랐다. 나같이 듣도 보도 못한 사람 글을 일부러 찾아 읽은 뒤 악의에 찬 댓글을 그토록 길고 정성스럽게 달 수 있다니. 이렇게 세상에서 나는 너무나도 쉽게, 뭣도 모르면서 말하는 아줌마가 되곤 한다.

우리는 해방될 수 있을까.

이 책에서는 우리가 세상을 바꾸고 있다고, 나의 해방이 끝내 우리의 해방이 될 거라고 말한다.

"아무것도 바뀌지 않았다고 절망하지 말아요. 당신이 바뀌었잖아요!"라고도 말한다.

---

56 "샘 오취리 2년간 수입 없어 생활고...너무 미워하지 말라", 스타투데이, 2022년 8월 22일. https://www.mk.co.kr/news/hot-issues/10430039

나는 그 말을 반쯤은 슬프게, 반쯤은 기대를 갖고 읽는다. 내 생엔 어려울 것 같지만 20대 여자들의 삶, 혹은 내 자식의 삶은 달라지지 않을까 하고.

작가처럼, '사회는 느리지만 나는 다시 돌아가지 않아'라고도 말해본다. 여성 인권에 대한 발언이 더 이상 유의미하지 않은 시대, 여자, 아이, 외국인이 각자에게 붙은 꼬리표를 떼고 그냥 '사람'이 되는 시대가 오길 바라는 작은 희망을 간직하고서 책 마지막 장을 덮었다.

이 책을 통해 여자들이 더 많이 뻔뻔해지고, 더 많이 자유로워지길 기대하며.

《다 된 만화에 페미니즘 끼얹기》 탱알 / 산디 / 2019

여성 서사 웹툰 읽기. 넷플릭스 시리즈 드라마로 제작될 만큼 인기를 끌었던 웹툰 〈마스크걸〉에 나온 여성 서사에 대한 고찰도 담겨 있다. 웹툰의 서사와 캐릭터 이해를 통해 여성의 현실을 말하고, 더 나아가 앞으로 나아가야 할 여성의 세계에 대해서도 말하고 있다.

《당신의 하우스 헬퍼》 승정연 / 투니드북스 / 2018

KBS 드라마 〈당신의 하우스 헬퍼〉 원작. 케이툰에 연재되었던 내용을 책으로 엮었다. 다양한 여성 캐릭터가 등장하며, 캐릭터들이 세상에서 겪는 어려움을 남자 가사 도우미와 함께 풀어나간다. 성별 고정관념을 자연스럽게 벗어날 수 있는 교양 실용 만화.

《혼자를 기르는 법》 김정연 / 창비 / 2017

카카오 웹툰 〈혼자를 기르는 법〉을 엮은 책. 갓 서른 살이 된 회사 막내 '이시다'의 이야기를 그렸다. 여성 1인 가구의 현실이 생생히 반영되어 있는 이 책은, 한국에서 혼자 살아가는 여성의 삶을 날 것 그대로 드러낸다. 간결한 문장에서 깊은 성찰과 고민, 공감이 느껴진다. 2016년 오늘의 우리 만화상을 수상했다.

《편협하게 읽고 치열하게 쓴다》 정희진 / 교양인 / 2021

여성학자 정희진이 쓴 인문학. 사회적 약자의 입장에서 세상을 선명하게 사유하는 정희진의 시각을 공유한다. 작가가 읽은 스물일곱 권의 서평을 마주하면 내가 가지고 있던 기존의 이데올로기가 산산조각난다. 뻔하지 않고, 전혀 편협하지 않은 책.

10

당신이 듣고 싶었던 여자 이야기

제 목. 그 많던 싱아는 누가 다 먹었을까

지은이. 박완서

출판사. 웅진지식하우스, 2021

학창 시절, 문학책에서도 역사책에서도 여자 이름을 잘 찾지 못했다. 뭔가 이상했다. 이렇게 많은 남자들이 역사를 만들어왔다는데 여자들은 다 어디로 갔을까? 여자들이 그 남자들을 낳았을 것이고, 먹였을 것이고, 입혔을 것인데 대체 여자들은 다 어디에 있었을까?

　나는 늘 여자들의 이야기가 궁금했다.

　중, 고등학교를 여자들만의 세계에서 살았다. 교실 앞문을 콰과과광 요란하게 열고 '생리대 있는 사람!' 하고 외쳐도 하나도 부끄럽지 않은 세계, 모든 반장과 부반장과 학생회장이 여자인 세계, 싸움의 대상도 동경의 대상도 모두 여자인 세계였다. 누구나 거리낌없이 자기가 하고 싶은 말을 큰 소리로 했으며, 그건 나대는 게 아니었다.

　처음 대학교에 갔을 때, 오리엔테이션 자리에서 단상 앞에 나서는 여자가 없다는 것에 놀랐다. 여자가 진행하고 여자가 발표하고 여자가 춤추고 노래하던 세상이 언제 있었냐는 듯 앞에 나서는 자리에는 모두 남자들이 서 있었다.

　학생회장, 오락부장, 과대표는 모두 남자였다. 여자들은 부과대표나 차장을 맡았다. 남자들은 앞에 서서 연설을 하는 역할을 맡았고, 여자들은 그 연설 무대를 꾸미고 세팅하는 역할을 맡았다. 전체 회의에서 언성을 높이거나 반대 의견을 내세우면 남자 선배들로부터 요주의 대상이 되었다. 의견이 강한 여자애들은 학과 술자리에서 선배들에게 '내가 널 위해서 충고하는 건데'로 시작하는, 나대지 말라는 내용이 주 골자인 훈계를 듣곤 했다.

그런데 여자들이 유일하게 목소리를 낼 수 있는 수업이 있었다. 지금도 교수님의 성함이 생각난다. 황도경 선생님의 〈문학의 이해〉.

대학교 1학년 교양 수업이었는데, 선생님 수업의 기본 자세는 '질문'이었다. 선생님은 문학에 관련된 것이라면 누구든, 어떤 것이든 목소리를 내어 질문할 수 있는 분위기를 만들어주셨다. 선생님은 어떤 질문이라도 허용했고, 허무맹랑한 질문에도 명쾌한 답을 해주셨다. 그리고 어떤 수업에도 다루지 않았던 여성 작가의 문학에 대해 공부했다. 그때 오정희를, 양귀자를, 그리고 박완서를 깊이 읽었다. 선생님의 강의에서만큼은 남자 선배들의 기에 눌려 '나대지' 않으려 했던 여학우들이 입을 열기 시작했고, 어떨 땐 수업이 끝나고도 질문의 열기가 식지 않을 때도 있었다. 나는 이 수업을 너무 좋아해서 리포트를 규정 분량보다 훨씬 길게 써 내고 질문도 많이 했었다.

그 해 수업이 끝날 때, '선생님을 감동시킨 몇몇 학생들에게 주는 선물'이라시며 나에게 선생님이 직접 쓰신 책을 건네 주셨다. 그 책이 문학과지성사에서 나온 평론집 《우리 시대의 여성 작가》였다. 지금은 절판되어 구할 수조차 없다. 그 책에 가장 처음으로 다룬 것이 박완서 작가의 작품이었다.

고등학생 때 《나목》이나 《엄마의 말뚝》을 그저 의무감으로 읽었을 뿐이라 박완서 작품에 대한 이해는 너무나 얄팍했다. 하지만 수능 필독서라는 의무감을 벗고 만난 그의 작품은 완전히 다른 감상을 주었다. 나는 선생님의 수업을 통해 박완서라는 인물과, 일제 강점기와 한국전쟁을 뚫고 지나간 그의 세세한 기록들에 깊이 매료되었다.

박완서 작품엔 시대를 살아낸 인간의 치열한 고민과 반성이 담겨있다. 특히 《그 많던 싱아는 누가 다 먹었을까》엔 일제 강점기부터 한국전쟁 발발을 겪으면서 소녀가 성인이 되기까지의 과정을 다루고 있는데, 그 세태가 너무나도 생생하고 낱낱이 묘사되어 마치 내가 겪은 일처럼 느껴질 정도다. "40년대부터 50년대로 들어서기까지의 사회상, 풍속, 인심 등은 이미 자료로서 정형화된 것보다 자상하고 진실된 인간적인 증언을 하고자 내 나름대로는 최선을 다했다"고 작가의 말에 쓰여 있는데, 지나치게 겸손한 표현이라 생각한다.

박완서 작품은 읽기 쉽다는 이유로 평단에서 무시당하곤 했다고 한다. 하지만 글을 써 본 사람은 알 거다. 쉽게 읽히는 문장을 쓰는 것이 얼마나 어려운 일인지.

《그 많던 싱아는 누가 다 먹었을까》는 박적골이라는 개성의 한 시골을 배경으로 이야기가 전개된다. 나 역시 시골 출신이라 소소한 공감 포인트가 많았다. 박완서 작가의 유년시절만큼 산에서 뛰어놀거나 하진 않았으나, 시골 양반 특유의 준엄한 분위기는 너무나도 잘 안다.

우리 친가는 할아버지에서 시작해 할아버지로 끝난다. 할아버지는 1930년대에 태어나 한국사의 질곡을 모두 겪은 분이셨다. 수완이 무척 좋은 분이셔서 어린 나이에 법무사 자격증을 따고 바로 사무실을 개업해 일을 시작했는데, 서른 살 즈음이 되자 이 시골에서 할아버지 땅을 안 밟고는 걸어다닐 수 없을 정도였다고 한다.

할아버지는 옛날 분인데도 키가 180cm에 가까웠다. 눈썹이 짙고 코는 우뚝한데다 몸이 곧고 호리호리해 어린 내가 보기에도 텔레비전에 나오는 배우 같았다. 시골에서 보기 드문 미남에 수완가라 여러모로 인기가 대단했다고 한다.

할아버지는 시간 개념이 철저한 분이었다. 7시 반, 11시 반, 5시 반에 맞춰 하루 세 번 식사를 꼭 집에서 했다. 큰엄마는 당뇨인 할아버지를 위해 매 끼니 다른 반찬을 만들어야 했다. 내가 아홉 살이 되던 해, 엄마가 다리에 마비가 와서 서울대병원에 오래 입원했어야 했는데 그때 나를 맡은 것도 큰엄마였다. 할아버지, 할머니, 큰아빠, 우리 아빠, 사촌 셋, 나까지 총 8명의 끼니를 매일 책임져야 해서 큰엄마는 외출은커녕 부엌에서 나갈 수조차 없었다. 큰엄마는 그때 생살이 좍좍 빠졌다고 이야기하곤 했다.

할아버지는 한달 돌이로 돌아오는 제사의 지방을 한자로 줄줄 쓰시고 음식을 꼼꼼히 점검했다. 여자들은 며칠 전부터 장을 보고 밑재료를 다듬었다. 제사가 있는 날은 직장이 있는 며느리들도 일찌감치 퇴근해 전을 부치고 두부를 굽고 산적을 꿰고 탕국을 끓였다. 할아버지는 꽤 '신식'이어서 여자도 제사에 참여하도록 '허용'했다. 술을 올리거나 하는 일은 남자들만 했지만 제사가 마칠 때쯤 며느리들도 죽 서서 돌아가며 절을 했다.

제사 날이면 여자들은 쉴새없이 분주했다. 제사상을 차리고 나서도 여자들은 쉼없이 움직였다. 제사 지내러 온 친척들을 대접하고 음식을 싸 보내고 제기를 비우고 닦아 정리하는 일들은 오직 여자들의 몫이었다. 남자들은 안주를 청해 자정이 지나도록 술 마시고 놀다 큰엄마가 깔끔하게 싸 준 제사 음식을 들고 집에 가면 되었다.

할아버지는 칼같이 줄 세운 양복을 입고 참례했는데, 푸른 기가 돌도록 하얀 와이셔츠와 먼지 하나 없는 검은 정장 바지는 큰엄마가 빨고 다린 거였다. 그 모든 제사는 사실 처음부터 끝까지 여자들 손이 감으로써 진행될 수 있었다.

> "(할아버지는) 송도뿐 아니라 친척이나 친구의 대소사에 가족을 대표해서 빠지지 않고 참석하시는 듯했다. 늘 흰옷만 입으셨기 때문에 집안 여자들은 그 수발이 큰일이었다. (…) 특히 송도 나들이를 갈 때는 때도 안 묻은 고운 흰옷으로 호사를 했다. (…) 할아버지의 두루마기 자락은 다듬이질이 잘 돼 늘 칼날처럼 차게 서슬이 서 있었다."

이 문장을 보고 나는 나의 할아버지를 떠올렸다.

나는 엄마가 헐레벌떡 일을 마치고 돌아와 물 한 모금 못 마시고 앞치마를 매고 나물을 무치는 것을 보고 자랐다. 어른이 된 지금 돌이켜보면, 일 마치고 와서 숨 돌릴 새도 없이 자정까지 음식을 만들고 손님 대접을 했던 엄마가 대단하기도 하고 안타깝기도 하다. 엄마는 직장 때문에 제수를 장만하거나 밑재료 다듬는 등의 일에 처음부터 참여할 수 없었는데, 그래서 애는 애대로 쓰고 별 칭찬을 못 들었다. 오히려 여자가 밖에 나가 돈 얼마 벌지도 못하면서 무슨 유세냐는 핀잔을 듣기 일쑤였다.

나는 엄마처럼 살기는 싫었다. 제사보다 내 일을 우선으로

하고 싶었다.

"'너는 공부를 많이 해서 신여성이 돼야 한다.' 오로지 이게 엄마의 신조였다. (…) 신여성이란 말은 개화기 때부터 생긴 말이지만 엄마에겐 그때까지도 해득되지 못한, 그러나 매혹적인 그 무엇이었다. 구식 여자들이 살아온 것과는 전혀 딴 운명을 살 수 있는 가능성에 대한 엄마의 한 맺힌 매혹"이 어떤 것인지 나는 어릴 때부터 막연히 이해할 수 있었다. 내가 되고 싶은 것은 문체부 장관도, 대통령도 아닌 신여성이었다. '다른 운명을 살 수 있는 가능성'을 가진 그런 존재가 나의 꿈이었다.

내가 좀 크고 나서는 엄마와 함께 제사 음식을 만들었다. 어려서는 큰집 마당에서 뛰노느라 바빴지만 초등학교 고학년이 되고서는 육전에 밀가루를 묻히고 계란물에 적신 뒤 기름 두른 프라이팬에서 부치는 일 정도는 거뜬히 했다. 사실 나는 제사가 싫지 않았다. 갓 구운 고구마전을 맛 본다는 핑계로 집어먹으면 바삭하고 달콤한 고구마 속살이 입에서 녹아내렸다. 질 좋은 소고기를 아주 얇게 저며 타지 않게 금방 부쳐낸 육전은 또 얼마나 별미였는지. 숙모와 큰엄마가 나를 큰 일꾼으로 대접하며 '네 덕분에 음식 만드는 게 수월하다'는 칭찬도 더없이 달콤했다. 어른들 사이에서 뜨거운 프라이팬에 기름을 휙 두르곤 배추전을 뒤집을 때 나는 뿌듯하고 기뻤다. 그만하고 싶을 땐 언제든지 그만둘 수 있는 의무 없는 자리라 그저 재밌기만 했다.

요즘이야 추석에 쓸 송편을 떡집에 많이들 맞추지만, 내 친가에서는 반죽부터 다 집에서 했다. 쌀가루와 밀가루를 섞어 적당히 되직하게 반죽을 만드는 것은 큰아빠 일이었다. 큰아빠가 탕 탕 소리를 내며 여러 번 쳐 부드러워진 반죽에 단호박이나 쑥가루를 섞어 고운 색을 냈다. 그리고 엄지손가락 두 개 크기로 뚝 떼어 동글납작하게 모양을 잡은 뒤 조린 밤이나 볶은 깨를 넣어 송편을 빚었다. 할머니의 송편은 개성식으로 큼직하고 길쭉했고, 엄마의 송편은 동글동글하게 굴려 손가락 자국을 낸 모양이었다. 나는 할머니 모양을 따라 했다 엄마 모양을 따라 했다 마음 가는 대로 빚었다. 온 집안 여자들이 달려들어 송편을 몇 시간동안 쉬지 않고 만들었는데, 사람 따라 송편 모양도 가지각색이었다. 나보다 한 살 많던 사촌 언니는 워낙 손끝이 야무져 어른들보다 훨씬 예쁜 송편을 빚었다. 송편을 예쁘게 빚으면 예쁜 딸 낳는다는 어른들 말에 나도 언니처럼 단정한 송편을 만들려고 했으나 잘 안 돼서 속상했던 기억이 난다.

하지만 송편 빚는 것보다 재미있었던 건 며느리들의 대화를 듣는 거였다. 할아버지 이야기가 주된 대화 소재였다. 식사 준비가 조금이라도 늦어지면 '논에서 벼 베어 오나' 같은 은근한 비난의 말을 던지셨다는 이야기나, 같은 반찬 두 번 올리면 젓가락도 안 대셨다는 이야기 등 세 끼 모두 집에서 드시니 밥에 대한 이야기가 많았다. 지금까지도 기억에 남는 이야기는, 어느 날 할머니가 오래 외출했다 밤에 들어오시니 할아버지가 신발도 안 신고 대문으로 마중 나갔다는 것이었다. 평소 안동 김씨 양반의 체모를 지켜서 한 걸음 한 걸음 천천히 걸으시고 근엄하기만 한 할아버지가 버선발로 마당을 겅중겅중 뛰어가셨다는 게 믿기지 않았다. 이 이야기를 들은 이후로 할아버지의 엄한 얼굴을 덜 무서워하게 되었다. 할아버지는 끔찍한 사랑꾼이었던 듯하다.

"내 기억 속에 유난히 길고 화평스러운 여름날이 떠오른다. 할머니는 어디 가셨는지 안 보이고 엄마와 두 숙모가 모처럼 박적골 집에 다 모여있었다. 점심으로는 메밀로 칼싹두기를 해 먹고 난 후였다. 삼동서가 주거니 받거니 그릇을 만들고 있었다. (…) 그때 우리 시골에선 종이로 그릇 만드는 게 크게 유행했다. 책이건 창호지 뜯은 거건 한지로 된 거면 무엇이든지 재료가 되었다. (…) 시골집의 큰숙모가 옳다꾸나 하고 사랑 골방 속에 할아버지의 서책을 다 꺼내 물에 담가 그릇을 만들 수 있는 재료를 만들어 놓은 것이었다. (…) 먼 훗날, 신문 같은 데에 시골 선비집에서 귀중한 자료가 될 만한 고서나 국보적 가치가 있는 문헌이 발견됐단 소식이 나면 엄마는 "그때 우리가 참 무지막지한 짓을 했지." 하면서 계면쩍게 웃곤 했다. 할아버지 책 중에도 그런 게 있을 수도 있었지 않나 하는 후회의 뜻이겠으나 나는 별로 그렇게 생각하지 않는다. 할아버지의 장서를 무시해서가 아니라 문헌의 가치도 중요하겠지만 그때 며느리들이 누린 해방감도 그에 못지않게 중요했다고 생각한다. 그때 생각을 하면 지금도 미소가 지어지는 것은 그들이 내 눈에 어린애처럼 자유롭게 귀여워 보였기 때문이다. (…) 엄마와 숙모들이 요새말로 스트레스를 풀고 나서 맛본 건강한 즐거움은 죽는 날까지 그분들의 마음속 어딘가에 남아 있었으리라고 생각한다."

며느리들끼리 모여 할아버지에 대한 애정어린 험담과 자식

걱정, 사는 고민 같은 걸 나누는 시간이 제사 지내는 것보다 훨씬 가치있다고 생각했다. 며느리끼리의 그런 대화가 없었다면 매달 돌아오는 제사를 견딜 수 없었을 것이다.

1950년에 대학생이 된 박완서 작가는 빨갱이로 몰려 고문을 당하고, 아버지 같았던 숙부가 총살당하는 등 갖은 고초를 겪는다. 그런 고난 가운데서 그는 이렇게 말한다.

"문득 막다른 골목까지 쫓긴 도망자가 휙 돌아서는 것처럼 찰나적으로 사고의 전환이 왔다. 나만 보았다는데 무슨 뜻이 있을 것 같았다. 우리만 여기 남기까지 얼마나 많은 고약한 우연이 얽히고 덮쳤던가. 그래, 나 홀로 보았다면 반드시 그걸 증언할 책무가 있을 것이다. 그거야말로 고약한 우연에 대한 정당한 복수다. 증언할 게 어찌 이 거대한 공허뿐이랴. 벌레의 시간도 증언해야지. 그래야 난 벌레를 벗어날 수가 있다. 그건 앞으로 언젠가 글을 쓸 것 같은 예감이었다."

작가는 끝내 살아남아 모든 치욕과 고통을 마침내 글로 써냄으로써 '벌레의 시간'을 벗어날 수 있었다. 여자로서 해방과 전쟁을 겪은 것을 샅샅이 증언하고 기록했다. 글 쓰다 일화를 미화시키거나 잘못한 부분을 덮고 싶은 마음을 이겨내고 자신에 대해 이렇게 쓸 수 있었던 용기에 경탄했다. 자신을 바닥까지 톺아볼 수 있는 사람만이 작가가 될 수 있다는 생각을 했다.

시대를 산 여자들의 이야기가 더 듣고 싶다. 박완서 작가가 돌아가신 이후로 한국 역사의 기록자로서 여성의 목소리가 뭔가 쑥 빠진 듯한 느낌이 든다. 박완서 이후로도 기라성 같은 여성 작가들이 나왔으나, 나는 언제까지나 박완서를 그리워할 것이다. 그만큼 이 시대를 온몸으로 살아내고 부끄러움마저 낱낱이 쓴 작가는 참으로 드묾으로. 그의 글을 읽고 또 읽다보면 어느새 내 삶에도 그의 태도가 스며들어 그 같은 글을 쓸 수 있을지도 모른다는 희망을 가진다.

나 또한 아직 여자들의 이야기를 더 쓰고 싶다. 연거푸 딸을 낳아 암울했던 집 이야기나 시골에서 나고 자란 우리 자매 이야기, 사촌 언니들과 동네 강가에 놀러가 수박 냄새가 나는 물고기를 많이 잡았던 이야기 같은 것들이 내 안에 고여 있다. 전엔 이런 이야기가 너무 시시하다고 생각했으나 지금은 아니다. 어떤 의미에서든 1980-90년대가 나와 내 고향을 통과해 지나갔다. 비슷한 시기에 태어난 여자들의 이야기를 들으면 놀랍도록 비슷한 구석이 많았다. 시대가 주는 동질성과 각자가 겪은 개별적인 경험을 버무려 여자들이 살았고, 살아가는 이 시대를 여자의 시각으로 풀어내고 싶다. 박완서 작가를 대신해, 새로운 여자들이 시대를 기록하고 채워나갈 차례다. 세기말을 겪은 여자들의 이야기를 더 큰 소리로 떠들어야 할 것이다. 더 나대야 할 것이다.

나도 더 나대보려 이렇게 글을 쓴다. 여자의 이야기는 앞으로도 끝없이 이어져야 할 것이므로.

《그 산이 정말 거기 있었을까》 박완서 / 웅진지식하우스 / 2021

《그 많던 싱아는 누가 다 먹었을까》에서 이어지는 박완서 성년의
이야기. 전쟁 속에서 생존하려 애썼던 이십 대 여성의 고군분투가
생생히 그려져 있다. 한국 근대사의 비극을 여성의 시각에서 세세
히 기록한, 자전적 세태소설.

《엄마의 말뚝》 박완서 / 세계사 / 2012

박완서 작가의 어머니에 대한 기억을 엮은 연작소설. 유년시절 엄
마의 모습부터 돌아가시기까지의 이야기를 담았다. 한국전쟁이 개
인의 삶에 어떤 영향을 미쳤는지, 딸의 시각에서 본 어머니의 삶을
핍진하게 묘사한다.

《아주 오래된 농담》 박완서 / 실천문학사 / 2011

자본주의 속에서 살아가는 사람들의 다양한 군상을 낱낱이 드러냄
으로써, 자본주의 사회를 살아가는 현대인의 허위와 위선을 날카
롭게 지적한다. 돈에 엮인 인간의 삶이 때로 얼마나 허무하고 치졸
해지는지 너무나 현실적으로 그려낸 소설. 2000년대 이후 사회의
어두운 부분을 놀라울 정도로 깊숙이 포착한 세태소설.

《전쟁은 여자의 얼굴을 하지 않았다》 스베틀라나 알렉시예비치 / 문
학동네 / 2015

여성이 참전한 전쟁 경험을 인터뷰하여 엮은 산문집. 전투 깊숙이
침투하면서 겪은 처절한 고통을 상세히 옮겼다. 오랜 세월 참전하
고도 이름이 지워진 여성들의 역사가 생생하게 실려 있다. 2015년
노벨 문학상 수상작.

나 / 가 / 며

맺음말을 쓸 수 있기만을 기다리며 수많은 불안의 밤을 지새 웠습니다.

내가 감히 책을, 책 읽기를 안내할 수 있을지 끊임없이 의심 했던 시간들이었습니다. 글 쓰면서도 내가 올바른 방향으로 가고 있는지, 내가 좋아하는 책에 누를 끼치고 있는 게 아닌지, 결국 책 이야기가 아니라 지독히 나, 나, 내 이야기만 하고 있는 게 아닌지 염려했습니다.

하지만, 그럼에도 불구하고, 결국 책이 저를 바로 세웠습니다. 작가가 마음을 다해 쓴 글에, 문장 한 줄 한 줄에 깊이 의지 했습니다. 험한 세상 속에서도 힘 있는 문장으로 이야기를 끌고 가신 작가님들에게 업히고 끌리어 저도 앞으로 나아갈 수 있었습니다.

미진합니다. 책을 쓸 때는 그 시절의 제가 몰두했던 것에 대해 썼으므로 시간이 흘러 이 책을 펴 드실 분들은 '웬 시대착오적인 생각이냐' 하실 수도 있겠습니다. 저조차 재차 원고를 읽을 때 그런 마음을 가지곤 했기 때문입니다.

이 글에 실은 모든 책을 세 번 네 번 읽을 수밖에 없었는데,

놀랍게도 다시 읽을 때마다 새로운 감상을 갖게 되었습니다. 제 인식이 책을 열 때마다 이동하고 있다는 것을 그런 식으로 깨달았습니다. 책을 열 때와 닫을 때가 달랐고, 글을 쓸 때가 달랐고, 퇴고할 때도 달라졌습니다. 지금 원고를 다시 열어본다면 저는 처음부터 모든 것을 고쳐 써야할지도 모르겠습니다. 하지만 한편으론 어떤 생각이 시간이 흘러 이제는 달라졌다는 것을 알게 된다면 그것 또한 큰 기쁨일 수도 있겠다는 생각으로 글을 마무리하려 합니다.

여자로 살았기 때문에 이 글을 쓸 수 있었습니다. 여자로서의 제 삶에, 그 취약함에 때로 분노했으나 끝내는 감사하게 되었습니다. 여자가 아니었다면, 여자로서 겪은 그 모든 일이 아니었다면 저는 글을 쓰지 못했을 것이기 때문입니다.

사람들은 제 글이 너무 소외당한 자, 약한 자 입장으로만 치우친 것이 아니냐고 물었습니다. 옳은 말입니다. 제 눈엔 그런 사람만 보였고, 그런 이야기만 띄었습니다. 민족 주권과 빈곤의 문제보다 여성의 문제만큼 크고 중해 보였습니다(이 내용은 최은영 작가의 〈몫〉에 실린 내용이기도 합니다). 치우치지 않으려고, 쓰려고 했던 많은 책을 솎아내었습니다. 그래도 그런 것들이, 약한 이들의 이야기들이 많이 남았습니다. 너른 양해를 구합니다.

글을 쓰는 일은 언제나 고통을 수반하나 그 고통이 밀고 오는 미래는 감히 기쁘고 축복 같은 날이기도 합니다.

제가 읽은 책들이, 제가 쓴 글이 당신에게도 기쁨과 축복이 되기를 바랍니다. 나는 진심으로 당신의 편이라는 것을, 약한 한 사람으로서 하루를 견딘 당신의 편이라는 것을 말하고 싶어이 긴 글을 썼습니다.

　우리는 여자라서 참 잘 되었습니다. 정말입니다. 그래서 오늘도 더 나은 사람이 됩니다. 그것에 감사합니다.

디자이너 nu:n
눈(nu:n)은 북 디자인을 하는 디자인 스튜디오입니다. ✉ ppiggon75@gmail.com

에디터 하순영
머메이드의 도서를 기획, 편집합니다. 머메이드는 독자의 마음에 울림이 남는 콘텐츠를 만듭니다.
⬜ mermaid.jpub

교양 독서

1쇄 발행 2024년 6월 24일

지은이 김수현
펴낸이 장성두
펴낸곳 머메이드
※ 머메이드는 주식회사 제이펍의 단행본 브랜드입니다.

출판신고 2021년 8월 12일 제2021-000123호
주소 경기도 파주시 회동길 159 3층 / **전화** 070-8201-9010 / **팩스** 02-6280-0405
홈페이지 mermaidbooks.kr / **독자문의** mermaid.jpub@gmail.com

소통기획부 김정준, 이상복, 안수정, 박재인, 송영화, 김은미, 배인혜, 권유라, 나준섭
소통지원부 민지환, 이승환, 김정미, 서세원 / **디자인부** 이민숙, 최병찬

용지 에스에이치페이퍼 / **인쇄** 한승문화사 / **제본** 일진제책사

ISBN 979-11-977723-8-2 03810
값 20,000원